초등학생 그리고 중학생, 고등학생 마침내 대학생이 되어서까지도 내 주소는 여전히 서울특별시 성북구 동소문동 7가 29번지였다. 이상하게 돈암초등학교 시절, 그 장난꾸러기 친구들과는 사진 한 장 갖지 못했다. 서울중학교에 들어가 제일 먼저 한 일은 기타를 배우고 새로운 친구들을 사귀는 일이었다. 그 무렵 함께 찍은 빛바랜 흑백 사진 한 장이 간신히 남아있다. (시계방향으로, 이제는 저명한 사회학자가 된 송호근, 두바이에 가있는 원자력 연구원 조석주, 영원한 자유인 고현명 그리고 나)

O saisons, ô châteaux! 오 계절이여, 오 성이여!

Quelle âme est sans défauts? 상처 없는 영혼이 어디 있으랴?

아르튀르 랭보Jean-Arthur Rimbaud

2010년 6월 뉴욕, 비가 왔다.
유니언 '반스앤노블'에서
모리스 위트릴로(Maurice Utrillo)의 그림을 만났다.
우연이었다.
무심코 펼친 그의 화집 속 파리 골목길 풍경은,
나의 몸과 마음을,
양자터널링의 순간이동처럼
1965년 서울 성북구 동소문동 7가 29번지로 데려다 놓았다.

이 책을
'백색의 유트릴로'에게,
'추억 속 친구들'에게,
'그리운 나의 유년 시절'에게
바친다

놀이의 천국

서울특별시 성북구 동소문동 1965년

편집자 주

- 본문에 나오는 초등학교는 저자의 유년 시절 '국민학교'였다. 해방 50돌을 맞이하여 일제잔재 청산 작업의 하나로 추진한 교육부 교육법 개정령에 따라 1996년 3월 1일, 국민학교는 초등학교로 일제히 개칭되었다. 독자의 편의를 위해 '국민학교'를 초등학교로 바꿨음을 알려 드린다.

- 본문에 나오는 신흥사(神興寺)는 현재 '흥천사(興天寺)'로 개칭되었으나 저자와 친구들의 추억이 어려 있는 오래된 이름인 신흥사를 그대로 사용하였다.

- 표지와 본문의 그림은 모리스 위트릴로(Maurice Utrillo, 1883~1955)의 작품이다. 위트릴로는 프랑스 파리 몽마르트에서 프랑스 여성 화가 발라동의 사생아로 태어났다. 알코올 중독으로 21세에 정신 병원에 입원한 뒤, 요양을 위해 독학으로 시작한 그림에서 두각을 나타내기 시작했다. 특히 도시 속 인간의 고독과 우수, 활기와 생동감을 탁월하게 표현한 것으로 높이 평가된다. 몽마르트에서 태어나 평생 파리 골목 풍경을 그린 위트릴로는 71세의 나이로 몽마르트의 한 묘지에 잠들었다.

놀이의 천국

서울특별시 성북구 동소문동 1965년

최성철 에세이

노란잠수함

저 하늘 무지개를 보면
내 가슴은 뛰노라
나 어린 시절에 그러했고
어른인 지금도 그러하고
늙어서도 그러하리
그렇지 않다면 차라리 죽는 게 나으리!
아이는 어른의 아버지
내 하루하루가
자연의 숭고함 속에 있기를

My heart leaps up when I behold
A rainbow in the sky:
So was it when my life began;
So is it now I am a man;
So be it when I shall grow old,
Or let me die!
The Child is father of the Man;
And I could wish my days to be
Bound each to each by natural piety.

윌리엄 워즈워스William Wordsworth 〈무지개Rainbow〉

내 인생의 보석

이 이야기는 1965년을 중심으로 한 그 전후의 이야기이다. 그러니까, 지금으로부터 한 50년 전의 것이다. 이 이야기를 글로 쓰려고 결심할 때까지 나는 참으로 많은 생각들을 다시 하지 않으면 안 되었다. 유년 시절의 이야기를 써본다는 것, 희미한 기억의 계단을 조심스럽게 오르면서 당시의 이야기들을 회상해본다는 것은 어느 정도 세월이 흐른 후에는 누구나 한번쯤은 그렇게 어렵지 않게 할 수 있는 일이 아닐까 하고 나는 막연히 생각해오고 있던 터였다. 그 일은 어떤 가공을 위한 고민이 없이 실패에서 한 가닥씩 실을 풀어내듯 있었던 일을 편안하게 써내려갈 수 있을 것이라고 믿고 있었으며, 그것은 어떤 문학적인 가치를 떠나 참으로 매력적인 일로 느껴지고 있었던 것이다.

그러나 막상 책상 앞에 앉아 한동안 잃어버리고 살았던 과거의 문을 두드리려고 했을 때, 그러한 나의 생각은 너무나 사치스러운 것임을 깨닫고 말았다. 희미한 기억의 세계로 돌아간다는 것, 이미 오래 전에 수십만 개의 박편으로 쪼개져 흩어진 풍경들을 다시 주워 맞춰본다는 것은 가물가물 꺼지려 하는 촛불 앞에 서있는 것과도 같은 느낌이었기 때문이었다. 마치 잠이 덜 깬 상태에서 새벽 안개 속을 헤매는 것과 같다고나 할까, 한밤중에 숲속 아주 멀리에 있는 어느 조그마한 오두막집을 찾아 나선 그런 기분이라고나 할까⋯⋯.

그러나 사실 그것보다 더욱 어려웠던 것은 수십 년이라는 세월을 다시는 뒤도 돌아보지 않을 것처럼 앞만 보고 질주하듯 살아온 지금, 이 척박한 마음으로 과연 그 유년의 시간 속으로 돌아가 볼 수 있을지 하는 것이었다. 그동안 마치 허공의 미아처럼 살아온 나에게 지금의 시간들이 유년으로 가는 그 작은 문을 열어줄 것인지도 의심스러웠던 것이다. 그러나 여기저기 흩어져 있던 이야기들을 하나하나 찾아 모으면서 서서히 자신감이 생겨나기 시작했다. 다는 아니었지만, 그래도 몇몇 이야기들은 아직도 나를 떠나지 않고 있었음을 알 수 있었던 것이고, 그 속에서 나는 그때의 나와 그때의 내 친구들의 모습을 제법 선명하게 발견할 수 있었기 때문이었다.

이제는 밤하늘 저 멀리에 아슴아슴하지도 못한 몇 줄기의 별빛으로 멀어져 간 나의 어린 시절, 동네친구들, 그 풍경들, 그리고 그 풍경 속에 드리워져 있는 이야기들…… 생각해보면 그것들은 내 인생의 보석이었다.

사실을 있는 그대로 써보려고 노력하였지만 일부는 다소 포장도 되었다. 가명도 사용하였고 어쩔 수 없는 나르시시즘으로 조금 더 미화된 내용이 있을 것이다. 고의는 아니지만 어떤 이야기에 대하여는 내 기억의 한계 때문에 제대로 못 쓴 것도 있으리라. 이 점 친구들의 따뜻한 이해와 용서를 구한다.

헤어지고 만나고, 또 헤어지면서 사는 것이 우리들의 삶이라면, 그러한 되풀이가 이 세상을 마치는 그 순간까지 끊임없이 지속되는 것이라면, 가난과 사랑과 놀이야말로, 그 순수의 기억이야말로 힘들고 외로울 때마다 우리들 부질없는 이 '찰나의 인생'을 버텨주는 가장 찬란한 보석이라고 나는 생각한다.

차례

contents

제2부 가난과 사랑과 놀이의 천국에서

제1부

그리움의 정거장에서

내가 돌아갈 때면 아버지는 항상 나를 따라서 문밖까지 나와서는 밥은 먹었니? 하고 물었고, 그때마다 나는 응 하고 대답했다. 그래, 이제 어서 가 봐라, 차 조심하고…… 아버지는 언제나 나에게 이렇게 얘기하였다. 나는 홀가분한 마음으로 왔던 길을 향하여 다시 걷기 시작했다. 아버지가 계속 나를 보고 있는 것 같아 뒤통수가 간질간질해졌다. 괜히 쑥스러운 마음이 들기도 했다. 아버지가 얼른 사무실로 들어갔으면 하는 마음으로 슬쩍 뒤를 돌아보면 아버지는 여전히 뒷짐을 쥔 채, 사무실 앞 인도에 서서 나를 보고 있었다. 나는 더욱 쑥스러워졌다. 그래서 나도 모르게 걸음이 점점 빨라지기 시작했고, 뛰다시피 걷기도 하였다. 한참을 온 것 같아 이제는 아버지가 사무실로 들어갔겠지 하고 생각하면서 다시 뒤를 돌아보면 아버지는 여전히 그 자리에 그 모습 그대로 서서 나를 바라보고 있었다. 아버지는 한 그루 작은 나무처럼 서있었다.

목욕탕 풍경

　범진여객 버스 종점을 끼고 오른쪽으로 돌아서면 돈암동 사거리로 가는 행길이 되었는데, 거기서 조금만 더 걸어가면 왼쪽 편으로 목욕탕이 하나 있었다. 지금은 그 목욕탕 이름을 잊어버렸지만, 당시 우리 동네에서는 유일한 대중목욕탕이어서 동네 사람들 모두가 이 목욕탕을 이용하였다. 이층으로 된 자그마한 건물에 목욕탕이 있었는데, 아래층은 목욕탕, 이층은 여관이었다. 붉은 벽돌로 쌓아올린 높다란 굴뚝에는 목욕탕의 상징인 세 줄로 김이 모락모락 나는 온천표시가 그려져 있었고, 이 표시는 옆으로 드르륵 열게 되어 있는 현관 유리문에도 있었다. 이 문을 열고 들어서면 아줌마가 여탕, 남탕, 대인, 소인을 구분하여 목욕탕 입장권을 팔고 있었다.

　당시의 대중목욕탕과 요즈음 목욕탕은 여러 가지 면에

서 엄청난 차이가 있었다. 사우나가 있고 없고는 물론이고, 샤워시설, 탈의실 등 탕 내외부 모든 시설 면에서 그러했다. 목욕을 가려면 항상 비누와 타월을 가지고 다녀야 했고, 목욕탕 내에는 요즈음처럼 칫솔이나 면도기, 치약 같은 편의품들도 없었고, 팔지도 않았다. 물론, 로션이나 크림, 머리빗, 헤어드라이어 등도 없었다. 그래서 여자들은 뿔로 만든 대야에다가 비누, 타월 등 개인 소지품과 함께 빨랫감 몇 가지도 같이 넣어가지고 다녔으며, 남자들은 비누를 넣은 비눗갑을 타월에 돌돌 말아서 한 손에 들고 다니곤 하였다.

목욕탕 내부시설 역시 매우 열악하였다. 목욕탕 바닥이나 탕 안은 지금처럼 타일이 아니라 시멘트로 되어 있었는데, 그래서 맨몸에 와 닿는 감촉은 언제나 거칠기만 한 것이었다. 물을 떠서 사용하는 대야는 검은 색깔의 두껍고 투박한 고무로 된 것이었고, 나무로 만든 것도 있었다. 이런 것들을 요즈음과 비교하면 그야말로 하늘과 땅 차이였던 것이다.

여하튼 당시 목욕탕이라는 곳은 요즈음처럼 휴식이 위주가 된 문화의 공간이 아니라, 오로지 쌓인 때를 벗겨내는 그런 철저한 생활의 공간이었다. 당시 사람들은 그런 목욕탕도 자주 가지는 못하였다. 좀 과장되게 얘기하면,

우리 같은 아이들은 추석이나 설날 등 큰 명절 때를 포함하여 마치 행사처럼 일 년에 손꼽을 정도로 가는 것이 전부였다. 여름에는 어른들은 집에서 등목을 하는 것으로, 아이들은 다 놀고 들어와서 마당에서 물 몇 바가지 죽죽 끼얹는 것으로 목욕이라는 것을 대신하였고, 겨울에야 가끔 목욕탕에를 다녔던 것이다.

그러다보니, 당시 목욕탕에 간다는 것은 마음을 먹고 하는 일에 속했었다. 그렇기 때문에 어른이건 아이건 할 것 없이 목욕탕에 한번 가면 뜨거운 열탕 속에 머리만 내놓고 몸을 푹 담그고는 인내심을 가지고 견뎌내어 몸 구석구석에 있는 때를 한껏 불린 다음, 가죽을 벗기듯 온몸의 때를 모두 밀어내야 했던 것이다. 마치 오늘 목욕 이후로는 평생 목욕을 하지 않을 것 같은 자세로 검은 겉 때에서부터 시작해서 회색 중간 때로, 그리고 마지막 단계인 하얀 속 때가 다 나올 때까지 거친 수세미 같은 타월로 물에 퉁퉁 불은 온몸 구석구석을 싹싹 밀어내는 것이었다. 특히, 엄마하고 같이 가면 엄마의 이러한 삼 단계 때 벗기기 작전 때문에 내 온몸은 불이 활활 붙은 것처럼 온통 벌겋게 달아올랐다. 엄마와 함께 여탕에 가는 것도 싫었지만, 엄마가 살갗이 모두 벗겨질 정도로 아프게 때를 밀어주는 것은 더욱 싫었다.

어떻든 목욕탕 가는 것은 나에게는 하기 싫은 일 중의 하나였다. 뜨거운 물에 억지로 들어가 목만 내놓고 앉아 말없이 참고 있는 것도 싫었고, 탕 안의 물을 조금이라도 첨벙거리면 옆에서 야단을 치는 할머니도 싫었다. 그리고 나중에 중학생이 되었는데에도 모른 척 하고 나를 여탕에 데리고 갔던 엄마가 참으로 싫었다. 당시 우리 또래의 아이들치고 엄마와 함께 목욕탕 가는 것을 좋아하는 아이가 어디 있었으랴. 목욕이라는 것은 처음부터 끝까지 고역이 아닐 수 없었다. 뜨거운 물에 들어가 앉는 것을 시작으로 하여 무언의 고행은 시작되는 것이었다.

당시의 대중탕 물은 왜 그렇게 뜨거웠는지 발을 담그기조차 힘들 정도였다. 그래서 배꼽까지 담그는 데에도 오랜 시간이 걸려야 했다. 나의 이런 모습을 보는 엄마는 항상 별로 안 뜨거우니 얼른 들어오라고 독촉을 하였는데, 그래도 계속 머뭇거리면 엄마는 순식간에 내 팔을 잡아당겼고, 그러면 나는 으악 소리 한 번 제대로 내지 못한 채, 바나나 껍질을 탄 것처럼 그 뜨거운 탕 속으로 미끄러져 버리고 마는 것이었다. 그야말로 살 껍데기가 송두리째 벗겨지는 것 같은 고통 때문에 이를 악물다보면 모든 이빨이 우지직 하고 부서지는 것 같았다. 그러다보니, 탕 속에 몸이 빠지자마자 앗, 뜨거! 하는 비명과 함께 도로 튀어나오는 경우가 한두 번이 아니었다.

우여곡절 끝에 그 뜨거운 탕 속에 들어가기는 하였지만, 고행은 끊이지 않았다. 그 물 속에서의 때 불리기란 말 그대로 고행 중의 상고행이었다. 내 온몸은 시간이 지날수록 점점 뜨거워지다가 나중에는 숨이 헉헉 막히기 시작했는데, 그때쯤 되면 바늘로 쑤시듯 따끔따끔하게 아프던 피부가 한 꺼풀 벗겨지고 있는 것이었다. 두 번째 고행의 연속이었다. 온 이빨을 꽉 다물고 참고 있는 것도 한계가 있는 것이어서 나는 나도 모르게 탕 속에서 몸을 일으키게 되었고, 엄마는 옆에서 나의 이런 모습을 주시하고 있다가 조금 더 있어라 하는 것이었다. 세 번째 고행의 시간으로 들어서는 순간이었다. 나는 엉거주춤한 상태에서 가슴이고, 등이고, 허벅지고 마구 긁어대기 시작했는데, 그때마다 손톱 끝에 국수 같은 때가 끼는 것을 느낄수가 있었다. 숨이 탁탁 막혀 더 이상 도저히 견딜 수가 없는 상태에 이르게 되면 나는 하나뿐인 목숨을 부지하기 위하여 엄마의 명령에 관계없이 탕 속에서 탈출하여야만 했는데, 물 밖으로 나왔을 때 내 온몸은 쪄 놓은 고구마처럼 벌겋게 익어 있었다.

목욕탕 안의 뜨거운 물속에 머리만 내놓고 가만히 앉

Maurice Utrillo, 〈몽마르트Montmartre〉

아 있다 보면 탕 안에 같이 들어와 있는 사람들의 표정을 살피게 되었는데, 머리에 흰 수건을 쓰거나 이마에 흰 띠를 두른 채 계속 무엇인가를 중얼거리고 있는 할머니, 두 눈을 지긋이 감고 입을 꽉 다물고 있는 아줌마, 나같이 주변을 두리번거리는 누나 등 그 모습들이 참으로 다양했다. 모두들 이마에는 땀방울이 송골송골 맺혀 있었다. 어떤 아줌마는 너, 참 잘 참는구나 하고 나에게 말을 걸기도 하였고, 또 어떤 아줌마는 몇 살이니? 하고 물어보기도 했는데, 그때마다 나는 대답하는 것이 쑥스러워 그냥 고개를 숙이곤 하였다.

우리 동네 그 대중목욕탕 안의 욕탕은 큰 타원형 모양으로, 욕탕 둘레는 등을 기댈 수 있는 낮은 시멘트벽이 둥그렇게 있었고, 그 타원형의 욕탕 한쪽에는 두 개의 커다란 수도꼭지가 나란히 달려 있었는데, 하나는 찬물, 다른 하나는 뜨거운 물을 공급하는 것이었다. 그러나 수도꼭지 위의 손잡이들은 항상 빠져 있었다. 그래서 찬물이건, 더운 물이건 필요할 때마다 목욕탕 주인이 동그랗게 생긴 손잡이를 직접 가지고 들어와서 틀어주어야만 했다.

수도꼭지에서 뜨거운 물이 콸콸 쏟아져 나오면 할머니들은 물속에서 엉거주춤 일어선 채로 어이, 어이 하고 소리를 내면서 두 손으로 물속을 휘휘 저어 그 쏟아지는 뜨

거운 물과 탕 안에 있던 물을 섞기 시작하였는데, 그때쯤
되면 나는 물 밖으로 나와야만 했다. 물이 점점 뜨거워 와
견딜 수가 없기 때문이었다. 할머니들은 아주 뜨거운 물을
좋아하였는데, 할머니들만 욕탕 안에 들어가 있을 때에는
나는 그 물에 발도 들여놓을 수가 없는 경우가 많았다.

　한번은 봉주의 엄마를 욕탕 안에서 만났는데, 그 쑥스
러움이란 이루 말할 수가 없는 것이었다. 봉주엄마는 물
속에서 머리만 내놓고 있었고, 나는 배꼽까지 담그고 있
었는데, 문득 고개를 돌리다가 내 눈과 봉주엄마의 눈이
정통으로 마주 친 것이었고―처음에는 잘 못 알아보았는
데, 봉주엄마가 나를 유심히 보더니, 먼저 나를 알아보았
다―순간 나는 너무나 당황하여 고개를 푹 숙이고 말았
다. 그러한 내 모습을 본 봉주엄마는 나 있는 쪽으로 슬그
머니 다가오더니 땀에 젖은 내 머리를 쓰다듬으며, 성철
이구나 하는 것이었다. 나는 나도 모르게 얼른 두 손을 사
타구니 사이에 집어넣었다. 너무나 쑥스럽고 부끄러웠다.

　봉주엄마는 우리 엄마하고 잠시 얘기를 나누다가 다른
곳으로 갔는데, 내가 엄마를 바라보았을 때, 엄마는 빙긋
이 웃으며, 얼른 이리 와 등 밀자 하는 것이었다. 엄마의
표정은 아무렇지도 않게 보였지만, 쑥스럽고 부끄럽던 내
마음은 쉽게 사라지지 않았다. 또한 그 이후에 목욕탕에

서 백규를 만난 적이 있었는데, 백규 역시 자기 엄마하고 같이 온 것이었다. 그 목욕탕에서 엄마하고 같이 온 우리 친구를 만나는 것은 가끔 있는 일이었다. 동네에 있는 공중목욕탕이란 그것 하나밖에 없었으니, 목욕탕 안에서 친구아이들을 비롯하여 동네사람들을 만나는 것은 당연한 일이었다.

내가 물속에 있다가 탕 밖으로 나왔을 때에는 이미 온몸의 때가 잔뜩 불은 후였고, 이제 엄마는 나를 엄마 앞에다 세워놓고는 준비해온 장비를 가지고 때를 벗기기 시작했다. 드디어 마지막 고행이 시작된 것이었는데, 엄마의 장기인 이 때 벗기기는 머리끝에서부터 발끝까지 온몸에 걸쳐 착착 진행되었다. 엄마로서는 때를 벗기는 기쁨이 시작되었지만, 나로서는 살가죽이 벗겨지는 아픔이 시작된 것이었다. 고추고 뭐고 인정사정없이 가죽을 벗기는 엄마의 때 벗기기…… 이마, 코, 두 뺨, 양쪽 귀, 턱, 앞 목, 뒷목, 옆 목, 손가락, 손등, 팔, 겨드랑이, 옆구리, 등, 배, 고추 밑 사타구니, 엉덩이, 허벅지, 양 무릎, 다리, 발, 발가락, 발바닥 등 엄마의 꼼꼼한 손길은 결코 내 몸의 어느 한구석도 놓치지 않았다.

엄마는 엄마 자신의 몸보다 내 몸의 때를 더욱 완벽하

고 철저하게 벗겨내었다. 뜨거운 물에 잠시라도 들어가 앉아 있다가 밖으로 나오면 손으로 슬슬 문질러도 내 몸에서는 국수 같은 때가 툭툭 떨어졌다. 그럴 때마다 엄마는 무슨 큰 보물이라도 발견한 듯한 신나는 목소리로 이것 좀 봐라, 이 때, 너도 눈이 있으면 하면서 똘똘 말은 딱딱한 수건으로 연신 내 가슴, 어깨, 등을 아프게 문질렀고, 내 발등 위로는 연필심같이 새까만 때가 또르르 또르르 말려서 굴러 떨어졌다.

엄마는 계속 신이 나서 그 수건을 꽉 짜서는 다시 똘똘 말아 더욱 세게 내 몸을 밀기 시작하였는데, 나는 참다못해 아야, 아야 하고 비명을 지르게 되었고, 엄마는 뭐가 아파, 살살 하는데, 이것 좀 봐라, 너도 눈이 있으면 하면서 더욱 세게 때를 밀었다. 엄마의 손이 목 주변이나 겨드랑이, 사타구니를 지나갈 때에는 처음에는 간지럽다가 나중에는 아프기 시작했다. 그러나 엄마는 나의 아프다는 소리에 전혀 아랑곳하지 않았다. 눈 하나 깜짝하지 않는 것이었다. 목이나 겨드랑이, 사타구니 같은 곳은 때가 잘 끼는데다가 때가 찌들면 벗기기도 힘들다고 하면서 엄마는 그곳을 집중적으로 공략하였는데, 나는 계속 아야, 아야, 아아 하고 비명을 질러댔다. 나중에 집에 와서 목 주변을 거울에 비추어보면 불긋불긋하게 딱지가 앉아 있곤 하였다.

엄마는 내 몸의 때를 만족스럽게 벗겨냈다고 생각한 후에야 비로소 비누칠을 해주기 시작했다. 내 온몸은 여전히 후끈후끈하고 얼얼하였지만, 몸 구석구석을 비누칠해주는 엄마의 손길은 방금 전의 수세미 같은 거칠고 험악한 손길이 아니었다. 미끌미끌한 엄마의 손이 다시 겨드랑이와 사타구니를 지나갈 때에는 간지러워서 나는 히히히 하고 소리 내어 웃으며 몸을 비비 꼬았다. 그러면 엄마는 또 까분다, 까불어 하고는 한 손으로 내 팔을 잡고는 계속해서 비누칠을 해주었다.

엄마의 손이 내 고추 근처를 슬쩍슬쩍 지나갈 때마다 나는 너무나 간지러워 히히 하며 도망가듯 몸을 웅크리곤 했다. 엄마는 내 고추에다가도 비누칠을 해주었다. 비누칠이 다 끝나면 엄마는 고무대야에 온수와 냉수를 적당히 섞어서 내 머리 위에서부터 발끝까지 몇 차례 죽죽 끼얹어주었는데, 그럴 때마다 나는 또 몸을 바짝 웅크려야만 했다. 엄마가 끼얹어주는 물은 찬물로 섞었다고는 하지만 항상 뜨거웠기 때문이었다. 이렇게 해서 내 몸에 대한 때 벗기기가 모두 끝나게 되었고, 그때부터 드디어 나는 자유의 몸이 되었던 것이다.

이제 엄마는 목욕 제이단계로 들어가서 가지고 온 작

은 옷가지에 대한 손빨래를 하기 시작하였는데, 집에서 가져온 뿔로 된 작은 대야에서 하얀 속옷 몇 개를 꺼내서는 비누칠을 하고, 또 헹구기를 두어 번하여 조용히 빨래를 다 마쳤다. 엄마는 빤 속옷들을 꼭 짜서 다시 그 대야에 담아놓고는 그 위에 고무대야를 엎어놓았다. 빨래가 끝나면 드디어 마지막 삼단계로 엄마의 목욕이 시작되었는데, 엄마는 나를 씻기고 빨래까지 다하였음에도 피곤한 기색 하나 없었다. 엄마는 조용히 욕탕 안에 들어가 다른 아줌마들처럼 두 눈을 지그시 감고는 한동안 몸을 불렸다. 그리고는 탕에서 나와 역시 나에게 했던 것처럼 엄마는 수건을 돌돌 말아 자신의 몸 구석구석의 때를 천천히 다 벗겨내고는 하얀 거품을 내어 비누칠을 하였고, 다시 물을 받아서는 비누거품을 깨끗이 씻어내었다. 모든 과정이 나와 똑같았다.

나는 엄마와 조금 떨어진 곳에 앉아 대야에 물을 받아 물장난을 하면서 슬쩍슬쩍 엄마의 목욕과정을 훔쳐보았다. 엄마는 항상 입을 굳게 다문 채, 몸을 씻는 데에 열중하였다. 희미한 수증기 사이로 본 엄마의 속살은 탕 안에 있는 그 누구보다도 희었다. 엄마의 하얀 속살을 보면 나는 항상 마음이 든든해졌다. 참 이상한 일이었다. 그때처럼 나에게 엄마가 있다는 뿌듯함이 강하게 느껴진 적도 없었다. 엄마가 목욕을 다 끝낼 즈음해서 나는 다시 엄마 옆으로 돌아왔다. 그리고 엄마와 나는 목욕용품과 빨아놓은 속옷 등을 잘 챙겨서 탈의실로 나왔고, 엄마는 젖은 타월을 꼭 짜서 내 몸의 물기를 먼저 닦아주었다. 그리고는 우리는 가지고 온 새 내의를 입었다.

집으로 돌아오는 길은 참으로 상쾌했다. 머리도 시원하고, 몸은 날아갈 것 같이 가뿐하였다. 목욕을 끝내고 돌아오는 길에 엄마와 나는 종종 버스 종점 바로 옆에 있는 찐빵가게에 들러 고기만두와 찐빵을 사먹기도 하였고, 싸가지고 가기도 하였다. 엄마는 형과 두 동생에 대해서도 그런 식으로 목욕탕에 데리고 다녔으리라. 형과 동생들의 몸 구석구석의 때를 꼼꼼히 밀어내고, 비누칠을 해주고, 물로 다시 깨끗이 씻어주고, 빨래도 하고, 입을 굳게 다문 채 엄마 자신의 몸도 조용히 닦았으리라. 그리고는 역시 목욕용품들과 속옷들을 잘 챙겨서 뽈로 된 대야에 담아 하얀 타월로 덮고서는 그것을 옆에 안고 목욕탕을 나서서 찐빵가게에 들러 형과 동생들에게 찐빵도 사주고 고기만두도 사주었으리라.

엄마는 그 이후로도 여러 번 나를 데리고 여탕엘 갔었다. 그러나 어느 순간부터인가 엄마는 더 이상 나를 여탕에 데리고 가지 않았다. 그때부터 나는 형하고, 아니면 동네 친구들 하고, 또 가끔은 혼자서 남탕엘 다니기 시작하였는데, 동네 친구들 하고 같이 갈 때에는 엄마는 항상 나에게 서로 번갈아가며 등을 밀어라 하고 일러주었다. 형하고 갈 때에도 마찬가지였다. 그리고 혼자 갈 때에는 엄마는 비눗갑을 하얀 수건에 똘똘 말아주며, 옆에 있는 아저씨한테 좀 밀어달라고 그래, 네가 먼저 밀어드리고 하는 말을 잊지 않았다.

똥통에 빠지다

　여름 저녁이 되면 대머리이발관 아저씨는 이발관 옆 구멍가게 앞에 널찍한 난쟁이 평상을 하나 펴놓았다. 저녁을 먹고 난 동네 어른들이 밖으로 나와서 바람도 쐬고, 담배도 피우고, 이야기도 하고, 장기도 두고 하는 그런 장소를 대머리아저씨가 만들어 놓는 것이었다. 대머리아저씨와 우리 동네 어른들의 손때가 잔뜩 묻어 윤기가 반질반질 흐르고 있는 검은 고동색깔의 그 평상은 어른 대여섯 명 정도가 올라가 앉아도 공간이 남아 있을 만큼 널찍한 것이었는데, 대머리아저씨는 비 오는 날만을 빼고는 어둑어둑해질 무렵이면 매일 빠지지 않고 이 평상을 펴놓았으니, 평상은 여름밤 내내 구멍가게 바로 앞에 항상 놓여 있는 것이었다.

　주변에 어스름이 깔리기 시작하면 저녁을 다 먹고 난

동네 어른들, 좀 더 정확히 얘기하면, 우리 아버지와 같은 젊은 아저씨들이 아니라, 거의 할아버지 급에 속하는 나이가 많은 아저씨들이나 할아버지들이 하나, 둘 그 평상으로 모여들었다. 동네 어른들은 신발을 벗고 평상 위에 올라가 앉아 이야기를 나누거나 옆으로 길게 누워서 담배를 피우며 쉬기도 하였다. 그 할아버지들 중에는 진표와 백규네 할아버지도 있었다. 한여름 밤에 우리가 늦게까지 놀아도 대부분 그 할아버지들보다는 일찍 집으로 돌아갔기 때문에 우리는 그 할아버지들이 얼마나 늦게까지 그곳에 있었는지 잘 알 수가 없었다. 칠흑같이 어두운 밤하늘에 노란 별들만이 초롱초롱한 시간에 우리는 하나, 둘씩 집으로 돌아갔으니까 할아버지들은 아마도 통행금지가 시작되는 시간 바로 전까지는 그곳에 있었던 것 같았다.

여름 저녁이 되면 우리들은 친구들과 함께 밤늦도록 동네 골목골목을 몰려다니며 놀았고, 동네 어른들은 그 널찍한 평상에 나와 앉아 시원한 저녁바람을 쏘이며 시간을 보냈다. 그 시간에 여자들은 집안에서 라디오 연속극을 들으며 양말, 옷 꿰매기 등 바느질을 하는 것이 보통이었고, 우리 아버지 같은 젊은 아저씨들 역시 집에서 라디오 연속극을 들으며 대부분의 시간을 보냈다.

한참 무더운 여름밤에는 저녁을 다 먹고 나서 안방과 건넌방 사이에 있는 마루에 온 가족이 뺑 둘러앉아 수박화채를 만들어 먹곤 하였다. 수박을 반으로 쪼갠 후, 빨간 수박 속을 숟가락으로 조각조각 퍼내어서 양재기에 담아 물과 얼음과 설탕을 적당히 섞어 만든 수박화채는 아, 시원하다, 아, 시원하다, 시원해 하며 소리를 내가며 먹는 것이었는데, 깍두기 같은 얼음을 와작와작 깨물어가면서 차가운 수박얼음물을 후루룩 후루룩 들이켜다 보면 정말 아, 시원하다, 아, 시원하다 하는 소리가 저절로 나오게 되는 것이었다. 배가 터지도록 이 수박화채를 먹은 날은 여지없이 방문턱이 닳도록 들락거리며 요강뚜껑을 열어대거나 마당에 나가 볼 일을 보았는데, 자다가 오줌을 쌀지도 모른다는 강박감까지 겹쳐 밤을 거의 꼬박 세운 적도 있었다.

집에 냉장고라는 것이 없었기 때문에 수박화채를 만드는데 필요한 얼음은 동네 얼음가게에 가서 사와야만 했다. 얼음을 파는 가게는 양철 판으로 되어 있는 창고 앞문에다가 붉은 페인트로 어름, 또는 얼음이라고 써놓거나, 둥그런 원 안에 한자로 '빙(氷)'이라고 써놓기도 하였다. 이 얼음집에 가면 사과궤짝보다 커다란 얼음 한 덩어리를 기다란 쇠톱으로 썩썩 잘라서 그 크기에 따라 돈을 받

Montmartre,-

Maurice Utrillo, 〈라팽 아질Le Lapin Agile〉, 1936

고 팔았는데, 얼음집 아저씨가 얼음 창고 문을 한번 열면 하얗게 밀려나오는 써늘한 얼음바람 때문에 얼굴과 팔다리는 물론 가슴속까지 시원하였다.

아저씨는 얼음을 사각형으로 메주덩이 만하게 잘라서 노란 새끼줄에 매어주었다. 조금만 시간이 지나면 얼음이 녹기 시작하여 이내 물이 뚝뚝 떨어졌기 때문에 우리들은 그 얼음을 들고 집으로 부리나케 달려가야 했다. 수박화채를 만들기 위해서는 다시 그 얼음을 깍두기만한 크기로 수십 개 조각을 내야 했다. 이때 엄마는 바느질할 때 쓰는 바늘을 사용하였다. 그 작고 가느다란 바늘을 큰 얼음에 대고 망치로 톡톡 하고 바늘머리를 한두 번 치면 그 단단한 얼음은 그만 맥없이 쪽 갈라지고 마는 것이었다. 참으로 신기한 일이 아닐 수 없었다. 그런 식으로 엄마는 작은 바늘 하나로 그 큰 얼음을 금세 수십 개로 조각내었다.

또 당시에는 무더위를 식히는 방법 중의 하나로 등목이라는 것이 있었다. 등목은 마당 수돗가에서 한 사람이 웃통을 벗고 엎드리면 다른 한 사람은 바가지로 찬물을 퍼서 등판에 끼얹어 더위를 식혀주는 것이었는데, 한참 무더운 날에 맨 등위에 찬물을 죽죽 끼얹어주면 너무나 시원해서 엎드린 사람의 입에서는 저절로 으으으 하고 신음이 나올 정도였다.

이 등목이라는 것은 손쉽고 간단하게 더위를 식힐 수 있는 방법이었다. 등목을 받는 사람은 팔굽혀펴기를 하는 듯한 자세로 엉덩이를 하늘 높이 쳐들고 엎드려 있어야 했고, 등목을 해주는 사람은 제 마음대로 찬물을 뿌려댔기 때문에 엎드린 사람과 물을 끼얹어주는 사람 사이에, 살살 좀 뿌려라, 더 낮게 엎드려라 하며 서로 밀고 당기는 재미가 있는 것이었다. 한여름 날이 더울 때에는 어느 집에서나 밤이나 낮이나 이런 등목을 하는 장면을 쉽게 볼 수 있었다.

나도 엄마가 등목을 자주 시켜주었다. 웃통을 벗고 수돗가 앞에 엎드리면 엄마는 엉덩이를 더 올려, 더, 더, 더 하면서 목에서부터 차차 엉덩이 쪽으로 향하면서 찬물을 뿌렸다. 그러면 나는 맨살에 닿는 물이 너무나 차가워서 어푸! 어푸! 하면서, 엄마! 엄마! 살살, 고만! 고만! 하고 소리를 질러댔고, 그러다가는 나도 모르게 윗몸을 일으키곤 하였다. 그럴 때마다 엄마는 사내놈이 이까짓 것 가지고 뭐 그래 하면서 내 등짝을 철썩 하고 소리가 나도록 때렸고, 그래도 계속 몸을 움직이면 엄마는 바지와 팬티가 다 젖는다고 또 야단을 쳤다. 그러면 나는 다시 엉덩이를 하늘 높이 쳐들어야 했다.

이런 식으로 찬물을 몇 바가지 붓고 난 후에 엄마는 비누칠을 해주었는데, 비누가 잔뜩 묻은 엄마의 미끌미끌한 손은 내 등에서 배로, 다시 등으로, 다시 배로, 그리고 배 아래에서 위로 올라가면서 겨드랑이를 거쳐서 콩알 반의 반쪽보다도 더 작은 내 젖꼭지에 닿기도 하였는데, 그러면 나는 너무나 간지러워서 히히히, 히히히 하고 소리 내 웃으며 몸을 옆으로 비비 꼬았다. 그러면 엄마는 또 까분다, 까불어, 가만있지 못하고 하면서 구석구석 비누칠을 해주었다.

그리고는 다시 엄마는 두어 번 바가지 물을 한꺼번에 부어서 내 등을 헹구어 주었는데, 그러면 또 다시 나는 엄마! 고만! 고만! 어푸! 어푸! 으으, 으으 하며 소리를 질러 댔고, 엄마는 어때, 이제 시원하지? 하며 웃었다. 여하튼 등목을 시작하자마자, 내 바지와 팬티는 금세 물에 다 젖게 되었다. 이것으로 한바탕 한여름의 시원한 등목은 끝나게 되는 것인데, 등목을 하고 나면 몸이 가뿐하고 마음이 쾌적하여 날아갈 것만 같았다.

한여름 밤에 엄마는 이런 식으로 형, 나, 동생 순으로 등목을 해주었다. 아버지가 등목을 하는 모습도 자주 볼 수 있었는데, 엄마가 찬물을 부어줄 때마다, 아버지는 어푸, 어푸, 아이구, 시원하다, 시원해 하고 소리를 냈다. 아버지는 한참 더울 때에는 하룻밤에도 몇 번씩이나 등목을 하였다. 형하고 나하고 서로 바꿔가며 등목을 해주는 경우도 종종 있었는데, 처음에는 엄마가 해주는 것처럼 조심스럽게 하다가, 슬슬 물장난으로 발전해서 나중에는 바지와 팬티를 모두 적시게 되었고, 마침내 이 등목은 서로 팬티만 입은 채로 바가지나 고무호스로 물을 끼얹는 물싸움으로 변해서 온 마당과 댓돌 위의 신발, 장독들이 물에 젖어 기어이는 엄마한테 야단을 맞는 것으로 끝이 나곤 하였다.

우리 동네의 여름밤은 그런 풍경들로 조용히 깊어갔다. 특히, 여름밤은 늦도록 친구아이들끼리 모여서 동네 구석구석을 쏘다니기에 참 좋았다. 학교에서 놀고, 학교 갔다 와서 놀고, 저녁 먹고 나서 또 놀다가 어두워지기 시작하면 우리는 어스름이 내려오는 동네 골목길이나 산동네 여기저기를 돌아다니기 시작했다. 이 집 저 집 대문 앞을 기웃거려 보기도 하였고, 당시 우리들이 요비링이라고 불렀던 집의 초인종을 한 번 꾹 눌러보고는 꽁지가 빠지게 도망가기도 하였으며, 훤하게 불이 켜져 있는 어느 집 창문 앞에서 아무 이유 없이 그냥 서성거려 보기도 하였다. 한여름 밤에는 이같이 친구들끼리 삼삼오오 짝을 지어 동네 골목길 사이로 몰려다니며 노는 것도 재미있는 일이었지만, 그것보다 더욱 재미있었던 것은 우리 동네 말고 다른 낯선 동네를 돌아다녀 보는 것이었다.

　우리들이 우리 동네 반장 집 앞 돌계단에서 마주 보이는 건너편의 산동네를 처음 가본 것은 어느 한여름 무더운 바람이 불던 오후였다. 물론 그 동네 근처를 가본 적은 여러 번 있었다. 아리랑 고개를 넘어서 정릉 배밭골에 갈 때에 그 동네 앞을 멀리서 지나가거나 그 근처에서 놀다가 가곤 하였는데, 그 동네 안으로 들어가서 속속들이 구경하며 다녔던 것은 그때가 처음이었다. 당시 서울이라 하더라도 도심과 몇몇 주택지역을 벗어난 변두리지역은 대부분이 달동네였으며, 도심의 곳곳에도 달동네가 꽤 많이 있었다. 그 산동네 역시 도시 속에 있는 달동네였다.

　그 산동네는 반장 집 앞 돌계단에 서면 눈으로 볼 수 있는 거리에 있었지만, 실제로는 꽤 멀어서 그 동네 입구까지만 가는 데에도 부지런히 걸어서 삼십 분 이상은 족히 걸렸다. 봉주네 집 앞 언덕길을 쭉 걸어 내려와서 범진여객 버스종점 삼거리를 건너면 바로 오른쪽으로 삼 층짜리 하얀 건물인 십자의원이 보였다. 그 십자의원을 오른쪽으로 끼고 돌아서 한 오 분 정도 더 걸어가면 바로 산으로 올라가는 언덕길로 이어졌는데, 포장이 되지 않아 노란 먼지가 폴폴 나는 흙길이었다. 구불구불한 그 길 양

옆에는 뽀얀 먼지를 뒤집어쓰고 있는 크고 작은 들풀들이 띄엄띄엄 자라고 있었다. 길옆을 벗어나 조금 안쪽으로 들어가면 언덕을 평평하게 깎아서 쑥돌을 촘촘히 쌓은 후, 그 위에 넓은 평지를 만들어 놓은 곳이 여기저기에 있었다. 새 집을 지으려고 택지를 조성해 놓은 것이었는데, 우리에게 그곳은 딱지치기나 구슬치기 등 놀기에 매우 좋은 장소이기도 하였다.

그런 빈 택지들은 마치 계단식 논처럼 언덕길 초입부터 많이 있었다. 이를 지나 언덕길을 계속 올라가면 조그만 집들이 눈에 들어오기 시작하였는데, 지붕이 납작한 양옥집도 한두 채 보이기도 하였지만, 대부분 흙벽돌과 슬레이트로 된 작은 집들이었다. 조금 더 올라가면 드문드문 보이던 양옥집은 이제 보이지 않았고, 조그만 굴뚝이 달린 회색, 또는 붉은 색 벽으로 된 집들이 눈에 들어오면서 길은 더욱 여러 갈래의 좁은 골목길로 나눠지기 시작하였다. 산이 있는 위쪽으로 자꾸 올라갈수록 회색 슬레이트 지붕을 이고 있는 작은 집들은 더욱 다닥다닥 붙어 있었고, 그 집들의 벽은 여기저기 금이 가 있었으며, 조그만 나무대문은 두 쪽이 서로 어그러져서 힘겹게 달려 있었다.

낡고 작은 집들은 골목골목마다 서로 어깨를 맞대고

닥지닥지 붙어 있었으며, 난쟁이 굴뚝마다 빨랫줄들이 장난감 전화선처럼 기다랗게 늘어져 있었다. 이런 풍경들은 사실 우리 동네와 크게 다르지는 않았다. 집들이 좀 작고 허름해 보이는 것, 골목길들이 더욱 좁으며 꼬불꼬불한 것, 빨래들이 집 밖에 널려 있는 것 등이 우리 동네와 조금 다를 뿐이었다. 아이들 노는 모습은 우리들과 똑같았다. 빡빡머리, 짱구머리, 기계충으로 머리카락이 한 주먹씩 빠져 있는 아이들, 딱지, 팽이, 구슬, 제기, 말타기, 와글와글, 시끌벅적, 골목을 가득 메운 아이들 소리…… 이런 모습들은 우리들 노는 모습과 전혀 다를 바가 없었다.

우리들은 골목길을 지나서 키가 큰 나무가 여러 그루 모여 있는 곳으로 갔다. 그 나무들은 우리 동네에서 볼 때에는 새끼손가락만하게 보였던 것인데, 직접 와서 보니까 하늘을 찌를 듯이 높이 서있었다. 우리 키의 열 배는 족히 넘는 것 같았다. 두 팔을 벌려 나무 밑동에 가슴을 대고 나무의 맨 위쪽을 올려다보면 파란 하늘이 빙글빙글 돌면서 나무가 움직이는 것 같아 어질어질 하였다.

나중에 우리는 그 나무들이 나이가 아주 많은 버드나무라는 것을 알게 되었다. 키 큰 버드나무들이 있는 곳을 지나서 산이 있는 방향으로 언덕길을 조금 더 올라가면 작은 회색 집들은 구불구불한 길을 따라 더욱 올망졸망 붙어 있었다. 잠시 뒤에 어디에선가 구린내가 나는 인분냄새가 바람을 타고 퍼져오기 시작했다. 그럴 즈음이면 우리는 작은 집과 집들 사이에 있는 조그만 공터에 상추나 배추 등이 심어져 있는 조각 밭들을 쉽게 발견할 수 있었다. 밭이라고 하기에는 너무 작은 손바닥만한 조각 땅에 촘촘히 심어져 있는 상추나 배추의 이파리는 초록 색깔이 아니라, 흙먼지가 가득 쌓여서 얼룩덜룩한 회색 빛깔이었다. 이 옆을 지날 때에는 구린 인분냄새가 더욱 심하게 났다. 어떤 밭에서는 고추도 볼 수 있었는데, 이역시 뽀얀 먼지를 잔뜩 뒤집어 쓴 채, 바짝 말라 있는 것이 대부분이었다. 이런 산동네에, 집과 집 사이에 이런 밭이 있다는 것이 우리들에게는 참으로 신기하게 느껴졌다.

붉은 해는 여전히 서산 위에 걸려 있었지만, 바람은 이제 제법 시원해지고 있었다. 우리는 조각 밭 사이로 난 좁은 길을 따라서 계속 걸어 올라갔다. 다닥다닥 붙어 있던 집들이 이제는 조금씩 뜸해지면서, 손바닥만한 상추밭, 배추밭, 고추밭들이 더 많이 눈에 띄었고, 바람이 불어올 때마다 쿠리쿠리한 인분냄새가 코를 찔렀다. 붉은 흙 색깔의 공터도 여기저기 많이 있었고, 무덤같이 생긴 작은 구릉도 눈에 띄었다. 노랗고 하얀 들풀들이 오가는 바람에 고개를 하늘거리며 길가에도, 구릉에도, 상추밭 안에

Maurice Utrillo, 〈교외의 거리Rue de Banlieue〉, 1948

서도, 배추밭 안에서도 자라고 있었다. 산 쪽으로 올라갈수록 인분냄새는 더욱 지독하였다.

우리는 작은 집들과 밭을 지나 계속 걸어 올라갔다. 또다시 초저녁 바람이 쿠리쿠리한 인분냄새를 가득 싣고 불어왔다. 이번에는 진표가 앞에 서고, 나와 봉주가 그 뒤를 따랐다. 갑자기 쇠구슬만한 크기의 까만 무엇 하나가 내 앞을 획 하고 날아가는 것이 보였다. 그와 동시에 새까만 날개가 반짝하고 빛나는 것이었다. 나만 본 것이 아니었다. 풍뎅이야! 풍뎅이! 장수풍뎅이! 하고 봉주가 다급하게 외쳤다.

그것은 멀리 날아가지를 못하고 옆으로 빙 돌아 내 옆에서 한 이 미터 정도 떨어져 있는 맨 땅 위에 내려앉았다. 풍뎅이임에 틀림없었다. 나는 그것이 내려앉은 곳을 향하여 몸을 틀었다. 그리고는 몇 발자국을 내딛었을까. 순간, 내 한 발은 맥없이 푹 하고 늪 같은 곳에 빠지고 말았다. 묽은 진흙 같은 수렁에 여지없이 빠지고 만 것이었는데, 다행히 넘어지지는 않았다. 별안간 구린 인분냄새가 온통 내 코를 찔렀다. 내 발이 빠진 곳은 거름을 담아 놓은 인분통이었다. 나는 도저히 움직일 수가 없었다. 썩은 인분냄새가 또 한 차례 내 코 안에서 요동을 쳤다. 내 뒤를 바싹 뒤따라오던 봉주도 놀라서 그 자리에 그대로 멈춰 섰고, 앞서가던 진표 역시 풍뎅이야 하는 봉주의 외침소리에 뒤돌아보다가 나의 이런 모습을 보고는 눈을 동그랗게 뜬 채, 그 자리에 그대로 멈춰 서고 말았다.

내 한쪽 발이 빠진 곳은 밭에 거름을 주기 위하여 밭 바로 옆 조그마한 공터에 어른 발목보다 조금 깊은 정도로 땅을 파서 인분을 보관하고 있던 그런 거름통이었다. 그 거름통은 인분을 담아둔 채로 시간이 지나면 표면은 딱딱하게 굳어지고, 그 색깔은 황토색으로 변하여 일반 흙길과 구분할 수가 없기 때문에, 누구든지 그 표면을 자세히 보지 않으면 길인지, 인분통인지를 구별해 내기가 매우 어려웠다. 그렇다고 인분통이라는 표지판 같은 것도 없었다. 한눈을 팔며 무심히 길을 가다가는 누구나 이 거름통에 빠지기가 십상이었다.

나는 너무나 놀라고 당황했다. 정신 차릴 겨를도 없이 반사적으로 인분통에 빠진 왼쪽 발을 급히 빼냈다. 지독한 인분냄새가 다시 코를 찔렀다. 나에게 다가온 봉주와 진표는 얼굴을 찡그리며 자기 코를 쥐고는 고개를 한쪽으로 돌렸다. 인분통에 빠졌던 왼쪽 발은 발전체가 썩은 인분으로 뒤범벅이 되어 있었다. 그 냄새가 너무 심해서 발쪽으로는 도저히 고개를 돌릴 수가 없을 정도였다. 그야말로 악취 중의 악취였다. 그런데, 그 왼쪽 발은 맨발이었다. 분명히 고무신을 신고 있었는데…… 고무신 한 짝이 보이질 않는 것이었다. 나는 얼른 방금 전에 내 발이 빠졌던 그곳을 바라보았다. 그곳은 표면이 엷은 황토색깔로만 변해 있을 뿐, 다시 평평하게 메워져 있었고, 내 흰 고무신은 보이지 않았다. 봉주야, 내 신발 좀 찾아줘…… 나는 왼쪽 발뒤꿈치로 땅을 디딘 채, 엉거주춤 서서 봉주를 바라보며 이같이 말했다. 봉주가 길 옆 배추밭 앞에 가서 긴 막대기 하나를 주워 가지고 왔다. 그리고는 방금 내 발이 빠졌던 그곳으로 다가가서 한 손으로는 자기 코를 쥐고, 다른 한 손으로는 그곳을 막대기로 휘휘 저었다. 이같이 여러 번 해보았지만, 내 고무신은 찾을 수가 없었다.

불어오는 저녁바람을 타고 다시 지독한 인분냄새가 코를 찔렀다. 그것은 정말 지독한 냄새였다. 잠시 뒤에 진표가 신문지 조각을 한 장 주워가지고 왔다. 나는 그것으로 대충 발에 묻어 있는 인분을 닦아냈다. 그리고는 주변을 한번 둘러보았으나, 발을 씻을 데라곤 전혀 없었다. 정신을 놓고 엉거주춤 서있었던 것도 잠시, 갑자기 잃어버린 내 고무신에 대한 걱정이 머릿속을 스치고 지나갔다. 인분통에 빠져버린 그 흰 고무신은 엄마가 사준 지가 얼마 되지 않은 새 신발이었다. 엄마한테서 야단을 맞을 것을 생각하니, 별안간 마음이 무거워져 왔다. 친구아이들이 다시 막대기를 들고 근처의 인분을 휘휘 저으며 내 고무신을 이리저리 찾아보았으나, 도저히 찾을 수가 없었다.

저녁 해는 서산 뒤로 떨어지고, 어스름이 내려오기 시작했다. 산 위에서 불어오는 바람에서 별안간 한기가 느껴졌다. 우리는 모두 초조하고 불안한 마음으로 그 산동네를 내려와야만 했다. 길을 내려오다가 우물이라도 만나면 가서 발을 씻을 참이었다. 인분이 묻어 있는 왼쪽 발등이 가렵기 시작했으나, 긁을 수가 없었다. 이제 그 고약한 인분냄새는 발등에서 뿐만이 아니라, 온몸 여기저기에서 다 나고 있었는데, 그 냄새는 그야말로 숨쉬기조차 어려울 정도로 지독한 것이었다.

한쪽 발은 고무신을 신은 채로, 다른 쪽은 맨발로 언덕길을 걸어 내려와야 하는 내 모습은 처량하기가 이를 데 없었다. 평상시에도 홀라닥거리며 까분다고 엄마로부터 항상 주의를 받고 야단을 맞았던 나였는데, 이렇게 그 더러운 인분통에 빠졌다는 것을 엄마가 알면 또 심하게 야단을 맞을 것이고, 게다가 새로 산지 얼마 되지도 않은 신발을 잃어버렸기 때문에 이제 집에 가면 한바탕 난리가 날 것은 너무나 뻔한 일이었다. 산길을 내려오는 나의 마음은 점점 무거워지기 시작했다.

한참을 내려오다가 다행히도 나는 어느 우물가에서 발

을 씻을 수 있었다. 봉주가 두레박으로 물을 떠주었고, 썩은 구린내가 진동을 하는 그 발을 몇 번이나 씻고 또 씻었으나, 그 고약한 냄새는 좀처럼 가시지 않았다. 나는 발등이 자꾸 가려워서 여러 번 긁어댔는데, 진표가 이를 보더니, 이상한 표정을 지으며 똥독이 오른 게 아니냐고 했다. 진표는 우리들을 둘러보며 똥독이 올라서 잘못 하면 죽을 수도 있다고 말했다. 우리는 그 말에 모두들 놀라 눈을 동그랗게 뜨고는 진표의 얼굴을 바라보았다.

사람 똥에 독이 들어있다니, 그 똥을 배추에도 주고, 무에도 주고, 상추에도 주고 하는데…… 우리는 모두 의아하여 서로를 쳐다보았다. 진표는 심각한 표정을 지으며, 자기 외할머니가 그랬다고 하였다. 친구들은 아직도 물기가 남아 있는 내 발등을 내려다보았다. 내 발등은 푸르스름한 색깔로 변해가고 있었다. 약간 부어오르기도 하였다. 나는 빨리 집에 가서 약을 발라야겠다고 생각하고서는 서둘러 산길을 걸었다. 진표의 똥독이야기에 다른 아이들도 불안감을 느꼈는지 모두들 아무 말 없이 부지런히 산길을 걷기 시작했다. 잠시 뒤에 나는 오른쪽 신발마저 벗어들고는 두 발 모두 맨발로 산길을 걸어 내려왔다.

어둠이 짙어지기 시작할 무렵, 우리들은 십자의원에 도착하였다. 우리는 곧바로 행길을 건너서 동네로 향하였다.

지나가는 사람들이 맨발로 걸어가는 나를 자꾸 쳐다보는 것 같았다. 왼쪽 발등은 계속 가려웠고, 고약한 인분냄새는 여전히 내 주위를 떠나지 않고 있었다. 동네로 들어와서 우리는 조용히 각자 자기 집으로 발길을 돌렸다. 돌계단을 십여 개쯤 오르자, 오른쪽으로 붉은 색깔의 우리 집 대문이 보였다. 나는 대문 앞에서 잠시 머뭇거리다가 용기를 내어 대문을 밀었다. 그러나 대문은 잠겨 있었다.

엄마, 엄마아 하고 나는 작은 목소리로 엄마를 불러보았다. 그리고는 살며시 대문에 귀를 갖다 대었다. 부엌 쪽에서 인기척 소리가 났는데, 엄마였다. 성철이냐? 평상시처럼 엄마는 대문을 열어주었다. 나는 손에 들고 있던 흰 고무신 한 짝을 얼른 등 뒤로 감추었다. 어디에서 놀다가 이제 오니? 찾아도 없고…… 대문을 열어준 엄마의 모습은 여느 때와 다름없었다. 어서 씻고 들어가라, 밥 먹게. 엄마는 이같이 말하고는 부엌 쪽으로 가려다가 멈칫하더니 다시 돌아서서는 대문 앞에 우물쭈물 서있는 나를 향하여 천천히 다가왔다. 그리고는 아니, 이게 무슨 냄새야? 도대체…… 하면서 나를 유심히 살펴보기 시작했다. 나도 모르게 두 눈에서 눈물이 주르륵 흘러나오기 시작했다.

그날 저녁, 나는 수십 번은 더 씻었을 것이다. 엄마는

Maurice Utrillo, 〈눈 덮인 세인트 버나드 교회L'église de Saint-Bernard sous la neige〉, 1929

부엌에서 물을 뜨겁게 데워서 마당으로 계속 날랐고, 나는 홀랑 벗은 채로 커다란 고무 대야 통 속에 얼굴만 내놓고 들어가 앉아서는 온몸의 살갗을 있는 대로 통통 불려야 했다. 손가락과 발가락이 모두 우툴두툴 붇자, 엄마는 빳빳한 수세미로 인분통에 빠졌던 발은 물론, 몸 전체의 피부가 깡그리 벗겨질 정도로 박박 문지르고 또 문질렀다. 살이 찢어지는 것 같았다. 너무나 아팠으나, 지은 죄 때문에 나는 소리를 내지 못하고 으으으 하는 비명을 목구멍 속으로만 삼켜대야 했다. 이를 악물고 한동안 참다 보니 턱 양옆이 뻐근해져 왔다. 나중에는 온몸의 피부가 몇 꺼풀 벗겨진 것처럼 새빨갛게 되었고, 몸 전체에 불이 붙은 듯 후끈후끈 달아올랐다. 엄마는 마치 내가 통째로 인분통에 빠졌던 것처럼 몇 번씩이나 온몸을 씻기고 또 씻겼던 것이다.

인분통에 빠지게 된 자세한 과정, 잃어버린 고무신을 찾으려고 애썼던 얘기 등은 제대로 하지도 못했다. 엄마는 내가 발 한 짝이 인분통에 빠졌다는 얘기를 듣자마자, 허겁지겁 나를 다 벗기고는 서둘러서 물을 데우며 왔다 갔다 했기 때문에 나의 얘기는 중간에 자꾸 끊어졌던 것이다. 엄마가 꼬치꼬치 물어보기 전에, 내가 미리미리 고백을 다 해버리면 고무신을 잃어버린 것을 포함하여 야단을 덜 맞을 것 같다는 생각에 나는 그 어쩔 수 없었던 상황을 열심히 설명하려고 했던 것인데, 엄마는 내 얘기를 듣는 둥 마는 둥 하는 것 같아 마음이 몹시 불안했던 것이다. 밤늦게까지 한참 씻고 난 후에, 나는 형이 약국에 가서 사온 하얀 색깔의 끈적끈적한 약을 인분통에 빠졌던 발등에 잔뜩 발랐고, 하얀 색 알약도 몇 알 먹었다. 그래도 발등은 계속 가려웠다. 온몸이 다 가려오는 것 같기도 했다. 문득 진표의 똥독얘기가 생각났다.

엄마, 똥독이 오르면 죽어? 나는 심각한 표정으로 엄마에게 물어보았다. 뚱딴지같은 질문이었는지 엄마는 잠시 나를 바라보다가 그러엄, 온몸에 다 퍼지면 죽을 수도 있지 하며 대답해 주었다. 나는 진표의 심각했던 얼굴이 생각났다. 진표의 말이 맞구나…… 엄마는 나의 근심스러운 표정을 보더니, 그렇지만 너는 몸을 여러 번 닦고, 약도 먹고 발랐으니 괜찮을 것이라고 얘기해 주었다. 그러나 나는 은근히 걱정이 되었다.

우리들이 감기가 들거나 몸이 아파 누워 있을 때, 약을 먹고도 엄마에게 자꾸 아프다고 징징거리면 엄마는 우리들에게 심하면 죽는다는 말을 종종 해주곤 하였다. 웃으면서 얘기하는 것을 보면 사실은 아닌 것 같았지만, 어떤 때에는 엄마가 심각한 표정으로 얘기를 하는 바람에 우리는 엄마의 이런 말에 은근히 겁을 집어먹기도 하였다. 그래서 나는 엄마로부터 그런 얘기를 들으면 곧바로, 아니면 그 다음날 아침 일찍 엄마에게 엄마, 그 말이 진짜야? 거짓말이지? 어저께 엄마가 한 그 말 진짜 거짓말이지? 그치? 하고 되물어 보았고, 그러면 엄마는 항상 그러엄, 진짜지 하고 대답해 주었다. 우리들의 불안한 마음은 지속될 수밖에 없었다. 그러면서 엄마는 그러니까, 빨리 나아야지, 약 먹고 하고 덧붙였다. 나는 엄마의 그 말이 분명히 거짓말이라고 믿고 싶었다.

다행스럽게도 똥독은 더 이상 번지지 않았다. 그러나 먹는 약을 다 먹은 후에도, 바르는 약은 하루에도 몇 번씩 열심히 발라댔다. 며칠 후에는 가려움증도 사라졌다. 고무신을 잃어버린 것에 대해서도 엄마의 야단은 없었고, 나는 새 고무신을 하나 사게 되었다. 봉주와 진표가 내가 인분통에 빠졌던 사실을 자기 엄마에게 얼마나 심각하게 얘기를 했었는지, 그 다음날 새벽부터 봉주와 진표엄마가 우리 집을 다녀갔고, 그날 오후 봉주엄마는 대머리이발관 앞에서 학교에서 돌아오는 나를 보고는 내 머리를 만지며 괜찮으냐고 물었다. 나는 대답을 못하고 그냥 씩 웃고 말았다. 그리고는 창피해서 얼른 집으로 왔다. 내가 그 산동네의 인분통에 빠진 그날 밤부터 한 열흘 정도 쿠리쿠

리한 인분 냄새가 안방, 건넌방, 부엌, 광 할 것 없이 우리
집 구석구석을 떠나지 않고 있었다.

엄마 심부름

심부름을 한다는 것은 결코 즐거운 일이 아니다. 특히, 친구아이들과 모여서 한참 놀이에 열중하고 있을 때에 어디어디에 가서 무엇을 사오라든가, 가져오라든가, 어디 어디에다가 무엇을 가져다주라든가 하고 심부름을 시키 는 것은 정말 귀찮고 하기 싫은 일이 아닐 수 없다. 더군 다나 서로 편을 갈라서 각자가 자기편 내에서 역할을 분 담하여 놀고 있는 상태에서는 한 명이라도 빠지게 되면 문제가 있을 수 있으므로 더욱 그러했다. 밥 먹으라고 부 르면 안 먹겠다고 그러거나 나중에 먹겠다고 하면 되었 지만, 심부름은 대부분 그때그때 해야 하는 것이었으 로, 한참 노는 도중에 심부름을 한다는 것은 참으로 난감 한 일이 아닐 수 없었던 것이다.

심부름은 거의 대부분 엄마가 시키는 것이었는데, 엄

마는 심부름 값으로 용돈을 조금 주곤 하였다. 그렇게 생기는 수입을 그래도 모아놓으면 쏠쏠한 것이어서 나중에 그 돈으로 친구들과 자전거도 타러 가고, 눈치 보아 영화도 보러 가고 하였기 때문에 엄마 심부름은 결코 안 할수도 없는 계륵과도 같은 것이었다. 여하튼 친구아이들과한참 열을 올리고 노는 도중에 혼자 빠져나와 심부름을한다는 것은 결코 마음이 내키지 않는 매우 귀찮은 일이었다.

그래서 놀고 있는 도중에 엄마가 자기 이름을 부르는것처럼 싫은 일은 없었다. 그래도 대머리가게에 가서 무엇을 사오라는 그런 간단하고 빨리 끝낼 수 있는 심부름은 나은 경우였다. 어떤 때에는 걸어서 가는 데만 그것도빨리 걸어서 삼십 분 이상은 족히 걸리는 돈암동 시장이나, 그 이상 걸리는 아버지 사무실에 갔다 오라는 심부름은 여간 귀찮은 것이 아니었다. 내 친구아이들도 모두 마찬가지였다. 여하튼 엄마들은 우리들의 사정과는 전혀 관계없이 필요할 때마다 우리들에게 심부름을 시켰다.

나는 대체적으로 엄마의 심부름을 잘하는 편이었다.친구아이들 속에 파묻혀 놀고 있는 나를 부르는 엄마의목소리는 참으로 싫은 것이었지만, 나는 잠시 머뭇거리다가도 엄마가 재차 독촉하기 전에 대부분 엄마의 심부름을 하였으니―물론, 제 때에 안 해서 야단을 맞은 적도 많지만―엄마의 말을 잘 들었던 편에 속하는 아이였다. 그래서 엄마가 나를 부르면 나는 잠시 꾸물꾸물하다가도 타임을 외치고, 나, 빨랑 갔다 오께 하고 친구들에게 말하고는 엄마에게 달려가곤 하였다. 하루에도 몇 번씩 심부름을 하여야 하는 경우도 종종 있었다.

당시 엄마의 심부름에 대하여 지금 돌이켜보면 두 가지 생각이 든다. 그때 엄마들은 왜 그렇게 심부름시킬 일이 많았었는지 하는 것과 요즈음 아이들은 여간해서는 심부름을 하지 않으려고 한다는 것이다. 당시 엄마들의 집안 살림이라는 것이 요즈음처럼 일주일에 한 번, 또는 한 달에 몇 번, 슈퍼마켓에 가서 여러 가지 생활용품들을 대규모로 사다 놓고 한동안 사용하는 그런 식이 아니라―당시에는 요즈음 같은 그러한 슈퍼마켓도 없었지만―항상 재래시장이나 동네 가게에서 필요한 것들을 적당량만 조금씩 사다 놓고 쓰다 보니, 자주 장을 보아야 했고, 또 수시로 떨어져 그때그때마다 사야했다. 그러다 보니, 급할 때에는 근처 동네가게에 가서 사다 써야 했으니, 이것 좀 사와라, 저것 좀 가져와라 하는 엄마들의 잔 심부름은 당연한 것이었고, 그 심부름의 몫이 바로 우리들의 것이 되었던 것이다.

우리 엄마의 심부름은 매우 다양했다. 우선 제일 간단한 것은 대머리가게에 가서 빨래비누를 사가지고 오라는 것이었다. 그때에는 동네 대부분의 가정들이 대머리가게와 외상거래를 하고 있었는데, 대머리가게 아줌마가 봉주, 진표, 동구, 성철 등 각 집의 아이들 이름이 적혀 있는 손바닥만한 공책에 외상으로 가져가는 물건과 그 가격을 날짜와 함께 꼼꼼히 적어두면, 한 달에 한 번 엄마가 와서 돈을 지불하여 외상을 떠는 방식이었다.

그래서 동네에서는 큰 정종 병을 가슴에 품고 가는 아이, 까만 간장병을 들고 가는 아이, 하얀 빨래비누를 양손에 하나씩 들고 가는 아이들의 모습을 아주 쉽게 볼 수 있었고, 무엇인가가 가득 들어 있는 냄비를 두 손으로 조심스럽게 들고 가는 아이, 양은주전자를 들고 가는 아이, 물이 뚝뚝 떨어지는 얼음을 새끼줄에 묶어서 들고 가는 아이, 연탄 한가운데 구멍에 새끼줄을 끼워서 힘겹게 들고 가는 아이 등의 모습도 매우 자주 볼 수 있었다.

돈암동 시장 등 좀 먼 곳으로 심부름을 갔다 오는 길에 다른 동네를 지날 때에는 나는 종종 들고 오던 물건을 땅바닥에 내려놓고, 그곳 아이들 노는 모습을 한참동안 구경하기도 하였는데, 그러다가 집에 늦게 돌아오는 바람에 엄마로부터 꾸중을 듣기도 하였다. 엄마의 심부름이라는 것은 결국 피할 수는 없는 것이었기 때문에 심부름에 걸리는 시간을 최대한 줄여서 빨리 끝내는 것이 가장 현명한 일이었다. 그래서 엄마의 심부름 명령이 떨어지면 미적거리지 말고 노는 것을 그 즉시 중단하고 조속히 심부름을 마치고 심부름 값이라도 조금 챙겨서 친구들 노는 곳으로 다시금 빨리 돌아오는 것이 지금까지의 경험상 가장 현명한 행동이었던 것이다.

　비 오는 날이면 엄마는 나에게 우산 심부름을 시켰다. 성북구청 옆에 있는 아버지 사무실로 우산을 갖다드리라는 심부름이었는데, 우리 집에서 성북구청까지는 상당히 먼 거리였다. 집에서 학교까지의 거리보다 더 멀었으니까, 내 걸음으로 사십 분 이상은 충분히 걸리는 거리였다. 그것도 이것저것 한눈을 팔면서 가다보면 한 시간 이상 걸리기도 했다. 엄마는 비가 오는 날이면 이 심부름을 거의 나에게만 시켰고, 나는 이 심부름을 한 번도 거절한 적이 없었다. 물론, 엄마가 주는 심부름 값도 있었지만, 아버지에 대한 심부름이었기 때문에 나는 거리도 멀고, 시간도 많이 걸리는 이 심부름을 한 번도 짜증을 내거나 미적거리는 적 없이 잘해냈었다.

　출근할 때부터 비가 오면 당연히 아버지는 우산을 쓰

Maurice Utrillo, 〈눈 덮인 파리의 에펠탑La Tour Eiffel à Paris sous la neige〉, 1933

고 나갔다. 그러나 우리 아버지는 평상시 손에 무엇을 들고 다니는 것을 싫어해서 오후에 비가 올 것 같다는 엄마의 말에도 당장 출근할 때 비가 오지 않으면 여간해서는 우산을 들고 나가지 않았다. 또 아침부터 비가 와서 우산을 가지고 출근한 날에 퇴근할 때 비가 오지 않으면 아버지는 그 우산을 그대로 사무실에 두고 왔기 때문에 어떤 때에는 집에는 우산이 한두 개 밖에 없고, 아버지 사무실에만 여러 개가 있는 적도 있었다. 또한 아버지는 비 오는 날 우산을 쓰고 집으로 오다가 중간에 친구들과 모임을 하고 나서 비가 그쳤을 때에는 영락없이 우산을 그 음식점에 놓고 왔기 때문에 나는 종종 아버지가 갔던 음식집에 가서 우산을 찾아오기도 하였다.

우리 아버지는 성북구청 옆에 있는 사무실까지 매일 걸어다녔다. 비가 오나 눈이 오나, 몸이 아프나 마음이 아프나, 다리가 아프나 발이 아프나, 한 번도 쉬지 않고, 한 번도 힘들다는 말을 하지 않고 우리들을 먹여 살리기 위하여 매일 그곳을 걸어서 왕복하였다. 일요일에도 사무실 문을 열었다. 그렇다고 내가 아버지에 대한 우산 심부름을 열심히 한 이유가 그런 우리 가족에 대한 아버지의 노고에 대한 생각 때문이 아니었다. 지금이라면 몰라도 당시에는 아니었다. 그런 생각까지 할 정도로 당시 나는 철이 들지 않았었다. 물론, 심부름 값 때문도 아니었다. 엄마가 심부름 값을 안 준 적이 더 많았으니까. 다만, 우리집에 있어서 아버지라는 위치가 나를 그렇게 만들었고, 평상시에 아버지로부터 점수를 좀 따두어야 좋겠다는 내 나름대로의 생각이 있어서였다.

엄마는 내가 쓰고 갈 우산과 아버지가 쓰고 올 우산을 구분해서 챙겨주었다. 아버지가 쓰고 올 우산은 언제나 내가 쓰고 갈 우산보다 크고 좋은 것이었다. 나는 아버지 우산을 한쪽 겨드랑이에 끼고 대문을 나섰다. 오른쪽으로 있는 돌계단을 조금 올라가면 대머리이발관 앞 공터가 나왔고, 다시 언덕길을 내려가면 우리 학교 담장을 끼고 나 있는 길고 평탄한 길이 나왔다. 이 길을 한참 걸어 내려가면 뼈 접골원이 보이는 사거리가 나오고, 행길을 건너 보문동 쪽으로 가다가 또 행길을 몇 개 더 건너가면 성북구청이 나오고, 그 구청 건물 옆에 조그마한 아버지의 사무실이 있었다. 우산을 들고 아버지 사무실에 갈 때에 항상 엄마가 나에게 주는 주의사항이 하나 있었다. 아버지 사무실에 들어가자마자 먼저 구씨 아저씨에게 꼭 인사를 하라는 것이었는데, 구씨 아저씨는 아버지와 함께 사무실에서 일을 하고 있는 아버지 동료 아저씨였다. 검은 뿔테 안경을 쓴 뚱뚱하고 인상이 참 좋은 구씨 아저씨는 내가 인사를 하면 언제나 반갑게 맞아주었다.

비 오는 날에 길을 걸으면 항상 기분이 좋았다. 모가지가 긴 까만 고무장화를 꺼내 신고 우산을 쓰고 길을 나서면 웬지 기분은 점점 좋아졌다. 특히, 아버지 우산 심부름 가는 길 주변에는 이것저것 구경할 것들이 많아서 나름대로 재미가 있었다. 우리 동네 입구를 나서면 큰 길옆으로 조막조막 늘어선 집들, 그리고 알록달록한 작은 대문들, 조그만 구멍가게 안 허름한 나무의자에 앉아서 내리는 비를 구경하고 있는 할머니, 그 긴 담뱃대에서 올라오는 파란 연기…… 행길로 나오면서부터 많아지는 차들, 땡땡 소리를 내며 가는 전차, 오가는 자전거와 손수레들, 그리고 사람들…… 비 오는 날 보는 이런 모습들은 언제나 새롭게만 느껴졌고, 이 모든 풍경들은 마치 포근한 이불처럼 나를 감싸주는 것이었다.

가끔 행길을 건너기 위하여 건널목 바로 앞에 서있다 보면 울퉁불퉁하게 파여진 도로나 물 고인 웅덩이 위로 차가 휙 지나가면서 흙탕물을 튀기기도 해서 기분이 언짢아지곤 하였지만, 잠시 뒤에 기분은 다시 좋아졌다. 아버지 사무실 반쯤 오다보면 행길가에 작은 시계방이 하나 있었는데, 나는 항상 그 시계방 앞에서 시계들을 구경하곤 하였다. 그곳에는 가죽줄로 된 시계, 쇠줄로 된 시계, 그리고 날짜가 나오는 시계, 요일까지 나오는 시계 등 몇 종류의 손목시계가 진열장 바로 앞에 보기 좋게 진열되어 있었다. 나는 그중에서 내가 가지고 싶은 시계 하나를 정해두었고, 그곳을 지나다닐 때마다 그 시계가 팔렸나, 안 팔렸나 항상 확인하곤 하였다.

우산을 가지고 아버지 사무실에 들어가면 나는 제일 먼저 아버지 옆에 앉아 있는 구씨 아저씨에게 인사를 하였다. 그러면 구씨 아저씨는 반가운 표정을 지으며, 성철이 왔구나, 잘 있었니? 하고 머리를 쓰다듬어 주었다. 나는 그것이 늘 쑥스러워서 아버지에게 빨리 우산을 전달하고 돌아가야지 하고 생각하곤 하였다. 그래서 나는 아빠, 이거, 하면서 엄마가 준 우산을 얼른 아버지에게 내밀고는 다시 구씨 아저씨를 향하여 안녕히 계세요 하고 인사를 하고 돌아섰다. 그러면 어떤 때에는 구씨 아저씨가 나에게 용돈을 주기도 하였다. 그럴 때마다 나는 머뭇거리면서 아버지를 슬쩍 바라보곤 하였는데, 아버지는 입가에 작은 미소를 지으며 조용한 목소리로 나를 보면서 받아라 했다. 그러면 나는 구씨 아저씨가 주는 그 용돈을 받았다.

내가 돌아갈 때면 아버지는 항상 나를 따라서 문밖까지 나와서는 밥은 먹었니? 하고 물었고, 그때마다 나는 응

하고 대답했다. 그래, 이제 어서 가 봐라, 차 조심하고……
아버지는 언제나 나에게 이렇게 얘기하였다. 나는 홀가분
한 마음으로 왔던 길을 향하여 다시 걷기 시작했다. 아버
지가 계속 나를 보고 있는 것 같아 뒤통수가 간질간질해
졌다. 괜히 쑥스러운 마음이 들기도 했다. 아버지가 얼른
사무실로 들어갔으면 하는 마음으로 슬쩍 뒤를 돌아보면
아버지는 여전히 뒷짐을 쥔 채, 사무실 앞 인도에 서서 나
를 보고 있었다. 나는 더욱 쑥스러워졌다. 그래서 나도 모
르게 걸음이 점점 빨라지기 시작했고, 뛰다시피 걷기도
하였다. 한참을 온 것 같아 이제는 아버지가 사무실로 들
어갔겠지 하고 생각하면서 다시 뒤를 돌아보면 아버지는
여전히 그 자리에 그 모습 그대로 서서 나를 바라보고 있
었다. 아버지는 한 그루 작은 나무처럼 서있었다.

　엄마의 심부름 중에는 돈암동 시장에 가서 팥죽을 사
오라는 것이 있었는데, 이 역시 꽤나 시간이 걸리는 심부
름이었다. 돈암동 시장 안쪽으로 쑥 들어가서 왼쪽으로
꼬부라져 조금 더 가면, 건어물 가게 바로 옆에 사투리를
쓰는 할머니가 하는 엄마의 단골 팥죽집이 있었다. 여기
서는 팥죽과 함께 인절미나 절편, 백설기, 팥고물 떡 등도
같이 팔았다. 팥죽을 사러 그곳까지 여동생과 같이 가기

도 하였고, 나 혼자서 가기도 하였다.

아버지 우산 심부름이나 팥죽 심부름은 모두 돈암동 큰 행길을 건너야 했으므로 엄마는 이런 심부름을 보낼 때마다 항상 차 조심을 시켰다. 팥죽 심부름을 갈 때에는 빈 양은냄비를 들고 가기도 하였고, 손잡이가 달린 조그만 들통 같은 것을 들고 가기도 하였는데, 특히 냄비에 팥죽을 가득 담아가지고 올 때에는 너무나 힘이 들었다. 두 손으로 냄비의 양쪽 손잡이를 들고 와야 했는데, 그런 자세로는 조금만 시간이 지나도 팔이 아파서 매우 힘들었던 것이다. 그래서 오다가 몇 번씩은 쉬어야 했다. 또한, 할머니가 막 담아준 팥죽은 뜨거웠기 때문에 들고 오기가 더욱 힘들었다. 오는 도중에 냄비뚜껑이 열려서 팥죽이 옷에 묻거나 쏟아지는 경우도 종종 있었다.

한번은 우리 집에 경기도 벽제에 사시는 친할머니가 오셨다. 당시 친할머니는 가끔 우리 집에 오셨는데, 한 번 오시면 이삼일 정도 주무시고 가셨다. 할머니가 오실 때면 종종 엄마는 나와 여동생에게 돈암동 시장으로 팥죽 심부름을 시키곤 하였다. 그날도 나는 여동생과 함께 팥죽을 사러 돈암동 시장엘 갔었는데, 가는 길 도중에 그만 동생이 팥죽 살 돈을 잃어버리고 말았다. 그것도 집을 나선지 한참을 지나 돈암동 시장에 거의 다다랐을 때 알게

Maurice Utrillo, 〈라팽 아질Le Lapin Agile〉

되었던 것인데, 동생 말로는 조그맣게 잘 접어서 한 손에 꼭 쥐고 있었는데, 어디에선가 놓쳐버린 것 같다는 것이었다. 그러나 동생이 어디쯤에서 돈을 잃어버렸는지 알 수가 없었다. 우리들은 그 돈을 찾기 위하여 오던 길을 다시 가보기로 하였다. 그래서 돈암동 시장 입구에서부터 왔던 길을 다시 거슬러 가면서 이리저리 찾아보았다.

그러나 길아, 뚫어져라 하고 아무리 보고 또 보아도 잃어버린 돈은 찾을 수가 없었다. 시간은 자꾸 지났고, 걱정은 점점 커졌다. 엄마의 화난 얼굴이 눈앞에서 아른거렸다. 우리는 어떻게 해야 할지 몰라 갑갑함 마음으로 서로 쳐다보기만 하였다. 그리고 아무 말 없이 그냥 길 위에 서 있었다. 뾰족한 대책이 없었다. 잠시 시간이 흘렀을까. 아버지한테 가자…… 동생은 동그란 눈을 치켜뜨면서 나를 보며 이같이 얘기했다.

아버지한테 가자고? 아버지의 얼굴이 내 눈앞을 스쳐갔다. 더 혼나는 것 아닐까? 괜히 아버지한테 갔다가? 내 생각은 이랬는데, 우리와는 다르게 평상시 아버지로부터 야단맞는 일이 별로 없었던 여동생은 아버지한테 가서 사정이야기를 해보자는 것이었다. 일단 엄마한테 혼나는 것은 피하자는 생각이었는데, 나는 잠시 머뭇거렸으나, 이대로 엄마한테 돌아가서 혼나는 것보다는 일단 동생과 함께 아버지한테 가는 것이 더 낫겠다는 생각이 들었다.

동생과 나는 일단 목적지를 바꾸어 성북구청 옆에 있는 아버지 사무실로 향했다. 우리는 아무 말도 없이 나란히 걸었다. 행길을 두어 개 건넜다. 발걸음이 무거웠다. 내 머릿속에서는 돈을 잃어버린 것은 내가 아니라, 동생이라는 사실이 떠나질 않았는데, 그것은 아버지한테 야단을 맞더라도 동생보다는 내가 덜 혼날 것이라는 위안을 갖게 하였다.

한참을 걸어서 아버지 사무실에 도착한 우리는 사무실 안으로 들어가지 못하고, 문밖에서 쭈뼛거리고 서있었다. 나는 도저히 아버지 사무실 문을 열고 들어설 용기가 나지 않았다. 동생도 마찬가지였다. 우리는 잠시 문 앞에서 서성거렸다. 당시 아버지 사무실 문은 옆으로 밀어서 열고 닫는 문으로 위쪽 반은 유리로 되어 있어서 안에서 밖이나 밖에서 안을 모두 들여다 볼 수 있었다. 나는 까치발을 하고 사무실 안을 가만히 들여다보았다. 아버지는 사무실 안에 혼자 있었는데, 책상 위에서 무엇인가를 열심히 적고 있었다. 아버지 눈과 내 눈이 마주친 것은 아버지가 잠깐 고개를 드는 순간이었는데, 나는 멈칫 하고 놀라 얼른 고개를 숙이고 말았다.

아버지 사무실에 들어서자마자 나는 그만 울음이 터지

고 말았다. 복잡한 심경에서 나도 모르게 터져버린 울음이었는데, 내 여동생도 덩달아 울음을 터뜨렸다. 우리는 지금까지 있었던 모든 일들을 아버지에게 다 얘기했다. 아버지는 우리 얘기를 들으면서 빙그레 웃더니 별 말없이 팥죽 살 돈을 주었다. 한마디의 꾸지람도 없는 것이 이상할 정도였다. 나중에 집에 가서 야단을 맞을지도 모른다는 생각을 잠시 하고 있던 사이, 얼른 가보라는 아버지의 말에 우리는 아버지 사무실을 나와서 다시 돈암동 시장 팥죽할머니를 향하여 부지런히 걷기 시작했다.

돈암동 시장 팥죽할머니한테 도착했을 때에는 시간이 많이 늦어 있었다. 우리들은 종종 냄비나 들통을 들고 이곳에 팥죽을 사러 왔었기 때문에 팥죽할머니는 우리를 한눈에 알아보았다. 그날 할머니는 평상시보다 더 많은 양의 팥죽을 냄비에 가득 담아주었다. 팥죽을 들고 집으로 돌아오면서 우리 마음 한구석은 조용하게 가라앉아 있었다. 돈을 잃어버렸다는 이야기를 엄마한테 해야 되는지, 안 해도 되는지, 아버지 사무실에 간 이야기를 해야 되는지, 안 해도 되는지, 아버지가 엄마한테 우리 얘기를 할 것인지, 안 하고 말 것인지 등 이런 저런 생각으로 머릿속이 복잡해졌는데, 이는 여동생도 마찬가지였다.

여하튼 그날 엄마의 팥죽심부름은 그렇게 끝났고, 우

리들은 엄마에게 아무 이야기도 하지 않았다. 내 동생과 나는 이 사건에 대하여 며칠간 끙끙거리며 고민하다가 그냥 잊어버리고 말았다. 그로부터 한 열흘쯤 지났을까, 어느 날 엄마가 우리들을 안방으로 불렀다. 엄마는 그날 그 팥죽사건에 대한 전말을 자세히 알고 있었다. 아버지가 엄마한테 다 이야기한 모양이었다. 엄마는 웃으면서 엄마한테 말하면 야단칠 줄 알았니? 하고 우리들을 바라보았다. 그리고는, 어쩐지 너희들이 그날 늦게 오더라 했지, 괜찮어. 하면서 엄마는 다시 웃어보였다.

나는 아버지의 막걸리심부름도 자주 했었다. 물론, 이것도 엄마가 시키는 엄마의 심부름이었지만, 역시 아버지를 위한 것이었다. 노란 양은주전자를 들고 가서 막걸리를 하나 가득 받아오는 일이었는데, 엄마는 언제나 똑같은 집으로 심부름을 보냈다. 그 집은 대머리이발관 앞을 지나 언덕길을 내려가서 조금 가다보면 우리 학교 담장 밑으로 쑥 들어간 굴 같은 곳에 있었는데, 입구는 좁았지만, 안에 들어가 보면 여러 개의 식탁, 의자 등 사람들이 앉을 수 있는 널찍한 공간이 있었다. 낮에도 어두컴컴하고 한여름에도 으스스할 정도로 선선하였던 그곳에서는 항상 퀴퀴하고 텁텁한 냄새가 났다.

나중에 커서 혜화동 고개에 있었던 석굴암이라고 부르는 꽤 유명한 막걸리 집을 친구들과 간 적이 있었는데, 이 막걸리 집의 내부가 그 석굴암과 비슷하였다. 어두컴컴한 굴 안으로 들어가면 키가 작고 뚱뚱하며, 머리가 벗겨진 아저씨가 큰 항아리 뚜껑을 열고 노란 바가지로 뿌연 막걸리를 퍼서 내가 가져간 주전자에 하나 가득 담아주었다. 굴 안쪽 한 식탁에서는 어른 몇몇이 둘러앉아 막걸리를 마시고 있었다. 뚱뚱한 그 아저씨는 언제나 내가 가져간 주전자가 넘치도록 막걸리를 담아주었고, 종이를 똘똘 말아서는 주전자 꼭지를 꼭 막아주었다. 한번은 막걸리를 받아가지고 나와서 조금 걷다가 아무도 안보는 틈을 타서 틀어막은 종이뭉치를 슬쩍 빼고는 주전자 꼭지에 입을 대고 쭉 빨아본 적이 있었는데, 입안에 번져오는 그 맛이란 한없이 쓰고 떫은 것이어서 그냥 뱉은 적이 있었다.

가끔 엄마는 술을 거르고 남은 하얀 술 찌꺼기를 사가지고 오곤 하였다. 우리는 이것을 재강이라고 불렀는데, 비지와 비슷해보였다. 이 재강을 냄비에 넣고 불에 데우면 잠시 뒤에 시큼털털한 냄새와 함께 죽처럼 풀떡풀떡하면서 끓어오르기 시작하였는데, 이때쯤 불에서 꺼내 노란 설탕을 넣어 잘 저어서 먹으면 그런대로 먹을 만하였다. 엄마는 옛날에는 하도 먹을 것이 없어서 이런 것을 밥

대신 먹기도 하였다고 우리들에게 얘기해 주었다. 당시 우리 집은 그 정도까지는 아니었지만, 가끔 점심 때 엄마가 데워주는 뜨끈뜨끈한 재강에 설탕을 넣어서 먹곤 하였다. 이 재강은 아버지 주발로 반만 먹어도 배가 가득 불러왔고, 먹고 나자 곧 끄윽 하고 트림이 여러 번 나왔으며, 입에서는 퀴퀴한 막걸리 냄새가 심하게 났다. 그리고 항상 먹고 나면 잠시 뒤에 얼굴이 붉어지고 화끈화끈해지면서 기분이 좋아졌다. 또 많이 먹으면 어질어질하면서 숨도 빨라지고, 하늘과 땅이 흔들흔들 움직이는 것 같았고, 졸음이 자꾸 와 방바닥에 한번 드러누우면 한동안 깨지 않고 몇 시간이고 계속 잠을 잤다.

만화가게

요즈음 들어 새삼 내게 흥미로운 사실 하나는, 만화방이라고 부르는 아이들 오락실이 동네 이곳저곳에 여전히 있다는 것이다. 이 만화방이라는 것이 이름은 달랐지만, 옛날에 있었던 만화가게와 유사한 것이었다. 물론, 요즈음의 만화방은 오직 만화만 보는 그 옛날의 만화가게하고는 크게 다르고, 만화 소재 역시 성인, 청소년, 아동 등 계층에 따라 매우 다양해졌지만, 당시에는 거의 대부분이 아이들용 만화로서―내 기억에는 아이들용 만화 밖에는 없었던 것 같다―그 내용도 나쁜 사람들과 싸워 이기거나, 아이들 학교생활을 재미있게 그린 그런 단순한 것들이었다.

옛날 만화가게는 동네마다 한 곳 정도는 있었는데, 동네 구멍가게 바로 옆에 붙어 있는 경우가 많았다. 드르르

륵 하고 소리가 나면서 옆으로 열리는 문을 열고 들어가면, 만화가게 주인아저씨가 문 옆에 있는 조그만 나무 책상 앞에 앉아 있었고, 우리는 한 권 보는데 얼마씩 하는 만화책을 몇 개 골라서 돈을 내고는 의자에 앉아 만화를 보았다. 만화책은 각 벽면마다 여러 층으로 만들어 놓은 좁다란 나무선반 위에 앞표지가 보이도록 꽂혀 있었고, 까만 고무줄을 길게 연결하여 꽂아 놓은 만화책이 쓰러지지 않도록 지탱해 놓았다. 선반 낮은 쪽에 꽂혀 있거나, 의자 위에 쌓여 있는 만화책들은 주로 신간이었고, 나온 지가 좀 지난 것들은 선반 위쪽에 꽂혀 있거나, 여러 권이 철끈으로 한데 묶여서 한쪽 구석에 쌓여 있었다.

우리들은 자기가 보고 싶은 만화책들을 미리 골라서 그 권수만큼 돈을 지불하고는 그것들을 자기 옆에다 쌓아놓고 보기도 하였고, 몇 권을 볼 것인지 미리 정해서 돈을 지불하고는 그 정해진 권수 내에서 만화책을 골라보기도 하였다. 낸 돈보다 더 많은 만화책을 보게 되면 중간에 추가로 돈을 더 내야 했다. 돈을 미리 지불하고 만화책을 보다가 도중에 보는 것을 그만두어도 이미 낸 돈은 돌려주지 않는 것이 상례였다. 다만, 다음에 다시 와서 남은 돈만큼 더 볼 수가 있었는데, 이를 별도로 적어두는 것이 아니라, 그냥 아저씨와 우리의 기억 속에 담아둘 뿐이었다. 그러나 만화가게에 한 번 가면, 보고 싶은 만화책이 워낙 많았기 때문에 이런 경우는 거의 없었다. 만화책을 집으로 빌려가서 보고는 그 다음날 반납하는 경우도 종종 있었는데, 집으로 만화책을 빌려가는 것은 주로 누나나 식모들이 많이 하였다.

만화책은 한 제목 하에 속편으로 계속 이어져 나오는 것이 통상이어서 이런 경우, 만화책 겉표지 아래 부분에 아라비아 숫자로, 1, 2, 3…… 하고 속편이라는 표시가 있었고, 각 권은 대개 백여 페이지 정도의 분량이었다. 인기 있는 만화책은 그 속편이 무려 삼십 번째를 넘어가는 경우도 있었다. 이러한 속편은 우리에게 다음 스토리 전개의 궁금증을 최대한 부풀게 하여 이제 주인공은 어떻게 될까, 살아나올 수 있을까, 없을까 하는 등의 갖가지 조바심이나 온갖 기대감을 갖지 않을 수 없게끔 만들었으니, 당시 어른들이 애청했던 라디오 드라마 연속극처럼 우리는 그 다음 편을 학수고대할 수밖에 없었던 것이다. 그래서 우리들은 학교가 파하자마자, 그 만화의 속편이 나왔는지 궁금하여 만화가게로 달려가곤 하였다.

한 권 보는 데 일 원이면 열 권을 보려면 십 원을 내야 했는데, 십 원을 내면 어떤 때에는 아저씨가 열한 권도 보게 해주었고, 또 아저씨 기분대로 열두 권도 보게 해주었다. 또 어떤 아이는 아저씨 몰래 낸 돈보다도 한두 권을 더 보는 양심 불량한 경우도 있었는데, 대부분의 아이들은 자기가 낸 돈만큼만 보았다. 만화가게 아저씨는 저 아이가 얼마를 냈는지, 지금 몇 권째를 보고 있는지, 만화책을 그냥 꺼내기만 했는지, 그것을 보았는지, 안 보았는지, 심지어 누구는 오줌을 몇 번 누고 왔는지까지 거의 정확하게 기억을 하고 있었기 때문에 그런 아저씨 앞에서 양심 불량을 한다는 것은 매우 마음에 꺼려지는 일이었다.

우리들에게 가장 인기가 높았던 만화는 〈라이파이〉라는 것이었다. 머리에 동그랗고 하얀 두건을 쓰고, 머리끈을 뒤로 길게 늘어뜨리고, 검정색 눈가리개를 하고, 팔꿈치까지 올라오는 검은 장갑을 끼고, 또 무릎까지 올라오는 검은 장화를 신고서 줄을 타고 허공을 날아다니며 악당을 무찌르고 착한 사람들을 구해주는 용감무쌍한 '정의의 사자' 라이파이…… 만화책의 제목이 라이파이였는데, 라이파이는 그 만화 주인공의 이름이기도 하였다. 이라이파이야말로 제 때에 속편을 보기가 힘들 정도로 당시 우리에게는 최고 인기절정의 만화시리즈였다.

이 라이파이는 요즈음으로 치면 수퍼맨이라고나 할까, 여하튼 아무리 위험한 상황 속에서도 일체의 두려움이나

Maurice Utrillo, 〈몽마르트 거리Rue à Montmartre〉, 1933~1935

주저함 없이 용감히 뛰어들어 정의를 위하여 싸우는 모습이 정의의 사도 그 자체였다. 줄 하나에 매달려 높은 건물과 건물 사이를 자유자재로 날아다녔고, 땅에서 하늘로, 하늘에서 땅으로, 눈 깜짝할 사이에 이동하면서 악당을 물리치는 라이파이의 얼굴에는 언제나 미소가 떠나지 않았다. 특히, 만화 한 편이 끝날 때에는 주인공인 우리의 라이파이가 악당의 꼬임에 넘어가 매우 위험한 상황에 빠지게 되는 경우가 대부분이어서 우리는 그 속편을 보지 않을 수가 없었다.

또 〈땡이〉라는 만화가 있었다. 이 만화는 라이파이와 함께 당시 우리들에게 꽤나 인기가 있었던 것으로, 속편으로 계속 이어지는 만화였다. 땡이 역시 그 만화의 주인공 이름이었는데, 이름도 특이하지만 새까맣고 큰 눈동자가 반짝반짝 빛나고, 얼굴도 잘 생기고, 키도 큰 땡이는 개구쟁이에다가 착하고 용감하여 우리들은 모두 땡이와 같아졌으면 하는 바람들을 가지게 되었고, 특히, 땡이는 우리들과 같은 또래의 아이로, 그 만화의 배경 역시 학교와 집, 그리고 동네 등이어서 속편을 보면 볼수록 내가 그 만화 속의 주인공이고, 땡이가 바로 나라는 생각을 하게 되었다.

명랑하고 쾌활한 성격의 땡이가 학교에서, 동네에서

친구들과 재미있게 노는 이야기인데, 땡이는 장난꾸러기이며, 사고뭉치이며, 또 욕심쟁이면서도 모범생이었고, 또 정의를 위해 싸우는 의리의 친구였다. 학교와 동네친구들 사이에서 인기가 제일 높은 아이, 예쁜 여자 친구가 항상 같이 놀아주는 아이…… 땡이의 이런 모습은 우리가 참으로 부러워하기에 충분하고도 남음이 있었다. 그래서 땡이 역시 속편이 손꼽아 기다려지는 만화였다.

또 다른 인기 만화로는 〈삐삐〉라는 것이 있었는데, 삐삐 역시 만화 주인공의 이름이었다. 삐삐는 사람이 아닌 로봇이었다. 머리는 작은 드럼통, 몸통은 큰 드럼통으로 만들어졌고, 코는 피노키오처럼 뾰족하고 길었으며, 얼굴이 매우 순해 보이는 로봇으로 사람처럼 집에서 사람들과 같이 살고 있었는데, 그 집에는 우리 또래와 비슷한 아이가 한 명 있었다. 삐삐는 바로 그 아이와 친구였다. 그래서 우리는 삐삐가 우리와 같은 나이라고 생각하고 있었다. 주인공 삐삐는 사람과 똑같이 밥이나 과자를 먹었고, 공부도 하였고, 심부름도 하였으며, 밖에 나가서 아이들과 같이 놀았고, 또 웃기도 하고, 화도 내고, 울기도 했던 아주 재미있는 로봇이었다. 그런데, 몸이 쇠붙이로 되었기 때문에 아무리 넘어져도 다치지 않았고, 아무리 오랫동안 놀아도 지치지 않았다.

한 번은 삐삐가 사는 집에 도둑이 들어왔다. 삐삐와 도둑이 서로 싸우다가 도둑이 칼로 삐삐의 몸을 여러 번 찔렀는데, 삐삐는 아무렇지도 않았다. 오히려 칼이 부러지고 말았다. 그래서 놀란 도둑이 도망을 갔는데, 삐삐가 끝까지 쫓아가서는 그 도둑을 잡아서 순경 아저씨에게 넘겨주었다. 또한 삐삐는 연탄 나르기, 도랑 치우기, 이삿짐 날라주기 등 동네의 힘들고 어려운 일들을 도맡아 잘해주어서 나중에는 그 동네 경찰서로부터 큰 상을 받기도 했다. 우리는 삐삐를 볼 때마다 우리 옆에도 그런 삐삐가 있었으면 하는 마음들을 갖고 있었다. 삐삐하고 같이 살고 있는 그 아이가 참으로 부러웠다. 엄마 심부름도 잘하고, 바쁠 때는 숙제도 대신 해주고, 힘도 세고, 어디를 가더라도 같이 갈 수 있는 삐삐가 나에게도 하나 있었으면 하고 나는 늘 생각하였다.

십자의원 선생님

　동네에 있는 병원이라고 해봐야 조그만 내과나 접골원 등 한두 개였는데, 그나마 그것도 동네 안쪽으로 들어와서는 거의 없었고, 돈암동 사거리나 시장 근처, 구청 주변, 또는 삼선교 근처의 행길 주변에 몇 개가 있는 정도였다. 돈암동 시장 바로 앞 큰 길가에 있는 제중의원이라는 내과가 그랬고, 돈암동 사거리 건너편에 있던 뼈 접골원이 그랬다. 그런 중에서도 우리 동네에서 제법 가까운 곳에 의원이 하나 있었다. 십자의원이라는 이층 건물로 된 작은 의원이었는데, 이 십자의원은 신흥사로 가는 언덕길 반대 방향의 행길, 범진여객 버스 종점 건너편에 위치하고 있었다. 즉, 십자의원에서 오른쪽으로 가면 아리랑 고개를 넘어서 정릉 배밭골로 가는 길이 되었고, 왼쪽으로 가면 돈암동 사거리로 내려가는 길이 되었다.

이 십자의원은 이 지역에서 꽤나 오래된 의원이었다. 언제부터 그곳에 있었는지 알 수는 없었지만, 내가 태어나기 전부터 있지 않았나 할 정도로 오래되었다는 인상을 주는 그런 의원이었다. 주 진료과목은 내과였지만, 수술을 해야 할 환자를 제외한 대부분의 동네사람들을 치료했던 일종의 동네 종합병원이었다. 따라서 내과 환자 외에, 타박상, 화상 등 기타 일반 응급환자들도 이곳에 와서 치료를 받았다. 연탄가스를 맡은 사람들도 모두 이곳에 왔었다.

십자의원은 우리 동네 사람들이 제일 먼저 찾게 되는 그런 곳이었다. 그만큼 십자의원은 오랜 세월을 동네 주민들과 같이 동고동락하면서 지내왔고, 그 십자의원 의사 선생님은 우리 동네 모든 사람들의 주치의였다. 그 선생님은 진료나 치료뿐만이 아니고, 일반 건강상담도 친절하고 정성껏 해주었다. 그리고 여기서 치료하기가 어려운 환자는 시내에 있는 다른 큰 병원으로 가보도록 안내해 주기도 하였다.

당시에는 요즈음처럼 의료보험 같은 제도가 있었던 시대가 아니어서 누구든지 병원에 가면 치료비 전체를 지불하여야 했다. 그것도 모두 현금으로 내야 했는데, 물론 당시의 병원 치료비는 요즈음처럼 그렇게 비싼 수준은 아니었지만, 당시 각 가정의 수입에 비하면 병원 치료비는 역시 비싼 것이었다. 그렇다보니, 몸이 아파서 병원에 가는 것도 고급스럽고 사치스러운 일에 속해서 웬만큼 아파도 꾹 참았고, 그렇게 참다보면 그냥 낫기도 했었다. 배가 아프면 약국에 가서 활명수 한 병을 사다 먹었고, 피부에 상처가 생기면 아까찡끼라고 부르는 빨간 물약을 사다가 발랐으며, 좀 더 심하면 그 위에 다이아찐가루라는 밀가루같이 흰 가루약을 뿌렸다. 삐거나 부어오르면 노란 색깔의 물약인 옥도정기를 사다가 발랐고, 좀 더심하면 그 위에 신신파스를 갖다 붙이면 그만이었다. 그렇기 때문에 사람들은 버틸 때까지 버텨보다가 정 견디기 힘들 때에 동네 의원을 찾는 것이었다.

나는 초등학교를 졸업할 때까지 병원이라는 곳에 가서 제대로 치료를 받아 본 적이 딱 한 번 있었는데, 작년에 집 앞 계단에서 미끄러져 왼쪽 손목의 뼈가 부러지는 바람에 치료를 받으러 돈암동 행길 건너편에 있는 뼈 접골원에 간 것이 그 전부였다. 그러나 내 친구들 중에는 십자의원에 가서 치료를 받은 아이들이 제법 있었다. 그렇다고 내가 내 친구들보다 안 아프고 건강했었다는 것이 아니라, 아파도 참아내던가, 약으로 대충 견디어내던가 했던 것이다.

지난 겨울에 진표가 독감 때문에 자기 엄마하고 십자의원에 간 적이 있었는데, 그때 나는 집 앞에서 놀고 있다가 우연히 진표를 따라서 그곳에 같이 가게 되었다. 십자의원 안은 생각보다 넓었다. 뼈 접골원 말고는 병원이라는 곳을 들어가 본 것이 그때가 나에게는 처음이었는데, 빨간 십자가가 그려져 있는 우윳빛 유리로 된 문을 열고 들어서니까, 훈훈한 공기가 콧속에 밀려 들어왔다.

병원 안의 벽은 모두 하얀 색이었고, 천정도 하얀 색이었다. 왼쪽 한구석에는 흰 커튼이 천정에서부터 거의 바닥까지 길게 드리워져 있었으며, 반쯤 열려진 그 커튼 사이로 하얀 색깔의 천을 씌운 침대 하나가 놓여 있는 것이 보였다. 그 하얀 색깔은 눈이 부실 정도였다. 오른편 안쪽으로는 의사선생님이 사용하는 것으로 보이는 큰 고동색 나무책상과 등 높은 의자가 있었고, 그 책상 바로 앞에는 하얀 커버를 씌운 등 없는 동그란 나무의자 두 개가 놓여 있었다. 하얀 옷을 입은 간호원 누나는 문 쪽에 있는 책상에 앉아 있었는데, 환하게 웃으며 우리를 반갑게 맞아주었고, 때마침 의사선생님이 없어서 우리는 의사선생님이 올 때까지 잠시 기다려야만 했다.

방 한가운데에는 진한 고동색 쇠 난로가 타고 있었는데, 그 옆에는 찹쌀떡같이 생긴 새까만 자갈탄들이 양철통에 차곡차곡 담겨져 있었고, 쇠로 된 조그만 부삽 한 자루와 쓰레받기가 그 옆에 가지런히 세워져 있었다. 난로에서 시작된 연통은 기역자 모양으로 구부러져서 천정을 거쳐서 유리창을 하나 뚫고 바깥으로 뻗어져 있었고, 길게 이어진 연통들은 모두 은백색으로 반짝이고 있었다. 마주보이는 벽면에는 큰 거울이 걸려 있었으며, 거울 아래쪽 부분에 하얀 색깔의 조그만 글자들이 쓰여 있었는데 멀어서 잘 보이지는 않았다. 그 거울 바로 옆에는 세숫대야가 받침대 위에 놓여 있었고, 그 옆에는 하얀 타월이 못에 걸려 있었다. 병원 안은 이상하리만큼 조용하였다. 간간이 지나가는 찻소리가 들려왔는데, 그것도 아주 먼 곳에서 들리는 것처럼 희미하였다. 우리들 귀에는 의사선생님의 책상 위에 놓여 있는 해바라기 괘종시계의 초침 가는 소리가 째깍째깍 들리고 있었다.

잠시 뒤에 의사선생님이 돌아왔다. 의사선생님이 들어올 때, 진표엄마는 의자에서 천천히 몸을 일으켰고, 동시에 의사선생님은 진표엄마를 보고 웃음을 지으며, 어서 오세요 하고 인사말을 건네었다. 하얀 와이셔츠에 회색 넥타이를 매고 있던 의사선생님은 키는 큰 편이었는데, 얼굴은 많이 말라보였다. 잠시 뒤에 진표와 진표엄마는 간호원 누나와 함께 의사선생님 책상이 있는 쪽으로 갔고, 나도 따라갔는데 의사선생님은 어느새 하얀 가운을 입고 있었으며, 그 하얀 가운의 큰 주머니에는 둘둘 말린 청진기가 들어있었다.

그날 진표는 주사를 맞았고, 약도 받았다. 나중에 진표에게서 들은 이야기로는, 그날 받은 약은 전부 가루약이었는데, 엄청나게 쓴데다가 입천장에 붙어 잘 넘어가지도 않아서 약을 먹을 때마다 고생했다는 것이고, 약 한 봉지에 물은 열 번 이상은 마셨다는 것이다.

십자의원을 갔다 온 후로부터 병원이라는 것에 대한 나의 이미지는 상당히 좋게 바뀌었다. 지난번 손목뼈가 부러져서 뼈 접골원에서 치료받을 때 경험했던 고통 때문에 생긴 병원에 대한 부정적 시각과 그 접골원 안에서 보았던 의족, 의수, 손가락, 발가락, 눈알, 해골 등 징그럽고 으스스 했던 병원에 대한 인상이 이번에 진표와 함께 십자의원을 한 번 갔다 온 후로는 많이 바뀌게 된 것이었다. 특히, 반짝이는 청진기를 목에 건 멋있어 보이는 의사선생님과 친절했던 간호원 누나의 제비같이 날씬한 모습이 나에게는 참으로 깨끗하고 곱게 보였다. 의사선생님은 나이가 많아보였지만 항상 웃는 모습이었으며, 목소리는 라디오 연속극에서 흘러나오는 성우 목소리처럼 굵직하여 참 듣기가 좋았다.

동네 모든 사람들에게 친절했던 의사선생님은 주변 어른들에게 건강유지에 필요한 좋은 이야기들을 많이 해주었기 때문에 우리 동네에서는 십자의원 선생님을 각자 자기네 집의 주치의로 생각하여 동네 주민 누구나가 그 선생님을 좋아하고 존경하였던 것이다. 나중에 엄마한테서 들은 이야기였는데, 그 십자의원 의사선생님은 서울의 아주 훌륭한 대학을 수석으로 졸업했고, 그 어려운 박사라는 것을 땄으며, 병을 잘 고쳐서 장안에서도 매우 유명한 선생님이라는 것이었다. 그러니, 엄마는 너도 열심히 공부해서 십자의원 선생님같이 훌륭한 의사가 되라고 나에게 얘기하곤 하였다.

　　당시는 동네의원의 의사선생님이 진료나 치료차 가정을 직접 방문하는 경우가 많았다. 소위 왕진이라는 것이었는데, 대부분이 거동하기가 어려운 환자가 있는 그 집의 요청에 의해 이루어지는 것으로서 이러한 의사의 왕진은 요즈음에는 좀처럼 볼 수가 없는 당시의 일반적 풍경이었다. 우리 집에도 십자의원 의사선생님이 직접 온 적이 두어 번인가 있었다. 한 번은 엄마가 몸이 아파 누워 있을 때였는데, 형이 연락을 했는지 그 선생님이 간호원 누나하고 같이 왔다. 의사선생님과 간호원 누나는 우리 집에 들어서자마자 곧바로 엄마가 누워 있는 안방으로 들어갔고, 우리들은 모두 신기한 마음으로 안방에 모여들어 엄마의 머리맡에 나란히 앉았다. 아버지도 엄마 바로 옆에 앉았다.

왕진을 온 의사선생님은 한 손에 고동색 가죽 손가방을 하나 들고 있었는데, 그 가방 거죽은 하얗게 낡아 있었고, 손잡이 부분은 손때가 타서 검게 변색되어 있었다. 의사선생님은 그 가방을 열더니 반짝거리는 청진기를 꺼냈고, 간호원 누나는 자기가 들고 온 하얀 가방에서 체온계 등 조그만 의료장비들을 꺼냈다. 간호원 누나는 젓가락 같이 얇은 유리 체온계를 허공에 두어 번 탁탁 털더니 엄마의 혀 밑에 꽂았다. 잠시 뒤에 간호원 누나가 엄마 혀 밑에서 체온계를 빼서는 의사선생님에게 보여주었고, 의사선생님은 그것을 잠시 보더니, 고개를 끄덕이면서 청진기를 엄마 가슴 위에, 그리고 등 쪽에 대보며 진찰을 하였다. 그리고는 엄마 눈도 벌려 보고, 아, 해보세요 하면서 엄마의 입 속도 들여다보았다.

의사선생님은 엄마가 몸살감기로 인한 고열에다가 체기까지 있다고 했다. 그래서 주사를 두 대나 놔주었고, 병원에 약을 준비해 놓을 테니 나중에 와서 가져가라고 했다. 그리고 엄마는 집안일 중 힘든 것은 잠시 멈추고, 며칠 푹 쉬어야 한다고 아버지에게 일러주고는 곧바로 자리에서 일어났다. 아마 또 다른 집에 가는 것 같았다. 우리는 모두 대문 밖까지 나와서 의사선생님과 간호원 누나에게 인사를 하였고, 의사선생님과 간호원 누나는 손을 흔들며 곳곳에 눈이 쌓여 있는 돌계단 아래로 사라져 갔다. 또 한번은 역시 겨울에 우리 가족 모두가 연탄가스를 맡아서였는데, 그때에는 그나마 연탄가스를 덜 맡은 내가 십자의원엘 뛰어가서 선생님을 급히 모시고 왔었다.

각 가정집을 직접 찾아다니며 아픈 사람들을 진료해주고 치료해주던 당시 의사선생님의 왕진…… 집이 산동네에 있거나, 달동네에 있거나, 크거나 작거나, 멋있거나 보잘 것 없거나, 방이 깨끗하거나 더럽거나 그런 것에 관계 없이 아픈 사람이 있으면 언제나 와 주었던 십자의원 선생님과 간호원 누나…… 청진기를 대어보고, 체온과 혈압을 재어보고, 주사도 놔주고, 링거도 놔주고, 약도 주고, 건강얘기도 해주었던 그 모습은 이제는 볼 수가 없는 것이 되었지만, 그때 우리 집 앞의 눈 쌓인 돌계단을 천천히 걸어 내려가던 그 십자의원 선생님과 간호원 누나의 하얀 뒷모습…… 각자의 손에는 세월의 때가 배어 낡아 보이는 가방 하나씩을 들고, 눈 덮인 언덕길 아래로 멀어져 가던 두 사람의 뒷모습…… 그 모습은 깨끗하고 맑은 천사의 향기를 품으며, 지금도 내 가슴속에 너무나 아름다운 한 장의 수채화로 곱게 남아 있다.

창경원 가족소풍

아침저녁으로 불던 차가운 바람이 이제 그 매서운 기운을 점점 잃어버리고, 한낮에는 따스한 햇살이 좋아 부신 눈을 찡그리며 학교 돌담이나 동네 집 담장에 기대어 앉아있다 보면 졸음이 살살 왔다. 아직도 두 뺨을 스치는 바람은 차갑고, 골목길 응달에서 놀다보면 손끝과 코끝은 여전히 시렸지만, 그 추위의 기세는 이제 한풀 꺾이었음을 느낄 수가 있었다.

동네 반장 집인 창태 형네 집 지붕의 낡은 회색 기왓골을 타고 흐르는 눈 녹은 물은 녹슨 양철 처마 위를 흐르다 여기저기 뚫린 구멍을 타고 울퉁불퉁한 돌계단 위로 뚝뚝 떨어졌고, 겨울 내내 딱딱하게 얼어 있었던 대머리 이발관 앞 공터와 봉주네 집 앞 언덕길에는 여전히 거뭇거뭇하게 때가 묻은 눈이 곳곳에 있었지만, 이제 한낮에

Maurice Utrillo, 〈교회 거리, 퓌토Rue de L'Église, Puteaux〉, 1940

는 따스한 햇볕 때문에 제법 많이 녹아서 땅들은 물렁거리거나 질퍽거리기 시작했다. 길게 늘어서있는 학교 돌담을 따라 지난 해 흐드러지게 피었던 들풀이 있던 곳에 쌓였던 눈도 어느새 슬며시 그 자취를 감추고, 돌담 밑 옅은 살색의 흙 사이사이로 푸르스름한 기운이 엿보이고 있었다. 길고 지루했던 겨울이 가고, 이제 서서히 만물이 다시 기지개를 켜는 봄이 오기 시작한 것이었다.

엄마의 야단을 맞아가며 방에서 뒹굴던 우리에게 이제 예전처럼 밖에서 뛰놀 수 있는 계절이 다시 찾아온 것이었다. 드디어 제기차기와 팽이 찍기, 딱지치기, 구슬치기 등 겨우내 녹슬었던 실력을 다시 한 번 겨뤄보는 계절이 온 것이었다. 그러나 겨울의 끝은 그 심술과 변덕이 매우 심했다. 날이 따뜻한가 했더니 다시 추워졌고, 그러다가는 또 며칠 동안 따뜻한 날이 지속되다가 또 다시 한겨울보다 더 추운 날이 오기도 하였다. 그런 날씨들이 여러 번 반복되었다. 나는 엄마에게서 꽃샘추위라는 말을 듣기도 하였는데, 그 뜻을 잘 알 수는 없었지만, 어쨌든 추위가 쉽게 가지는 않는 것 같았다. 그로부터 며칠 뒤, 어느 따뜻한 날 오후에 아버지는 겨울철 내내 노란 새끼줄로 꽁꽁 묶어두었던 수도꼭지를 풀어버렸고, 엄마는 수돗가 옆 시멘트 수조에 들어 있던 얼음조각들을 깨서 내다버렸다.

봄이 오는 여러 가지 모습들이 집 마당에서, 동네 놀이
터에서, 학교에서, 그리고 학교 오가는 길에 나타나면서
긴 겨울방학에 이어진 짧은 봄방학이 끝나면 우리는 한
학년씩 올라가게 되었고, 그 시기를 전후하여 우리는 하
루하루를 들뜬 분위기 속에 보내게 되었다. 새로운 학년
을 시작한다는 것은 새로운 교실에서 새로운 선생님을
만나고, 새로운 짝과 친구들을 만나게 되는 설렘을 뜻하
는 것으로 우리들의 학교생활에 큰 변화가 오게 되는 것
이었다.

이렇듯 새봄에 맞춰 새 학년들이 되고, 새로 반이 짜여
지고, 친구아이들이 자기 반을 찾아서 서로 흩어지고 모
이고 한다는 것은 우리 모두를 들뜨게 하는 일이었다. 지
금의 친구들과 다시 같은 반이 될 수 있는지, 누가 내 새
짝이 될 것인지 등 그때쯤이면 우리들은 쉬는 시간마다
교실에서, 복도에서, 운동장에서 이런 것들에 대하여 이
야기꽃을 피웠다. 또한 이렇게 새 학기가 시작될 즈음에
는 다른 학교로 전학을 가는 친구들도 많아서 그 친구들
과 헤어지는 것이 참으로 섭섭하기도 하였다. 동네친구
들도 거의 대부분 학교친구들이어서 헤어지는 것에 대한
아쉬움은 마찬가지였다. 그래서 학교는 전학을 갔어도 우
리 동네에서 그렇게 멀리 이사를 가지 않은 아이는 이사

를 간 후에도 가끔 우리 동네로 놀러오기도 하였다. 반면에, 다른 학교에서 전학을 오거나 우리 동네에 새로 이사를 오는 아이들도 있었다.

  선생님도 바뀌고, 교실도 바뀌고, 아이들도 바뀌고, 짝도 바뀌고, 전학을 오고, 전학을 가고, 이사를 오고, 이사를 가고…… 이러한 봄날의 풍경들이 시간이 지나면서 차차 제자리를 잡아가고, 따뜻하고 포근한 남쪽 바람이 길고 지루했던 추위를 완전히 몰아내고, 들로 산으로 봄의 기운이 완연할 무렵, 우리 집에서는 매년 가족소풍이라는 것을 갔었다. 일 년에 한 번 봄에 가는 우리 집 가족소풍은 아버지의 생각에 의해 이미 오래 전부터 해왔던 것인데, 우리 가족의 소풍지로는 언제나 창경원이었다. 소풍가는 날은 항상 일요일이었는데, 엄마와 아버지가 상의하여 날짜가 정해지면 그날부터 형과 나와 내 동생은 기분이 들뜨기 시작했다. 왜냐하면 매년 가족소풍을 가기 전에 엄마가 우리들에게 새 봄옷을 하나씩 사주었기 때문이었다.
  어느 해 봄날이었나, 역시 그때도 창경원으로 가족소풍을 가기 며칠 쯤 전이었다. 나는 여느 때처럼 엄마를 따라서 돈암동 시장엘 갔었다. 엄마가 그릇가게에서 그릇을 고르는 동안, 나는 그릇가게 바로 옆에 있는 옷가게에서 아무 생각 없이 이런 저런 옷들을 구경하고 있었다. 그 옷가게에는 어른 옷, 아이 옷, 여자 옷, 남자 옷 할 것 없이 색깔도 다양한 여러 종류의 옷들이 기다란 행거에 가지런히 걸려있기도 하였고, 벽에 걸려있기도 하였다. 가게 문 양옆에 있는 진열대 위에도 여러 가지 옷들이 차곡차곡 개켜져 있었다. 나는 문밖 진열대 바로 옆에 세워놓은 행거를 바라보다가 문득 행거 맨 앞에 걸려 있던 바지 하나를 보게 되었다. 가게 안에 있던 아저씨가 이런 나의 모습을 보고는 밖으로 나왔다.

그 아저씨는 내가 보고 있던 그 바지를 옷걸이에 걸린 채로 꺼내들어 보이며 꼬마야, 이 바지가 맘에 드니? 하고 물어보았다. 나는 가만히 있었다. 사실 나는 옷에 대한 욕심이 그렇게 많지는 않았다. 물론 엄마가 새 옷을 사주면 기분이 좋아서 그 옷을 몇 번씩 입어보고, 밖에 나가 친구들에게 자랑도 하였지만, 형이나 동생들에 비해서 어떤 옷을 꼭 입고 싶다는 강력한 욕심 같은 것은 없었다. 대부분 엄마가 주는 대로 군말 없이 입었다.

아저씨는 그 바지를 옷걸이에서 꺼내어 한번 보라는 듯이 내 앞에 내밀었다. 나는 얼떨결에 그 바지를 만져보았는데, 손에 와 닿는 감촉이 참 부드러웠다. 아저씨는 그 바지를 나의 눈앞에서 들어 보이더니, 너한테 맞겠다 하면서, 혼자 왔니? 하고 물어보았다. 내가 대답을 못하고 있었던 그 순간, 나는 엄마가 내 뒤에 와 있다는 것을 직감적으로 느낄 수가 있었다. 얼른 뒤를 돌아다보니, 시장 갈 때 항상 그랬던 것처럼 엄마는 한 손에 초록색 끈으로 그물처럼 엮어진 큼지막한 장바구니를 들고 내 뒤에 서 있었다. 엄마는 내 뒤에서 한동안 이 상황을 지켜보고 있었던 것 같았다.

나는 엄마와 함께 시장을 나섰다. 행길 앞 건널목에서 신호를 기다리는 동안 엄마는, 아까 본 그 바지가 맘에 드니? 하고 물었고, 나는 별 생각 없이 고개를 끄덕였다. 당시 내 머릿속에는 중단되었던 친구아이들과의 구슬치기 놀이 때문에 빨리 돌아가야겠다는 생각만이 가득 차 있었다. 그리고 며칠 뒤에 우리가족은 창경원으로 가족소풍을 가게 되어 있었고, 그 전날 저녁 엄마가 우리들에게 새 옷을 사다 주었는데, 그중에는 내가 그때 돈암동 시장의 옷가게에서 보았던 바로 그 바지가 있었다. 엄마는 형에게 줄 반짝이는 쇠 지퍼가 달린 파란색 점퍼와 여동생 것으로 조그만 자줏빛 꽃잎들이 잔뜩 그려져 있는 분홍색 치마와 함께 그 고동색 고르뎅 바지를 사가지고 왔던 것이었다.

창경원 가는 날 우리들은 새 옷을 꺼내 입었다. 그래서 그 전날 밤에는 내일 아침 새 옷을 입고 소풍을 간다는 생각에 들뜬 기분으로 일찍 잠자리에 들었다. 당시 엄마들은 대부분 설날이나 추석 같은 명절에 아이들 새 옷을 사주었고, 평상시에는 형이 입던 옷을 그대로 물려 입게 하거나, 아니면 적당히 줄여서 입히곤 하였다. 우리 집 사정도 마찬가지였다. 이런 우리들에게 가족소풍 가는 날 새 옷을 입는다는 것은 참으로 기분 좋은 일이 아닐 수 없었다.

그날 아침에는 나도 모르게 눈이 일찍 떠졌고, 방 안에 누워서도 부엌에서 따각따각 하는 엄마의 도마 소리를 들을 수 있었다. 일찍 일어난 나를 보고 엄마는 형과 동생을 모두 깨우라고 했다. 당시 우리 형은 매일 늦게 자고 늦게 일어났기 때문에 아침에 한 번 깨우려면 너무나 힘이 들었다. 입으로는 계속 일어난다고 대답을 하면서도 쉽게 일어나지 않았고, 한참 있다가 또 조용해서 다시 방으로 들어가 보면 여전히 이불 속에 누운 채 꼼짝 않고 있었다. 학교도 여러 번 지각했었다. 반면에, 나는 늦게 자더라도 아침에 일찍 일어나는 편이었다. 물론 나도 엄마가 깨워야 일어날 수 있었지만, 성철아 하고 엄마가 마루에서 한 번만 부르면 나는 으응 하고 대답을 한 뒤, 잠시 뒤에 일어났다. 그래서 나는 엄마를 귀찮게 하지 않고 내 스스로 아침에 잘 일어나는 것만으로도 엄마의 칭찬을 많이 받을 수 있었다.

엄마는 부엌에서 그날 창경원에 가서 우리 식구가 먹을 음식을 준비하고 있었는데, 여러 층으로 쌓을 수 있는 둥그런 찬합을 부뚜막에 펴놓고, 여러 가지 음식을 담고 있었다. 나는 눈을 비비며 부엌으로 들어가서 엄마가 도마 위에서 자르고 있는 김밥을 한두 개 집어먹었다. 그러면 엄마는 김밥의 꼬랑지 부분을 더욱 크게 잘라주었다. 막 자고 일어난 뒤였지만, 단무지가 아작아작 씹히는 김밥은 참 맛이 있었다.

찬합마다 맛있어 보이는 음식들이 가득 담겨지고 있었다. 김이 모락모락 나는 하얀 쌀밥이 한가득 담긴 찬합도 있었고, 갖가지 나물들이 색색으로 예쁘게 나누어져 들어 있는 찬합도 있었고, 고소한 냄새가 나는 불고기가 가득 담긴 찬합도 있었다. 김치는 별도의 그릇에, 무말랭이 장아찌, 멸치볶음, 콩자반, 튀각, 깻잎, 고추 등도 찬합에 골고루 담겨졌다. 이 찬합은 위로 하나씩 하나씩 쌓을 수가 있도록 되어 있었는데, 이것을 다 쌓으면 큰 물통만 해져서 이것을 보자기에 싸서 엄마가 들거나 형과 내가 같이 들곤 하였다.

우리는 엄마가 사준 새 옷을 입었고, 아버지는 장롱에서 카메라를 꺼냈다. 대문은 바깥에서 잠갔다. 우리 가족은 돈암동 사거리까지 걸어갔다. 전차를 타기 위해서였다. 미아리 고개 올라가기 바로 전에 전차 종점이 하나 있었는데, 거기에서 전차를 타서 삼선교와 혜화동, 그리고 명륜동을 지나 원남동에서 내리면 바로 창경원 앞이 되었다.

화사한 봄날 아침, 따뜻한 햇볕 속에 창경원 앞에는 많은 사람들로 붐볐다. 할아버지와 할머니, 그리고, 아저씨, 아줌마, 아이들 모두 즐거운 표정으로 여기저기 모여 있었고, 매표소 앞에는 사람들의 줄이 길게 이어져 있었다. 아버지와 형이 입장표를 사올 때까지 우리들은 창경원 정문 입구 앞에 서서 기다렸고, 많은 사람들이 그 정문을 통하여 창경원 안으로 들어가고 있었다. 정문 입구 앞 넓은 공터에는 카메라 필름을 파는 사람도 있었고, 솜사탕을 만드는 자전거도 있었고, 기다란 벼 짚단에 바람개비, 나팔 등 장난감들을 꽂아서 들고 다니며 파는 아저씨들도 눈에 띄었다.

우리 가족은 표를 내고 창경원 안으로 들어섰다. 많은 사람들이 오가고 있었다. 창경원 안으로 들어서자마자, 왼쪽으로 돌면 큰 철장으로 된 우리 안에 부리가 뾰족하고 다리가 기다란 새들이 여러 마리 있었고, 그 옆으로 사슴 우리를 비롯하여 각 동물들의 우리들이 이어져 있었다. 우리 가족은 동물들을 하나하나씩 구경하면서 천천히 지나갔다. 원숭이 우리 앞에는 많은 사람들이 모여 있었다. 크고 작은 원숭이들이 깩깩 소리를 지르며 사람들 앞에서 재롱을 부리고 있었는데, 우리 가족도 그 앞에서는 사진도 찍고, 과자도 던져주느라 잠시 시간을 보냈다. 정말 아버지 말대로 원숭이는 사람 흉내를 곧잘 내는 것 같았다. 특히, 원숭이들의 손짓과 몸짓은 사람의 그것과 매우 흡사하였다. 원숭이들이 우리 앞쪽으로 다가와 깩깩하고 소리를 지를 때마다 구경을 하고 있던 사람들은 먹던 과자나 비스킷을 원숭이에게 던져주었다.

공작새 우리는 따로 떨어져 있었는데, 그 앞에도 역시 많은 사람들이 모여서 구경을 하고 있었다. 아버지 말에 따르면 공작새는 하루에 딱 한 번, 그것도 아무 때가 아니라, 정오에 딱 한 번 꼬랑지에 있는 깃털을 활짝 펴는데, 그 깃털을 편 모습이 너무나 멋있고 아름답다는 것이었다. 그러나 정오가 되기 위해서는 우리 가족은 한참을 더 기다려야 했으므로 우리는 공작새 우리 앞에서 사진을 몇 장 더 찍은 후에 다른 곳으로 발길을 옮기기로 했다. 이제 우리 가족은 아버지를 따라 코끼리 우리로 향했다. 동물들을 구경하면서 그 앞에서 가족사진, 독사진 등 사진도 여러 장 찍었고, 배경이 좋은 곳에서 지나가는 사람에게 부탁하여 가족 전체사진도 몇 장 찍고 나니, 우리들은 슬슬 배가 고파오기 시작했다.

코끼리 우리 안에는 덩치가 산만한 어미 코끼리들과 송아지만한 새끼 코끼리들이 같이 어울려 놀고 있었는데, 어미 코끼리들은 가끔 사람들이 몰려 서있는 우리 앞까지 가까이 와서는 기다란 코를 허공에 두어 번 휘젓다가 돌아가곤 하였다. 그럴 때마다 사람들은 가지고 있던 비스킷이나 강냉이를 우리 너머로 던져주었는데, 코끼리들은 그것을 제대로 받아먹지 못하였다. 그래서 코끼리 우리 바로 앞쪽 땅바닥 여기저기에는 노란 비스킷 조각과 하얀 강냉이들이 많이 떨어져 있어서 마치 눈이 온 것처럼 희끗희끗하였다.

배가 고파 올 무렵, 코끼리 우리를 떠난 우리 가족은 아버지를 따라 조금 더 걷다가 다소 한적한 언덕길로 접어들었다. 점심을 먹은 후에 나머지 동물들과 식물원을 구경하자는 아버지의 말에 점심 먹을 적당한 장소를 찾기 위해서였다. 아버지는 사람들이 그다지 많지 않은 조용한 지역에 있는 어느 커다란 나무 밑에 이르러서는 여기가 좋겠구나 하고는 형에게 가지고 있던 자리를 펴게 했다. 그곳은 동물 우리에서 많이 떨어져 있었고, 사람들이 다니는 큰길에서도 제법 멀리 떨어진 곳이었다.

우리 가족은 나무그늘 밑에 자리를 깔고 가지고 온 찬합과 물통, 음료수 등을 내려놓았다. 아버지는 모자와 신발을 벗고는 깔아 놓은 자리 위로 올라가 앉았다. 그리고는 우리들에게도 올라와 앉으라고 말하였다. 엄마는 아버지 옆에 비스듬히 걸터앉았다. 형은 쓰고 있던 운동모자를 벗었다. 형과 나는 엄마 옆에 잠시 앉아 있다가 변소도 갈 겸, 근처를 한번 돌아볼 겸해서 자리에서 같이 일어났다. 엄마는 우리들에게 곧 점심을 먹어야 하니까 멀리 가지 말라고 하였다.

형과 나는 천천히 걸으면서 잠시 주변을 돌아보았는데, 그날 우리같이 이곳으로 가족소풍을 온 가정들이 꽤나 많은 것 같았다. 할아버지, 할머니, 아저씨, 아줌마, 그리고 아이들 모두 이곳저곳에 자리를 깔고 앉아서 가지고 온 음식을 먹고, 깔깔거리고 웃으며 얘기도 하고, 또 사진을 찍기도 하였으며, 우리 같은 또래의 아이들은 그 주변을 쉴 새 없이 뛰어다니곤 하였다. 형과 나는 근처의 공중화장실에서 소변을 보고나서 다시 우리 자리가 있는 쪽으로 돌아오고 있었는데, 멀리서 우리를 부르는 동생의 목소리가 들렸다.

Maurice Utrillo, 〈라팽 아질Le Lapin Agile〉, 1923

Maurice, Utrillo, V.

엄마는 집에서 정성껏 싸온 찬합을 다 열어 놓았다. 드디어 기다렸던 점심식사가 시작되었다. 형은 사이다 병마개를 땄다. 우리들은 김밥 하나 먹고 사이다 두 모금 마시고, 또 김밥 하나 먹고 사이다 두 모금 마시면서 점심을 맛있게 먹었다. 이제 날씨는 더욱 따뜻해져서 불어오는 바람에 잠이 솔솔 올 정도였다. 발아래 저만치에서 아지랑이가 가물가물 피어오르는 것이 보였다. 아버지는 옆으로 길게 누워서 담배를 한 대 피웠고, 엄마와 여동생은 자리에 앉아서 쉬고 있었다. 우리는 곧바로 자리에서 일어나 다시 그 근처를 돌아다니기 시작하였다. 멀리 가지 말라는 엄마의 목소리가 등 뒤에서 들려왔다.

처음에 형과 나는 같이 돌아다녔다. 그러나 잠시 뒤에는 별 특별한 이유도 없이 서로 헤어지게 되었는데, 이리저리 같이 잘 돌아다니다가 어디쯤인가 와서 내가 원숭이를 한 번 더 보고 싶다고 하니까, 그러면 너는 저리로 가면 되고, 나는 이리로 간다고 하면서 형은 나하고는 반대 방향의 길로 가버렸다. 나중에 잘 찾아오라면서 형이 먼저 다른 길로 사라지는 바람에 나는 혼자 남게 되었다. 그래서 별 도리 없이 가던 길을 계속 가면서 원숭이 우리를 찾아보기로 했다.

나중에 되돌아올 때, 길을 잃을지도 모른다는 생각에

길 주변을 유심히 봐두었고, 꼬부라지는 길목에서는 벤치나 나무, 또는 큰 바위 등을 표지로 삼으면서 길을 걸었다. 운 좋게도 그렇게 어렵지 않게 원숭이 우리를 발견할 수 있었는데, 아까보다 훨씬 많은 사람들이 그 우리 앞에 모여 있었다. 나는 철봉에 매달아 놓은 그네를 타고 있는 새끼원숭이에 정신이 팔려 한참동안 시간가는 줄 모르고 구경하였다. 많은 사람들이 그 앞에서 사진을 찍고 있었다.

나는 원숭이 우리를 지나서 사람들을 따라 큰 길을 걸어 올라갔다. 조금 더 가다보니까, 사방이 모두 유리벽으로 되어 있는 커다란 건물이 나타났는데, 그곳은 식물원이었다. 공기가 훈훈하고 축축한 그 안에는 빨갛고 하얗고 노란 각종 꽃들, 손바닥같이 생긴 커다란 잎이 군데군데 달려 있는 나무들, 그리고 옥수수수염 같은 가느다란 털이 넙적한 잎사귀 안쪽에 무수히 나 있는 신기한 나무들이 많이 있었다. 나는 그 넓은 식물원 안 이곳저곳을 잠시 구경하다가 다시 사람들을 따라서 밖으로 나와 바람이 불 때마다 뽀얀 먼지가 이는 큰길을 계속 걸어갔다. 지나가는 사람들의 얼굴마다 즐거운 표정들이 가득했고, 하얀 실로 빨간 풍선을 자기의 손가락에 동여맨 어린 아이들의 모습이 눈에 많이 띄었다. 나는 이런 모습에 한눈을 팔아 한동안 멍하니 서서 바라보다가 다시 길을 걷기 시작했고, 가끔 사람들 사진 찍는 모습을 보느라 가던 길을 멈추곤 하였다. 사람들의 사진 찍는 모습을 구경하는 것은 참으로 재미있는 일이었다.

카메라 앞에 모여선 사람들…… 할아버지, 할머니, 아저씨, 아줌마, 남자아이, 여자아이, 키가 큰 사람, 키가 작은 사람, 모자를 쓴 사람, 안 쓴 사람, 안경을 쓴 사람, 안 쓴 사람, 카메라를 보고 있는 사람, 잠시 다른 곳을 보고 있는 사람, 계속 웃고 있는 사람, 웃으라고 소리치는 사람, 각자 재미있는 표정들과 웃음소리가 하나, 둘, 셋 하고 셔터를 눌러대는 사람의 목소리와 함께 허공으로 퍼져나갔다. 이런 모습들을 가만히 보고 있노라면 나도 모르게 웃음이 절로 나왔다. 특히, 사진을 찍는 사람이 셋 하고 외치며 셔터를 눌러대자마자 몰려섰던 사람들은 참았던 숨을 터뜨리기라도 하듯 와아 하고 웃으며 순식간에 사방으로 흩어졌는데, 그 흩어지는 모습을 보는 것도 참 재미있었다.

형하고 헤어지고 난 뒤, 얼마쯤 지났을까, 그리고 얼마쯤 걸어왔을까, 이제는 돌아가야겠다는 생각이 서서히 들기 시작했다. 그래서 나는 걸어왔던 길을 다시 돌아서 걷기 시작하였는데, 한 십여 분쯤 지났을까, 별안간 주변에 보이는 것들이 매우 낯설게 느껴지기 시작했다. 다른 길로 빠지지 않고 계속 왔던 길이었는데, 주변의 풍경은 이상하게도 무척이나 생소하게 느껴지는 것이었다. 꼬부라지는 길목마다 커다란 나무나 벤치, 큰 바위 등 표지가 될 만한 것들을 유심히 보아두었었는데, 그런 것들이 눈에 잘 띄지도 않는데다가, 길목들이 서로 비슷비슷하여 분간할 수가 없었다. 갑자기 초조해지기 시작했다. 나는 더 빨리 걸었다. 그러나 길 주변은 여전히 비슷비슷한 모습일 뿐, 아무리 둘러보아도 우리 가족이 있는 곳이 어디쯤인지 도저히 감을 잡을 수가 없었다. 내 가슴은 콩닥콩닥 뛰기 시작했고, 발걸음은 더욱 빨라졌다.

얼마쯤 더 걸었을까, 점점 깊은 안개 속으로 빠져드는 것처럼 어느 길이 어느 길인지, 내가 있는 곳이 어디인지 알아낼 방법이 없었고, 가야 할 길은 더더욱 알 수가 없었다. 형하고 헤어졌던 길목까지만 와도 엄마와 아버지가 있는 곳을 알 수가 있을 것 같았는데, 도저히 그곳을 찾을 수가 없었던 것이었다. 그렇다고 모르는 길을 마냥 갈 수도 없었다. 바위 같은 두려움이 점점 나를 짓누르기 시작했다. 환한 대낮인데도 나는 마치 어둠 속에 혼자 있는 것처럼 알 수 없는 공포감에 휩싸였다. 목이 바짝바짝 마르기 시작했다. 이대로 영영 엄마, 아버지, 형, 동생들과 헤어지는 것은 아닌지, 고아가 되는 것은 아닌지, 무섭고 두려운 생각이 다시 한번 나를 덮쳤다. 그러나 나는 용기를 내기로 했다. 마음을 잘 추스르고, 주변도 다시 한번 찬찬히 둘러보았다. 차라리 엄마, 아버지와 같이 갔던 길을 처음부터 다시 찾아보는 것이 나을 것 같다는 생각이 들어서 나는 길 가는 아저씨에게 창경원 정문 출입구를 물어보았다.

정문 출입구에서 왼쪽으로 돌아서면 큰 새 철장 우리가 있었고, 그것 바로 옆에 사슴과 원숭이의 우리가 있었다. 이것을 지나 얼룩말, 곰, 사자 등 동물들의 우리가 끝나면 길은 조그만 숲길로 좁아져서 계속 이어졌고, 그 길을 따라 조금 가다 보면 안쪽으로 공작새의 우리가 있었다. 공작새 우리는 하나만 따로 떨어져 있는 상당히 큰 것이었는데, 많은 사람들이 그 앞에 몰려서서 구경을 하던 곳이었다.

우리 가족들도 거기에서 한참동안 공작새 구경을 하였고, 다른 사람에게 부탁을 하여 가족 전체가 사진도 찍었었다. 기억을 잘 되살리고, 또 지나가는 사람들에게 물어보고 해서 이곳까지는 그럭저럭 올 수 있었다. 또 거기에서부터 조금 떨어진 코끼리 우리도 어렵지 않게 찾을 수 있었다. 그러나 거기에서부터가 문제였다. 코끼리 우리 앞에는 여러 방향으로 길이 나있는 데다가 길들이 서로 엇비슷하여 아버지가 점심 먹을 장소를 찾기 위하여 갔던 길이 어느 길이었는지 알 수가 없었다.

길 가는 사람들은 점점 많아지고 있었고, 길을 따라서 바람이 한 번 불면 뽀얀 먼지가 밀가루처럼 하얗게 일어나기도 하였다. 손가락에 빨간 풍선을 매고, 또 한 손에는 하얀 솜사탕 과자를 든 어린 아이들 몇 명이 내 옆을 지나갔다. 우선 나는 코끼리 우리에서 앞으로 길게 나있는 큰 길을 가보기로 하고, 그 길로 한참 걸어가면서 주변을 둘러보았는데, 아무래도 아닌 것 같아서 가던 길을 멈출 수밖에 없었다. 그 옆길로도 가보았으나, 영 생소하여 도로 코끼리 우리 앞으로 돌아왔다. 이번에는 오른쪽으로 난 길을 따라 가보았다. 그 길 양쪽으로도 제법 넓은 평지와 그 위로 경사가 완만한 언덕이 이어져 있었는데, 가족으로 보이는 사람들이 나무그늘 아래 자리를 깔고 앉아 있었다. 그러나 우리 가족은 역시 눈에 띄지 않았다.

나는 조심스럽게 주변을 살피면서 그 길로 계속 가보았다. 그러나 비슷비슷한 풍경만이 눈에 들어올 뿐, 우리 가족의 모습은 여전히 보이지 않았다. 시간이 또 얼마나 지났을까, 내 마음은 더욱 불안하고 초조해졌고, 가슴속에서 쿵쾅쿵쾅 하는 방망이질 소리가 밖에까지 들리는 것 같았다. 갑자기 눈물이 솟아올랐다. 나는 가던 길을 멈추고 손등으로 두 눈을 훔쳐냈다. 멀리 가지 말라는 엄마의 말을 잘 들을 걸, 형하고 같이 다닐 걸 하는 후회스러운 생각들과 고아가 될지도 모른다는 걱정으로 내 머릿속은 혼잡스러워졌다. 나는 이제 학교도 그만두고, 한강다리 밑에서 구두닦이 신세가 되어야 할지도 모르는 일이었다. 별안간 친구아이들의 얼굴이 떠올랐다. 봉주, 동구, 백규, 진표, 송준이…… 친한 아이들의 얼굴과 이름을 하나씩 맞추어 보았다. 아는 사람이라곤 하나도 없는 이곳에서 어두워질 때까지 엄마와 아버지를 찾지 못하면 나는 어떻게 되나 하는 두려운 생각과 걱정이 태산처럼 밀려왔다.

　나는 밤이 되어도 엄마와 아버지를 못 찾으면 순경 아저씨에게 찾아가던가, 아니면 물어 물어서라도 집으로 가야겠다고 생각했다. 그렇게 생각하려니까 잠시 마음이 느긋해지기도 했는데, 사실 나 혼자서 집으로 간다는 것도 생각같이 쉬운 일은 아니었다. 나는 혼자서 전차를 탄 적도 없었고, 돈도 없었지만, 어디서 타고 어디서 내리는지도 잘 모르고 있었기 때문이었다. 엄마와 아버지의 얼굴을 생각하려니까 나의 눈에서는 다시 꼭꼭 눌러두었던 눈물이 새어나오기 시작했다. 나지막하게 엄마와 아버지를 불러보았고, 그리고 형과 동생의 이름을 불러보았다. 또 눈물이 나왔다.

나는 이제 완전한 미아가 되었다. 길 한 귀퉁이에 우두커니 서있던 내 머릿속에 문득 어디엔가 잃어버린 아이들을 찾아주는 곳이 있을 것이라는 생각이 스쳐갔다. 그래, 그런 곳에 가면 엄마와 아버지를 만날 수 있을 것이다. 그렇다, 이 창경원 어딘가에 그런 곳이 있을 것이다. 이런 생각을 하자니 새 기운이 솟는 듯 했으나, 거기에 찾아간다고 하더라도 과연 엄마, 아버지를 만날 수 있는지 하는 불안감에서 벗어날 수는 없었다.

바람이 불 때마다 길 위에서는 뽀얀 먼지가 일었고, 입안은 서걱서걱 했다. 별안간 배에서 꼬르륵 하는 소리가 났다. 한참을 걸어서일까, 다리도 아파왔다. 이제는 지나가는 아이들의 색색깔 고무풍선도, 사진을 찍고 있는 사람들의 즐거운 표정들도 내 눈에 들어오지가 않았다. 나는 울음을 꾹 참았다. 주변을 유심히 살펴보면서 다시 길을 걸었는데, 멀리서 큰 호수가 보이기 시작했다. 이 호수는 작년에 왔을 때에도 보았던 것 같았다.

호수 주변에는 긴 나무의자가 여러 개 있었다. 나는 그중 하나에 걸터앉았다. 호수는 짙은 초록 색깔을 띠고 있었다. 엄마와 아버지, 그리고 형과 동생이 나를 찾고 있을 것이라는 생각이 다시 내 머릿속을 스쳐 지나갔다. 나와 똑같이, 창경원 여기저기를 돌아다니며 나를 찾고 있을 것이다. 어디에선가 성철아, 성철아 하고 내 이름을 부르며 나를 찾고 있을 것이다. 어쩌면 별안간 뒤에서 엄마가 성철아 하며 불쑥 나타날지도 몰라. 그런 생각을 하다 보니까, 두렵고 불안한 마음은 다소 누그러지는 것 같았다. 그러나 그런 마음도 잠시 뿐이었다. 시간이 지나도 우리 가족들은 아무도 나타나지 않았고, 내 마음속에는 다시 먹구름 같은 걱정과 불안이 다가오기 시작했다.

나는 호수 위에 떠있는 커다란 꽃잎들을 바라보며 한참동안 의자에 앉아 있었다. 배도 고프고, 기운도 없었다. 호수를 중심으로 두 갈래의 길이 있었는데, 이제는 어느 길이건 가야겠다는 의욕이 생기지 않았다. 그렇다고 무턱대고 계속 이곳에 앉아 있을 수도 없었다. 이럴 때 순경 아저씨라도 만났으면 좋을 것 같았다. 나는 나 같은 미아들을 보호해주는 곳을 찾아야겠다는 생각을 다시 하면서 그 의자 위에 앉아 있었다.

오후 늦게 엄마와 아버지를 만난 곳은 미아보호소에서였다. 창경원 정문 출입구 바로 옆에 조그만 미아보호소가 하나 있었는데, 순경 아저씨의 손을 잡고 그곳에 들어

가자마자, 문 바로 옆 창가에 서있던 엄마의 얼굴이 먼저 보였다. 나는 엄마의 얼굴을 보는 순간, 울컥 하고 눈물이 쏟아져 나왔다. 그 옆에 아버지도 있었고, 형과 동생도 같이 있었다. 엄마가 나를 보자마자 놀란 목소리로 아이고, 성철아, 어딜 갔었냐 하고는 나를 와락 껴안았다.

엄마 품에 안기면서 내 눈에서는 눈물이 펑펑 쏟아져 나왔다. 뭔지 알 수 없는 서러움 같은 것이 마구 북받쳐 올랐다. 고개를 드니, 엄마 바로 뒤에 서있는 아버지의 얼굴이 보였다. 아버지는 가만히 침묵을 지키며 나를 보고 있었다. 형은 아버지 옆에 빙긋이 웃으며 서있었고, 여동생은 울먹거리는 듯한 표정으로 아버지 손을 잡고 있었다. 잠시 뒤에 아버지는 나를 보고는, 너는 꽁지에다가 줄을 하나 매어놓던지 해야겠다. 이제 그만 가자, 찾았으니 됐다 하면서 다시 엄마를 바라보았다.

미아보호소에는 여러 명의 아이들이 있었는데, 나보다 더 큰 아이도 있었다. 나는 손등으로 다시 눈물을 훔쳐냈다. 아버지가 순경 아저씨한테 가서 무어라고 얘기하는 사이에 엄마는 다시 나를 보면서 안도의 숨을 쉬며, 도대체 어딜 갔었니? 하고 말했다. 형의 눈과 내 눈이 마주쳤을 때, 형은 머쓱한 표정을 지으며 너 이름 부르며 방송도 했었어 하고 말했다. 나를 찾느라고 내 이름을 방송했다는 형의 말에 아무리 생각해보아도 방송으로 내 이름을 들은 기억은 없었다. 아버지 손을 잡고 있던 여동생도 이제는 기분이 좀 좋아졌는지 나를 보며 웃었다.

미아보호소를 나올 즈음, 해는 지면에 닿을 듯이 내려와 있었다. 창경원 정문을 나서는데, 지나가는 사람들이 자꾸 나를 쳐다보는 것만 같았다. 옆에서 아버지가 나와 엄마를 동시에 보면서 말했다. 애는 옛날에도 또 한 번 잃어버렸었잖아. 다섯 살 땐가, 네 살 땐가 하고 말했다. 그러자 엄마가 나를 보며 대답했다. 다섯 살 때지, 효제동에서…… 지 혼자 홀라닥거리며 다니다 없어졌지. 그때는 파출소에서 찾았어, 순경들과 놀고 있더라구, 엄마가 온지도 모르고, 울지도 않고…… 사내아이들은 길을 잃어버리면 자꾸 북쪽으로 가고, 계집애들은 남쪽으로 간다는데, 애도 잃어버린 데서 북쪽으로 한참 올라간 파출소에서 찾았지…… 나에게는 기억에 없는 일이었다. 형과 눈이 마주쳤을 때, 우리는 서로 히히 하고 웃었다.

우리 가족은 집으로 가는 전차를 타기 위하여 원남동 사거리 횡단보도를 건넜다. 그리고는 돈암동 사거리에서 내려서 제중의원 근처에 있는 아버지 단골 중국집에서 탕수육과 야끼만두, 짜장면, 짬뽕 등을 시켜서 먹었다. 저녁을 먹으면서 아버지가, 점심 먹고 나서 저쪽으로 한 바퀴 더 돌았어야 했는데, 사진도 좀 더 찍고…… 재 찾느라고 못했어 하고는 이번에 계획대로 안 된 창경원에서의 오후 일정에 대해서 얘기했다. 아버지의 목소리에는 웃음이 조금 섞여 있었다. 하긴 매년 창경원에 왔을 때마다 오전에는 동물들을 구경하고, 적당한 곳에 자리 잡아서 싸온 점심을 먹고, 잠시 쉬었다가 오후에 나머지 동물들을 더 구경하고, 식물원도 구경하고, 창경원 안쪽으로 더 걸어 들어가 큰 호수 근처에 있는 팔각정을 배경으로 사진도 더 찍고, 또 그 근처에서 자리 깔고 잠시 쉬었다가 오후 늦게 천천히 집으로 돌아오는 것이 일반적인 일정이었는데, 이번에는 나 때문에 오후의 일정이 모두 망가진 것이었다.

저녁을 먹으러 중국집에 오면서 나는 식구들에게 내가 길을 잃어버리고 처했던 당시의 상황과 그 불안하고 초조했던 마음, 두려움, 공포감 등에 대해서 생각나는 대로 얘기했다. 또한, 식물원에 갔었던 것, 큰 호숫가 앞에 한참동안 앉아 있었던 것 등에 대해서도 얘기했다. 내 이야기를 가만히 듣고 있던 아버지는 이번에는 성철이만 제대로 구경을 다 했구나, 그래도 저 한강다리 밑에서 찾아오지 않은 것이 다행이다 하면서 웃었다.

나중에 엄마와 형에게서 들었는데, 나를 잃어버린 후

Maurice Utrillo, 〈세인트-유페미Sainte-Euphémie〉, 1927

의 우리 가족들의 상황은 이러했다. 점심 먹고 나서 형과 내가 같이 나갔다가 잠시 뒤에 형은 왔는데, 한참을 지나도 내가 돌아오지 않자, 우선 형과 여동생 둘이서 나를 찾으러 나갔다. 형은 나와 같이 갔던 길과 자기가 돌아온 길 위주로 한 바퀴 돌았는데, 나를 찾지 못했다. 그래서 그냥 돌아오는 바람에 엄마, 아버지가 나를 찾으러 나섰던 것이고, 형은 엄마로부터 호되게 야단을 맞았다. 형이 되어 가지고 동생하고 같이 나갔으면 같이 데리고 돌아와야지 혼자만 왔다는 것 때문이었다.

형과 동생은 자리를 지키고, 엄마와 아버지가 나를 찾아 나섰는데, 엄마 따로 아버지 따로 내 이름을 부르면서 온 사방으로 나를 찾아 다녔다는 것이다. 한참 뒤에 엄마와 아버지가 모두 힘없이 돌아왔고, 아버지는 미아 찾기 방송을 해보기로 하고, 창경원 입구 미아보호소 옆에 있는 방송실로 가서 내 이름을 몇 차례 부르며 방송을 했다는 것이다.

최성철 어린이를 찾고 있으며, 최성철 어린이는 지금 부모님이 애타게 찾고 있으니, 이 방송을 듣는 즉시, 창경원 정문에 있는 미아보호소로 오라는 내용으로 수차례 방송을 하고는 미아보호소에서 나를 기다리고 있었다는 것이다. 그래서 나중에 내가 순경 아저씨 손을 잡고 미아보호소에 들어섰을 때, 내가 그 방송을 듣고 오는 줄로 알았다는 것인데, 나는 방송을 들은 적이 없고, 그 호숫가 앞에 있는 의자에 혼자 앉아 울다 지쳐 졸다가 지나가던 순경 아저씨 눈에 띄어서 이곳 미아보호소까지 오게 된 것이었다.

그날 밤, 나는 형과 같이 이불 속에 누워서 혼자 돌아다니며 동물들을 다시 구경한 얘기, 사진 찍는 사람들 구경한 얘기, 길을 못 찾아 여기저기 헤매면서 여러 번 울었던 얘기, 나중에 순경 아저씨를 만난 얘기 등 길을 잃은 후의 얘기들을 무용담처럼 용감하게 늘어놓았고, 형은 엄마한테 야단맞은 얘기, 아버지 하고 같이 방송실에 가서 내 이름을 여러 번 방송한 얘기, 미아보호소에서 보았던 다른 아이들 얘기 등을 했다.

우리는 그날 밤 이불을 머리 위까지 덮었다 벗었다 하며, 이불 속에서 서로의 허리춤을 간질이고, 서로에게 발길질을 하기도 하면서 깔깔거리며 까불다가 엄마한테 야단을 맞은 후에야 밤늦게 잠이 들었다. 그 후로도 매년 우리 가족은 따뜻한 봄이 되면 창경원으로 가족소풍을 갔다. 오전에는 동물들을 구경하고, 오후가 되면 점심을 먹기 위하여 적당한 장소를 잡아 자리를 깔았는데, 온 가족이 둥그렇게 둘러앉으면 그 해 나를 잃어버렸던 그 사건을 다시 얘기하며 웃고 떠드는 것이 한동안 우리 가족 봄 소풍에 있었던 즐거움의 하나였다.

서울운동장 수영장

동대문운동장이라고 불렀던 당시 서울운동장(지금은 동대문디자인플라자로 바뀌었다)은 우리나라에서는 여러 가지 운동 경기시설이 가장 잘 되어 있는 공설운동장이었다. 효창공원 근교에 있던 효창운동장은 그 규모나 시설 면에서 서울운동장을 따라갈 수는 없었다. 서울운동장에는 수영장도 있었다. 이 수영장은 야외에 있는 것인데, 일반인에게 공개를 했기 때문에 누구나 입장료만 내면 자유롭게 들어가서 수영을 할 수 있었다. 당시 서울운동장 수영장이 서울에서는 대표적인 야외수영장이었지만, 그 시설은 요즈음과는 비교할 수가 없을 정도로 열악한 것이 사실이었다. 풀장 내부는 매끌매끌한 타일 대신 거칠거칠한 시멘트로 되어 있었고, 탈의장이나 샤워장의 바닥, 벽, 그리고 사람이 다니는 통로 등도 모두 거친 시멘트로 되어 있어서 한 번 넘어지거나 미끄러지면 사정없이 팔꿈치나 무릎이 까지곤 하였다.

시설은 열악했지만, 여름방학을 하면 이 서울운동장 수영장에 수영하러 가는 것이 우리에게는 큰 설렘이요, 기쁨이었다. 요즈음같이 가족들끼리 며칠씩 바닷가로 바캉스를 떠나는 것은 생각하기도 어려운 일이었고, 그렇다고 수영이나 물놀이를 즐길만한 시설이 어디 집 가까운 곳에 있는 것도 아니어서, 시골에 친척집이라도 있어 방학 동안에 가서 동네 개울가에서 물놀이를 할 수 있는 아이들을 제외한 나 같은 아이들은 서울운동장 수영장에 수영하러 가는 것이 커다란 즐거움 중의 하나였던 것이다. 물론, 신흥사 계곡이나 정릉 배밭골에 가서 물놀이나 수영을 할 수도 있었지만, 정식 수영장에서 수영을 하는 것하고는 커다란 차이가 있는 것이었다.

서울운동장 수영장에 가려면 아침 일찍부터 서둘러야 했다. 여름방학을 하게 되면 이 수영장에는 이른 아침부터 어른, 아이 할 것 없이 워낙 많은 사람들이 몰려들었기 때문에 조금만 늦게 가면 한참을 기다려야 겨우 입장을 할 수 있었다. 아침 일찍 서둘러 가도 많은 아이들이 우리보다 먼저 와서 줄을 서서 기다리고 있었고, 그 줄은 매표소에서부터 시작되어 서울운동장의 긴 담장을 빙 둘러싸고도 남을 정도로 길게 늘어지기도 하였다. 이렇게 사람이 많이 몰릴 때에는 표를 사서 입장하려면 적어도 두 세 시간은 족히 걸렸다. 그늘도 없는 뙤약볕 아래 서서 꼬박 두세 시간을 기다린다는 것은 쉬운 일은 아니었다.

그러나 우리는 이같이 기다리는 일에 워낙 익숙해 있었다. 한여름 뜨거운 햇볕 아래 한 시간만 서있다 보면, 어깨와 팔, 그리고 콧등이 새빨갛게 익기 시작했다. 여름 방학 동안 이렇게 서울운동장 수영장 줄서기를 수십 차례 하다보면 방학이 끝날 즈음, 우리들은 마치 온 여름을 바닷가에서 보내다 온 것처럼 머리끝에서 발끝까지 반질반질 윤이 나는 깜둥이가 되곤 하였다.

수영장 입장료를 내면 당일 최대 세 시간까지 수영을 할 수 있었다. 그러한 규정은 한참 뒤에 입장료를 내고 한 번 들어가면 하루 종일 수영을 할 수 있도록 바뀌었는데, 이렇게 바뀐 후부터 우리는 시간에 쫓기지 않고 마음껏 수영과 물장난을 즐길 수 있었다. 한참을 기다려서 수영장에 들어가면 우리는 재빨리 옷을 갈아입고는 곧바로 시원한 물속으로 풍덩 뛰어들었다.

신흥사 계곡과 정릉 배밭골에서 친구들과 함께 터득한 헤엄들을 제대로 된 수영장에서 해볼 수 있는 기회가 온 것이어서 우리는 개구리헤엄, 개헤엄을 시작으로 해서 알고 있는 수영은 모조리 다 해보고, 또 내 마음대로 마구 해보다가 동구가 형에게서 새로 배웠다고 하는 모자비인지 모재비인지 하는 수영도 따라 해보고, 봉주가 가르쳐 준 배를 위로 까놓고 드러누워 팔을 뒤로 젓는 수영도 따라 해보다가—송장헤엄이라고 불렀던 이 수영은 따라 하기가 무척 어려웠다—그 미지근한 수영장 물을 배가 터지도록 먹기도 하였다.

우리는 배고픔도 잊고, 온몸이 파김치가 다 되도록 물 속에서 놀았는데, 나중에 물 밖으로 나와 보면 손가락과 발가락이 모두 물에 통통 불어서 우둘투둘해졌고, 하얀 껍질이 벗겨지기도 하였다. 수영을 하다가 배가 고파지면 우리는 탈의장으로 가서 옷을 담아 놓은 바구니를 꺼내 엄마가 손수건에 싸준 찐 계란을 같이 까먹기도 하였다.

사람들이 많을 때에는 수영장 안은 그야말로 사람 반, 물 반이었다. 마치 설이나 추석 바로 전날의 동네 목욕탕 같았다. 이렇게 사람이 많으면 사람들 틈에 끼어서 수영 은 커녕 그냥 물속에 서있는 것조차 쉽지가 않았다. 조금 만 움직여도 앞 뒤 옆 사람들과 부딪치게 되었고, 팔이나 다리를 뻗으려고 하면 옆에 있는 사람들과 손과 발이 서 로 걸리고 엉키고 하였다.

수영장 내의 물은 한 번 채우면 한동안 그대로 사용하

는 것 같았다. 소독도 하긴 하겠지만 자주는 아니었을 것이고, 또 야외에 있었기 때문에 한여름의 뜨거운 태양이 바로 머리 위에서 이글거려 물은 자연적으로 데워졌고, 들락거리는 많은 사람들의 체온으로 인하여 물은 시간이 지날수록 온도가 자꾸 올라가 오후가 되면 그야말로 동네 목욕탕의 온탕처럼 되어버리고 말았다. 거기에다가 우리 같은 아이들이 수시로 물속에서 슬쩍슬쩍 소변을 보았으니, 수영장의 물은 더욱 혼탁하기 이를 데 없었다.

　수영장 입장료에 대한 본전에 이자까지 다 뽑은 지는 이미 한참 지났고, 손가락 발가락 열 개 모두가 물에 하얗게 불어 콩자반같이 쪼글쪼글해지다가 껍질이 벗겨질 정도로 시간가는 줄 모르고 물속에서 놀다보면 몸도 많이 지치고 힘들어졌다. 잠시 물 밖으로 나와 쉬다 보면 그동안 못 느끼고 있던 허기도 한꺼번에 느끼게 되었다. 그래도 좀 더 놀 생각으로 잠시 뒤에 물속으로 다시 들어갔고, 이를 몇 번 반복하다가 이제 수영을 모두 마치고 수영장을 나설 무렵이면 배에서 꼬르륵 꼬르륵 하는 소리가 났다. 우리는 수영장 밖 입구 양쪽에 늘어서있는 포장마차에 가서 우동이나 번데기, 멍게, 해삼 등을 사먹기도 하였고, 근처에 있는 구멍가게에서 크림빵이나 꽈배기 등을 사먹었다. 또 하얀 밀가루가 잔뜩 묻어 있는 찹쌀떡을 사먹기도 하였다.

대충 허기를 때우고 나면 우리는 서울운동장 담벼락을 끼고 줄지어 있는 운동기구 판매점들을 기웃거리며 구경하였다. 이곳에서는 각종 운동복이나 역기, 아령, 줄넘기 등 여러 가지 운동기구들을 팔고 있었다. 그 앞에는 갖가지 잡동사니들을 늘어놓고 파는 리어카 행상들이 줄을 잇고 있었는데, 우리는 이런 리어카 사이를 누비며 이런 것 저런 것들을 구경하느라 정신이 없었다. 학교가 파할 때, 학교 주변에 나타나는 리어카들보다도 구경할 것이 훨씬 더 많았다.

한 구석진 곳에서는 새까맣게 탄 주름진 얼굴, 양옆으로 튀어나온 광대뼈, 길게 찢어진 작은 눈 등 험상궂게 생긴 아저씨가 보기에도 징그러운 구렁이같이 큰 뱀을 한 팔에다 칭칭 감고는 엄지와 집게 두 손가락으로 그 뱀의 머리를 잡은 채, 굵고 쉰 목소리로 양기부족, 허약체질, 소화불량 등 만병통치약을 파는데 열중이었고, 또 조금 떨어진 도로 옆에서는 양은 냄비, 그릇, 주걱 등을 걸어 놓고, 하얀 분가루가 묻어 있는 세탁비누를 쌓아 놓은 커다란 리어카 주변에 어른들이 모여 서서 국산품 애용이라는 다섯 글자 맞추기 빙고게임을 하고 있었다. 정해진 글자를 맞추는 사람에게는 이 세탁비누를 선물로 주는 것이었는데, 이런 빙고게임 리어카는 서울운동장 주변에 여럿 있었다. 이 리어카 주변에는 항상 많은 어른들이 웅성거리며 모여 있었다.

운동장 담장 바로 밑에서 어떤 아저씨는 사과상자를 하나 엎어 놓고, 그 위에 담요를 깔고서는 화투 석 장을 뒤집어 놓고서 재빠른 손놀림으로 그것들의 위치를 계속 바꾸고 있었다. 그러다가 석 장의 화투를 가지런히 엎어 놓고는 구경하고 있던 사람들에게 그중 한 장을 고르라고 하였다. 그 석 장 중에 한 장의 앞면에는 별도의 표시를 해놓았는데, 그것을 골라내는 것이었다. 그것들의 위치를 서로 바꿔가며 섞을 때의 손놀림이란 그야말로 번개와도 같이 빠른 것이었으나, 유심히 잘 보면 별도의 표시가 되어 있는 그 화투를 골라내는 것은 그리 어려워 보이지 않았다. 그래서 화투의 이동을 유심히 보고 있던 사람들은 그것을 거의 정확하게 찾아내었다. 그럴 때마다 그 화투아저씨는 매우 안타깝다는 표정을 지어보였다. 미리 돈을 걸고 했더라면 그 사람은 자기가 걸었던 돈의 두 배를 가져가는 것이기 때문이었다.

그렇게 해서 몇 번을 계속하다 보면 구경하던 사람들은 나름대로 자신감이 생겨서 드디어 돈을 걸고 본격적으로 하게 되었는데, 그 표시가 되어 있는 화투를 찾아내면 건 돈의 두 배로 돈을 받았고, 실패하면 건 돈을 잃는 것이었다. 처음에는 돈을 건 사람들이 이기기 시작해서 어떤 사람은 자기 본전의 몇 배를 따기도 하였으나, 차츰 시간이 지날수록 화투아저씨의 손은 마술사처럼 빨라져서 화투는 정신없이 뒤섞이고, 돈을 건 사람들은 항상 틀린 화투만을 뒤집는 것이었다. 이때쯤 되면 어른들 다리 사이로 얼굴만 빠끔히 내밀고 구경을 하고 있던 우리들은 화투아저씨의 신들린 듯한 손놀림에 홀리게 되었는데, 곧 이어 "야! 애들은 가라, 가, 어서!" 하는 아저씨의 야단치는 소리에 우리들은 슬금슬금 그곳을 떠나게 되었던 것이다.

서울운동장 주변을 돌아다니다 보면 이런 저런 풍경들로 매우 재미가 있었다. 물에서 놀며 수영을 하는 재미보다는 못하였지만, 수영을 끝내고 군것질을 하면서 운동장 주변 여기저기를 돌아다니며 어른들의 이런 저런 모습들을 구경하는 것도 무척이나 흥미로운 일이었다. 꾸덕꾸덕 말라가는 수영팬티를 꼬깃꼬깃 말아 쥔 채, 서울운동장 주변 구석구석을 기웃기웃 거리며 돌아다녔던 것이었는데, 그러다보면 여름 하루해는 언제나 짧기만 하였다.

무서운 거지

새까만 땟물이 금방이라도 주르륵 하고 흘러내릴 것 같은 벙거지를 하나 눌러 쓰고, 헝클어진 머리카락들이 여기저기 뭉쳐서 삐죽삐죽 삐져나와 있고, 검은 광택이 흐르는 뾰족한 얼굴, 쭉 찢어진 눈, 툭 튀어나온 광대뼈, 움푹 패인 두 뺨, 갈라진 입술, 누런 이빨, 꺼뭇꺼뭇한 턱수염, 때가 하도 쩔어서 반질반질 윤기가 흐르는 군복 저고리, 크고 작은 구멍이 나 있는 바지, 겹겹이 기운 무릎과 팔꿈치, 바닥창이 벌어진 군화나 찢어진 검정 고무신, 그리고 멸치처럼 바싹 마른 손가락에 들려 있는 찌그러진 반합, 윗도리 호주머니에 비스듬히 꽂혀 있는 손잡이가 부러진 양은 숟가락…… 당시 전형적인 거지의 모습은 이러했다.

요즈음에는 아무리 눈을 씻고 찾아보아도 이런 거지를

발견할 수가 없다. 어느 지역, 어느 시골에 가더라도 이런 거지는 없을 것이다. 그러나 도시는 도시대로, 시골은 시골대로 먹고 살기가 힘들고 어려웠던 그때에는 이런 모습을 한 도시의 거지들이 시도 때도 없이 대문 앞에 서있곤 하였다.

육이오 전쟁이 끝난 지 십 년이 넘었어도 여전히 이렇다 할 삶의 대책 없이 사회 곳곳에 웅크리고 있는 상이군인들, 전쟁고아들, 이들은 별 도리 없이 모두 거지라는 직업 아닌 직업을 안고 길거리로 나앉게 되었던 것이다. 불우한 주변 이웃과 소외된 사람들에 대한 사랑과 보살핌이란 단어는 사람들 저마다 먹고 살기 바쁜 생활 속에서 저만치 밀려나 있었던 것이 사실이었다. 남을 돌아볼 여유가 없었다. 자식 낳고 키우며 먹고 사는 일이 힘들었으니, 주변에 대한 인심도 그만큼 각박해질 수밖에 없었다. 밤이면 부부싸움을 벌이는 집도 많았고, 그때마다 아이들은 이불 속에서 숨을 죽이고 있어야 했다. 부부싸움이 심하거나, 밤늦게까지 그치지 않을 때에는 옆집 아저씨가 와서 이를 말려주기도 했던 시대였다.

물론, 요즈음이라고 해서 거지가 안 생기는 것은 아닐 것이다. 전쟁이 터져서 한동안 싸움의 소용돌이에 빠진다든지, 지진이나 홍수 등 불의의 자연재해를 당한다든지

하게 되면 졸지에 거지 아닌 거지들이 무더기로 나타나게 될 것이고, 나라의 경제가 잘못되어서 민생이 파탄 나거나 불경기라는 것을 오랫동안 겪게 되어도 또 거지 아닌 거지들이 길거리로 수두룩 쏟아져 나오고 말 것이다.

오래 전, 우리나라에 닥쳐왔던 아이엠에프 상황 하에서도 그랬다. 그러나 아이엠에프 당시의 그 노숙자들은 옛날 우리가 어렸을 때 동네에서 보아왔던 그런 거지들과는 그 의미나 상황이 판이하게 달랐다. 당시의 거지들은 생계의 수단이라고는 찌그러진 깡통을 들고, 집집마다 찾아다니며 먹다남은 식은 밥이라도 한 덩이 달라며 구걸하는 동냥뿐이었고, 그것을 벗어날 대책이라고는 전혀 없었던 '거지라는 직업'을 가진 거리의 걸인이었다. 그래서 몸 부칠 곳이라고는 아무 데도 없는 그들은 개천가나 다리 밑에서 삼삼오오 모여 살았는데, 그 대표적인 곳이 바로 청계천 부근이었고, 또 한강 다리 밑이었다. 그래서 한겨울에는 한강 다리 밑에서 웅크린 채로 얼어 죽어가는 거지들도 많이 있었다.

당시에는 특히, 팔이나 다리 하나가 없는 신체불구의 거지들이 참 많았다. 대부분이 전쟁의 불우한 산물로 남은 상이군인들이었는데, 그들은 다리가 없는 그곳에 고무나 헝겊을 대고 옷으로 가린 채 목발을 짚고 다녔으며, 팔

- Montmartre -

Maurice Utrillo, 〈몽마르트Montmartre〉, 1934~1936

이 없는 대신 그곳에 쇠갈고리를 끼운 채, 이 집 저 집 구걸을 하며 다녔다. 한쪽 팔에다가 쇠갈고리를 끼운 상이군인들은 팔을 움직일 때마다 옷소매 사이로 하얀 쇠갈고리가 번득거렸다.

당시 우리에게 이러한 거지란 그야말로 공포의 대상이었다. 외모는 더럽고 지저분하기가 이를 데 없었고, 특히 새까맣고 깡마른 얼굴에 찢어진 두 눈은 십리만큼 쑥 들어가 있어 저만치에서부터 무서워 보이는 거지는 비틀거리는 걸음으로 동네를 돌아다녔고, 그 거지를 보면 우리는 꽁지가 빠지게 달아나곤 하였다. 조금만 가까이 가면 무슨 병이라도 옮을 것 같았다. 그래서 거지가 양은 숟가락으로 시커먼 반합통을 깡깡깡 두드리며 대문 앞에 떡 허니 버티고 서있으면, 나는 마당은 커녕 방안에서 꼼짝을 하지 못한 채, 창호지 문 한쪽에 뚫어놓은 손바닥만한 유리창으로 대문 쪽을 내다보며 반쯤 열려진 대문 사이로 보이는 거지의 모습을 살피기에 급급했다. 특히, 상이군인 거지는 더욱 무섭게 느껴졌다.

어떤 때에는 거지가 아침부터 우리 집 대문 앞에 와서는 계속 버티고 서있기도 하였는데, 그렇게 되면 나는 문을 나설 수가 없어서 그 거지가 사라질 때까지 학교에도 가지 못했다. 그러면 엄마가 찬밥을 한 공기 갖다 주거나, 먹다 남은 김치찌개를 한 그릇 주면서 잘 달래서 보내곤 하였는데, 나는 그 거지가 떠나고도 한참 시간이 지난 뒤에 살금살금 대문께로 걸어가 거지가 갔나 안 갔나를 완전히 확인한 후에야 대문을 나서곤 하였다. 어떤 거지는 엄마가 밥을 주었는데도 너무 적다며 대문 앞에 버티고 서서는 시끄럽게 떠들면서 떼를 쓰기도 하였다. 한참 그래도 아무런 반응이 없으면 대문을 두어 번 발로 꽝 차고는 가버렸다. 원하는 대로 밥을 다 줄 수는 없었겠지만, 여하튼 거지가 가지 않고 대문 앞에 한동안 버티고 있었던 경우가 하루에 한두 번은 있었다.

또, 동네 친구아이들과 놀고 있을 때, 거지가 우리 쪽으로 다가오면 우리는 하던 놀이를 그 즉시 멈추고, 슬며시 그러나 가능한 한 빠르게 도망가기 시작했다. 우리가 자기를 보고 피한다는 사실을 그 거지가 안다면 분명히 우리를 끝까지 쫓아올 것이라고 우리는 생각하고 있었기 때문에 그 거지가 눈치 채지 못하도록 하면서 삼십육계 줄행랑을 놓는 것이 최선의 방법이었다. 나는 집으로 도망 오면 대문을 들어서자마자, 문을 굳게 걸어 잠그고는 엄마! 엄마! 엄마! 거지 와, 거지! 하면서 숨이 넘어갈 듯 소리치며 방으로 들어가 숨어버리곤 하였다.

특히, 우리는 한쪽 팔에 하얀 쇠갈고리를 가진 상이군인 거지를 가장 무서워했다. 이는 팔이 하나 없다는 것으로도, 그리고 번뜩이며 날카로운 그 쇠갈고리를 상상만 하는 것으로도 공포를 느끼기에 충분하였기 때문이었다. 그것을 한 번만 휘둘러도 끔찍한 일이 꼭 벌어질 것만 같았다. 더군다나, 그런 상이군인 거지들의 인상은 더욱 험악해보였다. 그 거지들은 우리 동네에 한 번 오면 봉주네, 진표네, 동구네, 백규네, 송준이네 등 가가호호 집들을 찾아다니며 동네 한 바퀴를 돌고 가는 것이었다.

거지가 우리 집을 떠난 것을 확인한 나는 조심스럽게 주변을 살피며 친구네 집에 가곤 하였는데, 방금 우리 집에 왔던 그 거지가 우리 친구 집 대문 앞에 서있는 모습을 멀리서 보게 되는 경우가 있었다. 그러면 나는 걸음아, 날 살려라 하고 꽁무니가 빠지게 다시 한 번 삼십육계 줄행랑을 놓아야 했다. 돌이켜 보면, 단지 겉모습만 그랬지 우리들을 해치거나 못 살게 한 적이라고는 단 한 번도 없었던 거지를 우리들은 대머리이발관 아저씨만큼이나 무서워했던 것이다.

문둥병이라는 것이 있었다. 당시 우리에게 이 문둥병이라는 것은 우리가 알고 있는 병 중에서 가장 무서운 병이었다. 우리가 들은 소문에 의하면, 이 문둥병에 걸리면 몸 여기저기가 곪기 시작하여 눈썹도 빠지고, 머리카락도 빠지다가 온몸이 점점 물렁물렁하게 썩어 들어가서 나중에는 팔도 잘라야 하고, 다리도 잘라야 하고, 그러다가 결국 죽어버리고 마는 그런 무서운 병이라는 것이었다. 치료를 할 수 있는 약도 없어서 누구나 한 번 걸리기만 하면 죽을 수밖에 없는 무시무시한 병이라는 것인데, 특히, 전염이 매우 강해서 다른 사람에게 쉽게 옮겨지기 때문에 이 문둥병에 걸린 사람이 있으면 그 즉시 순경이 와서 그 사람을 큰 자루에 넣어서 아주 먼 곳으로 데리고 가버린다는 것이었다. 그곳은 바로 소록도라고 부르는 아주 먼 곳에 있는 섬인데, 그곳에 한 번 가면 평생 나올 수가 없고, 가족들과도 영영 만날 수가 없는 그런 곳이라는 것이다.

또, 매일 수십 명씩 사람이 죽는데, 병 때문에 죽는 사람 외에 매 맞아서 죽는 사람도 있으며, 사람이 죽으면 밤에 몰래 바다에 던져버린다는 것이었다. 그래서 소록도라는 곳은 감옥소보다 훨씬 더 무서운 곳으로 그곳을 나오려면 오직 그 문둥병이 다 나아야만 하는데, 그러기 위해서는 딱 한 가지 방법 밖에는 없다, 그것은 어린 아기를 잡아먹는 것인데, 그것도 세 명을 잡아먹어야만 나을 수 있다는 것이었다. 어린 아기를 잡으면 뜨거운 물이 펄펄 끓는 가마솥에 통째로 집어넣어…… 이것은 당시 우리 친구들 사이에 널리 퍼져 있던 문둥병과 소록도에 대한 무시무시한 소문 그 전부였다. 이렇게 끔찍한 일이 이 세상에 있을 수 있을까? 아기를 잡아먹어야지만 병에서 나을 수 있다니, 그것도 세 명씩이나. 이는 괴기영화에 나오는 이야기들과 다름이 없었다. 온몸에 소름이 끼치는 일이 아닐 수 없었다. 그런데 더욱 무시무시한 것은, 이틀이 멀다하고 집 대문에 기대서서 동냥을 하는 거지들 중에 반 이상은 이런 문둥병 환자라는 것이며, 그 무서운 소록도에서 탈출한 환자도 있다는 것이었다.

이런 얘기 역시 당시 우리 동네 친구들 사이에 떠돌고 있는 것들이었는데, 한여름 밤 어느 날, 나는 엄마로부터도 그런 비슷한 얘기를 들은 적이 있었다. 그날 나와 내 여동생은 이불 속에서 눈을 말똥말똥 뜨고는 문둥이에 대한 엄마의 으스스한 이야기를 들었다. 물론, 엄마는 집집마다 동냥을 하러 오는 거지들이 다 문둥병에 걸린 사람들이라고는 하지 않았지만, 병을 옮길 수도 있고, 또 종종 아기를 잡아가 삶아먹거나 팔아먹는다는 것이었다.

이 이야기를 들은 후에는 한밤중에 마루에 있는 요강에 오줌을 누러 나가는 것도 두려웠다. 특히, 아기를 잡아다가 삶아먹거나 팔아먹는다는 엄마의 이야기에 나는 길거리에서 거지만 보면 간담이 서늘해졌고, 우리 집 문 앞에 거지가 와서 동냥을 할 때면 나는 이불 속에 꼭꼭 숨어있어야 했다. 엄마의 이야기가 너무 생생하게 들려서 거지만 보면 내 머릿속에 물이 펄펄 끓는 가마솥에 아기를 집어넣는 장면이 자꾸 그려지기 때문이었다. 나뿐만이 아니고, 당시 우리 동네의 내 친구들이 모두 다 그랬다. 혹시, 그 무시무시한 문둥병이 나에게 옮길 지도 모른다. 잡아갈 아기가 없으면 대신 나를 잡아갈지도 모른다. 이러한 생각 때문에 우리는 항상 거지공포에 떨고 있어야만 했다.

한참 동안 구걸을 했는데도 집안에서 아무 반응이 없으면 거지들은 대문을 발로 꽝꽝 찼다. 상이군인 거지는 목발이나 쇠갈고리로 대문을 마구 두드리기도 했다. 그래도 아무런 반응이 없으면 대문을 마구 밀어댔는데, 문이 잠겨 있지 않으면 마당 안에까지 들어왔고, 문이 잠겨 있을 경우에는 문 사이로 질러 놓은 굵은 나무빗장이 부러질 듯 삐거덕 삐거덕 하고 소리를 냈다.

우리 엄마는 평상시에 거의 대부분 대문을 잠그고 지냈기 때문에 나는 문밖에 선 거지가 잠긴 대문을 흔드는 모습을 자주 보았다. 그때마다 잠긴 대문의 나무빗장은 덜컹덜컹 하며 열릴 듯이 흔들렸는데, 이 순간이 나에게는 손에 땀을 쥐게 하는 시간이었다. 저 문이 열려버리면…… 안방에서 창호지 쪽문 한구석에 붙여 놓은 손바닥만한 유리를 통해서 밖의 이런 광경을 몰래 지켜보고 있는 나의 가슴은 불안과 초조함으로 두근두근 뛰기 시작하였다.

그러나 이때쯤 되면 드디어 용감한 우리의 엄마가 나서는 것이었다. 엄마는 부엌문을 드르륵 열고, 왜 그래? 도대체 왜? 하고 소리를 지르면서 찬밥 한 사발이나 김치찌개 한 대접을 들고 나가는 것이었다. 엄마는 정의의 사도 흑기사였다. 눈부신 백마를 타고, 번쩍거리는 칼을 하늘 높이 치켜들고, 치열한 싸움이 벌어지고 있는 전쟁터를 향하여 용감히 달려 나가는 그 흑기사. 우와, 우리 엄마 정말 용감하다, 용감해, 하면서 나는 마음속으로 감탄사를 연발하며 쪽 유리로 창밖을 계속 주시하였는데, 역시 우리 엄마는 백마 탄 흑기사처럼 모든 상황을 깨끗이, 그리고 조용히 평정하고 돌아오는 것이었다.

당시에는 이러한 거지 외에, 소위 양아치라고 부르는 일단의 사람들이 있었는데, 우리들에게는 모두 거지와 같은 사람들로 보였다. 양아치란 여러 가지 뜻이 있겠지만,

당시에는 주로 넝마주이를 일컫는 말이었다. 사실 거지도 아니고 그렇다고 깡패도 아닌데, 이 사람들의 복장이나 외모, 행동, 말투 등 그 분위기가 거지와 별반 다를 게 없이 거칠고 불량스럽게 보여 우리들의 눈에는 모두 거지로 보였던 것이다. 이들은 쓰레기장이나 개천을 뒤지고 다니면서 끝이 뾰족하고 긴 쇠꼬챙이로 넝마나 종이를 찍어서 한쪽 어깨에 둘러멘 커다란 대바구니나 광주리에다가 주워 담았는데, 이것들을 모아서 고물상에 파는 사람들이었다. 병이나 깡통, 책 등 재활용품도 주워다가 팔았다. 따라서 거지와는 달리 나름대로의 직업을 가지고 돈을 버는 사람들이었다.

그러나 사실 그러한 양아치들은 대부분 불량스러운 외모와 행동 때문에 우리들에게는 거지와 같은 두려운 존재였다. 특히, 이들이 가지고 다니는 기다란 쇠꼬챙이는 상이군인의 쇠갈고리처럼 우리들에게는 공포의 무기로서 인식되어 있어서 우리들은 이들을 만나게 되면 거지를 만난 것처럼 슬금슬금 피하곤 하였다.

당시 일부 가정에서는 식모라고 부르는 여자들이 있었는데, 그 집에 같이 살면서 밥해주고, 빨래해주고, 청소해주는 역할을 하는 사람들이었다. 역할은 가정집 가정부였지만, 아예 그 집에 들어가 식구들과 같이 살면서 마치 이

Maurice Utrillo, 〈눈 덮인 극장 아뜰리에Théatre de L'Atelier sous la neige〉, 1918

모나 딸처럼 대우받고 행동하는 경우가 대부분이었기 때문에 일주일에 며칠, 또는 하루에 몇 시간 일해주고 수당을 받는 요즈음의 파출부와는 완전히 달랐다.

대부분은 아니었겠지만, 이 식모는 당시 먹고 살기 어려운 시골에서 서울 등 도시로 나가면 무슨 방법이 있겠지 하고 뚜렷한 계획 없이 서울로 온 처녀애들이거나, 아니면 서울 근교 봉재 작업장 같은 데서 일하다가 이를 그만 두고 여기저기 일할 곳을 알아보다가 오게 된 여자들이었다. 그와는 반대로, 어느 집에서 식모로 살고 있다가 그 집을 나와서는 공장 같은 데에 가서 일하거나, 술집에 가서 일하는 경우도 있었는데, 엄마들은 이런 식모를 두고 바람이 났다고 말했다. 많은 식모들이 보수도 없이 일하면서 그 집의 딸같이 지내기도 했기 때문에 오랫동안 그렇게 가족의 한사람으로 같이 일하며 생활하다가 시집을 가는 경우도 종종 있었다. 자기 딸과 동일하게 그 집 엄마가 어느 정도 혼수를 준비해서 시집을 보내주는 것이었다.

우리 집도 몇 해 동안 식모를 두고 살았는데, 엄마 단골인 돈암동 시장의 팥죽 할머니한테서 소개를 받아 시골에서 데리고 온 경우가 대부분이었다. 역시 무보수로 가족같이, 딸같이 살면서 밥하고, 빨래하고, 집안일 하면서 나중에 적당한 때가 되면 시집을 보내주기로 무언의 약속을 하고 데리고 왔지만, 이 식모들은 대체적으로 이 삼 년을 못 넘기고 우리 집을 떠나고 말았다. 나중에 엄마에게서 들은 얘기로는 집에서 잘 지내고 있는 아이를 누가 밤에 살짝 꼬여내어 데리고 갔다는 것이었고, 또 다른 식모의 경우는 이웃 동네 이발사하고 서로 눈이 맞아 밤에 몰래 짐을 싸가지고 나가버렸다는 것이었다.

식모도 그 나이층이 다양했는데 우리 집의 경우도 마찬가지였다. 나이가 어린 식모도 있었고, 나이가 많은 어른 식모도 있었다. 또 어떤 식모는 엄마가 외출을 하고 나면 자기 할 일은 하나도 하지 않고, 집에서 노는 우리들을 괜히 야단치기도 하였고, 심부름을 시키기도 하였으며, 집안청소를 시키기도 하였다. 그러나 우리는 이러한 식모의 행동을 엄마에게 얘기할 수가 없었다. 엄마한테 고자질한 것을 식모가 알게 되면 나중에 엄마가 또 집을 비운 사이, 식모로부터 무슨 벌을 받을지 알 수가 없기 때문이었다.

그런데 이런 식모의 역할 중 하나가 바로 거지를 상대하는 것이었다. 대문 앞에서 구걸을 하고 있는 거지에게 음식물을 주든 안 주든, 여하튼 그들을 조속히 떠나게 하도록 하는 것이었는데, 그것도 식모가 우리 엄마같이 용

감하지 못하거나, 나이가 어리거나 하면 결코 쉬운 일이
아니었다. 물론, 찬밥이나 먹던 찌개를 한 사발 퍼다 주어
서 보내는 경우가 대부분이었지만, 때로는 문 앞에 꼼짝
않고 버티고 서서 행패를 부리는 거지와 서로 언성을 높
이며 싸우기도 해야 했고, 듣기 거북한 욕을 들어야 하는
경우도 자주 있었으니, 거지 내쫓기란 결코 만만한 일이
아니었던 것이다.

거지는 모두가 남자이고, 식모는 모두가 여자여서 같
이 싸우다보면 말로는 식모가 이기는 것같이 보였지만,
막무가내로 욕을 해대며 덤벼드는 거지에게는 그 누구도
당해낼 재간이 없었다. 조금만 마음에 안차면 거지들은
우리가 들어도 얼굴이 빨개질 욕들을 마구 해댔는데, 특
히 여자신체에 관한 비속적인 욕을 거침없이 하기도 하
여 어떤 때에는 식모가 울면서 부엌으로 들어왔고, 마침
내 용감한 우리 엄마가 나가게 되어, 그 거지를 잘 달래서
보내고 하는 경우가 많았다.

거지와의 눈에 보이지 않는 전쟁, 거지는 대문 앞에 버
티고 서서 구걸을 하다가 떼쓰고, 욕하고, 식모는 같이 싸
우다가 울고, 엄마는 달래고, 우리는 멀찌감치 도망가고,
숨고…… 하루에도 몇 번씩 대문 앞에서있었던 그 장면

들이 지금 나에게는 참으로 씁쓸한 모습으로 남아있다. 험상궂은 외모와 지저분한 옷차림새, 누구에게나 따돌림을 당하며, 찌그러진 군용 반합 깡통 하나 들고, 이 동네, 저 동네 여러 집 문 앞을 오가며 구걸을 하던 사람들, 무시무시한 소문을 몰고 다니던 한없이 배고프고 갈 곳 없는 사람들……

모두 한 이불을 같이 덮고 지냈던 내 형제, 내 이웃이었는데, 동족상잔의 불행하고 피비린내 나는 전쟁터에서 팔과 다리를 잃고, 다시 사회로 돌아와 부초처럼 쓸쓸하게 떠다닐 수밖에 없게 되어버린 내 삼촌 같은 상이군인들, 문둥병자 아닌 문둥병자로 취급 받아왔던 그 가슴 아픈 사연들…… 지금 그들은 다 어디에 있을까. 저 먼 하늘나라 어디에선가 따뜻한 곳에서 배불리 먹으며, 이제는 그 가슴 아팠던 사연들을 다 지워냈을까. 오늘 밤하늘에는 밤공기에 촉촉이 젖은 노란 별들이 유난히 많이 보인다.

라디오

각 가정마다 텔레비전을 사들여놓기가 어려웠던 당시 일반 가정집에서 어른들의 유일한 즐거움이란 라디오를 듣는 것이었다. 그 당시 텔레비전은 가정집에서 매우 귀한 존재로서 잘 사는 몇몇 집에서나 가질 수 있을 정도였는데, 우리 동네에서는 내가 초등학교 사학년이 되었을 때야 텔레비전을 들여놓은 가정이 한두 집 생겨났었다. 물론 그것도 흑백으로만 나오는 것이었다. 따라서 대부분의 집에서는 저녁에 라디오 연속극을 듣는 것이 생활의 위안이요, 기쁨이었다. 그래서 당시에는 시청자라는 말은 잘 들어보지 못했고, 대신 청취자라는 말이 귀에 매우 익숙했었다.

그 귀한 텔레비전을 한 번 보려면 평상시에 텔레비전이 있는 그 집 아이와 친하게 지내둘 필요가 있었다. 가끔 딱지나 구슬도 좀 잃어 주고, 깜보도 좀 하고, 놀이할 때에 같은 편도 되고 하는 것이 좋았는데, 여하튼 그 아이에게 미움을 사는 일은 없어야 했다. 그 아이가 허락을 해주면 드디어 그 집에 가서 텔레비전을 볼 수 있었는데, 텔레비전은 집 안방에 있었기 때문에 어떻게 잘 해서 안방까지 들어가던가, 아니면 마루에 앉아 열어 놓은 방문사이로 멀리 있는 안방의 텔레비전 화면을 보아야 했다. 그래서 여름밤이 되면 동네 꼬마들이 텔레비전이 있는 친구 집 마루에 옹기종기 모여앉아 고개를 있는 대로 빼고, 인상을 써가며 먼 화면을 들여다보느라 애를 쓰는 모습들을 자주 볼 수 있었다.

당시 우리는 영화를 보러 극장에 가는 일이 거의 없었다. 물론, 엄마를 졸라서 용돈을 타내고, 또 용기를 내어서 동네친구들하고 극장에 간 적이 없는 것은 아니나, 이는 일 년에 한두 번 극히 손꼽는 일이었다. 평상시 우리들은 극장이란 어른들이 가는 곳으로 생각하고 있었던 것이다. 가끔 학교에서 영화를 보여주는 경우가 있었다. 자주는 아니었지만, 한여름 밤에 한두 번 정도 학교에서 전 학년 아이들을 운동장에 모두 모아놓고는 교실 건물 바깥벽에 커다랗고 하얀 스크린을 걸어놓던가, 아니면 그 벽면을 화면삼아 빌려온 영사기를 돌려서 영화를 보여주곤 하였는데, 당시 내가 가장 재미있게 본 영화는 〈백설 공주와 일곱 난쟁이〉라는 총천연색 만화영화였다.

당시 우리들에게 총 천연색깔의 영화를 본다는 것은 너무나 감동스러운 일이 아닐 수 없었다. 영화 상영 중간 중간에 탁 소리를 내며 필름도 자주 끊어지고, 또 퍼벅 하면서 몇 개의 장면들이 한꺼번에 건너뛰거나, 아니면 화면이 그대로 한참동안 멈춰있거나 하였지만 영화를 보는 동안 얼마나 재미가 있었던지, 그리고 얼마나 신기하고 감동적이었던지 나는 영화를 보고 난 후 한동안 들뜬 기분을 억제할 수가 없었다.

하얀 얼굴에 까맣고 큰 두 눈동자를 깜빡이며 웃는 모습이 너무나 예쁜 백설공주, 그리고 빨간색, 파란색, 노란색, 초록색 등 색깔이 각각 다른 실을 하나씩 입에 물고 그네를 타듯 이리저리 공중을 서로 오가면서 해어진 백설공주의 옷을 꿰매는 귀엽고 작은 새들의 움직임, 새들이 춤을 출 때마다 흘러나오는 신나는 음악, 아름다운 색깔들…… 이 모든 장면들은 나를 한없는 상상과 꿈의 세계로 부풀어 오르게 하여, 영화를 보는 동안 나의 몸과 마음은 고무풍선처럼 넓고 푸른 우주를 한없이 떠다니고 있었다.

그러나 백설공주가 독이 든 사과를 먹고 쓰러지는 순

간, 우리들은 너무나 분하고 가슴이 아파서 침도 못 삼키고 숨을 죽이기도 했다. 착하고, 불쌍하고, 예쁜 백설공주, 꼭 한 번 만나보고 싶은 백설공주, 못생기고 심술궂기도 하지만 마음은 참 착한 장난꾸러기 일곱 난쟁이, 너무나 잘생기고 멋있는 왕자, 귀여운 새들, 그리고 사슴, 아기곰, 토끼들을 생각하면서 우리들은 삼삼오오 손을 잡고 밤늦게 집으로 돌아왔다. 집으로 오는 길에 우리들은 누가 먼저랄 것도 없이 자기가 느낀 감동을 서로 얘기하느라 정신이 없었다.

그 이후로도 우리는 한여름 밤에 학교운동장 땅바닥에 단체로 모여 앉아서 학교에서 틀어주는 영화를 시간가는 줄 모르고 보곤 하였다. 국군과 괴뢰군이 나오는 전쟁영화도 보았고, 먼 시골에 사는 초등학생 철이가 엄마를 찾으러 혼자 서울에 와서 온갖 위험을 다 겪으며 고생한 끝에, 드디어 엄마를 만나는 내용의 영화도 보았는데, 이 영화들은 모두 흑백이었다. 영화라고는 그런 식으로 보아왔던 우리들한테 텔레비전이라는 것은 참으로 신기하고 흥미로운 것이 아닐 수가 없었다. 그래서 저녁을 먹고 나서 텔레비전이 있는 친구아이 집에 한 번 가면 우리들은 집에서 누군가가 찾으러 올 때까지 그 집 마루에서 일어날 줄을 몰랐다.

다른 집과 마찬가지로 당시 우리 엄마와 아버지는 라디오 청취가 유일한 즐거움이었다. 엄마와 아버지는 저녁을 먹고 나서 라디오를 틀어놓기 시작하여 밤늦도록 라디오를 들었다. 아버지는 안방 아랫목에서 옆으로 비스듬히 누워서 라디오를 들었고, 엄마는 그 옆에 앉아서 내양말이나 형 바지를 꿰매거나, 동생이 학교에 가져갈 손걸레를 만들면서 라디오를 들었다. 당시 우리 집에는 고동색 가죽케이스에 든 조그만 일제 트랜지스터 라디오가하나 있었는데, 아버지의 손때가 묻고 묻어서 반질반질한라디오였다.

아버지는 이 라디오를 무척이나 애지중지했다. 공책 반쯤 되는 크기의 라디오였는데, 성능이 참 좋아서 라디오옆에 붙어 있는 다이얼을 돌릴 때마다 여러 방송들이 선명하게 잘 잡혔고, 소리를 있는 대로 크게 해놓으면 집안구석구석에서도 다 들을 수 있을 정도였다. 잡음도 별로없었다. 그 라디오는 항상 아버지 머리맡에 있었다. 아버지가 그렇게 아끼던 그 일제 라디오를 그만 잃어버리고 말았는데, 엄마의 얘기로는 낮에 문을 잠깐 열어둔 사이, 도둑이 안방까지 들어와서는 그 라디오를 훔쳐갔다는 것이었다. 그 후로부터는 우리는 대낮에도 문을 더욱 철저히 잠갔다. 아버지는 잃어버린 그 일제 라디오를 무척 아쉬워했다. 며칠 있다가 아버지는 그것보다는 조금 큰 크기의 금성이라는 왕관표시가 있는 라디오를 하나 사가지고 왔다.

당시 엄마와 아버지가 고정적으로 즐겨 듣던 라디오 프로가 몇 개 있었는데, 한 여자와 한 남자가 나와서 재미있는 얘기들을 쉬지 않고 끝도 없이 서로 주고받는 소위 만담이라는 것, 그리고 방송시간 내내 웃음이 넘치는 재치문답과 아차부인 재치부인 등이었다. 엄마와 아버지는 종종 라디오에서 흘러나오는 노래를 따라 부르기도 했고, 엄마가 부엌에 있을 때에는 아버지는 라디오를 크게 틀어놓기도 하였다. 가끔 아버지가 따라 부르는 노래를 들으며 우리가 이게 무슨 노래냐고 물어보면 아버지는 엄마와 결혼하기 전, 서로 사귈 때에 한참 유행하던 노래라고 대답해주곤 하였다.

우리 엄마와 아버지가 애청했던 라디오 연속극 중 〈모란등〉이라는 것이 있었다. 이 연속극은 당시 동네 어른들 사이에 꽤나 인기가 있었던 납량특집으로, 그 해 한여름의 무더위를 싹 가시게 할 만큼 무서운 연속극이었다. 그 내용도 무서웠지만, 소위 방송에서 효과라고 하는 바람소리, 물소리, 나뭇잎 떠는 소리, 그리고 문 여닫는 소리, 멀리서 누군가를 나지막이 부르는 소리, 또 울음소리, 비명소리 등을 포함하여 배경음악이나 분위기가 얼마나 음산

하고 무서웠던지 나는 그 연속극을 할 시간이면 항상 건넌방으로 와 이불을 머리끝까지 뒤집어쓰고는 공포감 속에 떨어야 했다. 형은 조금 컸다고 그러는 나를 놀려댔지만, 형도 나중에는 어디론가 슬그머니 사라지곤 하였다.

라디오는 안방에 있었지만, 한여름이라 문이란 문은 다 열어놓았고, 설령 닫았다 하더라도 라디오에서 나는 소리는 얇은 창호지 문을 통하여 다른 방까지 쉽게 들렸다. 그래서 그 연속극을 듣지 않으려면 아예 집밖으로 나가버리는 수밖에는 없었는데, 이미 짙은 어둠이 깔린 바깥은 〈모란등〉에 나오는 그 귀신이 버티고 있을 것 같아 더더욱 용기를 낼 수가 없었던 것이다. 내 동생과 나는 어쩔 수 없이 그 더운 여름밤 그 시간을 건넌방에서 이불을 같이 뒤집어쓴 채, 공포 속에서 보내야 했다. 우리는 이불 속에서도 두 손가락으로 양쪽 귓구멍을 힘껏 틀어막고는 라디오에서 나오는 귀신소리를 듣지 않으려고 애를 썼지만, 그 무섭고 으스스한 소리들은 우리의 상상력을 있는 대로 자극하며 송곳처럼 우리의 귓속을 파고들었다.

나는 그 공포의 소리들을 듣지 않으려고 귓구멍을 꽉 막은 채, 아아, 아, 하고 소리를 내어보기도 하였고, 학교 음악시간에 배웠던 노래를 마구 불러보기도 하였지만, 그럴수록 내 귀는 더욱 쫑긋해져서 내 의도와는 전혀 관계

없이 안방 쪽에서 건너오는 공포의 소리들을 듣고 있었다. 오히려 시간이 지날수록 그 공포의 소리들은 더욱 또렷이 들리는 것이었다. 그 〈모란등〉 연속극을 듣고 난 날 밤, 나는 여지없이 얼굴 없는 처녀귀신이 나타나는 꿈을 꾸었으며, 몇 번씩이나 가위에 눌리곤 하였다. 아무리 급한 용변도 이를 악물고 꾸욱 참으며 날이 밝을 때까지 기다려야 했다.

무서웠던 라디오 연속극 〈모란등〉…… 저녁을 먹고 난 후, 식구들이 마루에 다 모여서 수박 한 덩이 깨넣은 설탕물에 얼음을 둥둥 띄워 시원한 수박화채를 한바탕 해먹고 잠시 쉬다보면 밤 느지막이 그 공포의 연속극이 시작되었는데, 그 시간쯤 되면 아버지는 그 방송에 라디오 주파수를 맞추기 시작했고, 우리들은 슬그머니 건넌방으로 건너왔다. 잠시 뒤에 라디오에서는 〈모란등〉이 시작되는 것을 알리는 휘이익 하는 으스스한 바람소리와 함께 도련니임, 하면서 가냘프게 떨리는 처녀귀신의 목소리가 소름끼치게 들려오고, 어느 남자 해설자의 모...란...등... 하는 굵고 나지막한 목소리가 들려오면 나와 내 동생은 서로 약속이라도 한 듯 슬그머니 이불을 꺼내서는 그 속으로 슬금슬금 들어가기 시작하였던 것이다.

엄마가 이 연속극에 대하여 그 대략의 줄거리를 우리

Maurice Utrillo, 〈라팽 아질Le Lapin Agile〉, 1936

들에게 얘기해 준 적이 있었다. 우리가 듣고 싶어 들은 것이 아니라, 마루에서 엄마가 자기의 무릎을 베고 누운 우리들의 귀지를 파주면서 이 무서운 이야기를 자연스럽게 얘기해 준 것이었는데, 우리는 상상의 공포 속에서 일방적으로 들을 수밖에 없었던 것이다.

엄마는 이 〈모란등〉 이야기를 한 번만 해주었던 것이 아니고, 우리들 귀지를 파줄 때마다 해주었던 것인데, 듣지 않으려고 애를 쓰면 쓸수록 더욱 또렷이 들리는 것이었고, 무섭고 으스스한 기분 속에서도 그 다음 이야기가 궁금해지는 것이었다. 결국, 엄마의 이러한 이야기는 이 무서운 연속극의 줄거리에 대한 보충설명으로서 충분하고도 남음이 있는 것이어서 실제 방송 때 라디오에서 흘러나오는 여러 가지 효과음이나 대화들은 우리들을 한층 무서운 분위기 속으로 밀어 넣는 것이었고, 또 귀로만 들을 수밖에 없는 상황이 우리 스스로의 상상력을 한껏 자극하여 우리들의 머리카락을 더욱 쭈뼛쭈뼛 서게 만드는 것이었다.

내가 라디오 연속극 〈모란등〉을 할 때마다 건넌방으로 가 이불을 뒤집어쓰는 이상한 행동을 하는 것을 엄마가 안 것은 연속극이 한창 진행 중이던 그 해 여름 중반쯤이었다. 그날도 그 시간에 라디오에서는 어김없이 휘이익 휘이익 하고 바람이 불고, 도련니임 하면서 귀신이 나타나고 있었다. 안방에 있던 엄마가 우연히 건넌방으로 왔다가 나와 여동생이 그 더운 여름밤에 이불을 뒤집어쓰고 있는 것을 발견하고는 놀라며 어디가 아프냐고 물어보았는데, 마침 옆에 있던 형이 곧이곧대로 엄마에게 일러바친 것이었다. 그런 일이 있고난 후로부터 엄마는 우리들 귀지를 파주면서 더욱 실감나게 〈모란등〉 이야기를 해주었던 것인데, 나는 태연한 척 음, 음 하고 잔기침을 하기도 하였고, 눈을 감고 자는 척, 또는 관심이 없는 척 하기도 하였다. 엄마는 우리를 골려주려고 하는 것임에 틀림없었다.

그러나 나는 〈모란등〉 이야기를 해주는 엄마보다 그 옆에 있던 형이 더욱 얄미웠다. 형이 자꾸, 그래서? 그래서? 하는 바람에 엄마의 이야기가 계속 이어지는 것이었고, 나는 마침내 마음속으로 아아, 아아 하고 소리를 내면서 딴 생각을 하거나, 학교에서 음악시간에 배운 노래를 아무거나 마구 불러대야 했던 것이다. 연속극에서는 이 외동딸 귀신이 나타날 때마다 몇 가지 징후가 꼭 있었는데, 그중 하나가 바람이 불지 않는 데에도 그 남자나 새색시가 들고 가던 모란등이 그냥 휙 하고 꺼지는 것이었다.

고개를 갸우뚱거리며 주위를 둘러보다가 가던 길을 멈추고 다시 모란등에 불을 붙이면 또 잠시 뒤에 꺼지고, 또 불을 붙이면 잠시 뒤에 또 휙 꺼지고…… 이럴 즈음이면 내 뒤통수는 근질근질해지고, 머리카락은 한 가닥씩 한 가닥씩 일어서면서 내 간은 콩자반보다도 더 작아지기 시작했다.

이어서 흐느끼는 듯한 목소리가 멀리서 도련님, 도련님 하고 부르기 시작하면 겁에 잔뜩 질려서 낭자! 낭자! 하면서 사방을 두리번거리는 남자의 다급한 목소리, 맨 손톱으로 칠판을 빡빡 긁는 듯한 소름이 끼치는 효과음, 고양이의 울음소리 같은 귀신의 목소리, 남자가 뒤쪽을 돌아보는 순간, 푸르스름한 달빛 사이로 나타난 죽은 외동딸, 길게 풀어 헤친 머리, 하얀 치마저고리, 허공에 떠 있는 몸, 순간 눈앞에서 없어졌다가 금세 깔깔깔 웃으며 나타난 귀신의 입가에 흐르는 붉은 피, 손에 든 시퍼런 칼, 이를 보고 놀라서 혼이 빠지게 도망가는 남자의 비명소리…… 그 연속극은 내 머릿속에 이런 상상의 장면들을 그려주었는데, 이 장면들은 〈모란등〉을 하던 그 여름 내내 거의 매일 밤 꿈으로 꾸었던 소름끼치던 장면들이었다. 그야말로 나에게는 확실한 납량특집이었다.

그로부터 한두 달 뒤인가, 나는 삼선교 행길가에 있는 동도극장이라는 영화관에 영화를 보러 간 일이 있었다. 봉주와 백규, 그리고 진표와 같이 갔었는데, 당시 우리가 보았던 영화는 〈월하의 공동묘지〉와 〈목 없는 미녀〉로 모두 귀신이 나오는 영화였다. 우리들은 사람들도 별로 없는 어두컴컴한 극장 구석에 나란히 앉아 온몸에 소름이 돋고, 머리카락이 곤두서는 장면들을 숨소리를 죽여 가며 보았다. 이 두 편의 귀신영화는 〈모란등〉만큼이나 무서웠던 것으로 보름 사이에 연속으로 보았던 것이다.

우리들은 등골이 오싹해오는 공포의 도가니 속에서 침도 제대로 삼키지 못한 채 그 무서운 장면들을 보았던 것인데, 목 없는 미녀가 나타나는 장면에서는 너무나 무서워 나는 아예 두 눈을 꽉 감은 채, 고개를 밑으로 숙이고 있곤 하였다. 내 친구들 모두 마찬가지였다. 그러다가 결국 우리들은 그 영화를 끝까지 다 보지 못하고, 도중에 그만 극장 밖으로 나와 버리고 말았다. 극도의 공포감에 휘둘리다가 가슴속에서 뭔가가 터지기 바로 직전에, 그만 나가자는 용기 있는 백규의 말에 우리들은 모두 지체 없이 극장을 나와 버렸던 것인데, 극장 밖은 한참 눈부신 초가을 정오의 태양이 하늘 높이 떠 있었다.

그날 이후로부터 한동안 우리는 무서운 영화를 보지

않았다. 물론, 귀신이야기도 하지 않았다. 담력을 키운답시고 같이 밤늦게까지 캄캄한 골목길을 돌아다니고, 한밤중에 동네에서 멀리 떨어져 있는 공사장 구석구석을 쏘다니고, 미아리의 귀신 나오는 집도 찾아가 보고, 신흥사 뒷산의 도깨비불도 보러가곤 하였지만, 그러한 우리의 그 담력은 그 해 한여름부터 초가을 사이에 여지없이 무너지고 만 것이었다.

짱구머리와 파란 운동화

　서울에 살면서 우리 가족은 몇 번에 걸쳐 서울의 이곳 저곳으로 이사를 다녔다. 그러다보니 초등학교도 여러 번 옮겨 다니다가 졸업을 하게 되었는데, 이러한 사정은 나 뿐만이 아니고, 당시의 많은 아이들도 그러하였다. 그래서 입학한 초등학교와 졸업한 초등학교가 다른 아이들이 꽤나 많았다. 공부를 시작하기 전에 담임선생님은 교탁 앞에 서서, 오늘 너희들에게 새 친구를 소개해 주겠다, 이 아이는 김장구라고 하는데, 오늘부터 너희들 하고 같이 공부하게 되었으니 앞으로 잘 지내도록 해라 하며 다른 학교에서 전학 온 새 친구를 소개해주는 경우가 자주 있었다.

　선생님은 선생님 바로 옆에서 긴장한 듯 몸을 꼬고 서 있는 그 아이의 어깨에 손을 얹으며 자, 김장구, 친구들한테 자기소개를 한번 해 봐 하면서 얼굴이 새까맣고 콩자반같이 생긴 아이를 바라보았는데, 그러면 그 아이는 더욱 긴장된 얼굴로 한 손으로는 뒤통수를 긁적긁적하며 저는, 음…… 김장군데요…… 음음…… 하고는 몸을 더욱 꼬았다. 긴장과 침묵도 잠시, 교실 여기저기서 작은 웃음소리가 터지고, 우리는 다시 한 번 그 아이를 머리끝에서부터 발끝까지 훑어보면서 야, 쟤는 이름이 짱구래, 짱구, 대갈통이 되게 크다. 그치? 히히 하면서 옆에 있는 친구와 수군거리다가 고개를 책상 밑으로 숙인 채 키득키득 웃곤 하였다.

당시에는 짱구머리를 가진 아이들이 참으로 많았다. 일반적으로 짱구머리라 함은 머리통이 동그랗지가 않고 어느 한쪽이 찌그러져 있는 경우에 그렇게 부르는 것이겠지만, 당시에는 수박통 만하게 유난히 커다란 머리통을 가진 아이도 있었고, 참외처럼 길쭉한 머리통을 가진 아이도 있었으며, 또 감자처럼 한 쪽이 찌그러진 머리통을 가진 아이들도 있었는데, 우리들은 이런 아이들을 모두 짱구라고 불렀다. 그때에는 요즈음처럼 도토리모양으로 동글동글하고 예쁘게 생긴 머리통을 가진 아이들이 별로 없었기 때문에 이런 기준에서 볼 때 대부분의 아이들이 말 그대로 짱구일 수밖에 없었다.

머리가 앞으로 튀어나온 앞짱구, 뒤로 튀어나온 뒤짱구, 옆으로 튀어나온 옆짱구 등…… 그리고 큰 머리통에 한쪽 옆이 찌그러진 아이는 한제 짱구, 이마와 뒷머리통이 동시에 다 튀어나온 아이는 미제 짱구라고 불렀다. 당시 아이들 머리통이 유난히 커 보였던 것은 대부분의 엄마가 아이들의 머리를 빡빡으로 밀거나, 아니면 이부가리 정도로 매우 짧게 깎게 하는 바람에 그 하얀 머리통이 뒤집어 놓은 바가지처럼 거침없이 노출되어서 그랬을 수도 있었다. 그 당시에도 앞머리를 제법 기른 상고머리를 한 아이들이 몇몇 있었는데, 그 아이들은 대체적으로 잘 사는 집 아이라고 보면 거의 틀림이 없었다. 나도 그런 머리가 부러워서 상고머리 한번 해봤으면 하고 생각을 하고 있다가—물론, 이런 생각은 금세 잊어버렸지만—엄마하고 이발소에 가는 날, 별안간 생각이 나서 엄마, 나도 충우처럼 상고머리로 깎아줘 하면 엄마는 열 번에 한두 번은 그렇게 해주었는데, 대부분은 이부가리로 깎게 하였다. 그렇다고 나는 그 이부가리 머리를 싫어하지는 않았다.

당시 대부분의 엄마들이 아이들 머리를 짧게 깎게 했던 것은 자기 스스로 이발할 시기를 판단할 줄 모르는 아이들의 머리 깎는 주기도 최대한 늘이고, 이발비도 줄이고, 또 활동이 많은 아이들에게는 짧은 머리가 이래저래 편하고 적당하다고 생각했기 때문이었을 것이다. 또한, 당시 아이들 사이에는 두피에 부스럼이 생겨 그 증세가 점점 심해지다가 나중에는 머리털이 여기저기 숭덩숭덩 빠지게 되는 기계충이라는 머리전염병이 유행했던 시절이라 이런 것 때문에도 아이들 머리 형태는 빡빡머리가 되기 십상이었다.

기계충이라는 것은 바리깡이라고 부르는 당시 머리 깎는 기계를 통하여 옮겨 다니는 병이었는데, 요즈음에는 보기 어려운 당시 아이들 사이에 유행했던 전염병이었다. 평상시 머리도 잘 감지 않고, 또 이발기계도 소독 한 번 제대로 하지 않고, 이 사람 저 사람 쓰다 보니 그런 결과가 생겼던 것이었다. 특히 우리들은 땅바닥에서 뒹굴며 놀다가 엄마한테 붙들려서 이발을 하게 되는 경우가 많았기 때문에 그런 것도 비위생적인 원인의 하나가 되었을 것이다.

이 기계충은 이발기계를 통한 전염성이 빨라 이 머리 저 머리로 옮겨 다녔기 때문에 한 이발소에서 생기면 그 이발소를 드나드는 동네 아이들이 다 같이 걸리는 경우가 많았다. 당시 초등학교 한 반에 평균 열 명 정도는 이 기계충에 걸려 있었다. 따라서 머리털 여기저기가 숭덩숭덩 빠진 채, 시퍼런 잉크 같은 물약을 머리통의 동그랗고 하얀 부위에 바르고 학교를 다니는 아이들을 쉽게 볼 수 있었다. 이 기계충이 당장 죽을 것 같은 병도 아니어서 병원에 간다든가 하는 일은 없었다. 엄마들도 이것을 그렇게 심각하게 생각하지 않았기 때문에 자기 아이가 기계충에 걸려서 머리에 부스럼이 생기고, 군데군데 머리털이 빠지게 되면 약방에서 물약을 사다가 그곳에 발라주는 것이 전부였다. 머리통은 땜통같이 되어서 보기에 흉하였지만, 그 물약을 몇 번 바르고 한동안 시간이 지나면 대부분 다 나았다.

그 당시에 머리통 모양에 짱구가 많았던 이유는 아마도 요즈음처럼 기름지게 먹지 못했던 당시의 생활수준이나 환경에서 오는 일종의 영양결핍 현상에 따른 결과가 그 하나였을 것이고, 또 아이들의 외모에 대한 엄마들의 관심이 요즈음 같지 않았던 것도 하나의 이유가 될 수 있을 것이다. 당시 엄마들은 하루 종일 바쁜 집안 살림 때문에 아이들의 머리통을 도토리처럼 동글동글하고 예쁘게 만들면서 아이들을 키우고 돌볼 시간적 여유가 없어서 아이들은 아기 때부터 저 혼자 굴러다니다가 제 편한 자세로 어느 한쪽으로만 누워 지내다보니 대부분의 아이들 머리통은 한 면이 들어가거나 튀어나온 짱구형이 되어버렸다.

짱구머리에다가 기계충으로 인하여 한두 군데 머리털이 빠지면 머리통은 마치 뒤 꽁지 빠진 수탉모양이 되어서 볼품사나웠지만, 그래도 매일 매일이 우리들에게는 즐거운 시간들의 연속이었다. 밤이 되면, 그 다음날이 빨리 오기를 기다리면서 이런 저런 공상에 젖다가 잠이 들었다. 학교에서, 동네에서 친구들을 만나 논다는 것처럼 신나고 기분 좋은 일은 어디에도 없었다. 너무 피곤해서인지 종종 눈에 다래끼가 나곤 했는데, 다래끼가 생기면 엄마는 그 눈을 함부로 만지지 못하게 하였다. 손독이 들어가 덧나면 안 된다고 하여 보기에는 좀 흉했지만 나중에 스스로 노랗게 곪아 터질 때까지 그대로 놔두었다. 어떤 때에는 노란 다래끼가 양쪽 눈에 동시에 생기기도 하였다.

나는 하루에도 수십 번씩, 아니 그 이상으로 대문을 들락거렸다. 문지방이 다 닳아 없어질 정도였다. 그때마다 나는 엄마와 마주치지 않으려고 애를 썼지만, 대문 앞에서나 광 안에서 엄마와 자주 만나지 않을 수가 없었다. 엄마를 만날 때마다 나는 눈을 내리깔고는 가능한 한 빨리 집에서 빠져나와 돌계단을 뛰어서 아이들이 있는 곳을 향하여 부리나케 내빼곤 하였다. 엄마는 나를 보면 첫 마디가 항상 숙제해라였고, 그 다음은 심부름 좀 해라였으며, 마지막은 배 안 고프니였다.

하루는 대머리이발관 건너편 산동네 근처에서 놀다가 집에 잠깐 들어가서 팽이를 가지고 다시 무사히 아이들 노는 장소로 돌아왔는데, 잠시 뒤에 엄마는 우리들 노는 곳까지 나를 찾으러 왔다. 엄마는 시장바구니를 들고 서있었다. 엄마가 시장 가는데 나를 또 데리고 가려고 하는구나. 나는 내 앞에 선 엄마의 모습을 보고 이내 눈치를 챌 수 있었다. 당시 나는 공부를 열심히 하는 아이도 아니었지만, 그렇다고 또 엄마 말을 그렇게 썩 잘 듣는 아이도 아니었다. 그러나 엄마가 같이 시장에 가자고 할 때마다 나는 잠깐 망설이다가도 엄마를 곧잘 따라 나섰다. 그래서인지 엄마는 돈암동 시장에 갈 때에 형이나 동생보다도 나를 가장 많이 데리고 다녔었다. 그날도 엄마는 나를 데리고 시장에 가기 위하여 동네아이들과 놀고 있는 곳까지 나를 찾으러 온 것이었다. 나는 여느 때처럼 같이 놀고 있던 아이들 눈치를 보면서 잠시 머뭇머뭇하다가 이내 엄마를 따라 나섰다.

우리 집에서 돈암동 시장까지는 내 걸음으로 한 삼십 분 이상은 족히 걸렸다. 집에서 나와 울퉁불퉁한 돌계단을 오십 여개쯤 올라가서 반장 집 낡은 대문 앞을 지나면 오른편으로 군인아저씨네 집이 있었고, 그 반대편 조금

Maurice Utrillo, 〈라팽 아질Le Lapin Agile〉

위쪽으로는 대머리이발관이 있었다. 그 앞을 지나 바람이 불 때마다 노란 흙먼지가 이는 가파른 언덕길을 십 분정도 걸어 내려가면 왼쪽 편으로 제법 부잣집으로 보이는 양옥집들이 있는 동네가 나왔다. 그 동네는 우리 동네 구역에 포함되지는 않았지만, 크고 좋은 집들이 몇 채 모여 있었다. 이층집도 있었다. 그 동네를 지나 다시 완만한 경사의 언덕길을 걸어 내려가면 오른쪽 편으로 친구들과 함께 학교를 지각했을 때에 넘어가기도 하였고, 또 학교에서 놀다가 넘어오기도 하였던 얼룩덜룩한 회색 빛깔의 우리 돈암초등학교 돌담장이 길게 이어졌다. 조금 걸어가니까, 우리가 자주 넘나들었던 담장이 보였다. 그 담장은 다른 부분에 비해 조금 낮았는데, 그 담장 바로 아래 풀들은 하얗게 죽어 있었다. 나는 엄마와 함께 그 담장을 보며 지나가면서 혼자서 씨익 웃었다. 엄마가 눈치 채지 못하게. 엄마는 내가 왜 웃는지 그 이유를 절대로 모르리라.

학교담장이 다 끝나고, 경사가 완만한 언덕길을 조금 더 걸어 내려가면 버스도 다니고 전차도 다니는 돈암동 큰 행길이 나왔고, 마주보이는 행길 바로 건너편에는 뼈접골원이 하나 있었는데, 그곳은 내가 작년에 우리 집 앞에 있는 돌계단에서 미끄러져 왼쪽 손목 윗부분의 뼈가 부러져서 치료를 받으러 갔던 곳이었다. 그 접골원 앞의 유리 진열장에는 언제나 하얀 플라스틱이나 살색 고무 같은 것으로 만들어진 손, 발, 팔, 다리 등 사람 신체의 일부들이 걸려 있었다. 해골바가지도 있었다. 진열장에 걸려 있는 사람 신체의 일부들은 모두가 실물과 똑같이 만든 모형물이었는데, 그 앞을 지나다니며 그것들을 볼 때마다 기분은 영 좋지 않았다. 특히, 해골바가지에 끼워 놓은 모조눈알은 진짜하고 너무나 똑같았고, 내가 움직일 때마다 그 눈알은 나를 유심히 보면서 같이 따라 움직이는 것이었다.

당시 그 접골원에는 앞머리가 많이 벗겨진 대머리선생님이 있었는데, 부러진 뼈를 맞춘다고 내 손목을 얼마나 세게, 그것도 몇 번씩이나 눌러대었던지 나는 너무나 아파 계속 비명을 질러댔고, 옆에서 그런 내 모습을 지켜보고 있던 우리 엄마는 그만 실신해 버리고 말았던 적이 있었다. 그 접골원을 마주 보고 왼쪽으로 돌아서면 미아리고개로 가는 방향이었고, 미아리고개를 넘기 전에 사거리 바로 앞 오른쪽 편으로 돈암동시장이 있었다. 그 시장 앞 길은 꽤 넓었다. 돈암동시장 바로 건너편에는 제중의원이라는 병원이 하나 있었다. 그 집 아이들도 우리 학교에 다니고 있었는데, 우리하고는 그렇게 친한 편은 아니었다. 우리 집에서 그렇게 한 삼십 분 정도 걸으면 드디어 돈암동시장 입구에 들어서게 되는 것이었다.

엄마와 함께 시장엘 가면 엄마와 나는 종종 팥죽도 사먹고, 인절미도 사먹고, 팥떡이나 콩떡, 또는 구운 가래떡도 사먹곤 하였다. 엄마는 장을 보다가 남은 동전 몇 개를 나에게 주기도 하였는데, 때로는 백 원짜리 동전도 있었다. 사실 나는 그 시간만큼 친구들하고 놀지 못하는 것이 좀 아쉬울 뿐이었지, 막상 엄마와 같이 시장에 가게 되면 이것저것 군것질도 할 수 있었고, 그런대로 볼거리도 있어서 재미가 있었다. 또 용돈도 조금 생겨서 기분도 좋았다. 시장에서 엄마 단골 아줌마나 아저씨가 나를 보고는 나에게 다가와서 내 머리를 쓰다듬으며 야아, 성철이가 더 컸네, 어디 한번 보자, 엄마를 닮았나 아빠를 닮았나 하는 말을 많이 들었는데, 그런 말을 듣는 것이 쑥스럽기는 했지만 싫지는 않았다.

엄마가 가게에서 물건을 고르는 동안에 나는 옆 물고기가게에서 살아 움직이는 크고 작은 물고기들을 구경하느라고 정신이 없었다. 커다란 밤색 플라스틱 대야 안에는 거북이 같기도 하고, 자라 같기도 한 작은 새끼들 십여 마리가 서로 뒤엉켜 있었고, 그 옆에 있는 물통 속에는 수염이 길게 달린 검은 색깔의 고기 몇 마리가 그 큰 몸을 뒤척거리고 있었다. 또 다른 물통 속에는 온몸에 커다란 검은 반점이 있는 고기가 두어 마리 있었는데, 죽은 듯이 가만히 있다가는 별안간 푸드득 하고 물을 튕겨댔다. 이 중에서도 나는 거북이나 자라를 구경하는 것이 제일 재미가 있었다. 이것들은 서로 등에 올라타면서 플라스틱 대야를 기어올랐으나, 번번이 미끄러져서 다시 안쪽으로 떨어지고 말았다. 엄마하고 시장에 오면 나는 이 물고기 가게에 꼭 들렀는데, 엄마는 그 물고기가게 옆옆에 있는 건어물가게에 갔기 때문에 나는 그 틈을 타서 이곳에 오는 것이었다. 엄마는 그 건어물가게에 가면 조금 오래 있었기 때문에 그동안 나는 거북이와 물고기들을 실컷 볼 수 있었다.

그 물고기가게 건너편에는 아주 좁은 공간에 나이가 많은 아저씨가 앉아 사과궤짝 같은 것을 앞에 놓고 그 위에 검붉은 색깔의 왕지네들을 늘어놓고 팔고 있었는데, 그중에는 살아 있는 것도 있었다. 죽은 지네는 여러 마리가 차곡차곡 포개져 마치 연필처럼 한 묶음씩 노끈으로 묶여져 있었고, 산 지네는 안이 훤히 들여다보이는 유리 병 속에 있었다. 지네는 죽은 것이나 산 것이나 징그럽기는 마찬가지였다. 몸집이 큰 산 지네들은 머리에는 더듬이가 두 개 달려 있었고, 몸통에는 수없이 많은 다리가 달려 있었는데, 그 다리들이 쉬지 않고 움직이는 것을 보고 있노라면 얼굴이 근질근질해지다가 온몸에 소름이 돋는 것이었다. 훗날 친구 봉주에게서 들은 얘기로는 지네에는 살모사가 가지고 있는 것보다 몇 배 더 무서운 독이 있기 때문에 한 번 물리면 꼼짝없이 죽는다고 했다. 봉주에게서 그 이야기를 들은 후부터 나는 그곳에 가면 먼발치에서 그것들을 보곤 하였다.

그날은 엄마가 나를 시장에 데리고 가려고 하는 특별한 이유가 있던 날이었다. 여느 때와 같이, 나는 장난감 병정처럼 엄마 앞에 서서는 주변의 이것저것에 한눈팔다가 뒤돌아 엄마 한 번 보고, 또 한눈팔다가 뒤돌아 엄마 한 번 보고 하면서 길을 걸었는데, 돈암동시장 입구에 거의 다다를 무렵에 엄마는 나를 보며 성철이 신발 하나 사야겠다 하고 말했다. 나는 예상치 못했던 엄마의 말에 내 검정 고무신을 내려다보았다.

그렇다. 오른쪽 새끼발가락 있는 데가 약간 터진 내 검정 고무신. 오래 전에 엄마하고 돈암동시장에서 샀던 이 고무신은 이제 너무나 낡고 헐었다. 신발을 신은 건지, 안 신은 건지 분간을 잘 못할 정도로 반질반질하게 닳아버린 지금의 내 검정 고무신. 이제 이 고무신은 버려야 할 만큼 많이 낡아 있었던 것이었다. 당시 우리 또래의 아이들은 대부분 고무신을 신고 다녔다. 헝겊으로 된 운동화가 있기는 하였지만, 한 켤레 정도로서 이 운동화는 평상시에는 아껴두었다가 꼭 필요한 경우에만 한두 번 꺼내 신었고, 보통 때에는 고무신을 신고 다녔다. 또 겨울에는 대부분 털신을 신었는데, 이 털신은 겉과 바닥은 까만 고무로 되어 있었고, 안쪽에 융 같은 천을 대어 보온이 되도록 하였으며, 윗부분은 발등 주위로 돌아가며 노란 털이 있어서 사람들은 이 신발을 그냥 털신이라고 불렀다.

고무신은 바닥이 얇아서 못이나 깨진 유리조각 같은 물건을 밟으면 사정없이 뚫어져서 발을 쉽게 다치곤 하였다. 또 하루에도 수십 번씩 벗겨지거나 미끄러졌다. 당시 고무신은 어른은 주로 흰색, 아이들은 주로 검정색을 많이 신었다. 뜨거운 여름에 고무신을 오랫동안 신고 다니다 보면 발바닥이 화끈거려왔고, 밖에서 한참 놀다가 집에 가서 신발을 벗게 되면 발등에 고무신 모양으로 둥그렇고 까만 줄때가 끼어 있곤 하였다. 그래서 밖에서 놀다가 친구네 집에 가게 되면 그 집 엄마는 방에 들어가기 전에 먼저 발을 씻도록 하였고, 우리들은 마당에 있는 수도나 펌프 앞에서 서로 물장난을 치며 발을 씻곤 하였다.

그런 내 고무신을 엄마가 새것으로 사주려는 것이었다. 엄마와 나는 드디어 신발가게에 도착하였다. 그 가게는 오래 전 엄마가 지금의 내 신발을 사주었던 바로 그 가게였다. 신발가게에 들어서자, 주인으로 보이는 아저씨가 엄마를 보고 반갑게 인사를 하였다. 그 가게는 우리 집 식구들 신발을 사는 엄마의 단골가게임이 틀림없었다. 신발가게 안에는 여러 종류의 신발들이 있었다. 하얀 고무신, 까만 고무신, 파란색 운동화, 까만색 운동화, 모가지가 무릎까지 오는 기다란 장화, 발목까지만 오는 장화 등 갖가지 종류의 크고 작은 신발들이 짝을 지어 진열대 위에 가지런히 놓여 있었다.

신발가게에 오면 나는 항상 새 운동화를 만져보곤 하였다. 그날은 특히 진열대 바로 앞에 놓여 있는 파란색 운동화가 참 마음에 들었다. 나는 그 운동화를 양손에 한 짝씩 끼어서 들어보았다. 운동화에서 싱싱한 고무냄새가 났다. 엄마는 여간해서는 운동화를 사주지 않았다. 그렇다고 나는 운동화를 사달라고 엄마를 조르지는 않았다. 그런데, 그날은 나의 예상을 완전히 뒤엎고 엄마가 고무신이 아닌 운동화를 사주는 것이었다. 엄마가 사주는 운동화는 방금 전에 내가 만지작거렸던 바로 그 운동화, 바닥에 스펀지가 들어 있어 폭신폭신하고 하얀 끈이 깨끗하게 매어져 있는 파란 운동화였다. 그 운동화는 여태껏 내가 신어 본 적이 없었던 고급운동화였다.

운동화이건, 고무신이건 새 신발을 하나 사게 되면 그 새 신발은 손에 들고 헌 신발을 그대로 신은 채 집에 돌아와서는 며칠을 더 아끼다가 드디어 그 새 신발을 꺼내 신기 시작했는데, 그날 나는 그 파란 운동화를 사자마자 그 자리에서 신었다. 왜 그랬는지 나도 잘 알 수 없었다. 새 운동화를 신고 집에까지 오면서 새 운동화에 흙이 묻는 것이 싫어서 평평하고 마른 곳만 골라서 딛었고, 발부리에 돌이라도 채이면 운동화가 까지는 것 같아 너무나 속이 상했다. 그래서 나는 집으로 오면서 운동화 코를 몇 번씩이나 내려다보며 까진 곳이 있나 없나를 살피곤 하였다. 집에 돌아오자마자 나는 방으로 들어와 신문지를 깔고서는 그 위에 새로 산 운동화를 흙을 잘 털어서 올려 놓았다.

Maurice Utrillo, 〈라팽 아질Le Lapin Agile〉, 1944

제2부

가난과 사랑과 놀이의 천국에서

엄마는 한 번 매를 들면 너무나 무서웠다. 너, 이 녀석, 앞으로 또 할꺼야, 안할꺼야, 저번에도 안하겠다고 약속해놓고, 너 당장 빌지 못해? 또 할꺼야, 안할꺼야 하면서 엄마는 살이 우둘투둘해지도록 회초리로 내 엉덩이나 종아리를 마구 때렸다. 나는 닭똥 같은 눈물을 펑펑 흘리며 다시는 안하겠다고 두 손을 모아 싹싹 빌었다. 한참 뒤에 엄마는 화가 좀 풀렸는지, 콧물, 눈물을 훌쩍거리며 방 한구석에 서 있는 나에게 밖에 나가서 씻고 오라고 했다. 나는 마당으로 나가서 시멘트 수조에 있는 물을 한 바가지 퍼서 세수를 하였다. 별안간 설움이 복받쳐 올랐다. 우리 엄마가 꼭 남의 엄마인 것처럼 느껴졌다. 눈물이 또 한 움큼 쏟아져 나왔다. 엄마가 부엌으로 나왔다가 밥상을 들고 건넌방으로 들어가는 모습이 보였다. 그리고 곧이어 밥 먹으라는 엄마의 목소리가 들려왔다. 나는 퉁퉁 부은 눈을 끔벅이며 밥을 먹었다. 눈알이 아프고 뻑뻑하였다. 엄마가 옆에 앉아 그릇에 물을 따라주었다. 그리고는 어디 보자, 하며 내 종아리를 만져보았다. 엄마의 손이 내 빨갛게 부어오른 종아리를 어루만졌다. 괜히 또 눈물이 나왔다. 얼른 손등으로 눈물을 닦았는데, 밥 먹고 약 바르자, 천천히 먹어라 하며 엄마가 자리에서 일어섰다. 내 두 눈에서는 또 주르륵 하고 눈물이 흘러내렸다. 왜 또 눈물이 나왔는지 나는 잘 알 수가 없었다.

패싸움
학교의 명예를 위하여

내가 다니던 서울 돈암초등학교 운동장은 꽤 넓었다. 운동장 맨 끝에는 키다리 작다리 철봉대가 까만 전깃줄처럼 길게 이어져 있었으며, 그 바로 앞 백사장에는 나란히 놓여 있는 시소 몇 개가 몽당연필처럼 작게 보였고, 납작한 성냥갑같이 보이는 그네는 저 혼자서 이리저리 흔들리고 있었다. 이른 봄 오후가 되면 교실 유리창 밖으로 보이는 그 넓고 하얀 운동장 여기저기에서는 아지랑이가 기지개를 펴듯 아른아른 피어올랐다.

그 돈암초등학교의 학생수는 삼선교나 정릉 근처 다른 초등학교에 비해 많았던 것으로 기억된다. 각 학년의 반 수도 많았고, 한 반당 학생수도 꽤 많았었으니까, 아마 근처에서는 가장 큰 초등학교였을 것이다. 각 학년별 반이 몇 개나 있었는지, 한 반당 몇 명이었는지 정확한 기억은 없지만, 사학년의 경우, 한 반당 학생수는 적어도 팔구십 명은 되었다. 백 명이 넘는 반도 여럿 있었다. 당시 우리 반도 구십 명이 다 되는 인원이었다.

선생님은 공부를 시작하기 전에 반 전체 학생에 대한 출석을 제대로 다 부른 적이 거의 없었다. 수업시간에 구십 명씩이나 되는 아이들 이름을 다 부른다는 것이 결코 쉬운 일은 아니었을 것이다. 한 반 학생수가 이렇게 많다 보니, 같은 반이라고 하더라도 별로 친하지 않거나 짝을 하지 않는 아이들은 학년이 바뀔 때까지도 서로가 서로의 이름은 물론 얼굴조차도 잘 모르는 경우가 상당히 많았다.

담임선생님이라 하더라도 반장이나 부반장 외에 항상 반에서 오등 안에는 들 정도로 공부를 썩 잘한다든가, 아니면 집안이 부유한 아이들, 예를 들어 집에 피아노나 전화, 텔레비전 중 하나라도 있는 집의 아이들 이름은 대체적으로 기억을 하였을 것이고, 그렇지 않은 대부분의 평범한 아이들의 이름이나 얼굴은 잘 기억하지 못하였을 것이다. 그러나 이같이 반에서 감투를 썼다든가, 공부를 잘한다든가, 눈에 띄게 부유하다든가 하는 아이들 말고도 선생님의 기억 속에 남아 있는 아이들이 몇몇 있었는데, 그것은 다름 아닌 수시로 사고치고 말썽을 일으키는 아이들이었다. 소위 문제아였다.

　나는 공부를 뛰어나게 잘하지도 않았고, 집안이 부유하지도 않았으며, 이렇다 할 문제아도 아니었기 때문에 당시 우리 담임선생님의 기억에 남아 있을 아이가 아니었지만, 봉주라는 내 친구는 분명히 선생님의 기억에 오랫동안 남아있고도 남음이 있을 아이임에 틀림이 없었다. 왜냐하면 그 당시 우리 학교에서 봉주만큼 사고치고, 갖가지 문제와 말썽을 일으키는 아이는 별로 없었기 때문이었다. 봉주는 지난 해 나와 같은 반이었고, 사학년이 된 지금도 같은 반이기 때문에 나는 봉주를 너무나 잘 알고 있었고, 더군다나 우리 동네에 같이 살고 있어서 나와는 매우 친한 학교친구이며 동네친구였다.

　우리 담임선생님뿐만이 아니라, 다른 반 선생님들도 봉주를 매우 잘 기억하고 있었고, 학교에서 무섭기로 소문난 백두산 호랑이 교감선생님도 특별히 봉주를 기억하고 있었다. 공부를 잘하지도, 집안이 부유하지도 않았지만, 학교 안팎에서 갖가지 말썽을 일으키는 아이로서 봉주는 선생님들 사이에 널리 알려져 있었던 것이었다. 우리들은 공부시간에 선생님 심부름으로 회초리나 백묵을 가지러 교무실에 가는 적이 종종 있었는데, 교무실에 들어서면 봉주엄마가 생활지도 선생님 책상 앞에 앉아서

Maurice Utrillo, 〈퐁투아즈, 박차와 칼 제련 거리Pontoise, L'Eperon Street and Street de la Coutellerie〉, 1914

심각한 얼굴로 선생님과 얘기를 주고받는 모습을 자주 볼 수 있었다.

교실 창문 넘어가기, 학교 담장 넘어 다니기, 여자아이들 고무줄 자르고 도망가기, 아이스께끼 하고 치마 들추기, 오재미나 공기돌 뺏기, 교실 뒤 게시판 낙서하기, 백묵 잘라 던지기, 공부시간에 딱지놀이하기, 공부시간에 개구리 풀어놓기, 의자에 껌 붙여놓기, 청소 안 하고 도망가기…… 이런 것에서부터 시작하여 봉주는 아이들과 싸움도 자주 하였는데, 때리는 경우가 대부분이어서 봉주는 늘 문제와 말썽을 일으키는 아이로 선생님이나 친구들 사이에 인식되어 있었던 것이다.

특히 청소 안하고 도망가는 것은 봉주의 단골 주특기였는데, 당시 우리는 매일 앞뒤로 한 줄씩 돌아가며 교실 청소를 하였다. 이 한 줄을 한 분단이라고 불렀는데, 교실 안쪽 창가로부터 일분단, 이분단, 삼분단…… 이런 식으로 정해진 분단이 하루의 청소를 맡았다. 한 분단은 대개 열 명 정도였다. 그리고 맨 앞에 앉은 아이가 분단장을 맡았는데, 그 아이가 그날 청소를 총지휘하여 청소를 끝내고, 그 결과를 선생님에게 보고한 후, 선생님으로부터 집에 가도 좋다는 허락이 떨어지는 것으로 그날 교실청소는 끝났다.

교실청소는 선생님 종례가 끝나고 아이들이 교실을 다 빠져나가면, 우선 두 명씩 앉는 긴 책상 위에 걸상을 두 개씩 올려놓고, 교실 맨 뒤로 모두 밀어놓은 다음, 빗자루로 바닥의 쓰레기들을 교실 뒤쪽으로 쓸어가는 것으로 시작되었다. 그리고 다시 책상과 걸상을 교실 앞으로 다 옮겨 놓은 후에 교실 뒤의 쓰레기를 마저 치웠다. 구슬, 딱지, 분도기, 돌멩이, 몽당연필, 부러진 색연필, 고무줄, 연필깎이 칼, 고무, 뿔 주사기, 공기돌, 껌 종이…… 청소할 때마다 교실 뒤쪽에 모인 쓰레기 속에서 이런 물건들이 한바탕씩 나왔는데, 가끔은 말라 죽은 메뚜기나 풍뎅이, 또는 죽은 개구리가 나오기도 했다.

교실 안의 쓰레기를 빗자루로 다 쓸어낸 다음, 걸레질을 하게 되었는데, 요즈음 같이 대걸레가 있어서 이리저리 쓱쓱 밀고 다니는 것이 아니라, 해어진 내복이나 옷들을 꿰매어 엄마가 만들어 준 손걸레를 일일이 양동이의 물에다 빨아서 무릎을 꿇고 엎드려서는 교실바닥을 닦는 것이었다. 우리는 손바닥만한 걸레를 가지고 엎드린 채로 엉덩이를 하늘높이 쳐들고는 칠판이 있는 교실 앞쪽에서부터 게시판이 있는 교실 뒤쪽까지 왔다 갔다 하며 교실바닥을 훔쳐냈다. 이렇게 해서 바닥 물걸레질까지 다 끝나면 책상과 걸상을 다시 제자리에 정돈해 놓아야 했다.

한 달에 한 번 있는 대청소의 날을 제외하고는 매일 이렇게 분단별로 돌아가며 청소를 하는 것이었다.

봉주는 자기 분단이 청소당번이 되면 처음에는 청소하는 아이들 틈에 끼여서 왔다 갔다 하였다. 그러나 잠시 뒤에는 어디론가 사라져버리고 마는 것이었다. 당일 청소당번이라고 해봐야 열두어 명 조금 넘을까 말까 하는 정도였으므로, 그중에 한 명이라도 없으면 그 아이가 누구인지는 쉽게 알 수가 있었다. 그래서 봉주가 도망간 사실은 누구나 금세 알게 되는 것이었다. 그렇다고 봉주가 집에 일찍 가기 위해서 청소당번을 안하고 도망가는 것은 아니었다. 남들이 청소하는 동안, 운동장에서 다른 친구아이들과 구슬치기, 딱지치기, 팽이치기 등을 하며 노는 것이었고, 그러다보면 사실 봉주가 집에 돌아가는 시간은 청소당번들보다 훨씬 더 늦는 경우가 태반이었다.

여하튼, 봉주가 청소당번인 데에도 청소를 하지 않고 도망간다는 사실은 아이들 입을 통하여 옮겨지다가 선생님 귀에까지 들어가게 되었다. 그러면 그 다음날 봉주는 선생님으로부터 호되게 야단을 맞고 청소 분단 순서와 관계없이 며칠을 계속해서 청소를 하여야 하는 벌을 받았다. 그 후 몇 일은 아이들과 어울려 나름대로 열심히 청소를 하는듯 했지만 그것도 그렇게 오래가지는 못하였다.

봉주는 청소 시작할 때, 잠시 얼굴을 보였다가 청소 도중에는 예전처럼 운동장에 나가서 한참동안 놀았고, 청소가 다 끝날 무렵에 다시 슬며시 교실로 돌아와 남은 걸상 몇 개를 내려놓거나 책상 줄맞추기를 하는 식으로 꾀를 부렸다. 이런 봉주의 모습이 밉기는 하였지만, 평상시 봉주는 운동도 잘하고, 놀이도 잘하였으며, 또 용감하고 의리도 있어서 학교에서나 동네에서 친구들 사이에 인기가 높았다. 따라서 봉주를 싫어하는 아이들은 거의 없었다.

　나도 봉주, 진표, 동구와 함께 학교 뒷담장을 여러 번 넘어 다녀보았고, 공부시간에 선생님 몰래 옆에 있는 짝과 딱지 따먹기 놀이도 해보았는데, 용케도 선생님에게 들킨 적은 거의 없었다. 당시 대부분의 아이들이 그랬었지만, 봉주는 공부시간마다 이런 놀이를 했다. 들키면 선생님한테 둘 다 야단을 맞았기 때문에 자기 짝이 이런 놀이를 하기 꺼려하면 혼자서라도 두 손을 책상 밑으로 내리고는 딱지를 만지작거리거나 구슬을 주물럭거리며 놀았다. 그러다가 또 선생님한테 들켜서 딱지나 구슬을 모두 빼앗기고, 야단맞고, 다시는 안하겠다고 약속하고, 그러나 그 다음 공부시간에 또 하고, 또 야단맞고…… 봉주는 교실 문 앞이나, 교무실 앞 복도에서 무릎을 꿇고는 두 팔을 들고 벌을 서곤 하였는데, 벌을 서면서도 자기 앞을 지나다니는 친구아이들과 눈이 마주치면 수시로 장난을 치곤 하였다. 이렇게 장난을 하다가 봉주는 또 선생님으로부터 백묵 군밤을 여러 대씩 얻어맞곤 하였다.

이렇게 하여 봉주는 친구들 사이에서 뿐만 아니라, 학교 선생님들 사이에서도 꽤나 유명한 아이가 되었는데, 나는 그러한 유명한 아이를 아주 친한 친구로 두고 있다는 사실에 이상하게도 마음 든든하고 가슴 뿌듯함을 느끼곤 하였다. 사실 진표나 동구도 까불고, 말썽 피우고, 문제 일으키고 하는 것은 남들 못지않았지만, 봉주를 따라갈 수는 없었다. 나아가 봉주의 용감무쌍함, 특히, 봉주의 깡다구는 우리들의 수준을 몇 배 이상 능가하고도 남음이 있는 것으로써 학교에서나 동네에서 우리들의 리더, 요즈음 말로 짱이 되기에 충분한 것이었다.

또한, 봉주는 바퀴가 두 개 달린 어른용 자전거를 유난히 잘 탔는데, 삼선교 개천 다리 건너 둑길 근처에 있는 자전거 빌려주는 가게로 우리를 데리고 가서 어른 자전거 타는 방법을 자세히 가르쳐주기도 하였다. 나는 그때 처음으로 내 키보다 큰 어른 자전거를 타보았고, 백규도, 진표도 봉주 덕분에 어른용 자전거 타는 방법을 배우게 되었던 것이다. 봉주는 용기와 의리가 있는 친구였다.

정덕초등학교, 혜화초등학교…… 이 두 학교는 돈암초등학교와 더불어 당시 우리가 알고 있던 우리 동네 근교의 초등학교들이었다. 물론, 혜화초등학교는 우리 학교나 동네로부터 상당히 먼 거리에 있었지만, 정덕초등학교와 더불어 우리 학교 내에서 그 이름이 꽤나 유명하였다. 혜화초등학교는 삼선교 언덕을 너머 명륜동 쪽으로 가다보면 혜화동 사거리 근처에 있었는데, 오랜 전통을 가지고 있는 초등학교 중의 하나였다. 우리 학교에는 그 혜화초등학교에 친구를 둔 아이들이 제법 많이 있었다. 가끔 서로의 동네까지 가서 놀기도 하였고, 종종 신흥사 뒷산이나 정릉 배밭골에서 만나기도 하였는데, 그렇다고 해서 서로 간에 그렇게 친하게 지내는 사이들은 아니었다. 같이 놀다가 시비가 붙어서 서로 말다툼을 한 적도 여러 번 있었다.

　정덕초등학교는 우리 동네 근처에 있는 학교였다. 이 학교는 우리 동네에서 아래쪽으로 내려가다 보면 만나게 되는 삼거리를 미처 못 가서 왼쪽으로 돌자마자 오른쪽으로 난 길의 끝에 있었는데, 삼거리로부터는 한 백여 미터 안쪽으로 들어가는 주택가 근처에 있었다. 정덕초등학교는 내가 다니고 있는 돈암초등학교보다 운동장도 작았고, 학생 수도 적었다.

　이 학교는 팔십칠 번 버스 종점에서부터 시작해서 길

건너에 있는 십자의원 뒤편 산동네를 비롯하여 신흥사로 올라가는 길 오른쪽 편 동네에 살고 있는 아이들이 다녔던 학교였는데, 이 학교 아이들과 우리 학교 아이들과의 사이는 혜화초등학교와 마찬가지로 그렇게 좋은 편이 아니었다. 특별한 이유 없이 그랬다. 어느 학교에 다닌다고 이마에 써 붙이고 다니는 것도 아니었는데, 길에서 우리 또래의 아이들을 만나게 되면 처음 보는 아이들인 데에도 우리는 그 아이들이 우리 학교 아이들인지 아닌지를 어느 정도 구분해 낼 수가 있었다. 상대방 아이들도 마찬가지였다.

정덕초등학교에는 우리와 친한 아이들이 꽤나 있었다. 아무래도 서로 동네가 가깝다보니 그랬던 것 같았다. 나와 친한 친구도 여러 명 있었다. 학교에서, 때로는 동네를 오고 가며 같이 놀기도 하였고, 서로 집에 가서 놀기도 하였다. 그만큼 개인적으로는 친했지만, 서로 다른 학교라는 것 때문에 우리들 사이에는 보이지 않는 경쟁의식이나 이질감 같은 게 있었던 것이 사실이었다. 그런 것들 때문에 딱지치기나 구슬 따먹기 등 같이 놀이를 하다가도 감정이 생기면 쉽게 충돌이 될 수 있는 조짐이 항상 있었던 것이었다. 학교에서는 우리 학교 누구하고 정덕초등학교 누구하고 싸웠는데, 누가 어떻게 되었다라는 얘기도 심심치 않게 돌고 있었다.

한번은 백규가 그 학교에 놀러갔다가 그 학교아이들 몇 명으로부터 구슬을 빼앗긴 일이 생겼다. 아이 노꼬 여러 개하고 쇠구슬을 두 개나 빼앗긴 것이었다. 백규는 자기 구슬을 빼앗은 아이들의 이름은 모르지만, 얼굴은 기억하고 있었다. 그중 한 아이는 지난번 우리들이 신흥사 뒷산으로 곤충채집을 하러 갔을 때 만났던 여러 명 중의 한 명이었고, 그전에 개구리를 잡으러 갔을 때에도 우연히 만났던 아이라고 했다. 그렇다면 우리도 아는 아이임에 틀림이 없었다.

다음날 저녁, 우리는 억울하고 분한 친구의 복수를 해주고, 빼앗긴 구슬도 도로 찾기 위하여 동구네 골목길에 모두 모였다. 언제 정덕초등학교로 그 아이들을 찾아갈 것인지를 정하기 위해서였다. 방과 후에 가면 그 아이들도 수업이 끝난 후가 되어 만날 수가 없을 것 같아서 여러 가지 고민을 하였으나, 학교수업을 빼먹고 갈 수는 없었기 때문에 학교수업이 끝나자마자 곧바로 가는 방법외에는 별 뾰족한 수가 없다고 결론을 지었다. 그래서 그다음날 학교가 파하는 즉시 교문 앞에서 모두 모이기로 하고, 그날 밤 우리는 헤어졌다. 친구들과 그런 계획을 세우고 집으로 돌아온 날밤, 나는 묘한 흥분감에 싸이게 되었다. 이번 계획에 가장 적극적인 아이는 바로 봉주였다. 친구의 억울한 일에 대하여는 반드시 복수를 해야 한다며 우리들을 모아놓고 전의를 불살랐던 것이다. 봉주는 우리 학년에서 세 번째 안에 들 정도로 주먹이 세고, 싸움도 잘하는 아이로 알려져 있었기 때문에 우리들의 마음은 든든하였다.

다음날 아침이 밝았다. 공부가 다 끝나고, 학교 교문 앞에는 진표와 동구가 먼저 나와 우리들을 기다리고 있었다. 곧 이어 송준이 하고 백규가 같이 왔다. 봉주와 나를 포함한 우리 여섯 명은 둥그렇게 모여섰다. 잠시 서로가 서로의 눈을 맞추어 보았을 뿐, 우리는 아무 말도 하지 않았다. 알 수 없는 긴장감이 우리 주변을 에워쌌다.

잠시 뒤에 우리 여섯 명은 학교 정문을 출발했다. 가방을 어깨에 멘 채, 정덕초등학교를 향해서, 찾고자 하는 아이의 학년이나 이름도 제대로 모르고, 백규가 얼굴을 보면 알 수 있다는 그 말 하나만을 가지고, 그 아이를 만나러 출발한 것이었다. 우리는 걸음을 재촉하였지만, 우리 학교에서 정덕초등학교까지는 걸어서 삼사십 분 이상은 걸렸다. 정덕초등학교까지 가는 동안, 우리는 서로 아무 말도 하지 않았고, 가끔 고개를 들어 하늘을 보다가, 땅을 보다가 하면서 걷기만 하였다. 비장한 분위기 속에 무거운 침묵만 흐를 뿐이었다.

우리는 정덕초등학교 정문을 지나 운동장 안으로 들어갔다. 저 한쪽 구석 멀리에 그네와 철봉대가 보였다. 정덕초등학교 역시 수업이 끝난 지가 오래 되지 않아서 그런지 많은 아이들이 학교 운동장에 남아서 공놀이를 하거나, 구슬치기를 하거나, 팽이치기를 하며 놀고 있었다. 그네와 철봉이 있는 모래사장 안에는 신발을 벗은 아이들이 서로 뒹굴며 놀고 있었다. 우리는 여기저기에 흩어져 놀고 있는 아이들을 찬찬히 둘러보았는데, 아는 아이라곤 아무도 없었다. 그 아이를 어디서 어떻게 찾아야 하는지 참 막막하기만 했다.

우리는 교문 앞으로 갔다. 그곳에서 기다리다 보면, 백규를 괴롭힌 아이들을 만날 수 있을 것 같았다. 그러나 그것도 허사였다. 오랫동안 기다렸는데에도 그나마 아는 아이라고는 한 명도 만나지 못했고, 운동장에서 놀고 있던 아이들도 삼삼오오 짝을 지어 교문 밖으로 사라지고 있었다. 이제 운동장에는 아이들 몇 명만이 남아 있을 뿐이었다.

어느덧 해는 붉게 물들어 서산을 넘어가고 있었고, 학교 돌담장 그림자가 점점 길어지고 있었다. 교문 앞에서 해삼과 멍게를 팔던 리어카들이 하나 둘 모습을 감출 즈음, 우리의 마음은 초조해지기 시작했다. 잠시 뒤에 진표가 그만 가자고 했는데, 아무도 그 말에 대답을 하지 않았고, 우리들은 계속 교문 앞을 서성거렸다. 그 아이들이 이미 학교를 떠났는지도 모르는 상태에서 이렇게 무작정 기다린다는 것은 상당히 무모한 일이었다. 이제는 동구가 가자고 했다. 이렇게 오랫동안 기다렸는데에도 그 아이들이 안 나타나는 것을 보면 그 아이들은 이미 집으로 돌아갔다고 동구가 얘기했다. 동구의 생각이 옳은 것 같았다. 동구가 재차 가자고 했을 때, 봉주는 그래도 이렇게 온 김에 조금만 더 기다려보자고 했다. 봉주의 말에 모두들 고개를 끄덕였다.

날이 어둑어둑해지자, 소사아저씨가—당시 우리는 학교 경비아저씨를 수위아저씨, 또는 이렇게 불렀다—교문 앞에서 서성거리는 우리들을 보고 다가오더니, 너희들 집에 안 가고 뭐하니? 누굴 기다리냐? 하고 물었다. 우리는 아무런 대답도 못하고 서있었다. 일전도 불사하겠다는 생각으로 온 우리들의 의도가 탄로 난 것 같아 나는 별안간 가슴이 두근거렸다. 잠시 머뭇거리는 사이, 내 옆에 서있던 봉주가 대답했다. 친구 기다리는데요, 우리 모두는 일제히 그렇다는 표정을 지으며, 소사아저씨를 쳐다보았다.

Maurice Utrillo, 〈몽마르트의 세인트 피에르 교회와 사크레 쾨르 Eglise Saint Pierre de Montmartre et le Sacré Coeur〉, 1932

어디서 만나기로 했는데? 한 번 들어가서 찾아봐라, 그 소사아저씨는 이렇게 말하고는 손으로 학교 운동장 쪽을 가리켰다. 괜찮아요. 여기서 기다려도…… 봉주가 이렇게 대답은 했지만은, 교문 앞에 계속 서있는 것도 이제는 편하지가 않았기 때문에 우리는 조금 더 있다가 그냥 돌아갈 수밖에 없었다. 한 십여 분쯤 더 있다가 우리는 우리 동네로 발길을 돌려야만 했다.

우리 학교 교문을 나설 때의 우리들 마음속에 있었던 불타던 전의는 어디론가 없어지고, 긴장감도 사라져 이제는 맥이 빠지고 허탈한 기분이 되었다. 아니, 차라리 안도의 기분이었다. 혹시 그 아이들을 만나게 되어 한바탕 싸움이라도 벌어졌더라면 우리가 꼭 이긴다는 보장이 없었기 때문에 우리도 내심 불안했던 것이 사실이었다. 적어도 봉주를 뺀 우리들의 마음은 그랬다. 동네로 돌아오면서 우리는 서로 별 말이 없었다. 대머리이발관 앞 계단에 다다를 때까지 서로 말이 없다가 봉주가 침묵을 깨고 입을 열었다. 내일모레 다시 가자, 봉주의 얘기에 우리는 모두 그러자고 했다. 그러나 그 이후로 정덕초등학교에 놀러 간 적은 몇 번 있었지만, 그 일의 해결을 위해서 여섯 명이 다시 모인 적은 없었다. 일단 그 일은 그렇게 싱겁게 끝나고 말았다.

백규의 구슬사건 이후로도 우리 학교 아이들이 정덕초등학교 아이들과 부딪친 몇몇 사건들이 우리 귀에 들려왔다. 방과 후에 정덕 아이들이 우리 학교 운동장까지 와서는 아이들을 때리고 갔다느니, 학교 밖에서 서로 치고받고 싸웠다느니, 구슬이나 딱지를 빼앗았다느니, 여자아이들 고무줄을 빼앗아 갔다느니, 고학년 형들이 와서 때리고 갔다느니 하는 소문이 종종 들려왔던 것이다. 물론 이런 소문들은 요즈음에 생겨난 것은 아니었고, 항상 꾸준히 있어왔던 것이었지만, 최근 봉주가 이런 소문에 관심이 부쩍 많아졌다. 정덕 아이들에게 결코 지거나 눌리면 안 된다는 거였다. 봉주의 그런 말이 틀린 것은 아니어서 아무도 그것을 반대하지는 못했으나, 그렇다고 당장 정덕 아이들과 일전을 치를 수는 없는 일이었다. 누구하건 간에, 싸웠다는 사실을 선생님이나 엄마가 알게 되면 엄청난 야단이 있을 수밖에 없었던 것이고, 그것도 다른 학교 아이들과 떼로 싸웠다가는 더욱 난리가 나기 때문이었다. 여하튼, 그러던 차에 드디어 봉주가 앞장 서는 대사건이 터지고야 말았다. 학교의 명예를 드높이고, 정의를 구현하기 위하여 정덕 아이들과 일전을 치러야 하는 사건이 생기고야 만 것이었다.

결전의 그날이 오기까지 그 조짐은 여러 번 있었다. 그 중에서 가장 결정적인 것은 봉주하고 백규가 지난번에 우리가 찾으려고 했던 그 정덕 아이들을 드디어 외나무 다리에서 만난 사건이었다. 어느 날 저녁, 백규가 자기 여동생과 함께 팔십칠 번 버스 종점 앞 찐빵 집에서 찐빵과 고기만두를 사가지고 나오다가 우연히 그 아이들과 마주쳤는데, 백규가 용기를 내어 지난번에 빼앗아간 아이노꼬와 쇠구슬을 돌려달라면서 서로 간에 실랑이를 벌이고 있던 장면을 마침 그곳을 지나가던 봉주가 목격하게 되었던 것이다.

봉주와 백규, 그리고 초등학교도 안 들어간 백규의 여동생, 또 그쪽 아이들 네 명, 이렇게 일곱 명이서 다시 실랑이를 벌이게 되었는데, 백규는 구슬을 빼앗겼다고 주장하고, 그 아이들은 구슬치기를 해서 따먹은 거라고 우겼다는 것이다. 여하튼, 그날 찐빵집 앞에서 서로 말다툼을 계속 하다가 그렇다면 사나이들로써 한번 붙어보자고 봉주가 제의를 하였고, 그 아이들이 승낙함으로써 결전의 막이 오른 것이었다.

당시 서로 붙어 겨룬다고 한다면, 처음에는 주먹이나 발길질을 주고받다가 곧바로 레슬링을 하듯이 서로 끌어안고 땅바닥에 쓰러져서 뒹굴게 되고, 그러다보면 누군가 먼저 코에서 코피가 나기 시작하고, 울기 시작하고, 그것으로 싸움은 승패가 갈려 슬그머니 끝나버리게 되는 것이 통상적인 형태였다. 때로는 아무도 코피가 안 터지고 서로 엉킨 상태에서 한동안 땅 위를 이리저리 구르게 되는 무승부도 있었지만, 대부분은 승부가 갈라지게 되었다.

이번에 정덕 아이들 하고 한번 붙자고 얘기가 된 것은 봉주 자신하고 그 상대방 아이 중 한 명하고 일대일로 겨루자는 것이 아니라, 서로 간에 아이들을 몇 명 모아서 해보자는 것이었으니, 이 한 판에 참여할 아이들 수를 서로 미리 정한 것은 아니었지만, 일단 여러 상황으로 보아 우리 동네의 우리 학교 아이들, 그리고 정덕초등학교와 그 동네 아이들로 대결구도가 되어 결국은 학교대 학교로 한판 붙어보자는 것이었다. 따라서 봉주와 백규는 물론이고, 나를 포함한 우리 동네 아이들에게는 이 한판이 엄청나게 커다란 역사적 사건임에 틀림이 없는 것이었다.

돌아오는 토요일 방과 후 오후 네시 반, 신흥사 뒷산, 샛터 뒤 언덕 풀밭…… 봉주와 백규, 그리고 정덕 아이들 간에 그렇게 약속을 하고 헤어졌다는 것인데, 그날이 수요일 저녁이었고, 우리가 봉주에게서 그 얘기를 들은 것이 목요일 아침 학교에서였으니까, 다음 다음날이 바로 결전의 날이 되는 것이었다. 이제 주사위는 던져졌다. 우선 우리는 우리 편 아이들 모으기에 바빴다. 그중에서도 일을 벌인 봉주가 제일 바빴다.

목적이나 의도가 어떻든 선생님이나 엄마가 알게 되면 온통 난리가 나고 말 일이었다. 잘못하면 학교에서 퇴학을 맞을지도 모른다는 걱정이 본격적으로 들기 시작한 것은 금요일 저녁때부터였다. 물론, 이 거사는 여기에 참가하는 우리 친구들 외에 형이나 동생에게도 일체 비밀로 하고, 서로가 영원히 함구하기로 굳게 약속을 했고, 또 학교의 명예를 위하는 의로운 일이었지만, 시간이 지날수록 슬그머니 걱정이 앞서고 불안한 마음이 들기 시작했던 것이었다. 그러나 이미 엎질러진 물이었고, 사나이로서는 피할 수 없는 중요한 의무요, 사명이라는 비장한 생각이 우리의 그러한 걱정과 불안한 마음을 꽉 누르고 있었다.

봉주, 진표, 동구, 송준이, 백규 등 동네에서 가장 친한 친구들이며, 학교 친구들인 우리들은 당연히 결전의 선봉장이 되었고, 그 외에도 우리 학교에서 몇 명이 더 합류를 해주었다. 그러다보니, 우리들을 포함하여 모두 열다섯 명이나 모이게 되었다. 거의 대부분이 우리 반 친구들이었고, 다른 반 아이들도 몇몇 섞여 있었는데, 대부분 우리 동네나 그 근처에 사는 친구들이었다.

드디어 결전의 날 아침은 밝았고, 토요일 학교수업도 모두 끝났다. 우리는 각자 부지런히 집으로 돌아가서 점심을 배불리 먹고는 곧바로 동구네 골목길로 모두 다 모였다. 우리 열다섯 전사는 서로 비장함이 서린 눈길을 주고받았다. 그러나 그 눈길들 속에는 긴장감과 불안감, 그리고 초조함 같은 것이 배어 있었다.

자치기할 때 사용하는 어미자를 들고 나온 아이도 있었다. 우리는 서둘러 골목길을 빠져나왔다. 혹시라도 대머리아저씨나 엄마들을 만나게 되어 우리 계획이 들통이라도 나게 되면 그야말로 끝장이었다. 그래서 이 날만큼은 동네 어른들 눈을 피해 골목길을 꼬불꼬불 돌아서 평상시 신흥사 뒷산에 갈 때 다니던 길이 아닌 다른 샛길을 이용하였다.

우리 열다섯 전사는 길을 가면서도 계속 전의를 다졌다. 적어도 나는 이런 생각에 깊이 젖어 있었다. 어떻게 해서라도 이겨야 한다. 우리 학교의 명예를 위하여 우리는 저 정덕과의 전투에서 꼭 이겨야 한다. 비굴하게 피하거나, 지면 안 된다. 정정당당히 싸우자, 그리고 이기자…… 우리는 격려하는 눈길을 서로 주고받으면서 반드시 이길 것이라는 자신감을 확실히 갖게 되었다.

토요일 오후, 시월의 태양은 여전히 눈에 부셨다. 신흥사로 가는 언덕길에는 많은 사람들이 오가고 있었다. 우리는 그 사람들 무리에 섞여 신흥사 입구에 도착했다. 팔각정 앞에는 여느 때와 마찬가지로 많은 사람들이 모여 있었다. 우리는 곧바로 팔각정을 지나 서서히 좁아지는 산길을 걸어 올라갔다. 그 많던 사람들은 이제 보이지 않게 되었고, 등산객으로 보이는 사람들만이 간간이 우리 옆을 지나갈 뿐이었다. 조금 더 가다보면 컴컴한 소나무 숲을 지나게 되고, 다시 왼쪽으로 휘어지는 좁은 산길을 따라 걷다보면 지금은 사용하지 않는 샛터라고 부르는 조그만 약수터를 만나게 되었다. 그 뒤로 조금 더 올라가서 제법 넓은 풀밭이 있었는데, 그곳이 바로 오늘 우리의 결전장이었다.

그 풀밭은 근처의 다른 풀밭보다 넓어서 우리들은 이곳에 자주 와서 메뚜기를 잡으며 뛰어놀던 곳이었다. 그 풀밭 뒤쪽에는 조그만 무덤이 하나 있었는데, 그 무덤은 워낙 작은데다가 그 위에 풀도 많이 자라 있어서 언뜻 보면 무덤이 아니라, 조금 튀어나온 풀밭 같아 보였다. 드디어 우리는 그곳에 도착하였다. 그러나 정덕 아이들은 아직 보이지 않았다. 우리들은 봉주 앞으로 모였다. 그리고는 다시 한번 결연한 전투의지를 다졌다. 그리고 다짐

을 했다. 우리 학교의 명예를 위하여 마지막까지 싸우자
고……

약속시간이 제법 지난 것 같았다. 그러나 정덕 아이들
은 여전히 보이지 않았다. 왠지 불안해지기 시작했다. 그
아이들이 지레 겁을 먹고 싸움을 포기한 것은 아닐까, 시
간과 장소가 잘못된 것은 아닐까, 수십 명이나 몰려오는
것은 아닐까, 고학년 형들이 여러 명 나타나는 것은 아닐
까. 우리들 머릿속은 갖가지 생각들로 복잡해졌다. 갑자
기 시간의 흐름이 상당히 더디게 느껴졌다. 또 잠깐의 시
간이 흘렀다. 우리들은 더욱 초조해졌다. 우리 모두가 마
치 숨어 있는 적군에게 완전히 포위된 것 같은 이상한 기
분이 들기도 했다. 별안간 뒤통수가 간질간질해져서 나는
뒤를 한 번 돌아보았다.

얼마의 시간이 더 흘렀을까, 시간의 흐름이 무척이나
지루하게 느껴지는 순간, 저 아래 쪽에서 풀밭을 걸어 올
라오는 아이들의 모습이 눈에 들어왔다. 정덕 아이들이었
다. 갑자기 뒷목이 팽팽하게 당겨졌다. 정덕 아이들도 열
댓 명 정도가 되어보였는데, 고학년 형들같이 느껴질 정
도로 덩치들이 다 컸다.

이제 각 학교의 전사들은 서로 마주보면서 횡대로 길
게 늘어섰다. 우리는 봉주가 얘기한 대로 두 줄 횡대로 섰

다. 정덕 아이들은 앞에는 세 명, 나머지는 그 뒤에 한 줄로 늘어섰다. 우리 줄에서는 봉주가 가장 가운데에 섰다. 별안간 내 옆에 있던 백규가 자기 팔로 나를 툭툭 치며, 쟤야, 쟤 하고 나지막하게 속삭였다. 그 아이는 앞에 선 세 명중 한가운데에 있었는데, 그 아이가 바로 백규의 구슬을 빼앗은 주동자였으며, 봉주의 결전 제의를 승낙했던 학배라는 이름을 가진 아이였다. 키가 큰 그 아이는 어깨를 쭉 펴고 두 다리를 떡 벌리고 서서는 우리들을 번갈아가면서 위에서 아래로 훑어보았다. 우리도 이에 질세라 그쪽 아이들을 하나씩 하나씩 훑어보았다. 학배라는 아이가 그쪽 아이들과 우리들을 통틀어 가장 덩치가 크고 얼굴도 성숙해보였는데, 그래서 그런지 주먹도 가장 셀 것처럼 느껴졌다.

잠시 이어졌던 팽팽한 긴장 속의 침묵을 깨고, 학배라는 아이가 말했다. 너네들 무기도 있냐? 치사하게…… 그 순간, 우리 모두의 시선은 내 옆에서 어미자를 들고 서있던 두 명의 아이들에게 모아졌고, 그 아이들은 얼른 자기 등 뒤로 그 어미자를 감추었다. 봉주가 그 아이들을 향해서 어미자를 버리라고 말했다. 아이들이 슬그머니 그 어미자를 풀밭 위에 내려놓았다. 그리고는 또 잠시 침묵이 이어졌다. 이번에는 봉주가 말했다. 너희들 조용히 얘기

할 때, 뺏어간 얘 구슬 다 내놔…… 그러면서 봉주는 백규가 있는 쪽을 한 번 슬쩍 바라보다가 이내 학배를 째려보았다. 순간 나는 봉주의 그 말 한마디에서 한 치의 양보도 없는 팽팽한 힘을 느낄 수 있었다. 봉주의 특유한 깡다구가 발휘되는 순간이었다. 나는 어금니를 꽉 깨물고, 두 주먹을 불끈 쥐었다. 곧 이어 학배가 뺏어가긴 누가 뺏어가? 까불지 마, 너, 이 자식이…… 하면서 봉주를 노려보았다.

이제 숨도 쉴 수 없었다. 드디어, 시작이다, 우리 학교의 명예를 위하여! 잠깐 이런 생각에 젖어있던 그 찰나, 어느새 봉주와 학배의 헛손질이 서로 오고가고…… 학배가 봉주의 정강이를 걷어차고, 봉주가 학배 다리에 발길질을 해대고…… 그러다가 둘은 서로 부둥켜안은 채, 풀밭 위를 굴렀다. 두 몸이 한 몸이 되어 풀밭 위를 두어 번 뒹굴더니 금세 풀밭 아래쪽으로 데굴데굴 굴러가면서 봉주가 위에 있다가 학배가 위에 있다가 하더니 다시 뒤섞였다.

우리는 잠시 정신을 놓고 이 광경을 지켜보고 있었다. 정덕 아이들도 마찬가지였다. 그 순간이었다. 갑자기 내 얼굴 정면으로 돌멩이 같은 것이 하나 날아들었는데, 얼마나 딱딱하고 아팠는지 나는 그것을 맞자마자 그냥 그 자리에 주저앉고 말았다. 내 코를 향하여 날아든 어느 아이의 주먹이었다. 그야말로 돌멩이 같은 주먹이었다. 눈 앞에 노란 별 두세 개가 번쩍하고 보였다. 머리가 띵 해오 면서 눈물이 핑 돌았다. 나는 주저앉은 채로 고개를 숙이 고, 두 손으로 얼굴을 감쌌다. 손에 끈적끈적한 액체가 묻 어나고 있음을 알 수 있었다. 코피였다. 양 손바닥에 빨간 코피가 묻어났다. 나는 손등으로 코를 한 번 훔쳐냈다. 손 등에도 빨간 코피가 묻어났다. 백규가 나에게 달려오더 니, 내 머리를 뒤로 젖히게 하고는 손날로 내 뒷목을 계 속 두드려 주었다. 이번에는 양쪽 귀가 먹먹하였다. 어디 서 났는지 백규가 종이를 돌돌 말아 코피가 흐르는 내 한 쪽 콧구멍에 끼어주었다. 그리고는 백규는 어디론가 사라 졌다.

봉주와 학배는 더 이상 보이지 않았고, 몇몇 아이들이 서로 부둥켜안은 채로 풀밭 위를 데굴데굴 구르고 있었 다. 또 몇몇 아이들은 조금 떨어진 곳에 그냥 앉아 있었 다. 나같이 부상당한 아이들인 것 같았다. 상황이 어떻게 돌아가는지 궁금했지만, 나는 그 자리에서 일어날 수가 없었다. 등 뒤에서 몇몇 아이들의 목소리가 희미하게 들 려왔다. 나는 콧잔등을 만져보았다. 코가 돌멩이처럼 딱 딱했다. 콧구멍 저 깊은 곳에서부터 다시 찡 하고 통증이 왔다. 바늘 한 개가 콧구멍 속에 찔려 있는 것 같았다. 똘

Maurice Utrillo, 〈베스 광장Place des Abbesses〉, 1910

가난과 사랑과 놀이의 천국에서

똘 만 종이 때문에 콧구멍으로 숨쉬기가 힘들었다.

조금 있으려니까, 진표가 울면서 나에게 다가왔다. 진
표의 옷은 온통 흙으로 더러워져 있었다. 얼굴에도 흙이
많이 묻어 있었는데, 왼쪽 뺨이 분홍빛으로 부어올라 있
었다. 여러 명이 한꺼번에 자기에게 몰려와서는 자기를
때리고 도망갔다는 것이었다. 나는 잠시 진표하고 풀밭에
앉아 있었는데, 별안간 발아래 저쪽 길 근처에서 어른들
의 목소리가 들리기 시작했다. 그리고 곧 그 어른들의 모
습이 우리 눈앞에 나타났다. 무엇인가 불안한 예감이 내
머릿속을 스치는 순간, 뒤편 숲속으로 아이들 여러 명이
잽싸게 달아나는 모습이 눈에 들어왔다. 나도 불현듯 어
디론가 달아나야겠다는 생각이 들었고, 나와 진표는 동시
에 자리에서 벌떡 일어났다. 그리고는 방금 아이들이 사
라진 숲속 방향으로 막 뛰어가려고 하는데, 이놈들, 거기
서지 못해? 하고 외치는 아저씨들의 커다란 고함소리에
우리는 그냥 그 자리에 얼어붙고 말았다.

등산복 차림의 아저씨 세 명이 우리 앞으로 다가왔다.
한 아저씨는 모자를 쓰고 있었다. 그 아저씨들 바로 뒤
에는 봉주와 학배, 그리고 백규와 정덕 아이 두 명이 모
두 고개를 푹 숙인 채 서있었다. 봉주와 학배의 옷은 모두
시커먼 흙으로 범벅이 되어 있었지만, 얼굴은 둘 다 멀쩡

해 보였다. 그 많던 나머지 아이들은 어디로 다 가버렸는지 보이지 않았다. 송준이와 동구의 모습 역시 보이지 않았다.

그 아저씨들은 신흥사에 놀러왔던 등산객이었는데, 멀리서 봉주와 학배가 뒹굴며 싸우고 있는 것을 보고 달려와 백규와 다른 아이들까지 붙잡아 가지고는 우리가 있는 쪽으로 오고 있던 중이었다. 그러나 대다수의 아이들은 이미 삼십육계 줄행랑을 놓은 후였고, 나와 진표, 봉주, 백규, 그리고 학배와 이름 모르는 정덕초등학교 두 아이만 붙들린 것이었다. 우리들은 영락없는 불량소년들이었다. 아저씨들은 우리들을 세워놓은 채로 한참동안 야단을 쳤다. 그리고는 어디에 사는지, 이름이 뭔지, 어느 학교 몇 학년 몇 반인지 등을 물어보았는데, 우리들은 모두 꿀 먹은 벙어리가 되어 아무 대답도 하지 못하고 고개만 떨어뜨린 채 서있었다.

학교와 학년, 이름 등 우리들의 신상이 다 밝혀지고, 이런 사실이 학교에 알려지면 곧바로 퇴학을 당할 것이다. 퇴학을 당하면 우리들은 아버지가 야단칠 때 항상 하던 말대로 구두닦이나 해야 할 것이다. 아니, 구두닦이 이전에 집에서 먼저 쫓겨날 것이다. 내 간은 콩자반보다 더 작아지고 있었다. 모두가 겁에 질려 있었다. 용감하고 씩씩

한 봉주도 두 손이 발이 되도록 빌었다. 우리 모두가 두 손이 발이 되도록 싹싹 빌었다. 눈물이 막 쏟아졌다. 한 번만 용서해주세요, 아저씨, 다시는 안 그럴게요, 다시는 안 싸울게요…… 하면서 여러 번 애원을 했는데도, 그 아저씨들은 어릴 때부터 싸움질이나 하는 깡패 같은 못된 놈들은 모두 다 잡아다가 경찰서에 보내야 한다고 하면서 곧바로 우리들 집으로 가자고 했다. 그러면서 또 다시 학교와 학년, 반, 이름을 대라고 했다. 교장선생님한테 연락을 해서 모두 퇴학시키라고 해야겠다는 것이었다.

우리는 무릎을 꿇고 싹싹 빌었다. 눈에서 또 눈물이 마구 쏟아졌다. 그러나 아무리 사정을 해도 소용이 없었다. 그 아저씨들과 같이 집으로 돌아갈 수는 없었고, 우리는 결국 어쩔 수 없이 학교와 학년, 반, 이름 등 우리의 신상 정보를 모두 알려줄 수밖에 없었다. 서울 돈암초등학교 사학년 십반, 서울 정덕초등학교 사학년 칠반, 그리고, 각자의 이름…… 그러고나서 우리는 한 번 더 빌었다. 앞으로는 절대로 싸움 안하고, 공부만 열심히 할테니 이번 한 번만 용서해달라고 했다. 울면서 사정을 했으나, 소용이 없었다.

늦은 오후였지만, 아직은 해가 길어서 산길은 훤했다.

우리들은 고개를 떨어뜨린 채, 신흥사 산길을 내려왔다. 집으로 돌아오는 발걸음은 뗄 수가 없을 정도로 무거웠다. 불과 몇 시간 전, 학교의 명예를 위하여, 결전 한판을 치루기 위하여 동네를 떠났을 때의 그 의연했던 모습은 모두 다 사라지고, 우리는 그야말로 패잔병처럼 힘없고 지친 모습으로 언덕길을 내려오고 있었다.

이제 월요일 날 학교에 가면 온통 난리가 날 것은 너무나 자명한 일이 되었고, 선생님은 당장 엄마를 오라고 할 것이며, 정학 아니면 퇴학이 될 것이다. 아버지한테 두 다리가 부러지도록 매를 맞을 것이며, 깡통 차고 한강다리 밑에서 구두나 닦아야 하는 신세가 될 것이다. 눈앞이 캄캄해져왔다. 매사에 항상 용감하고 대범했던 봉주도 아무 말 없이 고개를 숙이고 걷기만 하였다.

귓속이 멍멍하고, 몸 여기저기가 아파오는데도 그 아픔을 느낄 수가 없었다. 다만, 입안의 침이 바싹바싹 마를 뿐이었다. 코피가 터졌던 콧속은 이미 버석버석 말라서 코를 움직일 때마다 바늘에 찔리는 것처럼 따끔따끔 아팠다. 나는 백규가 껴주었던 콧속의 종이뭉치를 빼버렸다. 손가락들은 모두 부어 있어서 주먹을 쥐려고 힘을 써도 손가락들이 잘 오므려지지 않았다. 바람이 불 때마다 흙과 눈물로 더덕이진 얼굴에 빵빵한 아픔이 느껴졌다.

옆에서 고개를 푹 숙인 채, 말없이 걷고 있는 진표의 왼쪽 뺨이 얼핏 보였는데, 아까보다도 훨씬 많이 부어올라 있었다.

땅거미가 젖어들기 시작할 무렵, 우리들은 동네에 도착하였다. 그리고는 서로 잘 가라는 얘기도 제대로 못하고 뿔뿔이 헤어졌다. 그날 나는 엄마한테서 피가 터지도록 종아리를 맞았다. 집으로 돌아온 나에게서 이상한 낌새를 눈치 챈 엄마는 집요하게 나를 추궁했고, 결국 나는 친구들과의 약속을 깨고, 그날의 일들을 모두 다 털어 놓지 않을 수밖에 없었다. 그러자마자, 처음부터 제대로 얘기를 하지 않았다고 오히려 곱쟁이로 매를 맞았다. 귀신을 속일 수는 있어도 우리 엄마를 속일 수는 없었다. 종아리를 맞으며, 나는 너무나 아파 소리를 내어 엉엉 울었다. 매를 든 엄마의 화난 얼굴과 비명을 질러가며 매를 맞는 나를 보고 있던 여동생은 겁을 잔뜩 집어먹고는 이내 울음을 터뜨리고 말았다.

그날 밤 늦게 진표엄마가 우리 집을 찾아왔다. 봉주네 집으로 갔다가 다시 우리 집으로 온 것이었다. 진표엄마는 집안으로 들어오지 않고, 문밖에 선 채로 한동안 우리 엄마와 얘기를 주고받았다. 진표엄마는 진표가 싸움 같은 것을 할 줄 모르는 아이인데, 이렇게 얼굴이 퉁퉁 부을 정도로 맞고 왔으니 도대체 누가 그랬는지, 왜 그랬는지 때린 아이를 좀 찾아봐야겠다는 것이었다. 진표는 이대독자였다. 이래저래 문제는 점점 커져가고 있었다. 이제 학교는 학교대로 난리가 날 것이고, 엄마들은 엄마들대로 때린 아이들을 찾아 나설 것이고…… 일이 자꾸 꼬이며, 더욱 복잡해지는 것 같았다.

불안과 초조 속에 일요일이 가고, 드디어 월요일이 되었다. 우리는 평상시처럼 학교에 갔고, 학교에서 모두 다 만났다. 쉬는 시간에 모래사장이 있는 운동장 끝 철봉대 앞으로 가서 서로 얘기를 나눴는데, 그날 밤 봉주도, 백규도 엄마한테 한참동안 매를 맞았다고 했다. 송준이하고 동구는 매를 맞지는 않았지만, 밤늦도록 호되게 야단을 맞았다고 했다. 모두들 엄마한테 앞으로 절대로 싸움을 하지 않고, 열심히 공부만 하겠다고 다짐의 다짐을 했다는 것이었다.

그런데 참 이상하게도 그날 월요일은 아무 일도 없이 지나가고 있었다. 언제 선생님이 교무실로 오라고 호출할지 모르는 그런 불안하고 초조한 상황 속에서 매시간 교실문이 열리고, 선생님이 들어올 때마다 우리의 가슴속에서는 쿵쾅쿵쾅 하는 방망이질 소리가 들려왔는데, 그런 불안과 긴장의 오전시간이 아무 일도 없이 지나가고 있는 것이었다. 오후가 되었다. 그날 오후도 그렇게 여느 때와 다름없이 그럭저럭 지나가고 있었다.

우리는 쉬는 시간에 구슬치기나 딱지치기도 하지 않았다. 주변의 눈치를 보면서 그저 불안과 초조 속에 각자 조용히 하루를 보냈다. 화요일이 되었다. 또 불안한 마음으로 나는 학교에 갔고, 또 하루를 보냈는데, 학교수업이 모두 끝날 때까지 아무 일도 벌어지지 않았다. 선생님은 평상시하고 다름이 없었고, 다른 아이들도 평상시하고 똑같이 공부하고, 나가 놀고, 장난치고, 까불고, 야단맞고 하면서 하루를 보내고 있었다. 참으로 이상한 일이었다. 분명히 무슨 일이 있어야 하는데, 선생님이 우리들을 교무실로 불러야 하는데, 엄마를 오라고 해야 하는데, 그런 조짐조차 보이지 않았다. 수요일이 가고 목요일이 오고, 결전을 치렀던 토요일이 다시 왔다. 그런데, 토요일 방과 후까지 아무 일도 없었다. 엄마도 이 사건에 대하여 더 이상 얘기가 없었다.

그 일련의 사건은 그렇게 끝났다. 더 이상 아무 일도 없이. 그 일로 인해서 우리들 중에 누구 하나 선생님한테 불려가지도 않았고, 정학이나 퇴학을 맞은 아이도 없었다. 진표엄마하고 봉주엄마하고 우리 엄마가 그날 이후로 무엇을 했는지 알 수가 없었다. 단지 우리들은 그 일주일을 심한 가슴앓이를 하면서 보냈던 것이다.

　신흥사 뒷산에서 우리를 야단친 그 아저씨들이 우리 학교에 연락을 안 한건지, 했는데 선생님이 모른 척하고 그냥 넘어간 건지—그럴 리는 거의 없겠지만—우리 엄마들 하고 선생님 간에 무슨 얘기가 있었던 건지 도대체 알 수가 없었다. 여하튼 아직도 풀리지 않는 몇 가지 의혹 속에 그 사건은 그렇게 끝났고, 그 토요일의 거사는 우리들에게 사나이가 명예를 지킨다는 것은, 참으로 많은 어려움과 위험이 뒤따르는 일이라는 것을 뼈저리게 느끼게 하면서 우리들의 기억 속에서 점점 멀어져 갔다.

연탄재 싸움

위 아래로 기다란 구멍이 숭숭 나 있는 연탄을 구공탄, 또 드물게는 구멍탄이라고 부른다. 요즈음에는 시골에 가더라도 이러한 연탄 보기가 매우 어려운 것이 사실이다. 그러나 우리가 초등학교를 다니고 있던 그 당시에는 도시 어느 집이나 다 연탄을 사용하고 있었다. 보일러라는 것이 없었던 그 시절, 연탄은 모든 가정에 있어서 가장 중요한 땔감으로 가정 화력의 기본 필수품이었다. 물을 끓이고, 밥을 짓고, 반찬을 만들고, 방바닥을 따뜻하게 하는데 없어서는 안 될 연탄은 그래서 너무나 오랫동안 우리들과 인연을 맺고 살아온 것이다.

물론, 연탄이 없었던 시대에 땔감으로 썼던 나무나 장작 등도 그랬었겠지만, 연탄이라는 것이 등장한 이후부터 우리의 일상생활과 연탄은 떼려야 뗄 수 없는 그런 불가분의 관계가 되어버렸다. 당시 연탄은 가정생활을 유지해 나가는 기본 동력으로서 가장 중요한 것이었음은 두 말 할 나위가 없는 것이었다. 그래서 누구네 집이건 부엌을 한번 들어가 보면, 부뚜막 앞이나 아궁이 옆에 다 타고 난 하얀 연탄재 한두 장과 쇠로 된 연탄집게, 그리고 나무 손잡이가 달린 난쟁이 부삽 등이 같이 놓여 있는 것을 쉽게 발견할 수가 있었다.

가정용 화력으로서 연탄불 외에는 섬유심지를 사용하는 석유스토브라는 것이 있었는데, 주로 집마다 부엌에 하나 정도 두고 연탄불과 함께 사용하였으나, 사용연료인 석유 값이 만만치 않아 꼭 필요한 경우가 아니면 연탄불이 딸릴 때에만 잠깐씩 사용하곤 하였다. 엄마들은 이 조그만 석유스토브를 곤로라고 불렀다. 당시 엄마들 사이에는 후지카라는 이름의 곤로가 꽤나 인기가 있었다. 그러나 아무리 그래도 당시의 가정화력은 연탄불만한 것이 없었다.

하루에 몇 번 시간만 잘 맞추어서 갈아주기만 하면 물을 데우고, 음식을 만드는 것 외에 연탄불은 변함없이 이 방 저 방 구들장들을 뜨뜻하게 데워주었고, 불이 너무 세면 연탄불 위에 두꺼비라고 부르는 쇠로 된 뚜껑을 하나 덮어두던가, 아니면 헝겊뭉치로 불구멍을 반쯤 막던가 해서 불의 세기를 조절할 수도 있었다. 혹시 잘못해서 불을 꺼뜨리더라도 구멍가게에 가서 숯을 사다가—나중에 번개탄이라고 부르는 불쏘시개가 나와 더욱 간편해졌지만—다시 피우면 되었다.

매년 본격적인 겨울에 들어가기 전에 겨울준비로 온 가족이 모여 김장을 하는 것처럼 연탄을 들여놓는 것 역시 매우 중요한 가정 월동준비 중의 하나였다. 각 가정에서는 춥고 긴 겨울날을 따뜻하게 나기 위하여 어느 한날을 잡아서 동네 연탄가게로부터 한꺼번에 이백 장, 삼백 장, 또는 오백 장 등 연탄을 미리 사서 집 헛간이나 광, 아니면 뒤뜰에다가 들여놓는 것이었다. 그래서 각 동네마다 연탄만을 파는 가게들이 한두 곳은 꼭 있었다.

모든 가정이 겨울이 오기 전에 이런 식으로 미리 연탄을 사놓게 되는데, 때로는 배달주문이 한꺼번에 들어오게 되므로 연탄가게에서는 내일은 진표네, 모레는 봉주네, 글피는 성철이네 하고 연탄 배달계획을 미리 짜게 되었고, 그날이 오면 엄마들은 대문을 활짝 열어놓고, 마당에서 광까지, 또는 뒤뜰까지 신문지를 길게 깔아서 지게로 배달되는 연탄을 맞아들이기에 여념이 없었다.

평상시에는 일주일 정도 단위로 연탄을 사다 놓기도 하였고, 또 가끔은 엄마가 낱개로 몇 장씩을 사오기도 하였으며, 우리에게 이런 연탄심부름을 시키기도 하였다. 엄마심부름으로 연탄가게에 가면 얼굴과 손이 새까만 연탄 집 아저씨는 노란 새끼줄의 한쪽 끝을 매듭지어서 연탄의 한가운데 구멍에 끼워주었는데, 새 연탄은 양손에 한 개씩을 들고 단 몇 분만 걸어도 어깻죽지가 떨어져 나갈 만큼 무거운 것이었다.

어떤 때에는 집으로 오는 길 도중에 쥐고 있던 새끼줄을 놓쳐 연탄을 깨뜨리기도 하였다. 시멘트로 된 집 마당에서 연탄을 깨뜨리게 되면 그곳은 온통 새까맣게 되어서 아무리 닦아도 검은 색깔의 흔적이 그대로 남아 있었다. 새 연탄을 깨뜨린 경우, 그 조각들을 잘 모아서 그 연탄가게에 가져가면 온전한 새 연탄으로 바꿔주기도 하였다. 쌓여 있던 새 연탄들이 와르르 무너져 내려 수십 장이 깨어진 경우에도, 연탄가게 아저씨는 모아온 그 조각들을 보고 몇 장이 깨어진 것인지를 정확히 알아내었고, 그 개수만큼 새 연탄으로 바꾸어 주었다. 쌓아 놓은 연탄이 넘어지지 않게 하기 위해서는 꺼내 쓸 때 위에서부터 하나씩 하나씩 순서대로 꺼내는 것도 중요했지만, 처음 연탄을 쌓을 때에 바닥을 평평하게 하고 그 위에 차곡차곡 잘 쌓는 것이 더욱 중요하였다.

때로는 연탄은 우리의 고귀한 생명을 앗아가는 지옥의

Maurice Utrillo, 〈푸아 몽토 호텔Hôtel Montaut à Foix〉, 1934

사자 같은 무서운 존재이기도 했다. 특히, 겨울이면 연탄 가스로 목숨을 잃는 가족이 우리나라 전체로 보면 부지 기수였다. 저녁 신문마다 연탄가스로 목숨을 잃은 가족들 의 기사가 이틀에 한 번 꼴로 나왔으니, 실제로 겨울이면 거의 매일 그런 사고가 난다고 보는 것이 맞는 것이었다. 우리 동네 바로 뒤의 산동네에서도 그런 불행한 일이 일 어나기도 하였다. 연탄은 우리에게 없어서는 안 되는 중 요한 것이었지만, 잘못 관리하면 인정사정없이 우리의 하 나 뿐인 고귀한 생명을 앗아가는 무서운 존재이기도 하 였다.

최근 겨울에 나는 서울의 어느 산동네를 간 적이 있었 는데, 거기서 참 우연치 않게도 다 타고 난 하얀 연탄재를 보게 되었다. 그 연탄재는 어느 조그만 집 낡은 담장 옆 시멘트로 만든 조그만 쓰레기통 옆에 두어 장 쌓여 있었 는데, 그것을 보는 순간 나는 너무나 감개무량 하여 한참 동안 그 앞에 서있었다. 물론, 서울에서도 일부 산동네나 달동네에서는 아직도 집에서 연탄을 사용한다는 얘기를 들은 적이 있긴 했으나, 막상 내 눈으로 그 연탄재를 보고 나니 수십 년 전에 헤어졌던 친구를 우연히 만난 것처럼 참으로 반가웠던 것이다.

연탄은 무연탄을 성형 건조시킨 원통형 고체연료로 없어서는 안 될 가정생활의 필수품이자, 잘못 다루면 귀중한 목숨을 앗아가는 지옥의 사자였다.

새것은 새까맣고, 무겁고, 단단했지만 다 탄 것은 하얗고, 가볍고, 잘 깨져서, 우리가 밖에서 놀이를 할 때, 다 타고 난 하얀 연탄재는 여러 용도로 사용되었다. 땅바닥에 금을 긋는 데에도 사용하였고, 추석날 불꽃놀이를 할 때에는 하늘로 날아가는 화약로켓탄을 꽂는 구멍으로도 사용하였다.

그러나 그런 것들은 단순히 보조적인 용도에 불과한 것들이었고, 연탄재 싸움에 있어서 연탄재는 가장 중요한 필수품이었던 것이다. 다 타고 난 하얀 연탄재를 적당한 크기로 쪼개서 상대편 아이들을 향하여 던지는 연탄재 싸움은 겨울에 하는 눈싸움과 유사한 것이었으나, 비 오는 날만 빼고 날씨에 관계없이 사시사철 아무 때나 할 수 있다는 점과 상대방 몸에 맞을 때 하얀 먼지를 일으키며 터지는 모양이 마치 포탄이 터지는 것 같아 눈싸움과는 전혀 다른 맛이 있는 놀이였다.

그러나 연탄재라는 것은 불에 다 타고 남은 흙뭉치여서 이것을 가지고 서로 던지고, 맞고 하면서 한바탕 놀고 나면 우리는 머리에서부터 발끝까지 온통 뽀얀 흙가루를 뒤집어 쓴 것 같이 되었고, 싸움이 끝나면 큰 길, 골목길, 대문 앞 할 것 없이 동네의 길바닥이라는 길바닥은 온통 허옇게 분칠을 한 것 같이 지저분해져서 그 결과는 눈이 올 때 하는 눈싸움과는 전혀 달랐다. 그래서 당시 동네 어른들은 시도 때도 없이 벌어지는 이 아이들의 연탄재 싸움을 못하게 했으니, 이런 광경을 보게 되면 야단을 치는 것이 큰일 중의 하나였다.

하지만 아무리 말려도 소용없는 일이었다. 그것은 연탄재 싸움이야말로 가장 남자다우며 박진감이 넘치는 재미있고 신나는 놀이였기 때문이다. 아이들이 두 편으로 갈라지게 되면 동네의 쓰레기통을 모두 뒤져서 연탄재를 있는 대로 긁어모아 적당한 크기로 깨뜨려서는 서로에게 던지는 것으로 연탄재 싸움은 시작되었다. 서로 간에 공격을 주고받기 시작해서 한 삼십 분 정도 지나게 되면 입 안은 온통 연탄재 가루로 서걱서걱해졌고, 작은 돌멩이들이 아작아작 씹히기도 하였지만, 상대방 연탄재에 얻어맞는 우리 편 아이들이 점점 늘어나면서 서로의 분위기는 점차 험악해져서 나중에 이 연탄재 싸움은 쫓고 쫓기는 치열한 전쟁을 방불케 했다. 또 시간이 지날수록 싸움은 더욱 격렬해져서 쉴 틈 없는 도주와 추격을 통하여 숨가쁜 유격전이 시작되기도 했다. 정해진 전쟁터나 전선이 없는 싸움. 쫓고 쫓기는 유격전. 이것이 바로 연탄재 싸움의 특징이었다.

새까만 얼굴, 새까만 콧구멍, 온몸에 울긋불긋 연탄재를 뒤집어 쓴 모습이 영락없이 굴뚝청소를 하다 막 나온 모습들이지만, 연탄재를 양손에 들고 이 골목 저 골목으로 와와 쫓아가면서 도망가면서 서로 공방을 하는 일이란 여간 긴박감 넘치는 것이 아니었다. 이러한 공방이 본격화되면서 다치는 경우도 많이 있었다. 연탄재가 정통으로 눈에 맞으면 눈물이 주르륵 흐르면서 한동안 눈을 제대로 뜰 수가 없었고, 맞은 부위가 퉁퉁 부어오르기도 하였다. 그래서 연탄재 싸움이 한참 치열해지면 우리 편 상대방 편 할 것 없이 여기저기서 부상자가 속출하기도 하였다. 우는 아이도 많았고, 도망을 가다가 아예 자기 집으로 가버리는 아이도 있었다.

서로 간에 밀고 밀리는 공방이 동구네 골목길, 봉주네 앞 언덕길, 반장 집 앞 계단, 대머리이발관 앞 공터, 그 위의 돌산까지 온 동네 여기저기를 종횡무진 오고 가며 계속되었는데, 동네의 쓰레기통이란 쓰레기통은 모두 다 뒤져서 연탄재라고 생긴 것은 모조리 깨어 놓고, 길마다 골목골목마다 허연 연탄재가 터져 연탄재 싸움 개시 한두 시간 만에 온 동네는 폭탄 터진 전쟁터로 변해 버리고 말

왔다. 그러다가 혹시 대머리아저씨라도 만나게 되면, 그야말로 우리는 지옥의 사자를 만나는 것과 다름이 없었는데, 대머리아저씨에게 붙들려 죽음과도 같은 야단을 맞는 것보다는 차라리 그 즉시 동네를 떠나버리는 것이 훨씬 나을 정도였다.

이 연탄재 싸움 때문에 우리들은 동네 어른들에게 걸리는 족족 호되게 야단을 맞았고, 또 엄마로부터 집중적으로 단속을 당하게 되었다. 이를 피하다보니, 우리는 우리 동네를 조금씩 벗어나 옆 동네로 침범하게 되었고─우리 옆 동네 아이들의 상황도 마찬가지였다─그런 일이 서로 잦아짐에 따라 옆 동네 아이들과의 충돌, 즉 동네 간 연탄재 싸움은 피할 수 없는 것이 되고 말았다. 사실 다른 학교, 다른 동네 아이들과 겨룬다는 것은 그것이 놀이가 되었건, 싸움이 되었건 한 학교에 다니고 한 동네에 사는 우리들에게는 나름대로의 명분이 있는 것이었다. 물론, 다른 동네라 하더라도 바로 옆에 붙어 있는 이웃 동네라서 그곳에 사는 아이들 역시 대부분 우리와 같은 학교에 다니고 있었고, 개인적으로 친한 동급생 친구 아이들도 몇몇 있었다. 그래서 사실 다른 동네라는 구분의 기준은 애매하였지만, 여하튼 이제 우리들의 연탄재 싸움은 동네 간 싸움으로 번질 수밖에 없는 상황이 되고

만 것이었다.

　이렇게 옆 동네 아이들과의 연탄재 싸움이 벌어질 때
마다 두 동네의 쓰레기통에 있는 연탄재라는 연탄재는
모두 거덜이 나버렸고, 길이라는 길은 모두 연탄재로 허
옇게 범벅이 되고 말았다. 공격과 도주로 밤늦게까지 팽
팽한 공방을 벌였던 우리들은 연탄재를 뽀얗게 뒤집어
쓴 채, 깜깜해서야 집에 돌아갈 수 있었는데, 그날 밤마다
나는 엄마로부터 호되게 야단을 맞았다. 내 친구아이들도
마찬가지였다.

　엄마들은 하루가 멀다 하고 벌어지는 아이들의 연탄재
싸움 때문에 한 걱정들을 하였다. 그렇다고 각 가정마다
매일 몇 장씩 생겨나는 연탄재를 일일이 땅에 파묻어 버
릴 수도 없었고, 아이들이 알 수 없는 먼 장소에 내다 버
릴 수도 없는 일이었다. 그나마 좋은 방법은 연탄재를 버
릴 때, 연탄집게나 부삽으로 잘게 부수어 버리거나 발로
밟아 가루를 내버리는 것이었는데, 하루에 몇 번씩 매번
그렇게 하는 것이 쉬운 일은 아니었다. 그러나 며칠 전부
터 엄마들은 드디어 연탄재를 부수어 버리기 시작했다.
정말 온전한 모양의 연탄재는 좀처럼 눈에 띄지 않았다.
그래서 우리는 싸움이 벌어질 때마다 탄약이 턱없이 부

족했기 때문에 세탁소, 만화방, 구멍가게 등을 돌아다니며 성한 연탄재 찾기에 더욱 열을 올리지 않을 수가 없었다.

옆 동네와의 연탄재 싸움은 영원한 승자나 패자가 없이 계속되었다. 시간을 정해 놓고 했던 것이 아니었던 이 싸움은 아이들이 하나, 둘씩 어둠 속으로 사라지고, 남은 아이들끼리 이리저리 몰려다니다가 그것도 이제 몇 명 안 남게 되면 대충 그것으로 싸움은 흐지부지해지고 마는 것이었는데, 그래도 서로 간에 승패는 대강 어림잡을 수 있는 것이어서 그 여부는 그 다음날 학교나 동네에 다시 모여서 그날 밤 늦게까지 남아서 고군분투했던 아이들의 이야기 등을 통하여 짐작할 수 있었다.

한 번은 그동안 지속되어 오던 지루한 공방에 대한 승부를 결정지을 한판 전쟁 계획이 동네 우두머리들 간에 얘기되고 있었다. 우리 동네에서는 역시 봉주가 우리의 수장으로 앞장을 서고 있었는데, 그야말로 진정한 승자를 가리기 위한 한판 싸움을 벌이자는 것이었다. 그러나 확실히 승부를 가리기 위한 방법을 가지고 몇 차례 상대방 아이들과 얘기를 나누었지만, 이렇다 할 결론을 내지는 못했다. 나중에 봉주가 시간을 정해서 하되 마지막까지 남아 있는 아이들의 숫자를 가지고 하자고 제안을 하였는데, 그것 역시 승패결정을 하는 기준으로는 별로 의미가 없었다.

이런저런 생각들을 해보아도 승부에 대한 객관적인 판단방법이 마땅히 없어서 우리들은 결론을 짓지 못했다. 다만, 그래왔던 것처럼 서로 열심히 싸운 후의 분위기로 대체적인 판단을 하는 수밖에 없었다. 그래서 처음부터 가능한 한 많은 아이들을 불러 모으는 것이 중요했고, 공격과 수비—여기서 수비라 함은 연탄재가 떨어지지 않도록 조달하는 일을 뜻함—에 대한 나름대로의 작전을 짜는 것이 필요했다. 이 작전 짜기에는 동구가 매우 적극적이었다. 우리는 몇 명씩 나누어서 조를 만들고, 각 조마다 역할을 만들어서 이를 분담하기로 했다. 동구가 조를 짜기 시작했다.

공격조, 수비조, 작전조…… 우리는 이렇게 세 개의 조를 만들었고, 각 조마다 대장 한 명씩을 임명했다. 공격조 대장은 봉주가 맡았고, 수비조 대장은 내가, 작전조 대장은 동구가 맡았다. 그리고 나머지 아이들을 각 조마다 적당히 배분하였는데, 공격조에 가장 많이 배분을 했고, 작전조에는 가장 적게 배분하였다. 나중에 각 조의 대장들이 모여서 몇 차례 작전회의도 했다. 이번 전투에 있어서 가장 중요한 것은 역시 어떻게 하면 탄약인 연탄재를 충

Maurice Utrillo, 〈라 본 거리Rue de la Bonne〉, 1934~1946

분히 확보할 수 있는가 하는 것이었다. 그것은 상대방보다 먼저 부지런히 쓰레기통을 뒤지는 것만이 최선의 방법이었다.

공격조 대장인 봉주는 호루라기를 하나 가지고 있기로 했는데, 이번 전투 중에 사용함은 물론, 평상시에도 우리들이 빨리 모여야 할 무슨 급한 일이 생기면 봉주가 자기네 집 앞에서 그 호루라기를 세게 세 번을 불어 이를 듣는 우리들은 즉시 봉주네 집 앞으로 모이기 위한 것이었다. 일종의 비상연락용 호루라기였는데, 우리가 그 호루라기 소리로 모인 적은 한 번도 없었다.

며칠 뒤 우리들은 여느 때와 마찬가지로 학교 쉬는 시간에 같이 만나서 앞으로 있을 옆 동네와의 한판 전쟁을 승리로 이끌기 위하여 이런 저런 얘기를 나누고 있었는데, 백규가 지난번에 신흥사 뒷산에서있었던 정덕초등학교 아이들과의 싸움 때에 만났던 아저씨들을 상기시켰다. 그때 우리는 학교에서 퇴학을 맞을까 두려워 그 아저씨들에게 다시는 싸움을 하지 않겠다고 두 손이 발이 되도록 싹싹 빌었던 경험을 다 가지고 있었다. 이것도 싸움이니 나중에 학교 선생님이 알게 되면 정말로 큰일이 날지도 모른다고 백규가 얘기했던 것이다. 어떻든 그때에는 별 문제없이 조용히 끝났지만, 이번에는 진짜로 우리가 걱정하는 그런 일들이 생겨날 수도 있는 것이었다. 백규의 말을 듣는 순간, 우리들 머릿속에는 지난번 신흥사 뒷산에서 만났던 그 아저씨들의 무서운 얼굴들이 번뜩이며 지나갔다.

어떻든 옆 동네 아이들과 연탄재 싸움을 하기로 결정한 날이 서서히 다가오고 있었다. 우리와 한판 전쟁을 치룰 그 옆 동네는 범진여객 버스종점 오른쪽으로 있는 동네였는데, 그 동네아이들은 대부분 우리와 같은 학교에 다니고 있었고, 또 일부는 정덕초등학교에 다니고 있었다. 우리는 그 동네에 자주 가서 그 아이들과 구슬치기, 딱지치기도 하고, 팽이 찍기 놀이도 하곤 했기 때문에 그 아이들 대부분을 잘 알고 있었다. 그중에 얼굴이 길고 까무잡잡한 호섭이라는 아이가 하나 있었는데, 나하고 꽤 친한 내 친구였다. 그 아이의 엄마와 우리 엄마도 매우 친해서 엄마들끼리 같이 시장도 가고, 물건도 같이 사서 나누곤 하였다. 나도 심심할 때면 호섭이네 집에 가서 호섭이와 호섭이 동생들 하고 같이 놀기도 하였고, 겨울에는 호섭이네 집 건넌방의 따뜻한 아랫목에 배를 깔고 엎드려서 숙제도 같이 하곤 하였다.

드디어 일전을 치루는 날이 되었다. 먼 산동네 높은 하늘에 불그스름한 노을이 길게 걸려 있는 늦은 오후, 우리 동네와 그 동네 사이에는 제법 넓은 도로가 하나 있었는데, 우리는 모두 그곳에 모였다. 우리 동네에서 한 이십명, 그쪽에서도 그 정도 아이들이 모였다. 같은 학교, 같은 학년 아이들만 모인 것이 아니라 동생들도 있었으며, 한두 학년 위의 형들도 제법 있었다. 그러나 주로 우리 학년 또래나 그 아래 학년의 아이들이 대부분이었다. 여자아이들도 조금 섞여 있었다.

우리 공격조 대장인 봉주가 그 동네의 대장인 아이를 만나 무슨 얘기인지를 주고받았다. 그리고는 우리는 모두 뒤로 물러났다. 그 아이들도 뒤로 멀리 물러났다. 서로 멀리 떨어진 각 진지 안에는 온전한 것과 깨진 것 등 이미 준비해 놓은 연탄재들이 적당히 쌓여 있었다. 잠시 뒤에 먼저 저쪽에서 연탄조각이 하나 뱅글뱅글 날아오더니 송준이의 여동생 발 앞에서 퍽 하고 터지면서 하얀 먼지를 일으켰다. 드디어 아군과 적군으로 갈린 우리 동네와 이웃 동네와의 한판 연탄재 싸움은 이것을 신호로 시작된 것이었다.

큰 연탄재를 발로 부수어서 조각을 내고 있는 아이, 연탄재를 던지는 아이, 머리와 어깨에 뽀얀 연탄재를 뒤집어 쓴 채 주저앉아 있는 아이, 머리와 귀를 털고 있는 아이, 콜록콜록 기침을 하는 아이, 연탄재는 또 날아오고, 날아가고, 퍽 하고 발등 앞에서 하얀 먼지를 일으키며 터지는 연탄재, 여기저기 희뿌옇게 분칠이 되어가고 있는 동네 길…… 연탄재 싸움이 시작되고 난 조금 후의 풍경은 항상 이러했다. 시간이 좀 더 지나게 되면 처음에 확보해 놓은 연탄재가 다 떨어지게 되었는데, 이렇게 되면 다른 곳으로 이동을 하면서 쓰레기통을 뒤져 연탄재를 찾아야 했다. 탄약이 다 떨어지고, 상대방의 공격이 계속될 때에는 꼬불꼬불한 골목길로 꽁지가 빠지게 삼십육계 줄행랑을 놓는 것이 최선의 방법이었다.

때로는 타임을 불러 위급한 상황을 잠시 피할 수 있었는데, 그것도 사실 잘 통하지 않는 것이 이 연탄재 싸움이었다. 오로지 항복을 해야만 계속되는 공격에서 완전히 벗어날 수 있었다. 그러므로 도망을 가던 아이가 중도에 도망가는 것을 포기하고, 항복 하고 소리를 지르며 주저앉아 버려야 공격하던 아이는 그 아이를 보고, 항복이야? 항복? 진짜? 하고 확인하고는 그 아이에게 더 이상 공격을 하지 않았던 것이다. 원래 항복을 하면 그 이후부터는 더 이상 싸움에 들어올 수가 없었는데, 항복을 한 후에 잠시 쉬고 있다가 다시 몰래 자기편에 끼어드는 아이들도 있어서 이런 것들로 인해서 종종 다툼이 벌어지곤 하였다.

그날의 공방 역시 수십 차례에 걸쳐 우리 동네와 그 동네를 오고 갔고, 동네 큰길, 작은 길, 골목길을 포함하여 길이란 길은 모두 누비고 다녔으며, 또 지나가는 어른들한테 붙잡혀 한참동안 야단을 맞기도 했다. 또, 도중에 자기 엄마한테 붙들려 간 아이들도 상당 수 있었다. 치열한 전투는 계속되었다.

그러나 시간이 지날수록 눈에 보이는 아이들의 숫자는 자꾸 줄어들었고, 나는 연탄재를 찾으러 동구네 골목길로 들어서고 있었는데, 동구네 집 대문 바로 앞에 이를 무렵, 나는 나를 찾고 있던 우리 엄마와 그 좁은 골목길에서 그대로 마주치고 말았다. 너무나 놀란 나는 조금도 움직일 수가 없었다. 숨도 쉴 수가 없었다. 도망갈 공간도 없었지만, 도망가야겠다는 생각조차 떠오르지 않았다. 내 두 발은 그대로 땅바닥에 붙어버렸다. 별안간 나와 마주친 우리 엄마도 무척이나 놀라는 모습이었다. 당시 엄마의 눈에 비친 내 모습은 영락없는 거지, 아니면 쓰레기통 속에 들어가서 한참 뒤지다 나온 생쥐임에 틀림이 없었을 것이다.

어슴푸레한 땅거미가 서서히 깔리고 있는 저녁, 골목길 안은 더욱 컴컴하였다. 엄마와 나는 그 컴컴하고 비좁은 골목길 안에서 일정한 간격을 둔 채 조심스럽게 서로를 살피며 잠시 그렇게 서있었다. 오로지 침묵만이 엄마와 나 사이의 공간을 메우고 있었다. 골목길 밖 가까이에서 피아를 구분할 수 없는 아이들의 뒤섞인 목소리들이 짧은 메아리처럼 희미하게 나의 귓전을 때렸고, 어디선가 불어온 시원한 바람 한줄기가 내 얼굴을 만지며 지나갔다.

침묵도 잠깐, 이제 집에 가면 난 죽었다 하는 생각이 떠오르기 시작했다. 그와 동시에 너, 오늘 진짜 혼 좀 나봐라, 하는 엄마의 말이 들려왔다. 눈앞이 캄캄해졌다. 별안간 미아리 고개에 있는 귀신 나오는 집과 신흥사 뒷산의 도깨비불이 생각났다. 나중에야 어떻게 되든 도망이라도 한 번 가볼 걸 하는 생각은 엄마한테 붙들려서 동구네 골목길을 거의 다 나왔을 때야 겨우 해볼 수 있었다. 사실 마음만 먹으면 골목길을 나오자마자, 재빨리 내뺄 수도 있었지만, 그 이후에 벌어질 일을 생각하면 도저히 그럴 용기가 나지 않았던 것이다.

엄마가 뒤에 서고, 내가 앞장 선 채로 우리 집에 다다를 무렵, 작전조 대장인 동구가 양손에 연탄재를 하나씩 들고, 황급히 계단을 뛰어 내려가고 있었다. 나는 동구를 보았지만, 동구는 나를 보지 못한 것 같았다. 멀리 계단 아래 봉주네 집이 있는 쪽을 바라보니까, 어두컴컴한 언덕길 아래에 아이들 여러 명이 무리 지어 있는 것이 희미하게 보였다. 그러다가 잠시 뒤에 그 아이들은 내 시야에서 사라졌다. 우리 동네 쪽에 아이들이 많이 몰려 있는 것을 보니, 우리가 밀리는 것 같았다. 봉주는 어떻게 되었는지, 진표, 동구, 송준이, 백규는 또 어떻게 되었는지, 아직도 싸우고 있는지, 나처럼 엄마한테 붙잡혀 가고 있지는 않은지…… 수비조 대장으로서 답답할 뿐이었고, 내 머릿속은 이런 생각들과 함께 이제 집에 가자마자 엄마로부터 엄청난 야단과 매가 있을 것이라는 불안감으로 뒤죽박죽되었다.

연탄재 싸움을 하다가 길 근처에 있는 집의 유리창을 깨뜨려서 엄마가 가서 사과하고 유리창 값을 물어준 적이 한두 번이 아니었다. 이는 우리 친구아이들도 마찬가지였다. 봉주가 진표네 집 유리창을 깨뜨려서 봉주엄마가 진표엄마를 찾아가 유리창 값을 물어준 적도 있었다. 또 걸핏하면 연탄조각들이 집안으로 날아들었는데, 앞마당이나 부엌, 마루에까지 연탄재가 날아와 터지기도 하였으며, 빨랫줄에 널어놓은 옷들이 더러워지기도 하였다.

연탄재 싸움을 하고 돌아온 날에는 나는 항상 엄마한테 호되게 야단을 맞았다. 매도 많이 맞았다. 이 매를 맞거나 야단맞는 강도는 깡통 불장난을 했을 때에 못지않았는데, 특히, 이마에 혹이 튀어나와 있다든가, 눈두덩이 퍼렇게 부어올라 있다든가, 얼굴이 까져서 피가 흐른다든가 하면 더욱 심하게 혼이 났다. 엄마는 한 번 매를 들면 너무나 무서웠다. 나는 엉덩이나 종아리를 맞으며 닭똥 같은 눈물을 펑펑 쏟았다. 또 소리 내서 운다고 더욱 많이 맞았다.

너, 이 녀석, 앞으로 또 할꺼야, 안할꺼야, 저번에도 안하겠다고 약속해놓고, 너 당장 빌지 못해? 또 할꺼야, 안할꺼야 하면서 엄마는 살이 우둘투둘해지도록 회초리로 내 엉덩이나 종아리를 마구 때렸다. 나는 또 닭똥 같은 눈물을 펑펑 흘리며 다시는 안하겠다고 두 손을 모아 싹싹 빌었다. 한참 뒤에 엄마는 화가 좀 풀렸는지, 콧물, 눈물을 훌쩍거리며 방 한구석에 서있는 나에게 밖에 나가서 씻고 오라고 했다. 나는 마당으로 나가서 시멘트 수조에 있는 물을 한 바가지 퍼서 세수를 하였다. 별안간 설움이 복받쳐 올랐다. 우리 엄마가 꼭 남의 엄마인 것처럼 느껴졌다. 눈물이 또 한 움큼 쏟아져 나왔다. 엄마가 부엌으로 나왔다가 밥상을 들고 건넌방으로 들어가는 모습이 보였다. 그리고 곧이어 밥 먹으라는 엄마의 목소리가 들려왔다.

나는 통통 부은 눈을 끔벅이며 밥을 먹었다. 눈알이 아프고 뻑뻑하였다. 엄마가 옆에 앉아 그릇에 물을 따라주었다. 그리고는 어디 보자, 하며 내 종아리를 만져보았다. 엄마의 손이 내 빨갛게 부어오른 종아리를 어루만졌다. 괜히 또 눈물이 나왔다. 얼른 손등으로 눈물을 닦았는데, 밥 먹고 약 바르자, 천천히 먹어라 하며 엄마가 자리에서 일어섰다. 내 두 눈에서는 또 주르륵 하고 눈물이 흘러내렸다. 왜 또 눈물이 나왔는지 나는 잘 알 수가 없었다.

딱지치기와 구슬치기

    당시의 장난감 종류는 몇 가지 되지 않았다. 그나마 그 것도 단순한 것들이었는데, 어른들이 잘 사주지 않아서 내 경우, 장난감을 가지고 놀았던 기억이 거의 없다. 나뿐 만이 아니고, 당시 동소문동 우리 동네에 살던 대부분의 내 친구들도 가지고 놀만한 이렇다 할 장난감들이 거의 없었다. 그렇다고 장난감에 대한 관심조차 없는 것은 아 니어서 간혹 좀 잘 사는 집 친구한테 놀러갔다가 그 아이 방 한구석에 있는 자동차나 트럭, 탱크 같은 장난감을 보 면 부럽고 신기하여 이러저리 만져보고 굴려보고 하였다.

    장난감이 없었던 시절, 그 긴 낮과 밤 시간을 우리는 서로 맨몸으로 엉켜 뒹굴며 노는 것이 전부였다. 물론 그 때에도 팽이나 구슬, 딱지 등 나름대로 놀이에 사용하는 장난감과 유사한 것들이 있었지만, 지금의 아이들 장난감

Maurice Utrillo, 〈코르토 거리|Rue Cortot〉, 1922

가난과 사랑과 놀이의 천국에서

에 비해서는 지극히 허접한 것들에 불과하였다. 더구나 그런 것들만 가지고 놀기에는 그 시절의 저녁, 그리고 밤 시간은 참으로 길었다. 어두워진 후에는 딱지나 구슬, 팽이 등을 가지고 놀 수가 없었으므로 오직 맨몸으로 서로 엉켜서 밀고 당기며 놀 수밖에 없었다. 팽이나 구슬, 딱지치기들도 역시 혼자서 할 수 있는 것이 아니어서 우리들은 시간만 나면 항상 동네 공터에 모여들었다.

딱지놀이는 두 가지가 있었다. 하나는 학교 앞 문방구나 동네 구멍가게에서 돈을 주고 사는 화투장만 한 크기의 네모난 딱지인데, 계급의 높고 낮음에 따라 따고 잃고 하는 그림딱지놀이였고, 또 하나는 각자가 종이를 손바닥만 한 크기로 네모나게 접어서 상대방 딱지를 쳐서 그 딱지가 뒤집히면 먹는 종이딱지치기였다. 그림딱지는 얇은 십육 절 종이에 수십 개의 사람얼굴들이 계급과 함께 인쇄되어 있었는데, 우리는 가위로 그 그림을 하나하나 정성껏 오려서 수십 장의 딱지로 만들었다. 나중에는 동그란 그림딱지가 나오기도 하였는데, 그 동그란 딱지는 가위로 오리기가 여간 힘든 게 아니었다. 이 그림딱지에는 대통령에서부터 부통령, 대장, 소장, 대령, 중령, 대위, 중위, 하사 등 군복차림에 여러 가지 계급장을 단 군인들의 얼굴이 그려져 있었고, 법복을 입은 검사나 판사의 얼굴도 있었는데, 모두 천연색 그림이었지만 그 그림과 색깔 등 인쇄상태는 매우 조악한 것이었다. 이 딱지놀이는 각자가 자기 딱지를 한 주먹씩 손에 쥐고, 한 장씩 한 장씩 뒤집어가며 누가 더 높은가를 서로 맞비교하여 계급이 높은 사람이 상대방 딱지를 따먹는 놀이였다.

군인과 군인이 아닌 사람이 대결한 경우에도 누가 더 높은 것인지에 대한 분명한 기준이 있었다. 예를 들어, 대장과 검사가 대결했을 때에는 대장이 이겼고, 검사와 중장이 대결한 경우에는 검사가 이겼다. 그만큼 대장은 높았다. 그러나 대통령은 모든 것을 다 이겼다. 당시 딱지 중에 첸지라고 인쇄가 되어 있는 딱지가 있었는데, 놀이 도중에 이 딱지가 나오면 서로의 계급에 관계없이 그 즉시 상대방 딱지와 내 첸지 딱지를 맞바꾸는 것이었다. 이 첸지 딱지는 한 손 안에 쥘 수 있는 분량의 딱지 사이에 서너 장쯤 섞어 넣었는데, 놀이를 하다보면 누구에게 이익이 되고 손해가 되는지 전혀 예측을 할 수가 없어서 이 첸지 딱지는 그림딱지놀이에서 그 긴장감을 높이기에 아주 적당한 것이었다.

종이딱지치기는 발 안쪽에 상대방 딱지를 대고 내 딱지로 바람을 일으키며 그 옆을 쳐서 상대방 딱지가 완전히 뒤집히게 되면 그 딱지를 먹는 놀이였다. 이 종이딱지는 사각형 모양으로 종이를 접어서 만들었는데, 주로 헌 공책 표지나 잡지 표지 등을 이용하였다. 때로는 쓰지 않은 공책까지 찢어서 딱지를 접다가 엄마한테 혼이 나기도 하였다. 상대방 딱지를 잘 뒤집기 위해서, 그리고 내 딱지가 잘 뒤집히지 않게 하기 위해서는 두껍고 빳빳한 종이로 딱지를 만드는 것이 중요했다. 이런 딱지를 우리는 갑빠라고 불렀다. 그러나 당시만 하더라도 갑빠를 만드는데 필요한 그런 종이를 구하는 것이 그렇게 쉬운 일은 아니었다. 그래서 마분지 같은 빳빳한 종이가 생기면 미리 갑빠를 여러 개 만들어 두었다가 필요할 때 사용하였다.

그림딱지의 군인계급 중에 빛나는 일등병이라는 것이 있었다. 이 빛나는 일등병은 나뭇잎으로 위장한 철모를 쓴 일등병 계급의 군인이 한 손에 칼을 꽂은 장총을 높이 쳐들고 고함을 지르는 모습으로 인쇄되어 있는 딱지였는데, 그 모습이 무척이나 용감하고 씩씩해보였다. 비록 계급은 군대에서 가장 낮은 최말단이었지만, 딱지놀이에서는 대통령만 빼놓고는 검사, 참모총장은 물론 별이 아홉 개나 달린 대원수도 다 이기는 아주 특수한 계급이었다.

돌이켜 보면, 그때 우리는 모두 빛나는 일등병들이었

다. 용감하고 씩씩하였다. 먹을 것과 입을 것이 넉넉하지 못하였지만, 형이 입던 옷을 줄여 입고, 엄마가 기워준 양말을 신고, 검정 고무신을 신고 뛰놀던 시절, 가지고 놀 것이 없어서 두 손을 바지 앞춤에 찔러 넣고 자기 고추나 조몰락거리며 놀았던 시절, 앞동네로, 뒷동네로, 산동네로, 골목길로 바람같이 몰려다니며 뛰고 놀았던 우리들 마음에는 구김살이라고는 전혀 없었다. 언제나 밝고 명랑하였다. 무서움도 없었다. 동네 개천가로, 신흥사 뒷산으로, 정릉 배밭골로, 계곡으로, 들로, 산으로 그야말로 우리들은 봄, 여름, 가을, 겨울, 일 년 내내 빛나는 일등병같이 용감하고 씩씩하게 돌아다녔다. 우리들은 대통령만 빼놓고 다 이길 수 있는 그런 용감무쌍한 빛나는 일등병들이었다.

평상시에 딱지와 구슬은 적어도 아버지 주발만한 크기로 세 개 정도는 차 있어야 마음이 든든했다. 이것들은 엄마가 쓰지 않는 낡은 양은그릇 같은 데에 담아서 광이나 부엌 후미진 한쪽 구석에 잘 보관해 두었는데, 종종 그 그릇 안에다가 쥐들이 콩자반 같은 새까만 똥을 누기도 하였고, 돈벌레나 노래기 같은 벌레들이 들어가 있기도 하였다.

구슬에는 여러 종류가 있었다. 유리로 된 것도 있었고, 쇠로 된 것도 있었다. 유리로 된 것 중에는 속이 다 들여다보이는 투명한 것도 있었고, 사기같이 하얗고 불투명한 것도 있었다. 투명한 구슬 중에는 그 안의 무늬가 넉 줄로 꼬인 나뭇잎 모양 같은 것이 있었는데, 이것은 우리가 유리구슬 중에서 가장 소중하게 여겼던 종류였다. 우리는 이것을 아이 노꼬라고 불렀는데, 이런 아이 노꼬 구슬 한 개는 보통 유리구슬 대여섯 개와 맞바꿀 정도로 고급 구슬에 속하는 것이었다.

그것보다 더 귀한 종류는 쇠구슬이었다. 쇠로 된 구슬 중에는 무쇠처럼 검은 고동색깔을 띈 쇠구슬과 은색깔로 반짝반짝 빛나는 하얀 쇠구슬이 있었는데, 하얀 쇠구슬이 더 귀하고 좋은 것이었다. 쇠구슬은 아무리 세게 던지거나 부딪쳐도 깨지지 않기 때문에 구슬의 왕으로 취급을 받았고, 또 하얀 쇠구슬은 더욱 소중한 엄지구슬로서 누구나 한두 개쯤은 가지고 있었다. 이 눈부시게 빛나는 하얀 쇠구슬 하나는 적어도 보통 유리구슬은 서른 개 정도, 아이 노꼬는 열댓 개 정도를 주어도 바꾸어줄까 말까 하였으니 그만큼 희소가치가 큰 것이었다.

내 구슬을 던져서 다른 사람의 구슬을 맞히는 구슬치기―그때에는 다마치기라고 했다―짝수, 홀수를 맞추는 홀짝 접기, 그리고 으찌, 니, 쌈이라고 하는 쌈치기 등 구슬을 가지고 노는 놀이는 이처럼 몇 가지가 있었는데, 우리들은 학교에서나 동네에서 틈만 나면 구슬놀이를 했기 때문에 가방 속에는 물론, 양 호주머니 속에도 항상 구슬이 한 주먹만큼씩은 들어 있었다. 구슬놀이를 하다보면 따기도 하고 잃기도 하였다. 가지고 나간 구슬을 모두 잃었을 때에는 화가 나기 시작하여 혼자서 씩씩거리다가 본전이라도 해야겠다는 생각에 다시 집으로 뛰어 들어와 광 한구석에 남겨 놓은 구슬을 마저 가지고 나갔다. 그러나 어떤 날에는 본전은 커녕 마저 가지고 나간 구슬까지 몽땅 잃는 경우가 있었다. 이런 경우에는 종종 내 구슬을 모조리 따간 상대방 친구아이가 개평으로 내가 잃었던 구슬 중 극히 일부를 되돌려 주기도 하였는데, 자존심이 무척 상했지만 그냥 모른 척 하고 받을 수밖에 없었다.

쌈치기라고 하는 것은 구슬을 많이 가진 아이가 선이 되어서 서로 간에 구슬을 따고 잃고 하는 놀이였는데, 우리는 이 선을 오야라고 불렀다. 으찌는 하나, 니는 둘, 쌈은 셋을 뜻하는데, 오야의 주먹 안에 들은 구슬의 숫자를 맞추면 그만큼 구슬을 따는 놀이였다. 쌈치기와 홀짝 접기는 공간이 전혀 필요 없고, 아무 때나 길을 걸으면서도 할 수 있었기 때문에 우리는 교실 안에서 쉬는 시간마다 수시로, 또 학교가 끝나고 집에 같이 돌아오면서 두 손에 구슬을 한가득 모아 짤랑짤랑 소리를 내며 이 구슬 따먹기 놀이에 빠져들곤 하였다.

당시 본격적인 구슬놀이 중 봄들기라는 것이 있었다. 이 놀이는 평평한 땅 위에 각 구멍간 거리는 한 삼 미터 정도로 균등하게 하여 일직선상에 조그만 간장종지만 한 구멍을 세 개, 그리고 가운데 구멍을 기준으로 그 위에 한 개의 구멍을 더 파놓고, 한가운데 있는 구멍을 집으로 하여 여기에서부터 출발하여 양옆 및 위에 있는 구멍으로 구슬을 던져 넣으며 한 바퀴 도는 것이었다. 한 바퀴 도는 것을 일 년이라고 하여 대개 오 년 정도의 내기를 하였다.

그 다음으로 자주 했던 구슬치기는 삼각형이라는 것이었는데, 역시 평평한 땅바닥에 삼각형을 그려 놓고 하는 구슬 따먹기 놀이였다. 이 삼각형 놀이는 두 개의 금을 십여 미터 정도로 떨어져서 서로 마주보게 그어 놓고, 그 두 금 사이의 한복판에 한 변이 삼십 센티미터 정도 되는 정삼각형을 그려 놓은 다음, 놀이에 참가한 아이들 모두가 각자 똑같은 개수의 구슬을 그 삼각형 안에 대어 놓고는 한쪽 금 밖에서 정해진 순서대로 자기의 엄지구슬을 던지거나 굴려서 삼각형 안의 구슬을 맞혀서 빼먹는 놀이였다. 이 놀이에서는 누가 먼저 구슬을 던지느냐에 따라서 구슬을 많이 빼먹고 적게 빼먹고 하였기 때문에 이 순서를 정하는 것이 매우 중요하였다. 그래서 순서를 정하는 방법은 각자 삼각형 앞에 서서 그어 놓은 금을 향하여 자기 구슬을 던져서 그 금에 가장 근접하게 구슬을 던진 아이부터 선이 되는 것이었다.

자기 순서가 되면 삼각형 안에 모여 있는 구슬들을 향하여 엄지구슬을 던졌다. 구슬을 한 개라도 먹게 되면 계속하였고, 하나도 못 먹게 되면 다음 아이에게 순서가 넘어갔다. 이렇게 하여 삼각형 안의 구슬이 모두 없어지면 그 판은 끝나는 것이었다. 이 삼각형 구슬치기에서는 모두들 기다렸다는 듯이 평상시에 아끼며 소중히 보관해오던 반짝거리는 쇠구슬을 엄지구슬로서 들고 나타났는데, 이 쇠구슬의 위력은 그야말로 대단한 것이었다. 금 밖에서 구슬이 잔뜩 모여 있는 삼각형 한가운데를 향하여 이 쇠구슬을 세게 굴리게 되면 쇠구슬에 맞은 유리구슬들은 좌악 하고 온 사방으로 흩어졌다. 삼각형 밖으로 흩어진 그 구슬들은 모두 맞힌 아이의 것이 되었다. 그러나 매우 불행하게도 이 쇠구슬은 무거워서 유리구슬 여러 개를 맞히고는 그 삼각형 안에 그대로 멈춰 서는 경우가 종종 있었는데, 그렇게 되면 먹은 것을 다 뱉어내는 것은 물론, 그 판에서는 죽고 마는 것이었기 때문에 요령이 있는

Maurice Utrillo, 〈메닐몽탕Menilmontant〉, 1923

아이들은 쇠구슬을 사용할 때에 삼각형 안에 모여 있는 구슬들의 한가운데를 정통으로 맞추기보다는 약간 비껴서 맞추는 기술을 부리기도 하였다. 우리는 이 삼각형 구슬 따먹기 놀이를 깔빼기라고도 불렀다.

구슬치기나 딱지치기 등 따먹기 놀이에서는 종종 옆 아이와 전략적인 동맹관계를 맺어 같이 한편이 되는 경우가 있었다. 우리는 이를 깜보라고 불렀다. 깜보는 대개 두 명이 한 깜보가 되었으며, 한 놀이에 여러 깜보가 있을 수도 있었다. 새끼손가락을 거는 간단한 의식으로 서로 간에 깜보가 되었고, 엄지손가락을 맞대는 것으로 깜보를 풀기도 했다. 등하교시에는 종종 깜보 한 사람이 다른 깜보의 책가방을 들어주기도 하였다.

적어도 두 명은 모여야지만 할 수 있는 놀이들, 딱지치기, 구슬치기 등…… 우리들은 해가 이미 서산으로 떨어져 구슬인지 돌멩이인지 분간하기 어려운 시간까지 대머리이발관 앞 공터에서 이런 것들을 가지고 놀았는데, 그러다보면 종종 대머리아저씨로부터 야단을 맞고 다른 곳으로 쫓겨 가기가 일쑤였다. 당시 우리들 세계에서는 구슬이 몇 그릇이나 있느냐, 딱지가 몇 백 장이나 있느냐가 세력의 기준이 되었다. 그렇기 때문에 구슬이나 딱지를 많이 잃은 날은 온몸에서 기운이 다 빠져나가는 것 같았다. 또 어떤 날은 분한 생각이 자꾸 들어서 눈물이 나기도 하였고, 잠도 제대로 자지 못했다. 때로는 며칠 동안을 그런 우울한 기분 속에 지내기도 하였다. 아마 엄마는 집으로 돌아오는 내 모습을 보고, 그날 내가 구슬이나 딱지를 땄는지 잃었는지, 또 대략 얼마나 따고 잃었는지를 한눈에 알아냈을 것이다.

불량식품
구멍가게 군것질

당시 각 가정들의 경제적 수준이란 다들 비슷비슷하였다. 기본적으로 먹고 입고 하는 것조차도 요즈음에 비해선 비교가 안 될 정도로 어려웠던 것이 사실이었지만, 이런 수준들이 서로가 비슷하였으니 서로를 비교해 볼 때 특별히 못 산다, 잘 산다가 없었던 그런 상황이었다. 또, 한 가구당 보통 서너 명이 넘는 아이들이 있었던 것도 엇비슷하였고, 이 가족들을 먹여 살리려고 열심히 일하는 부모들의 모습도 다 비슷비슷하였다. 그러다보니 부모가 아이들에게 요즈음처럼 용돈을 준다는 것은 작은 금액이라 하더라도 매우 찾아보기 힘든 일이었다. 그때그때마다 엄마를 졸라서 백 원, 이백 원 등 용돈을 얻어 딱지 사고, 팽이 사고, 군것질 하고, 만화책 보고 하는 것이 전부였던 당시 우리들은 그래서 대부분 빈 호주머니로 돌아다녔다.

나의 경우, 용돈의 수입 근원은 거의 대부분 심부름에 서였다. 물론 심부름을 한다고 해서 매건 심부름 값을 받는 것은 아니었지만, 그래도 심부름을 마치면 열 번에 다섯 번 정도는 작은 금액이나마 용돈을 얻을 수 있었다. 그러다보니 심부름 값으로 받는 수입은 그런대로 짭짤하여 아무리 노는데 바빠도 엄마의 심부름만큼은 빼먹지 않고 열심히 하려고 했다. 물론, 용돈에 관계없이 안 할 수도 없었지만. 그렇다 해도 어떻든 우리들에게 당시 용돈은 언제나 모자라기만한 수준이었다.

대머리이발관을 왼쪽으로 끼고 돌아서자마자 바로 옆에 조그만 구멍가게가 하나 붙어 있었다. 거기에 가면 군것질할 것이 꽤 많이 있었다. 당시 우리들은 빵이나 과자, 사탕 등을 사먹었는데, 요즈음에 비하면 그 종류나 맛에 있어서 비교조차 되지 못하게 열악한 것이었다. 그래도 우리에게는 대머리가게―우리는 대머리이발관 옆에 붙어 있는 그 구멍가게를 그렇게 불렀다―에서 파는 모든 것들이 그렇게 맛있을 수가 없었다. 단지 돈이 없을 뿐이었다.

그 가게에 가보면 눈깔사탕, 깨엿, 약과, 크림빵, 곰보빵, 찹쌀떡, 꽈배기, 껌 등을 비롯하여 센베이, 비스킷, 그리고 당시 미리꾸라고 불렸던 캐러멜 등이 뽀얀 먼지를

뒤집어 쓴 채, 나무 진열대 맨 앞쪽에 놓여 있었다. 그중
에는 아무 상표도 붙어 있지 않은 삼각뿔통모양의 비닐
봉지로 포장되어 있는 주스가 있었는데, 한 손에 쥘 수 있
는 정도의 크기였다. 그 말랑말랑한 비닐봉지 안에는 노
란 색깔의 음료수가 터질 듯이 가득 들어 있었다.

이 비닐봉지 음료는 뾰족하게 튀어나와 있는 세 개의
귀퉁이 중 아무 곳이나 한곳을 바늘로 콕 하고 찌르자마
자 주사바늘에서 주사액이 뿜어져 나오듯이 노란 음료수
가 가느다랗게 쭉 뻗어 나왔는데, 약간 달짝지근한 것 외
에는 별 특별한 맛은 없는 밍밍한 것이었다. 또한, 어느
정도 양의 음료수가 빠져나가면 팽팽했던 비닐봉지는 물
렁물렁 쭈그러들어서 그 안에 남아 있는 음료수를 먹으
려면 손으로 그 비닐봉지를 세게 눌러야만 했다. 그래서
처음에는 입을 아, 하고 벌린 상태에서 비닐봉지에서 힘
차게 뻗어 나오는 음료수를 받아먹다가 시간이 지나면서
뻗어 나오는 음료수의 힘이 점점 약해지면 구멍이 뚫린
비닐봉지 끝부분을 입안에 넣고는 쭈글쭈글해진 비닐봉
지를 손으로 꽉 누르면서 그 안에 남아 있는 음료수를 쭉
쭉 빨아먹기도 하였다. 이 노란색 음료는 한 봉지에 몇 원
밖에 하지 않았는데, 한여름에는 동네 구멍가게마다 몇
박스씩 갖다 놓고 팔았다. 우리는 이것을 각자 한두 개씩

사가지고 처음에는 마치 물총을 쏘듯 서로의 얼굴을 향해서 쏘며 장난을 치다가 나중에 음료가 많이 빠져나가고 쭈글쭈글해지면 입을 대고 빨아먹었다.

초등학교 앞 양쪽 행길에는 군것질할 것들이 매우 많았다. 교문 정문에서부터 돈암동 큰길까지 길게 이어진 인도의 양쪽에는 갖가지 먹을 것들을 팔고 있는 조그만 리어카나 손수레들이 많이 있었는데, 거기에서 우리는 호주머니 용돈을 털어서 여러 가지 주전부리를 했다. 이러한 리어카나 손수레는 아침 등굣길에는 거의 찾아볼 수가 없었지만, 학교가 파하고 집으로 돌아가는 시간에는 서로 약속이라도 한 듯 모두 나와서 학교 돌담장 길을 따라 쭉 늘어서있었고, 새까맣게 타서 윤이 반질반질 나는 얼굴에 챙이 넓은 밀짚모자를 쓰고 반바지와 흰 러닝셔츠를 입은 아저씨들이 이것저것 군것질할 것들을 팔고 있었다.

특히, 여름철에는 해삼과 멍게를 파는 리어카들이 상당히 많았다. 우리는 학교가 끝나고 친구들과 함께 집으로 돌아가면서 이런 것들을 사먹고 구경해가며 또 한눈을 파느라고 정신이 없었다. 하루도 빠지지 않고 그랬다. 시간가는 줄 모르고 이런저런 것들을 기웃기웃하다보면 우리들 마음속에는 먹고 싶다는 생각이 저절로 들지 않을 수가 없었다. 그러나 호주머니에 손을 넣어보면 손에는 겨우 동전 몇 개만이 잡힐 뿐이었다. 저 커다란 해삼은 얼마짜리인지, 그 옆에 있는 통통한 멍게는 얼마나 하는지, 호주머니에 손을 넣고 동전을 만지작거리며 잠시 고민하다가 아저씨 눈치를 한 번 슬쩍 보고는 발길을 옮기곤 하였다.

종종 우리가 리어카 앞을 떠나지 못하고 기웃거리고 있노라면 아저씨는 우리들을 쳐다보며 뭘 줄까? 하고는 플라스틱 양동이에서 물을 한 바가지 푹 퍼서는 살았는지 죽었는지 꼼짝하지 않고 나무판 위에 붙어 있는 해삼의 우둘투둘한 등짝에 획 하고 뿌리곤 하였다. 한 고민 끝에 우리는 각자 주머니를 털어 해삼이나 멍게를 사먹었는데, 가장 맘에 드는 해삼 한 마리를 손끝으로 가리키면 아저씨는 그 해삼을 집어다가 나무도마 위에 뒤집어 놓고는 물을 한 양재기 퍼서 쭉 뿌렸다. 그리고는 작은 칼로 머리인지 꼬랑지인지 어느 한 끝부분을 잘라낸 후, 가운데를 길게 베어서 내장을 한 번 걸러내고는 다시 옆으로 여러 번 잘라서 깍두기보다 작은 크기로 썰어서 양재기에 옮겨 담았다. 그럴 무렵 우리는 해삼과 멍게를 늘어놓은 나무판 한쪽 구석에 꼿꼿이 세워 꽂아 놓은 여러 개의 옷핀 중 아무거나 하나씩을 빼어들었는데, 끝이 뾰족한 그 옷핀은 미끈미끈한 해삼조각을 찍어 먹는 데에 그만이었다.

우리는 멍게를 사먹기도 하였다. 한쪽 끝에 꼬불꼬불하고 짧은 수염이 달려 있는 붉은 껍질의 멍게들은 해삼 옆에 서너 개씩 모여 있었는데, 역시 우리가 그중 하나를 가리키면 아저씨는 그 멍게를 도마 위에 올려놓고는 그것의 한가운데 통통한 부분을 예리한 칼로 인정사정없이 찔러댔다. 그러면 멍게 안에 꽉 차 있던 물이 찌이익 하고 뿜어져 나왔다. 물이 빠지자마자 아저씨는 집게와 가운데 손가락을 멍게 몸속으로 쑥 집어넣어 말랑말랑하고 노란 멍게의 속살을 붉고 딱딱한 껍데기로부터 순식간에 분리해냈다.

아저씨가 멍게를 요리하는 사이, 우리는 또 나무판 위에 있는 옷핀 하나씩을 빼어 들고 기다렸다. 한 점 한 점 오독오독 씹을 때마다 입안을 통하여 콧구멍까지 슬금슬금 퍼져 오르는 비릿하고 찝찔한 해삼의 맛과 쌉쌀하고 시큼한 멍게의 맛…… 당시의 그 해삼과 멍게의 맛이란 요즈음 해삼이나 멍게에서는 좀처럼 느낄 수 없는 깊고 깊은 바다 맛이었고, 유난히 새콤했던 당시의 초고추장 맛 또한 중독성있는 강렬한 맛이었다.

학교 정문에서 오른쪽으로 있는 문방구 바로 옆에서는 어떤 아저씨가 화로에 든 연탄불을 앞에 놓고, 그 위에다 국자를 올려놓고는 설탕을 녹여서 설탕과자를 만들고 있었는데, 우리는 그 설탕과자에 찍어 놓은 모양을 그대로 떠내는 것이 재미있어서 시간만 나면 그 앞에 쪼그리고 앉아 아저씨가 갖가지 모양으로 찍어내 주는 설탕과자를 기다렸다. 당시 우리는 이것을 오막기라고 부르기도 하고, 또뽑기라고 부르기도 했는데, 주로 오막기라고 불렀다. 연탄불 위에 국자를 올려놓고, 숟가락 하나 정도의 설탕을 넣어 살살 녹인 후, 하얀 소다를 조금 넣어 살짝 저으면 그 설탕물은 순식간에 남산만하게 커져서 국자 위로 넘칠 듯 둥그렇게 부풀어 오르는 설탕과자가 되었다.

그러면 이것을 굳기 전에 곧바로 평평한 양철판에다가 엎어놓고는 책받침같이 납작하게 만들었는데, 그 크기는 대개 우리들 손바닥만하게 되었다. 그러고나서 바로 별이나 반달, 권총, 붕어, 새 등 여러 가지 모양의 틀을 각각 그 설탕과자 위에 눌러서 찍은 후, 그 설탕과자가 완전히 딱딱하게 굳게 되면 그 연탄불 앞에 쪼그리고 앉아 그것들을 기다리고 있던 우리들은 각자 자기 마음에 드는 것을 골라서 한 개당 얼마씩 돈을 주고 사서는—물론 이미 만들어져 있는 것을 사기도 하였다—뾰족한 바늘 끝에 침을 계속 발라가며 설탕과자에 새겨져 있는 모양의 선을 따라서 천천히 꼭꼭 찔러가며 떠내려갔다.

중간에 부러뜨리지 않고 그 모양을 완전히 다 떠내면 아저씨는 모양이 더 어려운 것으로 새로운 설탕과자 하나를 무료로 주었고, 그것을 받아든 우리들은 또 의기양양하여 바늘 끝에다가 연신 침을 발라가며 그 모양을 그대로 떠내는데 열심이었다. 그러나 공짜로 주는 또뽑기는 아저씨 마음대로, 특히 떠내기 어려운 모양을 골라주었기 때문에 두 번, 세 번씩 계속해서 공짜로 또뽑기를 한다는 것은 결코 쉬운 일이 아니었던 것이다.

종종 우리 학교 정문 앞에 솜사탕 과자를 만드는 자전거가 와 있기도 하였다. 하얀 뭉게구름 같은 솜사탕 과자를 만드는 자전거는 벚꽃이 피는 봄에 가족들이 창경원으로 소풍을 갈 때나, 학교에서 단체로 경복궁으로 그림 그리기를 하러 갈 때에 그곳에서도 자주 볼 수 있었는데, 짐자전거 뒤 짐받이 위에 비닐로 둥그런 지붕을 만들어 놓고, 그 안에서 윙윙 소리를 내며 돌아가는 조그만 모터 구멍 안에 설탕을 한 숟가락 퍼 넣으면 설탕은 잠시 뒤에 구름처럼 변하여 그 비닐 안을 둥둥 떠다녔다. 그것은 마치 솜틀기계에서 틀어 올린 하얀 솜과도 같은 것이었다. 그러면 아저씨는 곧바로 나무젓가락을 빙빙 돌리면서 그 설탕 구름을 계속 감아대었고, 그러면 잠시 뒤에는 웬만한 수박통보다 더 커다란 먹음직스러운 솜사탕 과자가 만들어졌다.

솜사탕 과자는 당시 우리들의 군것질 대상 중에서 상당히 비싼 축에 드는 것이었다. 그만큼 호주머니 사정을 보아 몇 번을 미루고 벼르고 하다가 사먹게 되는 고급스러운 군것질이었다. 그러다가 사정이 허락하여 한 번 사먹게 되면 우리는 모터가 윙윙 하고 돌아가는 자전거 앞에 서서 나무젓가락을 돌려대는 아저씨 눈치를 보며, 아저씨, 조금만 더, 조금만 더 크게, 조금만 더 크게…… 하고 마음속으로 간절히 외쳐대곤 하였다.

하지만 솜사탕 과자는 아저씨 기분대로 때로는 크게 때로는 작게 이 색깔 저 색깔을 만들어 주었는데, 솜사탕 과자를 하나 사가지고 그것을 혼자서 온전히 다 먹은 적은 한 번도 없었다. 몇 번을 벼르다가 이것을 하나 사게 되면 같이 가던 친구아이들의 손들이 여기저기서 다가와 한 조각씩 떼어 갔고, 잠시 뒤에는 까만 손때가 곳곳에 묻은 솜사탕이 반도 남지 않은 채로 나무젓가락에 매달려 있곤 하였다. 같이 가던 친구들이 야속하고 미워졌지만, 어쨌거나 입안에서 사르르 녹는 솜사탕 과자는 그야말로 천국의 맛이었다.

팽이치기

팽이치기는 윷놀이나 연날리기처럼 옛날부터 내려오는 우리 아이들의 전통 놀이 중 하나로 그 역사가 꽤나 깊다. 이런 전통 놀이에서 팽이라 함은 그 생김새가 도토리처럼 뾰족하게 생겨서 얼음 위에서 말총 같은 헝겊채찍으로 계속 때리며 돌리는 팽이를 의미하지만, 당시 우리들이 동네에서 가지고 놀던 팽이는 그 모양이나 놀이 방법에서 그 옛날 것하고는 많이 달랐다.

물론 당시 우리들도 뾰족하게 생긴 팽이를 가지고 논적이 있기는 했지만, 대부분 넓고 납작하게 생긴 팽이를 가지고 놀았는데, 운동화 끈 같이 긴 팽이 줄을 팽이 몸전체에 감은 후에, 새끼손가락과 그 위의 손가락으로 팽이 줄은 잡고 팽이만 던져서 그 줄의 힘으로 돌리는 그러한 팽이였다. 이러한 힘이 적절하게 조화를 잘 이루면 이 팽이는 위잉 하고 바람소리를 내며 순식간에 손에서 벗어나 땅바닥 저만치에 떨어져서는 오랫동안 죽지 않고 잘 돌았다. 이 팽이는 나무로 된 것이 대부분이었다. 나중에는 단단한 뿔로 만들어진 팽이가 나오기도 하였는데, 박치기, 찍기 등 팽이놀이를 할 때에는 역시 나무로 된 팽이가 가장 좋았고, 특히 박달나무로 된 팽이는 무겁고 단단하였기 때문에 가장 인기가 높았다.

팽이는 윗면과 아랫면의 한가운데에 작은 구멍이 하나씩 나 있는 팽이 몸체와 팽이심이라고 부르는 집게손가락 한 마디 정도 길이의 총알같이 생긴 짧은 쇠 꼭지 두 개가 그 전부였다. 팽이가 돌 때 떨지 않고 오랫동안 돌 수 있게 하려면 이 두 개의 팽이심을 적당한 깊이로 똑바로 세워 잘 박아야 했다.

위 팽이심도 잘 박아야 했지만, 아래 팽이심은 도는 팽이를 지탱해주는 가장 중요한 중심축이 되므로 이것을 제대로 잘 박는 것이 더 중요했다. 그래서 아래 팽이심을 처음 박고 나면 제대로 잘 박혔는지, 떠는지 안 떠는지를 체크하기 위하여 우선 팽이를 한 번 돌려서 돌아가는 아래 팽이심에 백묵을 살짝 대어 하얀 백묵이 진하게 묻은 쪽을 다시 조심스럽게 망치질 해가면서 교정을 하였다. 이를 두세 번 반복하면 나중에는 팽이심을 똑바로 세울

수가 있었다. 치열한 팽이치기 싸움에서 이기기 위해서는 이렇게 팽이심을 잘 박아야 했고, 또 그래야만 팽이가 세게 돌면서도 오랫동안 살아 있게 되는 것이었다. 이렇게 하여 드디어 전투에 임할 수 있는 팽이가 탄생하게 되었는데, 어떤 아이는 팽이 윗면에 크레용으로 빨갛고 노랗게 색칠을 해서 자기 나름대로 멋을 부리기도 하였다.

팽이를 가지고 노는 방법에도 몇 가지가 있었다. 누구 팽이가 죽지 않고 오랫동안 도는지를 겨루는 것은 수준이 가장 낮은 단계였고, 돌고 있는 팽이끼리 서로 박치기를 하여 마지막까지 살아남는 팽이가 승자가 되는 팽이 박치기, 그리고 도는 팽이를 내 팽이로 찍으며 돌리는 찍기라는 것이 있었는데, 이 찍기가 가장 고난도의 기술이 필요하며, 또한 긴박감이 넘치는 놀이였다.

박치기라고 하는 것은 말 그대로 돌고 있는 자기 팽이와 다른 아이 팽이와의 박치기 공방을 통하여 승패를 가름 짓는 놀이였는데, 이 놀이에서 이기기 위해서는 그때그때마다 상황판단을 잘 하여야 했고, 또 공격 및 수비를 할 때에도 그 나름대로 요령이 있어야 했다. 상대방 팽이를 한방에 쓰러뜨리기 위하여 너무 세게 받아버리면 같이 죽거나, 조준이 잘못 되었을 경우에는 내 것이 먼저 죽을 수 있으므로 무모한 선제공격을 하기보다는 공격해오는 상대방 팽이를 슬쩍 피하다가 역습의 기회를 노리는 것이 바람직하였고, 작전상 후퇴라는 전술 역시 종종 필요하였다. 몇 차례 서로 어느 정도 세게 부딪쳐도 죽지 않게 하려면 팽이를 처음부터 힘차게 돌려야 했는데, 이를 위해서는 팽이 줄을 가능한 한 팽팽하게 당겨서 촘촘하게 감아야 했다. 우리들은 팽이 줄이 미끄러지지 않도록 하기 위하여 팽이 줄에다가 침을 퉤퉤 뱉어가며 한 줄 한 줄 정성껏 감았다.

이 박치기는 참가한 아이들을 두 편으로 나누어서 대항을 하였는데, 비록 같은 인원수로 편은 갈랐지만, 꼭 일대일 싸움이 되는 것이 아니라 한 명 대 여러 명, 또는 여러 명 대 한두 명 등 상황에 따라 이곳저곳에서 다양하게 싸움이 벌어지게 되어 마치 동네 닭싸움이나 개싸움처럼 되어버리는 것이었다.

신나고 재미있는 것은 역시 팽이 찍기였다. 이 팽이 찍기는 땅바닥에서 돌고 있는 다른 아이의 팽이를 내 팽이의 뾰족한 아래 팽이심으로 사정없이 찍는 것이었는데, 순서를 정하여 하는 것이었으므로 판이 계속될 때마다 서로 간에 찍고 찍히는 살벌한 놀이가 되었다. 그래서 놀이 도중에 팽이에 흠집이 나는 것은 물론, 몸체 일부가 깨지거나 아예 두 동강 나버리는 팽이도 나왔기 때문에 이 놀이는 팽이를 가지고 노는 놀이 중 가장 흥분되고 박진감이 넘치는 것이었다.

　뾰족한 아래 팽이심은 단단한 쇠로 되어 있고, 팽이의 윗부분은 나무로 되어 있기 때문에 세게 던진 팽이의 아래 팽이심이 팽이 윗면에 제대로 맞게 되면 그 팽이는 상당한 상처를 입게 되었다. 이런 식으로 한두 번, 또는 그 이상 찍히다 보면 팽이 윗면 여기저기가 파여서 보기 흉한 곰보가 되거나, 옆 부분이 떨어져 나가게 되면 돌기 어려운 상태가 되기도 하였고, 또 정통으로 맞으면 바로 그 자리에서 두 조각 나버리는 경우도 있었다. 나중에는 뿔로 만든 팽이도 나왔는데, 이 뿔로 만든 팽이는 이 놀이에 끼어주지 않았다. 우리들은 팽이가 곰보가 되거나 깨지는 것을 막기 위하여 팽이의 윗면을 초나 크레용으로 잔뜩 칠하기도 하였고, 아예 초를 녹여서 두껍게 씌우기도 하였다. 이것을 몇 번씩 반복하게 되면 그 나무 면이 반질반질하고 미끌미끌해져서 웬만한 공격에 대해서는 그 충격을 최소화 할 수 있었다. 그러나 아무리 해도 공격을 여러 번 당하게 되면 팽이는 망가지게 되어 있었다.

　자기 분신같이 아끼던 팽이가 깨지거나 쪼개지는 것처럼 슬픈 일은 없었다. 너무나 분하고 속이 상해서 눈물이

Paris : Cœur de Montmartre et Square

Maurice Utrillo, 〈눈 덮인 성 피에르 광장과 사크레 쾨르
Square Saint-Pierre et Sacré Coeur sous la neige〉, 1934

나왔다. 애지중지 하며 반들반들 손때가 묻어온 내 팽이를 사정없이 깨버린 그 친구에 대한 울분이 치솟아 오르기도 하였으나, 어쩔 수가 없었다. 사나이 세계에서 승부라는 것은 냉혹한 것이었으니, 죽이고 죽는 치열한 싸움에서의 그런 결과에 대해서 누구든지 깨끗이 승복하여야 했다. 억울하고 분한 감정과 눈물은 혼자서 꿀꺽 삼켜야만 했다.

딱지치기와 구슬치기, 그리고 팽이놀이는 서로 따먹고, 따먹히고, 깨뜨리고, 깨지고 하는 놀이였다. 그래서 아무리 동네친구, 학교친구, 불알친구들이라 하더라도 그 아이에게 딱지나 구슬을 너무 많이 잃거나, 그 아이가 내 팽이를 찍어 부서뜨리거나 하면 겉으로는 표현할 수가 없었지만, 그 아이에게 몹시 섭섭하고 분한 감정까지 들게 되었다.

그런 날은 배고픔도 잊고, 집에 갈 시간도 잊고, 기분은 상할 대로 상해서 골목길을 혼자서 이리저리 돌아다니다가 엄마가 부르는 소리에 겨우 집으로 돌아오곤 하였다. 몸은 피곤하였지만, 기분이 영 풀리지 않아서 잠도 오지 않았다. 자리에 누워 두 눈을 감으면 그 아이 얼굴과 내 딱지, 구슬들, 그리고 부서진 내 팽이가 천정에 떠오르곤 하였다. 복수를 해줘야지, 계급이 높은 딱지만을 모아야지, 빳빳하고 두꺼운 마분지로 갑빠를 만들어야지, 이번엔 박달나무로 만든 팽이를 하나 사가지고 그 아이 팽이를 보란 듯이 두 동강 내버려야지 하는 생각들로 잠을 이룰 수가 없었다.

그러나 그 다음날 그 친구아이를 학교 가는 길에 또 만나게 되고, 선생님 앞에서 같이 벌도 서고, 공부가 끝나면 해삼, 멍게도 같이 사먹고, 구멍가게에 들러 군것질도 같이 하고, 만화도 같이 보고 하다 보면 그런 불타던 복수심은 어느새 슬그머니 사라지고, 여느 때와 마찬가지로 우리는 또 대머리이발관 앞 공터에 모여서 구슬치기, 딱지치기, 팽이 찍기 등으로 저녁 늦게까지 떠들며 놀았다. 그러다보면 우리는 또 대머리아저씨한테 야단을 맞고 동구네 골목길까지 쫓겨났다. 해는 벌써 서쪽 돌산으로 넘어간 지 오래고, 어스름이 깔린 골목길 한구석에 서있는 키다리 전신주 밑에서 우리들은 구슬과 딱지, 그리고 팽이를 가지고 노는 데에 여념이 없었다. 그러다가 더욱 어두워지면 그때부터는 말타기, 농마청마, 집잡기 등을 하면서 놀았는데, 그러다보면 주변은 금세 깜깜해졌다.

이때쯤 되면 우리들은 동구네 골목길을 벗어나 이곳저곳으로 옮겨 다니며 놀았고, 엄마들은 진표야, 봉주야, 백규야 하고 자기 아이들의 이름을 부르며 어둠이 내린 이 골목 저 골목으로 우리들을 찾으러 다녔다. 우리들은 집 나간 강아지들이었다. 엄마들은 자기 아이를 찾으러 동네 이곳저곳을 다니다가 서로 마주치게 되면 어머, 봉주어머니 아니세요? 안녕하세요? 아이 찾으러 나오셨네요, 혹시 우리 진표 못 보셨지요? 하고 묻기도 하였을 것이고, 그러면 아, 진표어머니, 안녕하셨어요? 우리 애도 안 보이네요, 이 녀석들 도대체 어디에 있는지…… 하고 인사를 나누었으리라.

바브민트와 자치기

바브민트! 그 뜻이 무엇인지 알지도 못했고 관심도 없었지만, 그 당시 우리들 귀에 가장 많이 익은 국산 껌의 이름이었다. 당시 국산 껌이라고는 한두 가지 밖에 없었으니까 그것은 당연한 일이었다. 이 바브민트는 학교 앞 문방구나 동네 구멍가게 등 아무데서나 손쉽게 살 수 있었는데, 낱개의 노란색 포장지 안에 있는 은색 속종이를 까보면 분가루 같은 하얀 밀가루가 드문드문 묻어 있는 껌이었다. 겉으로 보기에는 요즈음 껌하고 별 다를 바가 없었지만, 당시의 과자나 사탕처럼 품질에서는 엄청난 차이가 있었다.

요즈음 껌이야 아무리 오랫동안 씹어도 그 부드럽고 쫄깃쫄깃함이 변함이 없지만, 그 당시 껌은 씹으면 씹을수록 딱딱해지고, 또 조금씩 조금씩 부서져서 그 작은 부스러기들은 입안 어디론가 다 없어져 버렸고, 그렇게 한참을 씹다보면 딱딱해진 껌은 거의 반 쪼가리 정도 밖에 남아 있지 않았다. 씹을수록 점점 작아지는 껌이었다. 그래서 껌을 한 통 사서 새 것 하나를 씹다가 시간이 조금 지난 후에 새 껌을 까서 이미 씹고 있던 껌에다가 합해서 씹었고, 또 시간이 지나면 새 껌 하나를 또 다시 까서 씹던 껌에다 합해서 씹고 했기 때문에 반나절이면 새로 산 다섯 개들이 껌 한 통을 다 씹을 정도였다.

당시 어른들은 종종 미제 껌을 씹었다. 시중에 유통이 불가능했던 이런 것들은 아마 미군부대에서 흘러나오는 것들이었을 텐데, 그 향과 맛 등 질은 국산 껌 하고 하늘과 땅 차이였다. 어쩌다가 우리 친구들 중 한 아이가 자기 누나한테서 그 미제 껌을 하나 얻어오면, 그 아이는 그것을 우리들에게 보여주며 자랑하다가 껌 종이를 개봉했는데, 하얀 껌에는 빗살 같은 무늬가 그려져 있었고, 껌의 두께는 바브민트의 두 배나 되었다. 그때에 우리들은 그 아이가 손톱만큼 떼어주는 그 향 좋은 미제 껌을 조각이나마 맛볼 수 있었다.

당시 우리는 껌 한 개를 개봉하면 며칠을 두고 씹는 것이 보통이었다. 씹다가 밥 먹을 때가 되면 가까운 벽에 붙여 놓았고, 밥 먹고 나서 또 떼어서 씹다가 잘 때가 되면 또 머리맡 벽에 붙여 놓았다가, 다음날 아침 학교 가는 길에 새까맣게 손때가 묻은 껌을 또 다시 떼어서 씹곤 하였다. 하루가 지나 벽에서 껌을 뗄 때에는 껌은 이미 돌멩이처럼 딱딱하게 굳어져서 벽지까지 같이 붙어 떨어졌기 때문에 우리들은 벽지도 같이 씹을 수밖에 없었다. 씹다 보면 그런대로 껌은 다시 부드러워졌다. 그러다보니, 머리맡 벽에는 형이 씹다가 붙여 놓은 껌, 내가 씹다가 붙여 놓은 껌, 동생이 씹다가 붙여 놓은 껌, 식모가 씹다가 붙여 놓은 껌들이 옹기종기 붙어 있는 경우가 자주 있어서, 다음날 아침에 각자가 껌을 떼어낼 때에는 서로의 것들이 바뀌기도 하였고, 먼저 일어난 사람이 몇 개를 한꺼번에 떼어서 혼자 씹어버리는 바람에 때 아닌 껌 싸움까지 벌어지기도 하였다. 자기 것은 아예 붙여 놓지도 않고, 다른 사람이 붙여 놓은 껌을 슬쩍 떼어 씹는 경우도 종종 있었다.

이와 같은 씹던 껌 붙여 놓았다가 다시 씹기는 학교에서도 마찬가지였다. 책상 옆이나 책상 속, 걸상 옆, 심지어는 교실 뒤 게시판에까지 새까맣게 때가 묻은 껌들이 붙어 있었는데, 그러다보니 지금 내가 씹고 있는 껌이 내 껌이었는지, 다른 아이 누구의 것이었는지를 알 수가 없이 서로 뒤바뀌고, 또 바뀌고 했었던 것이다. 교실청소를 한 번 하고 나면 바뀐 책상, 걸상에 조약돌 같이 딱딱하게 굳은 껌들이 붙어 있는 것을 우리들은 쉽게 발견할 수 있었다.

당시 우리는 너나 할 것 없이 모두들 껌 종이를 모으는 데에 열심이었다. 우리가 모았던 껌 종이는 낱개의 껌을 싸고 있는 겉종이나 은빛 속종이가 아니라, 다섯 개들이 껌 한 통 전체를 싸고 있는 바깥 포장종이였다. 껌 이름과 상표 등이 인쇄되어 있는 그 포장종이는 반질반질하고 윤이 나는 고급스러운 재질의 종이였는데, 그 포장종이의 속은 반짝반짝 빛나는 은박지로 되어 있었다. 특히, 미제 껌의 포장종이는 국산 것보다 훨씬 고급스럽고, 구하기도 힘들어 미제 한 장에 국산 열 장을 쳐주기도 하였다.

물론 자기가 직접 껌을 사서 그 포장종이를 모으는 경우도 있었지만, 그것보다는 오고가는 길거리에서 눈에 띄는 대로 열심히 주워 모으는 경우가 대부분이었다. 또한 껌 포장종이는 한쪽 끝만 터져 있어야지 양쪽 끝이 다 터져 있던가, 아니면 가운데 부분이 찢어져 있던가 하면 쓸모가 없는 것이 되었다. 그래서 껌 포장종이를 주우면 이런 상태들을 확인하고, 정성껏 잘 펴서 책이나 공책 사이에 차곡차곡 끼워서 보관하거나, 호주머니에 넣고 다니다가 딱지처럼 서로 따먹기를 하곤 하였다. 당시 우리들은 호주머니마다 구슬과 딱지, 그리고 팽이에다가 이런 껌 포장종이까지 넣고 다녔기 때문에 우리들의 호주머니는 항상 양옆으로 불룩하게 튀어나와 있었다.

가끔 공부시간에 선생님 몰래 옆에 있는 짝과 구슬을 가지고 홀짝 접기를 하다가 들키면 선생님은 우리에게 호주머니에 있는 모든 소지품들을 책상 위에 다 꺼내 놓도록 한 뒤에, 의자 위로 올라가 무릎을 꿇게 하고, 두 손을 들게 하여 한참동안 벌을 세웠는데, 우리들 호주머니에서는 구슬에서부터 시작하여 딱지, 팽이, 껌 종이, 돌멩이, 몽당연필, 다 닳은 고무, 볼펜 스프링, 제기, 부러진 분도기, 테가 깨진 돋보기, 부러진 양초, 바늘 없는 뽈 주사기 등 별의별 잡동사니 물건들이 다 나왔다.

또 어떤 때에는 반 친구 중 한 아이가 교실에서 자기 소지품을 도난당했다고 선생님에게 신고하는 바람에, 처음에는 모두 눈을 감고, 지금 아무도 안보고 있으니 친구 물건 가져간 사람, 양심적으로 손들어라, 그러면 용서해 준다는 선생님 말씀을 들으며, 누가 손을 들었나 하고 실눈을 뜨고 살짝 보기도 하다가 결국 몇 번을 하여도 손을 드는 사람이 아무도 없어 우리는 모두 의자 위로 올라가서 호주머니와 책가방에 있는 소지품들을 모조리 책

상 위에 꺼내 놓아야 했다. 이런 일은 한 달에 두 번 정도
는 있었다. 이때마다 여기저기서 또르르 또르르 하며 구
슬 구르는 소리가 교실 마룻바닥을 타고 선명하게 울리
곤 하였는데, 아이들은 작은 책상 위에 수북하게 껌 종이
를 꺼내놓곤 하였다.

　우리는 돌멩이처럼 딱딱하게 굳어버린 바브민트를 씹
으며, 껌 종이를 주우러 동네 여기저기를 돌아다니다가
적당한 공터를 만나면 자치기라는 놀이를 하였다. 자치기
를 하려면 긴 막대기인 어미자와 작은 막대기인 새끼자
가 있어야 했다. 이런 것들은 평소에 준비해 두기도 하였
지만, 돌아다니다 보면 쉽게 구할 수도 있는 것들이어서
즉석에서 이 놀이를 하는 경우가 많았다. 자치기는 이 어
미자와 새끼자를 가지고 동일한 사람 숫자로 공격과 수
비를 정하여 노는 놀이였다. 어미자는 오십 센티미터 정
도, 새끼자는 십 센티미터 정도의 길이가 적당하였고, 새
끼자는 어미자와는 다르게 그 양 끝을 옆으로 비스듬하
게 잘랐다.
　그리고는 땅바닥에 직경이 약 이 미터 정도 되는 크기
의 원을 그려 놓고, 그 원 바로 앞에 일직선 금을 하나 더
그어 놓고는, 공수가 정해지면 공격하는 아이들은 원 바

로 옆에서 대기하였고, 수비하는 아이들은 그 일직선 금 앞쪽 방향으로 멀리 떨어져 있었다. 순서에 의하여 공격 하는 아이가 원 바로 앞의 금에 서서 한 손에는 새끼자, 또 다른 손에는 어미자를 들고 멀리서 수비하는 아이들 을 향하여 하리? 하고 크게 소리 내어 외쳤고, 이에 수비 하는 아이들이 하라고 응답을 하면 공격하는 아이는 새 끼자를 살짝 허공에 던져서 그 새끼자가 땅에 떨어지기 전에 어미자로 힘껏 쳐냈다. 물론 수비를 하고 있는 아이 들 쪽을 향하여 쳐 보내야 했는데, 가능한 한 빠르고 멀리 보내는 것이 좋았다. 잘 맞으면 그 새끼자는 딱 하는 경쾌 한 소리와 함께 허공을 가르며 날아갔다.

　　그러나 수비하는 아이 중 누구라도 날아오는 그 새끼 자를 땅바닥에 떨어지기 전에 손으로 잡으면 공수가 교 대되었다. 그러나 공중으로 날아오는 새끼자를 맨손으로 잡는다는 것은 결코 쉬운 일이 아니었다. 정통으로 잘 맞 은 경우에는 새끼자는 눈에 잘 보이지 않을 정도의 무서 운 속력으로 허공을 뱅글뱅글 돌면서 날아오곤 하였는데, 그것을 잡다보면 손바닥이 까지는 등 다치기도 하였고, 손을 맞고는 바로 다른 곳으로 튕겨나가기도 하였다. 눈 이나 얼굴에 맞아 다치는 경우도 종종 있었다. 우리 친구 아이들 중 진표가 봉주가 친 그 새끼자를 잡으려다가 오른쪽 눈 위에 맞아 피가 나고 통통 부은 채로 십자의원에 가서 치료를 받은 적도 있었다.

날아오는 새끼자를 못 받으면 수비하는 아이들은 땅바닥에 떨어진 그 새끼자를 주워서 원을 향해 던졌는데, 이때 공격하던 아이는 원 앞에 서서 어미자로 그 새끼자가 원 안에 들어오지 못하도록 되받아 쳐야 했다. 만약에 수비하는 아이가 던진 그 새끼자가 원 안으로 들어오게 되면 공격하던 아이는 역시 죽고 마는 것이었다. 그러나 실제로 새끼자가 멀리 날아갔을 경우에 수비하는 아이가 그것을 주워서 정확히 원 안으로 던진다는 것은 상당히 어려운 일이었다. 수비하는 아이가 던진 새끼자를 공격하는 아이가 막아내거나, 스스로 원 밖에 떨어진 경우, 공격하는 아이는 땅에 떨어진 그 새끼자의 비스듬히 깎인 한쪽 끝을 어미자로 살짝 쳐서 새끼자가 발딱 일어나는 순간을 이용하여 바로 힘껏 치는 것이었다.

이같이 새끼자를 다시 친 후에는 원에서부터 새끼자가 날아가 떨어진 마지막 장소까지의 거리를 눈대중으로 하여 공격하는 아이가 오십 자, 육십 자, 또는 백 자 하며 자수를 불렀는데, 수비하는 아이들이 보기에 이 부른 자수가 적당하다고 생각되면 그래, 먹어라 하고 자수를 주었고, 좀 과하다고 생각되면 한 번 재어보자 하고 어미자를 가지고 그 길이를 꼼꼼히 재어보았다. 그래서 실제로 재어본 결과, 공격하는 아이가 부른 자수에 미치지 못하면 그 아이는 실격이 되었고, 충분하면 그 자수만큼 먹게 되었다. 이 자치기 놀이는 놀이를 하기 전에 서로 미리 몇 자 먹기를 할 것인지를 정해 놓고—대개는 대여섯 명 정도를 두 편으로 갈라서 놀이를 하였는데, 보통 천자를 정하는 경우가 많았다—개인별로 얻은 그 자수를 각 편별로 누적해가는 것이었기 때문에 부르는 자수대로 그래 먹어라 하고 자주 인심을 썼다가는 놀이에 지는 경우가 많았다.

말타기와 농마청마

한여름의 길었던 해가 서쪽 돌산으로 뉘엿뉘엿 넘어가고, 어둑어둑해지기 시작하면 구슬치기나 딱지치기, 팽이치기는 이제 더 이상 할 수가 없었다. 그때쯤이면 엄마나 동생이 우리들을 찾기 시작했는데, 동네 근처에서 놀고 있을 때에는 그래도 쉽게 찾았지만 놀다보면 다른 동네에까지 가는 경우가 많았기 때문에 이렇게 우리 동네를 벗어나서 놀 때에는 아무도 우리들을 쉽게 찾을 수 없었다. 엄마들 표현으로 노는데 매쳐서 밥 먹는 것도, 내일 가져가야 하는 숙제하는 것도 까맣게 잊게 되는 것이었다.

이런 일은 한두 번이 아니어서 나중에 스스로 집에 들어가더라도 집에 가자마자 야단을 맞곤 하였다. 친구들하고 노는 데에 열중하다 보면 시간가는 줄도 몰랐고, 배고픔도 느낄 수가 없었으며, 숙제에 대해서는 아예 생각조차 나지 않았다. 매번 그랬었지만, 곧 엄마한테 야단을 맞을 거라는 생각도 잊고 놀았던 것이다.

저녁시간에는 아버지보다 먼저 집에 돌아와서 짧은 글짓기, 도형넓이 구하기 등 다음날 학교 숙제들을 해놓아야 했다. 늦게까지 나가 놀아도 밥 먹기 전에 이런 숙제를 미리 해놓으면 마음의 부담은 훨씬 적었다. 아니, 전혀 부담 없이 놀 수 있었다. 우리 아버지의 경우, 거의 매일 늦게 귀가하였는데, 이는 술 때문이었다. 엄마의 표현을 빌자면, 일 때문에 약주를 드시느라 늦으신다는 것이었는데, 여하튼 아버지의 귀가는 대부분 밤 열시가 넘었다.

그래서 이러한 우리 집의 일반적인 규정을 지키는 것이 그렇게 어려운 것은 아니었으나, 친구들 하고 노는 데에 정신이 팔려 있다 보면 이런 것들은 까맣게 잊어버리게 되었고, 친구들과 헤어지고 밤늦게 집으로 돌아올 때에 서서히 이런 것들이 생각나기 시작해서 집 대문 앞에 이르러서는 그 불안한 마음은 콩닥콩닥 뛰기 시작하였던 것이고, 아니나 다를까 대문을 살며시 열자마자 부엌에서 일을 하고 있던 엄마의 야단치는 소리가 먼저 내 귓전을 때리는 것이었다.

숨을 죽이고, 엄마의 눈치를 살금살금 보면서 신발 벗기가 무섭게 건넌방으로 뛰어 들어갔는데, 엄마가 이내 따라 들어와서는 아버지가 나를 벼르고 있다고 겁을 잔뜩 주었다. 아버지는 아직 귀가하지 않았지만, 그때부터 나는 점점 피어오르는 공포 분위기 속에서 국어책 꺼내랴, 산수책 꺼내랴, 공책 꺼내랴, 가슴은 계속 두근두근 떨리는 것이었다. 곧 이어 엄마의 두 번째 야단치는 소리가 들렸다. 하루 종일 먼지와 흙 속에서 뒹굴다가 들어와서는 씻지도 않고, 방으로 들어간다는 것이었다.

나는 아버지의 커다란 고무신을 끌고 마당에 나가 희미한 백열전등 아래에서 시멘트 수조에 둥둥 떠다니는 바가지로 물을 퍼서 대야에 붓고는 얼굴을 씻었다. 그리고는 대야에 두 발을 담그고 서서 다시 수조의 물을 퍼서 대야에 부었다. 발등이 시원해져왔다. 발을 씻다가 나는 허리를 펴고 멀리 있는 밤하늘을 바라보았다. 한없이 넓은 하늘에 크고 작은 별들이 보석처럼 반짝거리고 있었다. 그중 한 별은 나를 내려다보며 성철아, 안녕 하고 손을 흔들었다. 나는 그 별을 보며 예쁜 별아, 안녕 하고 대답해 주었다.

고개를 돌려 반대 쪽 하늘을 바라보았을 때, 너무나 많은 별들이 은색 색종이 고리처럼 눈부신 무리를 지어 시냇물에 둥실둥실 떠서 흘러가고 있는 것이 보였다. 저게 은하수가 보다, 나는 혼자서 중얼거리며 그 예쁜 별들이

Maurice Utrillo, 〈몽마르트Montmartre〉, 1940~1942

가난과 사랑과 놀이의 천국에서

보여주는 밤하늘의 별꽃놀이를 한껏 바라보다가 부웅 하고 그곳으로 날아가 그 별들 속에 파묻혀 시냇물을 헤엄쳐 갔다. 너무나 기분이 좋았다. 두 팔을 저을 때마다 몸이 앞으로 쑥쑥 나아갔다. 바로 내 옆에서 반짝반짝 빛나고 있는 별들은 모두 아기별이었다.

여름밤에 마당에 나와서 이렇게 손발을 씻으며 노란 별들이 초롱초롱한 밤하늘을 보고 있노라면 나 혼자만의 세계에 들어와 있는 것 같아 나는 너무나 기분이 좋았다. 이 넓고 넓은 하늘과 땅에 오직 나와 아기별들만이 있을 뿐이었다. 깜깜한 어둠은 부드러운 이불처럼 나를 포근히 감싸주었고, 나는 별들이 가득한 시냇물을 마음껏 헤엄쳐 나가는 것이었다. 이런 상상 속에 한참 빠져 있을 때, 나를 부르는 엄마의 목소리가 들려왔다. 다 씻고 나서 방에 들어와서는 엄마가 차려주는 때늦은 저녁밥을 먹었다. 그리고는 형하고 동생하고 같이 방바닥에 엎드려서 숙제도 하고, 그날 있었던 재미있는 일들을 서로 얘기하기도 하였다. 그러다가 형은 사소한 것을 가지고 괜히 트집을 잡아 나를 못살게 굴었는데, 내가 자기 말대꾸를 한다며 자주 때리기도 하였다.

동생하고도 자주 말다툼을 하였다. 처음에는 서로 깔깔거리며 떠들고 얘기하다가 나중에는 아주 작은 일로 말다툼이 생겨 마침내 동생이 울음을 터뜨리고, 기어이 엄마한테 한 소리를 듣고 나서야 끝이 나곤 하였다. 어쨌거나 그렇게 하루가 끝나고 하나, 둘 이불 속으로 들어갔는데, 내가 내일 학교에 가지고 가야 할 숙제를 다 하지 못하여 불을 켜 놓고 있다 보면, 형은 빨리 불을 끄라고 야단이었다. 눈앞이 환해서 잠이 안 온다는 것이었다. 한 달쯤 뒤에 엄마가 조그만 백열전등용 스탠드를 하나 사 가지고 왔는데, 형이 자기 앉은뱅이 책상 위에 올려놓고는 우리들은 만지지도 못하게 하였다.

그럭저럭 밤이 지나고 아침이 되었다. 나는 졸린 눈을 비비며 곧바로 부엌으로 가서는 엄마, 아빠가 진짜 나를 벼르고 있어? 몇 번짼데? 하면서 엄마의 얼굴을 조심스럽게 살피며 물어보았다. 엄마는 내 눈에서 나의 불안하고 초조한 마음을 금세 읽었을 것임에 틀림없었다. 당시 우리 아버지는 우리들을 야단치는 나름대로의 규칙이 있었다. 평상시에 우리가 잘못한 것을 벼르다가 한 번 기회를 잡아서 야단치는 방법이었는데, 세 번까지는 그냥 두었다가 네 번째 잘못을 했을 때 그날로 그동안 벼르고 있었던 것을 모두 합쳐서 한바탕 야단을 치는 것이었다. 그 야단이라는 것은 말로 끝나는 것이 아니라, 대부분 회초리로 매를 맞는 것이었다. 어떻든 네 번이 되어서 한바탕 매나 야단을 맞게 되면 아버지의 벼르는 것은 그 시점부터 모두 다 없어지고, 처음부터 다시 카운트가 되는 것이었다.

그래서 혹시라도 이번 잘못이 아버지가 세 번째로 벼르고 있는 것이라면, 나는 그때부터 비상사태에 돌입하여야 했다. 앞으로 시험을 잘 봐서 석차가 쑥 올라간다든가, 아니면 아버지의 중요한 심부름을 아버지 마음에 쏙 들게 잘한다든가 해서 세 개까지 쌓인 벼르기를 모두 탕감받거나, 아니면 하나라도 줄이는데 최선을 다하여야 했는데, 사실 그것도 순전히 아버지의 마음대로였다. 여하튼 그 정도의 위험수위에까지 도달하게 되면 이제 밤늦게까지 노는 것은 다 틀린 일이 되었고, 그날부터는 당분간 일찍일찍 집에 들어와 조용히 공부를 하고 있어야 했다. 사태의 심각성을 인지한 일종의 자발적 근신인 셈이었다.

그러나 이러한 네 번째 잘못에 야단을 맞는 일반적 규칙도 사실 아버지의 그때그때의 임의적 결정에 따라 왔다 갔다 했었다. 즉, 어떤 때에는 두 번 밖에는 안 되었던 것 같은데 그 다음 번에 야단을 맞은 적이 있었고, 또 어떤 때는 다섯 번이 넘은 것 같은데 아직도 야단을 맞지 않고 있었으니, 엄마가 얘기해주는 아버지의 벼르기란 아버지 마음대로 고무줄처럼 늘어났다 줄어들었다 하는 것임에 틀림없었다. 그리고 그 누적에 엄마의 영향력이 상당 부분 미쳤을 것이라고 우리는 굳게 믿고 있었다. 예외적으로, 단 한 번에 매를 맞는 경우가 있었는데, 그것은 반 석차가 십 등 이상 떨어지거나, 점수가 나쁘게 나온 시험지를 감추거나 하는 경우였다. 그러나 대부분은 네 번째 잘못에 야단을 맞았기 때문에 잘못을 한 경우, 엄마에게 아버지가 몇 번째 벼르고 있느냐를 물어봄으로써 우리들은 어느 정도 마음의 준비를 할 수 있었다.

그런데, 이를 엄마에게 물어보면 엄마는 항상 세 번째라고 대답해 주었다. 그동안 내가 무엇을 세 번씩이나 잘못했는지 기억이 잘 나지 않았지만, 여하튼 세 번째라고 하는 엄마의 얘기는 나를 매우 불안하고 초조하게 만들었다. 그래서 나는 다시 심각한 표정으로 엄마에게 진짜로 몇 번째냐고 물어보았고, 그러면 엄마는 두 번째라고 정정해 주기도 하였다. 그러면서 엄마는 앞으로 밖에서 너무 오랫동안 놀지 말고, 숙제도 미리미리 잘하고, 엄마 말도 잘 들으면 아버지한테 잘 얘기해서 한 번으로 줄여 준다고 하기도 하였다. 그때부터 나는 엄마 심부름 잘하기, 같이 시장가기, 놀기 전에 숙제하기 등 모범생 생활을 하기 시작하였고, 이런 나의 모습이 엄마를 통해서 아버지 귀에 들어갔는지, 그 뒤로부터 며칠 동안 계속해서 아버지는 저녁 퇴근길마다 노란 참외를 한 소쿠리씩 사가지고 오곤 하였다. 물론, 나만을 위한 것은 아니었겠지만, 나는 그렇게 생각하였다. 그러나 그런 나의 어쭙잖은 모범생 생활은 그렇게 오래 가지 못하였다.

아버지의 야단에 대한 두려움이 서서히 사라지면서 나는 다시 예전처럼 저녁 늦게까지 친구들하고 말타기를 하며 놀았다. 밤늦게까지 모여서 와와 소리 지르며 하던 말타기 놀이, 멀리서 발을 구르며 달려오다가 훌쩍 뛰면서 올라타면 아야야야 하는 비명소리와 함께 말들은 와르르 무너지고, 또 다시 올라타면 또 아야야 하는 비명소리와 함께 와르르 무너지고…… 여기저기서 아야 아야 하는 소리, 또 이겼다 하고 외치는 소리, 쿵쿵 하고 담벼락이 울리는 소리 등 말타기는 당시 우리가 하던 놀이 중에서 가장 시끄러웠기 때문에 이 말타기 놀이만 하면 대머리이발관의 대머리아저씨가 금세 뛰쳐나와서는 우리를 다른 곳으로 멀리 쫓아내었다. 사실 그 대머리이발관 앞 공터가 평평하고 넓은데다가 그 이발관 옆의 담벼락이 마부가 기대서기에 가장 적당한 곳이어서 말타기 놀이하기에는 그야말로 최적의 장소였는데, 거기에서 쫓겨

나면 우리는 별 도리 없이 봉주네 앞 비탈길이나 동구네 골목길에서 말타기 놀이를 계속할 수밖에 없었다.

이 말타기는 씩씩한 기상이 돋보이는 가장 남자다운 놀이였다. 가위, 바위, 보에서 이긴 쪽은 말들이 늘어서있는 뒤쪽 저만치에 멀찌감치 떨어져 있다가 마부와 말들이 다 구성되고 나면 한 명씩 차례대로 달려가 아이들의 잔등 위에 올라타는데, 처음에 타는 사람은 맨 안쪽으로, 그 다음 사람은 그 뒤, 또 그 다음 사람은 그 뒤에 차례대로 올라타는 것이었기 때문에 첫 번째로 타는 아이는 마부와 코가 맞닿을 정도로 안쪽으로 깊이 들어가야 했다. 그러려면 가능한 한 멀리서 전속력으로 달려오다 힘차게 올라타야 했다. 그래서 가장 용감하고 씩씩하게 말을 잘 타는 아이가 항상 첫 번째로 우렁찬 기합과 함께 멀리서 발을 구르며 있는 힘껏 달려와 말 잔등이에 올라탔다.

그 순간, 앞에 있던 말들은 고통스러운 비명소리와 함께 와르르 무너지기가 일쑤였고, 그러면 뒤에 대기하고 있는 아직 말을 못 탄 아이들은 빨리 엎드리라고 소리를 질러댔다. 우왕좌왕 속에 또 한 아이가 날쌔게 올라탔고, 이내 말들은 또 다시 고통스러운 비명소리와 함께 무너졌다. 우여곡절 끝에 이긴 편이 모두 다 말을 타고 나면, 말들은 그 엎드린 상태에서 몸을 마구 흔들어 말을 타고 있는 아이들 중 한 명이라도 땅에 떨어뜨리려고 안간힘을 썼고, 말을 탄 아이들은 땅에 떨어지지 않으려고 말 등위에 바짝 엎드려서는 두 팔로 말의 배를 힘껏 껴안았다. 몸을 흔들어대는 공방 속에 홍수에 별안간 둑이 터지듯이 말들은 대부분 어느 한쪽에서부터 와르르 무너져 내리기가 일쑤였다. 반면에, 말을 탄 아이들 중 한 명이라도 땅에 떨어지게 되면 그 즉시 전체의 공수가 바뀌게 되었다.

이러한 떨어뜨리기와 쓰러뜨리기에 대한 상호공방은 마부 앞에 앉아 있는 아이가 마부와 가위, 바위, 보를 하여 다시 공수를 결정지을 그 짧은 시간 사이에 진행되었는데, 말을 탄 아이들에게는 참으로 짧게, 말과 마부에게는 참으로 길게 느껴지는 시간이었다. 마부가 지게 되면 그 편은 또 다시 말과 마부를 해야 했고, 마부가 이기게 되면 드디어 공수교대가 되어 말을 탔던 아이들이 모두 마부나 말이 되어야 했다. 마부는 담벼락에 기대서서 가랑이를 벌리고는 첫 번째 말의 머리를 자기 사타구니에 끼워주는데, 이런 자세로 공격하는 아이들이 모두 말에 오를 때까지 있다 보면 아이들이 말을 탈 때마다, 엎드린 말들이 이리저리 흔들릴 때마다 사타구니가 울려서 나중에는 고추가 얼얼하기도 하였다.

이 말타기 놀이는 여자아이들은 결코 따라할 수 없는 용감하고, 씩씩하고, 패기가 넘치는 그야말로 남자들만의 놀이였다. 단추가 떨어지고, 호주머니가 떨어져 나가고, 옷이 찢어지고, 고무신이 벗겨지고, 얼굴이 긁히고, 목과 귀에 생채기가 나는 것은 예사였다. 나중에는 사타구니와 어깨, 그리고 옆구리가 아파왔으나, 재미도 그만큼 큰 것이어서 우리는 하루라도 이 말타기 놀이를 하지 않으면 몸이 쑤셨다.

이와 유사한 말타기 놀이로서 농마청마라고 부르는 놀이가 있었는데, 이것 또한 박진감 넘치는 신나는 놀이였다. 말타기 놀이는 놀이 도중에 말이 자꾸 쓰러지는 바람에 놀이가 자주 중단되었으나, 이 농마청마는 그렇지 않았다. 또 이 놀이는 말과 마부, 그리고 공격하는 아이들이 계속 움직여야 했기 때문에 말타기 놀이보다 한층 더 긴장되고, 한순간도 방심할 수 없는 긴박감 넘치는 놀이였다.

가위, 바위, 보를 해서 맨 꼴찌와 꼴찌 바로 위를 정하였고, 이 두 사람은 이인일조 술래가 되어 맨 꼴찌는 말이 되고, 꼴찌 바로 위는 마부가 되었다. 말은 허리를 구부려 엎드린 상태에서 목을 길게 빼고, 마부는 말의 머리를 한 팔로 움켜쥐고 자기 겨드랑이 밑에 밀착시켰다. 그리고는 그런 상태로 마부는 말을 데리고 농마청마! 농마청마! 워

이워이! 농마청마! 하고 외치면서 주위에 흩어 선 아이들 사이를 왔다 갔다 했고, 그러는 동안 말은 계속 뒷발길질을 해댔다. 말의 뒷발길질에 몸이 조금이라도 닿으면 그 아이가 술래인 말이 되고, 말은 마부가 되고, 마부는 술래에서 완전히 벗어날 수 있었기 때문에 마부는 말을 끌고 아이들 사이를 마구 휘젓고 다녔고, 아이들은 이리저리 도망다녔다. 그러다가 말은 제 풀에 지쳐 픽 하고 쓰러지기가 일쑤였다.

농마청마나 말타기 놀이가 끝나면 옷은 여기저기 다 찢어지고, 호주머니는 뜯어져 덜렁거리고, 단추들은 온 데 간 데가 없고, 얼굴과 팔에는 군데군데 손톱자국이 나 있고, 코와 귀는 얼얼하고, 입안에는 흙이 서걱서걱 했다. 주먹이 잘 쥐어지지 않을 정도로 열 손가락 모두가 통통 부은 적도 있었다. 그러나 나는 개선장군처럼 씩씩하게 집으로 돌아왔다. 한껏 담대해진 내 마음은 엄마한테 곧 엄청난 야단을 맞을 것이라는 생각을 한참 잊게 해주었던 것이다.

십자가 이상 팔자가 이상

십자가 이상, 팔자가 이상, 지금도 이 말이 무슨 뜻인지 정확히 알 수가 없다. 십자가나 팔자가라는 것은 말 그대로 +자 모양이나 8자 모양의 그림을 땅바닥에 그려 놓고 놀았으니까 그렇다고 하더라도 그 말 뒤에 붙어 있는 이상이라는 단어가 무엇을 뜻하는지는 알 도리가 없다. 당시 우리 동네 만물박사였고, 우리들의 우상이었던 반장집 그 형한테 물어보았으면 알 수 있었을까? 사실 이 말 외에도 당시 우리들이 놀 때 사용하던 말 중에는 뜻을 알 수 없는 이상한 단어들이 꽤나 있었지만, 우리들은 이런 것에 대하여 전혀 궁금해 하지 않았다.

구슬이라는 말은 거의 사용하지 않고, 다마라고 했으며, 여러 명을 두 편으로 가르기 위하여 둥그렇게 모여 서서 손바닥 뒤집기 하는 것을 덴찌라고 했고, 가위, 바위,

보를 장께미라고 했으며, 집잡기 놀이에서 상대방 집에 들어가 그 집의 기둥을 손으로 치는 것을 야도라고 했다. 또 더 있었을 것이다. 또한 같은 놀이라 하더라도 동네마다 부르는 말이 조금씩 다른 경우도 있었고, 하는 방법이나 규칙이 조금씩 다르기도 했다.

팔자가 이상이나 십자가 이상 모두 상대편 아이들과 몸싸움을 하며 노는 상당히 거친 놀이였는데, 십자가 이상이 팔자가 이상보다 더 과격한 놀이였다. 팔자가 이상이라는 놀이는 땅바닥에 영어로 에스 자 모양을 8자에 가깝게 그려놓고, 아이들을 두 편으로 가른 후에 원 하나씩을 각각 자기들의 집으로 정해서 자기네 집에 들어와서는 두 발로 땅을 딛어도 되고, 자기네 집을 벗어나면 무조건 깽깽이 발ㅡ한발로만 땅을 딛는 것을 뜻함ㅡ로 하여 상대방 집에 들어가 그 집을 빼앗거나, 아니면 집밖에서 상대방 아이들과 서로 밀거나 당기는 몸싸움을 통하여 상대방을 넘어뜨리거나 두 발을 땅에 닿게 하면 이기게 되는 놀이였다.

십자가 이상은 팔자가 이상과 마찬가지로 맨손과 맨몸으로 노는 놀이였는데, 놀이이름은 유사하지만 방법은 많이 달랐다. 또한 거칠고 과격한 면에서는 말타기나 농마 청마와 유사하였지만, 거기에는 없는 십자가 이상만의 유

일한 긴장과 흥분이 있었다. 특히, 상대방을 잡아서 끌어
당기고, 떠밀고, 넘어뜨리고 하는 치열한 몸싸움을 통하
여 개인적인 힘과 기술을 한껏 과시할 수 있다는 점에서
말타기나 농마청마와는 또 다른 재미가 있었던 것이다.

상대방과의 밀고 당기는 과격한 몸싸움을 두어 차례
하다보면, 특히 윗저고리의 호주머니와 양 겨드랑이, 그
리고 바지의 사타구니 부분은 여지없이 부욱 하고 뜯어
지기가 일쑤였고, 얼굴과 팔, 손 등에는 손톱자국이 쉽게
생겼다. 원래 옷을 잡거나 할퀴거나 때리거나 하면 안 되
고, 팔, 다리, 허리 등 신체의 일부분을 잡아당기거나 떠
밀거나 해야 하는 것인데, 놀이에 몰입하다보면 팔이건,
다리건, 옷이건 잡히는 대로 밀고 당기게 되었던 것이다.
특히, 공격과 수비가 몇 차례 반복되다 보면 아이들은 너
나 할 것 없이 모두 흥분되어서 그 행동들은 더욱 과격하
게 되고, 마치 전쟁터에서의 육박전처럼 서로 간에 밀고
당기는 싸움은 더욱 치열하게 되고 마는 것이었다. 그런
상황에서 입고 있는 옷들이 멀쩡할 리가 없었다.

십자가 이상을 하기 위해서 땅바닥에 그리는 십자가는
단순한 십자가가 아니라 뚜껑 없는 종이상자를 펼쳐 놓
으면 공간이 있는 십자가 모양의 전개도가 되는 것처럼
적당한 크기의 공간을 만들어 놓은 십자가였다. 즉, 한가

운데에 있는 공간의 사방으로 이웃하며 모두 네 개의 방 같은 공간이 십자가 모양으로 그려지게 되었는데, 한 방의 크기는 당시 우리 같은 덩치 크기의 아이들이 다섯 명 정도 들어가 모여 앉고도 다소 여유가 있을 만한 크기로 너무 작지 않게 그려야 했다.

방을 표시하는 각 금들은 서로 공방을 하면서 수십 번 왔다갔다 하다보면 쉽게 지워졌기 때문에 처음에 금을 그을 때 뾰족한 막대기나 쇠못으로 땅을 깊게 파면서 긋게나, 아니면 타고 버린 연탄재 가루로 금을 긋기도 했다. 가끔 학교에서 운동시간에 쓰는 하얀 석회가루를 조금 가지고 와서 십자가를 그리기도 하였는데, 석회가루로 금을 그으면 여간해서는 잘 지워지지 않았다. 어둑어둑해져도 그 하얀 선은 눈에 잘 띄었다.

덴찌라는 것을 해서 편이 갈라지고 공수가 결정되면 공격하는 쪽은 처음에는 모두가 십자가 한가운데에 있는 공간을 제외한 네 개의 방 중 어느 한 방에 한꺼번에 다 들어갔다가 돌아가며 있는 나머지 세 개의 방으로 차례차례 이동하면서 다시 처음에 있던 방으로 돌아오게 되는데, 이렇게 출발했던 처음의 그 방으로 돌아오게 되면 한 바퀴, 두 번째 돌아오게 되면 두 바퀴가 되어 공격하는 사람 중 어느 한 사람만이라도 도중에 죽지 않고, 놀이 시작 전에 정해 놓은 바퀴수를 다 돌게 되면 그 판에서 이기게 되는 것이었고, 또 다시 공격이 시작되는 것이었다. 그러나 그 판에서 정해진 바퀴수를 다 돌기 전에 공격조 전원이 다 죽게 되면 드디어 공수가 바뀌게 되었다.

공격조의 옆방으로의 이동은 전원이 모두 모여가지고 한꺼번에 와! 하고 뛰어서 이동할 수도 있었지만, 강력한 수비망을 뚫고 가야했기 때문에 그렇게 하는 것은 매우 어려워서 그때그때의 상황을 보아 한 명씩 건너가거나, 아니면 두세 명씩 이동을 하였다. 이것도 물론 수비하는 아이들과 서로 밀고 당기는 육박전을 치루면서 해야하는 힘든 것이었다. 수비가 너무 강해서 건너가기가 어려울 때에는 도착한 방에서 잠시 쉬면서 건너갈 틈을 엿보기도 했다. 여하튼 그때그때의 수비 상태에 따라 각자가 알아서 건너가되 단 한 명이라도 살아남아서 정해진 바퀴수를 다 도는 것이 중요했으므로 최후의 한 명까지 용감하게 싸우다 이기든가, 아니면 장렬하게 모두 전사할 때까지 공격은 계속되는 것이었다.

수비하는 아이들은 공격하는 아이들이 이 방 저 방으로 건너다니는 것을 막는 것이 주 임무였다. 방에서 방으로 이동하여 십자가를 도는 것을 막아내야 했다. 공격하는 아이들은 네 개의 방을 벗어나면 죽게 되어 있으므로

« Maison de Jeanne d'Arc »

Maurice Utrillo, 〈돔레미의 잔 다르크 발생지
La maison natale de Jeanne d'Arc à Domrémy〉, 1925~1930

수비하는 아이들은 공격하는 아이들을 무조건 방 밖으로 끌어내야 했고, 공격하는 아이들은 이 손길을 피하면서 방에서 방으로 이동하여야 했다. 수비하는 아이들은 각 방의 주변을 왔다갔다 뛰어다니며 손을 뻗어 방안에 있는 아이들을 끌어내었는데, 끌려 나가지 않으려고 자기네들끼리 서로 얼싸안고 개구리처럼 땅에 납작 붙어 한 덩어리가 되려는 아이들과 이것을 어떻게 해서라도 떼어서 끌어내려고 안간힘을 쏟는 아이들 간의 힘겨루기 공방은 와와 하는 함성과 함께 동네 구석구석을 시끌시끌하게 하였던 것이다.

적군과 손을 맞잡은 상태에서 안간힘을 다하여 서로 자기 쪽으로 당기고 있다 보면, 아군들이 나타나 자기편 아이의 허리를 잡고 같이 당겨주었다. 이런 식으로 계속 아이들이 붙다보면 마치 인간 줄다리기라도 하는 듯하여 상황은 더욱 흥미진진해지는 것이었고, 이런 와중에 옷 여기저기가 뜯어지고 찢어지는 것은 피할 수 없는 일이었다. 공격하다가 도중에 죽은 아이들 입장에서는 한 사람이라도 끝까지 버텨서 정해진 바퀴를 다 돌아주어야 다시 공격을 할 수가 있었고, 수비하다가 죽은 아이들 입장에서는 마지막 남은 한 아이를 마저 끌어내어야 수비를 면하고 공격을 할 수 있었기 때문에 두 편 전사자 간의 응원 공방은 돌산 꼭대기에 걸려 있는 붉은 석양처럼 한껏 고조되었다.

여기저기서 끊이지 않는 비명소리와 자지러지는 웃음소리, 서로 옷을 붙잡고 밀고 당기며 실랑이를 벌이는 모습, 찰거머리처럼 땅바닥에 납작 붙어있는 아이들, 그리고 그 아이들을 끄집어내려고 금 바로 앞에 서서있는 대로 팔을 뻗어대는 아이들, 금을 밟았다, 안 밟았다, 내가 봤다, 아니다 하며 목청을 높이면서 시시비비를 따지고 있는 아이들, 긴급히 타임을 외치는 소리, 무릎이 까지고 팔꿈치가 까져서 피가 흐르다가 그대로 마르고, 그랬던 사실조차 모르고 정신없이 놀이에만 열중하고 있는 아이들.

옷이 찢어지고, 겨드랑이, 사타구니가 터지고, 호주머니가 뜯어지고, 단추가 떨어지고, 고무신이 벗겨지고, 구슬도, 딱지도, 제기도, 팽이도, 껌 종이도, 테가 깨진 돋보기도, 지우개도, 몽당연필도, 조약돌도, 부러진 양초도, 바늘 없는 뿔 주사기도 떨어지고…… 십자가 이상을 시작하자마자, 놀이장은 돈암동시장 한복판처럼 시끌벅적해졌고, 잠시 뒤에는 십자가 주변에 이런 우리들의 소지품들이 떨어져 뒹굴었다. 십 원짜리 동전도 떨어졌다. 우리들은 종종 타임을 불러 놀이를 잠깐 중단시키고는 땅바닥에 떨어진 물건들을 서로 찾아주기도 하였다.

타임이라는 것은 당시 모든 놀이에 다 적용이 되었던 공통적인 룰이었는데, 놀이 도중 무슨 긴급한 상황이 발생하면 타임! 이라고 외쳐서 놀이를 잠시 중단시켰다. 이 타임은 아무나 긴급한 상황을 보거나 당하게 되면 즉시 불렀는데, 누가 넘어져서 못 일어나거나, 다친 것 같거나, 아니면 동전이 땅에 떨어졌을 때에 이것을 불러서 간단한 주변정리를 한 다음에 다시 놀던 것을 계속하였다. 가끔 어떤 아이들은 이것을 부를 상황이 아닌 데에도, 자신의 힘든 상황을 벗어나기 위하여 타임을 불러 놀이에 열중해있던 다른 아이들의 눈총을 받기도 했다. 십자가 이상 놀이를 하게 되면 갖가지 고함과 비명소리, 웃음소리 등으로 온 동네가 시끌시끌 소란스러웠다. 모여든 아이들 숫자가 많을 때에는 동네가 떠나가는 듯 했다. 놀이에 직접 참여하지 않고, 밖에서 이 놀이를 구경만 하고 있어도 저절로 신이 나서 종종 여자아이들이 이것을 보고 있다가 자기네들도 끼어달라고 하였는데, 우리는 여자아이들을 끼어준 적은 한 번도 없었다.

종종 지나가던 참외장수 아줌마가 가던 길을 멈추고 서서 한동안 구경하다가 머리에 인 소쿠리를 내려놓고는 그만 해라, 이놈들아, 하면서 극성스럽게 노는 우리들의 모습을 못마땅한 눈길로 쳐다보기도 하였고, 어떤 아저씨는 지나가면서 하라는 공부는 안 하고, 밤나 들러붙어 싸움박질이냐? 그만 해, 이놈들아! 하고 야단을 치곤 하였다. 또 어떤 누나들은 야! 먼지난다, 먼지, 좀 있다 해라 하고 입을 막으며 종종걸음으로 우리들 옆을 재빨리 지나가곤 하였다. 그러다가 대머리이발관 아저씨라도 나타나는 날에는 우리는 숨을 멈춘 채, 삼십육계 줄행랑을 놓아야 했다.

언젠가 한 번은 우리 엄마가 동구엄마 하고 같이 시장에 다녀오다가 한쪽 눈꺼풀에는 빨간 다래끼가 솟고, 양쪽 겨드랑이는 모두 뜯어진 채로 새까만 땅강아지가 되어 이 놀이에 정신없이 빠져 있는 나와 눈이 마주쳤는데, 순간 나는 오늘 집에 가면 또 죽었다 하는 생각이 들어 얼른 엄마의 시선을 피했고, 엄마는 나를 슬쩍 쳐다보고는 아무 말도 하지 않고 그냥 지나갔다. 멀어져가는 엄마의 뒷모습을 보며 내 마음은 불안해지기 시작했다. 그날 밤, 단단히 매를 맞을 것 같아 초조한 마음으로 집에 돌아갔는데, 이상하게도 엄마는 나를 야단치지 않았다. 보통 때에는 옷이 조금이라도 찢어지거나 뜯어져서 돌아오면 야단이 났었는데…… 여하튼 그날 나는 엄마의 야단 없이 무사히 잠자리에 들었다. 나는 정말 엄마의 마음을 잘 알 수가 없었다.

불놀이와 삼선교 개천

정월 대보름날에 하던 우리의 고유한 전통 민속놀이 중에 쥐불놀이라는 것이 있다. 해마다 정월 대보름 하루 전인 열 나흗날 밤에 마을 뒷동산에 보름달이 떠오르면 동네 아이들이 횃불과 깡통을 들고 마을 앞 공터에 모인다. 빈 깡통 사방에 구멍을 숭숭숭 뚫고 철사로 양쪽 구멍을 만들어 매단 다음, 그 깡통 안에는 솔방울이나 나뭇조각 등 오래 탈 수 있는 것들을 넣고는 불을 붙여 빙빙 돌린다. 이 쥐불놀이는 일 년에 한 번 정월 대보름날에 풍년을 염원하는 농민들이 동네아이들과 함께 마을 뒷산에서 했던 놀이였는데, 당시 도시에 사는 아이들도 이 쥐불놀이를 즐겼었다. 그러나 도시의 쥐불놀이란 논두렁, 밭두렁에 놓는 쥐불은 없고, 오직 깡통에 불을 넣어 돌리는 것만 있었기 때문에 이것은 곧 아이들의 흥미로운 불장난으로 되어버렸다.

당시 우리 동네에서도 정월 대보름 즈음이 되면 아이들이 동네 뒤편에 있는 돌산에 모여서 밤늦게까지 깡통에 불을 넣고 돌리며 놀았다. 특히 불을 가지고 논다는 것은 우리 같은 아이들에게는 평상시에도 기회만 된다면 어떻게 해서라도 하고 싶었던 장난이었는데, 그것을 공식적으로 할 수 있다니, 이 얼마나 기쁜 일이었던가.

그러나 사실 그것도 어른들의 제재가 그렇게 없었던 것은 아니었다. 정월 대보름날 밤이라고 해도 골목길로 불이 든 깡통을 들고 돌아다니는 우리들을 보는 어른들의 눈총은 매우 따가운 것이었으며, 우리들이 동네 돌산에 무리를 지어서 불이 든 깡통들을 한참 돌리고 있다 보면 지나가는 어른들은 이런 우리들 모습을 보며 위험하다, 하지마라 하며 꾸짖기도 하였다. 몇몇 어른들은 깡통을 그 자리에서 빼앗아 찌그러뜨리기도 하였다.

또 불알을 모두 까버린다는 대머리아저씨의 고함소리에 혼비백산하여 줄행랑을 친 적이 한두 번이 아니었다. 이 불놀이를 하다가 대머리아저씨에게 붙잡혔다가는 그야말로 그날로 뼈도 못 추리게 되는 것이었다. 그러다보니, 정월 대보름날 밤이라 하더라도 우리들의 깡통 불놀이는 어른들의 눈치를 살피면서 이곳저곳으로 옮겨 다니며 할 수 밖에 없었는데, 특히, 대문 앞이나 골목길에서 불을 돌리다가는 호된 야단을 맞기 일쑤였으며, 돌산 공터라 하더라도 한 이십 명 이상이 모여서 불놀이를 하는 것 역시 동네 어른들의 야단거리가 되었다. 이런 마당에 정월 대보름날 밤도 아닌 평상시에 깡통 불놀이를 한다는 것은 상상하기가 매우 어려운 일이었다.

그러다보니, 우리들은 불놀이를 마음껏 하기 위하여 어른들의 통제권에서 벗어난 곳을 찾게 되었는데, 그렇게 해서 찾아간 곳이 바로 삼선교 개천이었다. 그곳은 우리 동네하고도 멀리 떨어져 있었고, 어른 키가 훨씬 넘는 높이의 둑 아래 개천물이 흐르지 않는 땅바닥으로 내려가면 지하에 들어와 있는 것 같은 아늑한 기분이 들어서 좋았으며, 어른들로부터 간섭을 받지 않는 천혜의 장소였다. 더군다나 바로 옆에서는 물이 흘러가고 있어 불이 번질 위험성도 없었다. 오물 썩는 냄새가 코를 찌른다는 것 외에는 불놀이하기에 그곳처럼 적당한 장소가 없었던 것이다.

삼선교 개천은 신흥사 뒷산, 정릉 배밭골과 함께 우리들의 소중한 놀이 장소였다. 그곳에 가면 우리는 언제나 개천바닥에 내려가서 놀았다. 그러나 개천바닥으로 내려가는 마땅한 계단이 없었기 때문에 우리들은 개천 둑길을 따라 걷다가 둑이 좀 낮은 지역을 골라서 개천 바닥으로 뛰어내렸다. 나중에 둑 위로 다시 올라올 때에는 바위 등반을 하듯 좁은 돌 틈새로 손을 넣고 발을 디디며 올라왔는데, 이것도 몇 번 하다 보니 익숙해져서 별 어려움이 없었다.

당시 청계천을 비롯하여 서울에 있는 대부분의 개천이 그러하였지만, 삼선교 개천 역시 지저분하기 짝이 없었다. 개천 바닥 여기저기에는 연탄재를 비롯한 쓰레기들과 오물들이 한가득 널려 있었고, 한여름에는 이런 오물 썩는 냄새가 진동하였다. 또한 흐르는 개천을 따라 여러 가지 오물들과 쓰레기들이 서로 뒤섞이어 둥둥 떠다니고 있었다.

장마철이나 비가 많이 오는 날에는 흙탕이 되어버린 시뻘건 물이 쓰레기들을 모두 삼킨 채, 그 넓은 개천을 꽉 메우고서는 매우 빠른 속도로 흘러 내려갔다. 다리 난간에 서서 이 흙탕물을 내려다보면 파도가 일어나듯 무섭게 부딪치는 모습이 서로 앞서거니 뒤서거니 하면서 으르렁거리는 것 같았다. 솨아 소리를 내며 몰려 내려가는 물살을 한참 동안 보고 있노라면 어질어질해져서 내 몸이 그 물 속으로 빠져 들어갈 것만 같았다. 또 개천을 따라 가다보면 개천 안벽 가운데를 뚫어서 묻어 놓은 둥그런 회색 시멘트 관을 만나게 되었다. 그 시멘트 관은 우리가 머리를 약간만 숙이면 드나들 수 있을 정도 크기의 하수관이었는데, 거기에서도 냄새가 진동하는 각종 오물과 하수가 한데 섞이어 흘러나오고 있었다. 우리들은 그 안쪽으로 들어가 보기도 하였다. 안쪽으로 들어갈수록 그 하수관은 점점 좁아져서 나중에는 들어갈 수가 없게 되었다.

우리는 그런 삼선교 개천바닥으로 내려가서 깡통 불놀이 등 평상시 하고 싶었던 불장난을 하곤 하였다. 우리 동네에서 삼선교 개천까지 가려면 돈암동 시장에 갈 때처럼 대머리이발관 앞을 지나 언덕길을 내려가서 우리 학교 뒷담장을 지나 뼈 접골원과 전찻길이 있는 돈암동 큰길까지 가야 했다. 그 큰 길에서 오른쪽으로 조금만 더 가면 사거리가 하나 나왔다. 그 사거리를 건너 다시 오른쪽으로 돌면 개천을 따라 길게 이어져 있는 동네길이 나오고, 자전거 수리점포와 세탁소, 염색공장, 솜틀집, 철공소, 점 보는 집 등이 이 동네 길을 따라 다닥다닥 붙어 있었는데, 개천바닥으로 뛰어내리기가 가장 좋은 곳은 점 보는 집 바로 앞 둑길이었다.

불놀이를 하기 위해서는 우선 빈 깡통이 필요했다. 당시 속이 노랗게 반짝이는 파인애플 깡통이 크기가 적당해서 불놀이하기에는 가장 좋았는데, 이 깡통은 미군부대에서 흘러나오는 것이었다. 깡통의 양쪽에 걸어서 사용할 기다란 철사 줄과 구멍을 뚫을 대못도 필요했다. 깡통을 비롯하여 이런 것들은 개천 근처에서 쉽게 구할 수 있었다. 깡통이 준비되면 우선 깡통 옆면에 돌아가면서 수십 개의 구멍을 뚫었다. 이는 바람의 통풍을 원활하게 하여 깡통 안의 불이 잘 타도록 하기 위한 것이었는데, 구멍이 너무 많으면 불이 금세 타버리게 되고, 구멍이 너무 적으면 불이 잘 붙지 않았다. 따라서 적절한 구멍수와 함께 구멍의 크기도 적당해야 했다. 구멍을 다 뚫고 나면 깡통의 맨 윗부분 양옆에 두 개의 구멍을 더 내어서 적당한 길이로 철사 줄을 길게 매달았다.

이렇게 해서 깡통이 다 만들어지면 깡통 안에다가 나뭇조각이나 뿔 조각, 또는 고무호스 조각 등을 넣고 불을 붙이게 되었다. 가장 좋은 것은 나뭇조각이었는데, 이것은 뿔이나 고무호스와는 달리 탈 때 연기가 많이 나지도 않고, 냄새가 고약하지도 않을 뿐더러 나중에 숯이 되어서 오랫동안 불씨가 살아 있기 때문이었다. 그러나 개천에서 찢어진 고무신이나 잘라진 고무호스 등은 쉽게 구할 수가 있었지만, 마른 나뭇조각들은 구하기가 쉽지 않았다.

불이 든 깡통을 꺼뜨리지 않고 오랫동안 돌리기 위해서는 요령이 있어야 했다. 빠르게 돌린다고 해서 불이 잘 타오르는 것은 아니었다. 팔만 아프고, 오히려 꺼지기가 쉬웠다. 그렇다고 너무 천천히 돌려도 안 되었다. 팔을 약간 구부린 상태에서 동그랗고 커다란 원을 그리면서 일정한 속도로 돌려야 힘들이지 않고 오랫동안 불놀이를 즐길 수 있었다. 처음에는 불이 잘 붙어 올라야 하므로 깡통을 조금 세게 돌리다가 불이 완전히 붙은 후에는 속도를 조금 늦추어서 일정한 속도로 돌리는 것이 요령 중의 하나였다.

또한, 깡통을 돌릴 때에는 서로가 널찍널찍하게 떨어져서 안전거리를 유지하여야 했다. 종종 깡통들이 서로 부딪치는 사고가 생기곤 하였는데, 이럴 경우, 불이 붙은 조각들이 쏟아져 나와 살갗을 데이고, 옷이 타고 하였기 때문에 서로가 조심하여야 했다. 그러나 여기저기서 날아다니는 불똥 때문에 옷에 구멍이 나기 일쑤였으며, 손등이나 얼굴 등을 데이는 경우도 자주 있었다. 그래서 이 불놀이를 하다가 집으로 돌아갈 때쯤 되면, 얼굴은 온통 눈물자국, 콧물자국, 검댕이 등으로 거뭇거뭇하여 지저분하게 되어 있었고, 콧구멍은 굴뚝같이 새까맣게 되어 있었다. 겉눈썹이건 속눈썹이건 불에 타 또르르 오그라져 있어 눈을 감고 뜰 때마다 눈알이 뻑뻑하고 따끔따끔 했다. 머리에도 불똥이 튀어서 머리카락들 역시 또르르 말려 있곤 하였다. 특히, 고무가 탈 때에는 독한 냄새와 연기 때문에 코가 매워 눈물이 났고, 목구멍이 깔깔하고 가슴이 답답하여 기침들을 해대곤 하였다. 또 불에 녹은 고무가 물처럼 뚝뚝 떨어졌기 때문에 잘못하면 화상을 입기가 쉬웠다.

고무호스 때문은 아니었지만, 얼마 전에 진표가 돌리던 깡통이 자기 머리 위에서 쏟아지는 바람에 머리에 화상을 입고 병원에 간 적이 있었다. 진표는 한동안 머리에 하얀 반창고를 붙이고 다녔었는데, 이대독자인 진표는 그날 밤 자기네 엄마한테 호되게 야단을 맞았다. 물론, 나도 그날 엄마한테 늦게까지 회초리를 맞았다. 다른 아이들도 마찬가지였다. 우리 엄마는 잘 때 이불에 오줌을 쌀 거라고 하면서 만약에 오줌만 싼다면 그 다음날 아침 온 동네 집들을 다 돌아다니며 소금을 얻어 와야 한다며 여동생 앞에서 온갖 창피를 다 주었다. 그날 밤 나는 이불에 오줌을 싸지는 않았지만, 오줌을 쌀지도 모른다는 불안감으로 잠을 제대로 자지 못했고, 오줌이 마려울 것 같은 기분이 들면 얼른 마루로 나가 요강 뚜껑을 열고 나오지 않는 오줌을 짜내려고 애를 썼다. 그날 밤 나는 마루로 방으로 들락거리며 수도 없이 요강 뚜껑을 열고 닫고 하였다.

깡통 불놀이를 한동안 하다보면 매캐한 연기를 계속 들이마시게 되어 목구멍은 뜨끔뜨끔 아파왔고, 혓바닥은 꺼끌꺼끌해졌으며 입안은 서걱서걱해졌다. 매운 연기 때문에 눈물이 흐르고, 또 말라 버리고, 새까만 손으로 눈을 비비고 하다 보니, 우리 얼굴들은 모두 검댕이와 눈물, 콧물 등이 뒤범벅되어 얼룩덜룩해졌다. 또 눈썹과 머리카락이 타서 오그라들고, 옷도 여기저기에 불똥구멍들이 나 있고, 한 손에는 시커멓게 그은 깡통까지 들었으니 이는 영락없는 거지의 몰골이었다. 그러나 우리들은 누가 더 멋있는 불을 만들어 꺼뜨리지 않고 오랫동안 돌리나 하며 경쟁이라도 하듯 깡통을 돌려대는데 여념이 없었다.

우리들은 그 삼선교 개천에서 모닥불 지피기 등 불장난도 하였다. 때로는 신문지를 돌돌 말아 불을 붙여서는 아버지처럼 담배를 피우는 시늉을 내보기도 하였다. 우리 친구 중에 봉주가 이것을 가장 잘했는데, 봉주는 진짜 담배를 피우는 것처럼 입술을 동그랗게 내밀고는 연기를 잘도 내뿜어댔다. 우리들도 봉주를 따라 한 번 해보았으나, 나는 목이 매워 콜록콜록 하고 기침만 해댔다. 모닥불 장난도 깡통 불놀이만큼이나 재미있었다. 우리들은 신문

Maurice Utrillo, 〈샤르트르의 세인트 테냥 교회Église Saint Aignan à Chartres〉, 1937

지나 나뭇조각, 잘라진 호스, 고무신 등 이것저것 주워다가 불을 지펴놓고는 시간가는 줄 모르고 그 앞에 둥그렇게 모여 앉아 있곤 하였다.

출렁거리는 불꽃을 한참동안 들여다보고 있노라면 불꽃의 색깔은 시시각각으로 변했다. 처음에는 노란색이었던 것이 이내 빨간색으로, 다시 또 노란색으로 바뀌었는데, 때로는 파란색을 띠기도 하였다. 이 불꽃은 마치 기다란 혀를 가진 뱀처럼 우리를 삼킬 듯이 다가오곤 하였는데, 갑자기 바람이 휘익 하고 불어오면 불꽃은 꺼질 듯이 움츠러들었다가 다시 고개를 쳐들었다. 가끔은 바람이 세게 불어 그 옆에 놓아두었던 신문지에 불이 옮겨 붙거나, 타고 있던 불 조각들이 이리저리 흩어지기도 하였다. 그러면 우리들은 자리에서 황급히 일어나 흩어진 불을 마구 밟아 꺼버렸다. 그래서 어떤 때에는 입고 있던 나이롱 바짓단이 후르르 하고 오그라들어 쪼글쪼글해지기도 하였다.

우리들은 어둑어둑해질 때면 불을 끄기 시작했다. 불장난이 재미는 있었지만, 한동안 하다보면 나쁜 짓이라는 생각이 자꾸 들게 되고, 주변을 살피며 눈치를 보게 되었기 때문에 시간이 지날수록 불안해지는 것이 우리 모두의 마음이었다. 그래서 우리들은 어두컴컴해지기 시작하면 불장난을 중단하고, 깡통 안에 있던 불 찌꺼기들을 흐르는 개천에 버리거나 개천바닥 한구석에 쏟아놓고는 그 위에 흙을 덮었다. 그리고는 다들 모여서 그 위에 오줌을 누었다. 그러면 불 찌꺼기들은 치지직 하는 소리와 함께 파란 연기를 내며 꺼져 들어갔다. 사용하던 깡통은 개천 한구석 후미진 곳에 잘 놔두었는데, 나중에 다시 사용하기 위해서였다.

우리들이 불장난을 하며 놀던 개천바닥 주변은 언제나 거뭇거뭇하고 지저분하였다. 또한, 불장난을 끝낸 우리들의 모습은 마치 굴뚝청소를 막 끝낸 청소부와 다름이 없었다. 두 눈동자와 하얀 이빨만 반짝반짝 빛날 뿐이었고, 우리들 몸에서는 불 냄새와 연기 냄새, 개천 오물 썩은 냄새 등이 한데 뒤섞이어 풀풀 새어나오고 있었다. 개천을 나와 행길을 걸어오는 동안에 우리들 마음 한구석에는 내심 찜찜한 생각 하나가 사라지지 않고 있었는데, 그것은 불장난에 대한 일종의 죄책감 같은 데에서 오는 불안감이었다. 이 막연한 불안감은 이제 집에 가면 엄마한테 된통 혼이 나고 말 것이라는 엄연한 현실과 함께 뒤섞이어 우리를 더욱 초조하게 만들었다.

집에 돌아오는 길에 순경 아저씨를 만나기라도 하면 우리는 지은 죄를 숨기기라도 하듯 움찔 하고 움츠러들었다. 동네 입구에 들어서면서 우리들의 머릿속은 더욱 복잡해지기 시작했다. 바로 전까지 깡통을 돌리며 즐겁게 놀던 일은 까맣게 사라지고, 엄마의 화난 얼굴이 눈앞에 크게 떠올랐다. 마음이 더욱 초조해졌다. 우리는 말을 하지 않아도 오가는 눈빛을 보면 서로의 마음을 금세 알 수가 있었다. 우리들의 말수는 점점 적어졌고, 어색한 침묵이 우리를 둘러싸고 있었다.

가까이 우리 동네 집들이 보이면서, 서로의 얼굴에는 불안하고 초조한 표정이 더욱 역력히 나타나기 시작했다. 특히, 이 깡통 불놀이를 하다가 머리에 화상을 입고 병원에서 치료를 받은 적이 있는 진표의 얼굴은 누구보다도 심각해보였다. 개천에서 불장난을 하고 온 날밤, 나는 엄마로부터 된통 혼이 났다. 회초리로 매를 맞기도 하였는데, 그 강도는 말타기나 농마청마, 십자가 이상 등의 놀이로 온몸이 흙투성이가 되어 들어온 날의 몇 배나 될 만한 수준이었다. 다른 친구아이들도 비슷하였다.

여기저기에 깨어진 채 버려져 있는 연탄재, 바가지 조각, 깨어진 장독뚜껑, 찌그러진 양은 냄비, 주전자 뚜껑, 망가진 부삽, 빗자루, 쓰레받기, 찢어진 타이어, 잘라진 고무호스, 망가진 의자, 찢어진 책가방, 목이 부러진 인형,

운동화 한 짝, 양말 한 짝, 옆구리가 터진 구두 한 짝, 부러진 숟가락, 젓가락, 수박조각, 참외껍질, 단무지조각, 반찬 찌꺼기, 빈 깡통들, 깨어진 타일들, 깨어진 병과 유리조각들, 넝마조각들, 녹슨 쇠붙이들, 여기저기 말라비틀어진 사람똥, 개똥 등…… 당시 삼선교 개천바닥은 별의별 오물들로 지저분하기가 그지없었고, 악취 또한 매우 심하였다. 여름에는 더욱 그러했다. 흘러가는 개천 색깔은 검은 군청색을 띄었고, 개천 속에는 회색의 부유물과 먼지들이 수초 위에 뿌옇게 얽혀 붙어서 하얀 뼈처럼 흔들거리고 있었다. 인분이 둥둥 떠내려가고, 음식물 찌꺼기가 여기저기 떠다니기도 하였다. 새끼고양이나 쥐의 시체가 떠내려가기도 하였다. 그러나 우리들은 그런 개천을 용감하게 휘젓고 돌아다녔다.

이런 온갖 잡동사니들을 구경하면서 개천을 누비고 돌아다닌다는 것은 참으로 흥미로운 일이 아닐 수 없었다. 우리들은 마치 신천지를 발견하기 위하여 먼 길을 떠나온 탐험가처럼 조심스럽게 개천의 온 구석구석을 이리저리 휘젓고 다녔다. 시간가는 줄 모르고 이렇게 한참 돌아다니다 보면 우리는 처음에 출발했던 지점과는 아주 멀리 떨어진 낯선 곳에 와 있곤 하였다. 사실 개천이라고 해봐야 평상시 그 물의 깊이는 발목에 차오르는 정도였고,

깊어 봐야 무릎에 닿는 정도여서 장마철이나 비가 많이 오는 때를 제외하고는 우리는 별 어려움 없이 개천의 이곳저곳을 종횡무진 누비고 다닐 수가 있었다.

그러나 며칠 동안 계속해서 비가 내리게 되면 개천의 물은 급격히 불어나게 되고, 그 물은 누런 황토색깔로 변하여 군데군데 있던 바닥의 땅들을 모조리 삼켜버리고는 쏴아 하고 소리를 내며 무서운 속도로 흘러 내려갔다. 이럴 때면 우리들은 다리 난간에 서서 불장난을 하던 곳이 어디였는지 찾아보려고 애를 썼으나 도저히 알 수가 없었다. 무서운 속도로 흘러 내려가는 물살을 한참동안 보고 있노라면 내 몸이 자꾸 그 물 소용돌이 한복판으로 빨려 들어가는 듯해서 슬그머니 한 발자국 뒤로 물러나곤 하였다. 그렇게 비가 많이 온 뒤, 개천에 나가보면 개천은 또 다른 모양으로 바뀌어 있었다. 물속에 잠겨 있던 부분이 새로 물 밖으로 나와 있기도 하였고, 반대로 그동안 땅이었던 부분이 모두 물속에 잠겨버리기도 하였다.

비온 뒤의 이러한 모든 변화는 참으로 흥미로운 것이었다. 어디에선가 떠내려 온 나무로 된 양날 빗, 헝겊인형, 대나무로 된 총채, 뜯어진 비닐 손가방, 찢어진 사진첩, 찌그러진 철제 필통 등 갖가지 물건들이 군데군데 검붉은 흙 위에 걸려 있곤 하였다. 우리는 이런 것들을 일일이 살피면서 줍기도 하고, 발로 차버리기도 하면서 계속 개천을 거슬러 올라갔다. 가끔 우리는 개천바닥에서 검푸르게 녹이 슨 일원짜리 동전을 발견하기도 하였고, 꼬깃꼬깃 접혀져 있는 빛바랜 십 원짜리 종이돈을 줍기도 하였다. 고양이나 쥐가 죽은 채로 돌이나 잡풀에 걸려 있는 것을 발견하는 경우도 종종 있었다. 그러면 우리는 즉시 그 자리에 선 채로, 한 손으로 한 쪽 귀를 잡고서는 깽깽이 발로 제자리 뜀을 하면서 퉤퉤퉤 하고 침을 세 번 뱉었다.

개천에 내려가게 되면 처음에는 신발을 벗지 않고 돌이나 흙을 골라 디디며 다녔다. 그러나 차츰 신발에 물이 들어가고 하다 보니 자연스럽게 신발을 벗게 되었고, 신발을 한 번 벗게 되면 그 다음부터는 아예 맨발로 다니는 것이 편했다. 벗은 신발은 양쪽 호주머니에 한 개씩 넣어 가지고 다녔다. 또 긴 바지를 입었을 때에는 바짓가랑이를 무릎 위까지 여러 번 접어올리고 다녔다. 맨발로 개천을 한참 돌아다니다 보면 발등이나 발목이 벌이나 쐐기에 쏘인 것처럼 따끔따끔하며 가려웠다. 그러다보니, 나도 모르게 자꾸 긁게 되었는데, 나중에 집에 와서 보면 그 부위가 벌겋게 부어올라서 화끈화끈거렸다. 마치 사마귀가 난 것처럼 우둘투둘한 곰보가 여러 개 생겨나 있기도 하였다.

어둠을 건너 바람 속으로

그때의 여름 더위는 요즈음 하고는 너무나 달랐다. 강렬한 햇살 때문에 밖에서 한여름 오후의 뙤약볕을 잠시 쪼이고 있다 보면 땅이 흔들거릴 정도로 어질어질해지는 현기증을 쉽게 느끼게 되었고, 또 한낮에는 너무나 눈부신 햇빛 때문에 눈을 똑바로 뜨고 길을 걸어갈 수가 없을 정도였다. 이글이글 타는 태양을 정면으로 쳐다보았다가는 그만 눈이 멀어버릴 것만 같았다. 또한, 그 당시의 더위는 요즈음 같이 끈적끈적하거나 후덥지근한 찜통더위가 아니라, 한여름 중에도 장마 때를 제외하고는 대부분 건조한 더위여서 축축한 습기로 인하여 생기는 불쾌감 같은 것은 거의 없었다. 그래서 아무리 한여름이라 하더라도 나무그늘 밑에 들어가 있으면 시원함을 느낄 수 있었다.

여름 저녁의 길이도 요즈음보다 훨씬 더 길었다. 저녁을 먹고 나서 친구들을 불러내어 한참을 놀아도 우리 주변에는 어스름 정도만 내려와 있었지 깜깜한 밤은 아직도 돌산 너머 저 멀리에 있었다. 친구들과 몰려다니며 또 한바탕 놀고 나면 어둑어둑해지는 하늘에 크고 작은 노란 별들이 하나 둘씩 나타나기 시작했고, 우리들 머리 바로 위에서 그 모습을 드러낸 하얀 달은 둥실둥실 떠서 소리 없이 웃으며 우리들을 내려다보고 있었다. 시간이 지날수록 노란 별들은 우리들에게 더욱 가까이 다가왔다. 우리는 그 환한 별빛과 달빛 아래에서 대머리이발관 앞에서 동구네 골목길로, 다시 뒷동네 돌산으로 쏘다니며 엄마들이 우리들을 부르러 올 때까지 시간가는 줄 모르고 놀았다.

가을이 되면 그 맑고 깨끗한 하늘은 보통 때보다 두 배 이상 높은 곳에 한가득 펼쳐져 있었고, 티 하나 없는 푸르름에 또 눈이 부셨다. 마치 파란 잉크를 송두리째 부어 놓은 것같이 가을하늘은 온통 파란 색깔뿐이었고, 새털 같은 구름들이 파란색 물감을 머금고 하늘 높이 떠 있었다. 단풍이 들면 빨간 것은 아주 새빨갛게, 노란 것은 아주 샛노랗게 되었다. 신흥사 뒷산이나 정릉 배밭골에서 흘러내리는 개울물소리는 신흥사 대웅전에서 들리는 목탁소리와 함께 아주 맑고 선명한 것이었다.

　겨울은 요즈음보다 몇 배나 더 추웠다. 겨울바람이 한 번 쌩 하고 불면 코와 귀가 모두 떨어져 나가는 것 같이 매섭게 추웠고, 눈도 요즈음에 비해서 그때가 더 자주, 그리고 더 많이 왔었다. 지붕 위에, 담장 위에, 장독대 위에 쌓인 눈의 색깔은 솜사탕보다 더 하얗고 깨끗한 것이었다. 봄, 여름, 가을, 겨울의 여러 모습들이 요즈음하고는 많이 달랐다.

　사계절 중에서는 역시 여름이 놀기에 가장 좋은 계절이었다. 해도 긴데다가 저녁을 먹고 나서 동네 놀이터로 나오면 한낮의 더위는 어느덧 돌산 뒤로 물러가 있었고, 시원한 저녁바람이 붉은 노을에 실려서 산들산들 불어오면 기분은 점점 더 상쾌해지기 시작했다. 동구야! 봉주야! 진표야! 골목길마다 친구들을 불러 모으는 아이들의 목소리가 들려오고, 저녁을 먹은 아이들은 서서히 대머리 이발관 앞 공터에 모여들었다. 반팔, 반바지, 맨발에 검정 고무신을 신은 빡빡머리 아이들은 붉게 익어가는 석양 아래, 하나 둘씩 그 모습을 나타나기 시작하였다.

　딱지치기를 비롯해서 당시 우리가 했던 모든 놀이는 혼자서는 할 수 없는 것들이었다. 특히, 말타기나 농마청마, 십자가 이상 등은 별도의 놀이기구가 필요 없이 오로지 몸으로만 부딪치며 뒹구는 놀이여서 재미가 있는 만큼 힘이 들고 지치는 놀이였다. 이런 놀이들로 한바탕 놀고 나면 온몸은 곳곳이 두들겨 맞은 것처럼 뻐근뻐근하였고, 손바닥은 얼얼하였으며, 두 뺨은 후끈후끈 달아올랐다. 호주머니, 겨드랑이, 바짓가랑이 등 옷도 여기저기가 다 뜯어졌다. 그런 상태로 집에 돌아가서 엄마한테 한바탕 야단을 맞고, 어두컴컴한 마당에서 알몸으로 목욕을 하는 것도 하루 일과 중의 하나였다. 마당 수돗가 옆에서 엄마가 끼얹어 주는 물은 따뜻하게 데워진 물이었지만, 머리꼭대기에서부터 발끝까지 두어 번 뒤집어 쓰다보면 입술은 금세 파래졌고, 윗니와 아랫니는 서로 더덕더덕 부딪쳤다.

저녁을 거르면서 밤늦게까지 노는 때도 많았다. 이런 경우는 남의 동네에서 놀던가, 아니면 학교 근처나 삼선교 부근까지 가서 놀 때인데, 이런 날은 집에 와서 엄마한테 심하게 야단을 맞았다. 그러나 대부분은 동네 근처에서 놀았으므로 저녁시간에는 엄마나 동생이 부르러 오곤하였다. 저녁을 먹을 때에 엄마는 언제나 그날 해야 할 숙제에 대해서 물어보았고, 밥 먹자마자 바로 숙제를 다 끝내라는 말도 잊지 않았다.

Maurice Utrillo, 〈두 여자들Femmes aux fortifs〉, 1922

Maurice, Utrillo, V.
1922,

나는 어떻게 하면 숙제를 빨리 끝내고, 다시 밖에 나가 놀 수 있을까 하고 궁리하다가 저녁을 다 먹고 나서는 일단 건넌방으로 와 배를 깔고 엎드려서 책과 공책을 펴놓고 숙제를 하였다. 그러나 마음은 벌써 집밖에 나가 있어서 숙제가 제대로 되지 않았다. 엄마말대로 다시 나가 놀기 전에 숙제를 다 해놓는 것이 정말 마음 편한 일이었지만, 사실 그렇게 숙제를 미리 다 끝낸 적은 거의 없었고, 숙제하는 도중에 밖에서 아이들의 부르는 소리가 들리면 엄마의 눈치를 슬금슬금 보면서 슬며시 나가곤 하였다. 그러나 숙제를 다 끝내건 못 끝내건, 일단 저녁을 먹자마자 곧바로 숙제하기에 들어가야 그날 밤에 놀다가 늦게 들어오더라도 야단을 덜 맞았기 때문에 나는 숟가락을 놓자마자 건넌방으로 건너와 숙제를 하기 시작하였던 것이다.

그렇지만, 숙제를 하려고 배를 깔고 엎드려서 책과 공책을 펴놓으면 내 머릿속에는 온갖 잡념들이 떠오르기 시작했는데, 아까 학교에서 봉주가 아이노꼬랑 바꾸자고 했을 때 바꿀 걸 그랬나? 동구에게 딱지를 다 잃어서 참 분하다…… 팽이에다가 초를 더 많이 발라두어야지…… 오늘 새로 전학 온 내 짝은 왕십리인가에서 왔다는데, 근데 왕십리가 어디지? 근데 선생님은 왜 걔를 내 옆에 앉으라고 했을까? 나는 지금같이 백규랑 앉는 게 더 좋은데…… 아까 농마청마 하다가 말에서 떨어져 손목을 삔 진표는 지금 좀 어떨까? 지네 엄마한테 혼났을 꺼다. 앞으로 민희는 절대로 껴주지 않을 꺼다, 걸핏하면 울고, 걔네 엄마는 괜히 우리만 야단치고…… 대부분 이런 것들이었다.

하루는 이런 저런 생각에 빠져있는데, 밖에서 성철아! 얘야! 심부름 좀 해라, 얼른, 저기 저 대머리네 가게에 가서, 하는 엄마의 목소리가 들려왔다. 숙제는 안 하고 딴 생각을 하고 있었던 나는 순간 정신이 번쩍 들었다. 나는 얼른 밖으로 나갔다. 그리고는 엄마의 심부름을 하러 대머리이발관 옆에 붙어있는 대머리네 구멍가게로 달려갔다. 나는 가게 문 앞에 총채를 들고 앉아 있는 뚱뚱한 아줌마를 보고는 평상시처럼 아줌마, 저기요…… 엄마가요…… 빨래비누 두 장 달래요…… 하고는 뒤통수를 긁적이며, 그리구요…… 그냥 적어두시래요…… 하고 말했다. 그렇게만 얘기하면 그 아줌마는 무슨 말인지 알겠다는 표정을 지으며, 바닥에 놓여 있는 누런 종이상자에서 분필가루 같은 것이 하얗게 묻어 있는 빨래비누를 두 장 꺼내주었다. 그 아줌마는 대머리아저씨의 부인이었는데, 대머리아저씨처럼 대머리는 아니었으나 동네에서는 그냥 대머리아줌마, 또는 대머리네 아줌마라고 불렀다.

그 대머리네 아줌마는 멀리서 우리들의 뒷모습만 보고도 개가 누구네 집 아이인지 금세 알아내었고, 아버지는 뭐하고 엄마는 뭐하는지 하는 것들도 매우 잘 알고 있었다. 동네의 이런 저런 소식도 매우 빠르고 정확하게 알고 있었는데, 어젯밤 누구네 집에서 부부싸움을 했고, 누구네 집 식모가 언제 도망을 갔고, 어느 아이가 아버지한테 매를 맞았고, 어느 아이의 엄마가 학교 담임선생님에게 불려갔고 하는 등의 소식들을 매우 소상하게 알고 있었다. 우리 학교에서 누가 일등인지, 꼴등인지 등 아이들 학교 월정시험 성적도, 누가 누구랑 짝을 하고 앉아 있는지 등에 대해서도 잘 알고 있었다.

여하튼 그 대머리아줌마에게는 내 이름과 우리 집을 밝히지 않고도 그냥 적어 두래요 라고만 하면 만사가 오케이였다. 일종의 외상거래였다. 그 당시에는 우리 엄마만이 아니고, 동네 대부분의 엄마들이 우선 외상으로 물건을 가져다 쓰고, 그 대금에 대해서는 나중에 때가 되면 대머리아줌마가 써놓은 장부를 보고 일괄정산 하는 식으로 하였기 때문에, 나는 그 가게에서 ○○네, ○○네 하면서 우리 친구들 이름이 적혀 있는 손바닥만 한 크기의 외상장부 여러 권을 자주 볼 수 있었다.

빨래비누 두 장을 가지고 와서 엄마에게 전달하고, 나는 다시 방으로 들어와 엎드려서는 숙제를 계속 하다가 또 이런 저런 잡생각에 빠졌다. 잠시 그러는 사이, 밖에서 나를 부르는 동구의 목소리가 들려왔다. 저녁을 먹고 났으니, 다시 나와서 놀자고 부르는 것이었다. 나는 하던 숙제를 멈추고, 얼른 몸을 일으키고는 밖에 있는 엄마의 반응을 살피기 위하여 조용히 문 쪽으로 귀를 가져갔다. 이번에는 봉주의 목소리가 들려왔다. 그러나 잠시 뒤에 그 목소리들은 더 이상 들리지 않았다. 엄마가 동구와 봉주에게 뭐라고 그러는가 보다. 나는 방문을 살짝 열어보았다. 일단 집에 들어온 이상, 이제 내가 다시 밖에 나가고 못 나가는 것은 순전히 엄마의 마음에 달려 있었다. 그러나 내 친구들이 우리 집으로 나를 찾으러 온 경우, 특별한 이유가 있을 때를 제외하고는 엄마는 대부분 밖에 나가 노는 것을 허락하였다.

잠시 후에 엄마의 목소리가 들려왔다. 성철아, 동구 왔다. 밖에 나가 놀아도 좋다는 엄마의 허락이 떨어진 것이었다. 나는 재빨리 일어나 으응! 하고 대답하고는 방문을 열고 나왔다. 대문을 나설 때, 엄마는 항상 나에게 멀리 가지 말고, 일찍 들어와라 하고 얘기하였고, 그러면 나는 항상 으응! 하고 대답하였다. 내가 대문을 나서면서, 그리고 엄마와 마주칠 때마다 항상 엄마가 나에게 하는 말은 멀리 가지 마라였다. 멀리 가지 마라. 아마 엄마가 나를 찾을 때마다 우리들의 소재를 알아내는데 무척이나 힘이 들었었나 보다. 하기야 우리들 노는 곳이 어디라고 특별히 정해진 것은 아니었으니까. 우리 동네를 벗어나면 어느 동네, 어느 골목, 신흥사인지, 배밭골인지 엄마는 알 길이 없었을 테니까.

대문 밖에는 동구와 봉주, 그리고 진표도 있었다. 진표는 아까 농마청마를 하다가 말에서 떨어져 손목을 삐었었는데, 손목에는 노란색의 물약이 발라져 있었다. 그렇게 아파보이지는 않는 듯 했다. 평상시처럼 동구와 봉주는 같이 놀 친구아이들을 모으는 중이었다. 친구들이 어느 정도 모여지면 우리는 그때부터 또 말타기를 비롯하여 농마청마, 십자가 이상, 팔자가 이상, 집잡기 등 본격적인 놀이에 돌입하였는데, 시간이 지날수록 아이들 숫자는 자꾸 불어나 남자아이, 여자아이 할 것 없이 동네의 아이들이란 아이들은 모두 다 모여 소리소리 지르며 놀았다. 그래서 항상 대머리이발관 앞 공터나 동구네 골목길, 봉주네 언덕길은 고만고만한 아이들로 시끌시끌하였다.

어둠을 건너 바람 속으로 이리저리 몰려다니며 시간가는 줄 모르고 놀다 보면 어느새 같이 놀던 아이들의 숫자가 하나 둘씩 줄어들었다. 밤이 깊어가면서 엄마나 누나가 자기네 아이들을 불러가기 때문이었다. 그래서 깜깜한 어둠이 내린 늦은 시간이 되면 같이 노는 아이들은 몇 명 되지 않았다. 그 아이들도 이제 곧 집으로 가야 했다. 그래서 맨 마지막에 남은 아이까지 어둠 속으로 그 모습을 감추게 되면 드디어 그 길었던 우리들의 하루는 서서히 커튼을 내리고, 우리들은 이제 각자의 이부자리 안에 파묻혀 달콤한 꿈속으로 빠져 들어갔다.

여자 친구들
술래잡기·고무줄놀이·공기놀이·소꿉장난

당시 아이들 놀이가 남자놀이와 여자놀이로 구분되어 있지는 않았지만, 놀이의 형태나 성격에 따라서 어느 정도 남녀의 구분이 있었다. 딱지와 구슬, 팽이 등을 가지고 노는 것은 대부분이 남자아이들이었고, 말타기, 농마청마, 제기차기 등도 남자아이들만 하였다. 그러나 집잡기나 팔자가 이상과 같은 놀이에는 종종 여자아이들이 껴들기도 하였다. 때로는 십자가 이상이나 자치기에 여자아이들을 한두 명 껴주기도 하였는데, 사실 이것도 상당히 드문 경우였다. 대부분의 여자아이들은 놀이도중에 잘 삐지고, 걸핏 하면 울고, 그것도 한두 번이 아니고, 또 한참 달아오른 놀이판에서 아무 때나 제 맘대로 집에 가버리기도 하였기 때문에 아예 처음부터 끼어주지 않는 것이 우리에게는 가장 속편한 일이었다.

물론, 남자와 여자가 같이 섞여서 즐기던 놀이도 있었다. 무궁화꽃이 피었습니다라는 놀이가 그것이었다. 가위, 바위, 보로 술래를 한 사람 정하고, 술래가 아닌 아이들은 술래하고는 약 삼십 미터쯤 떨어져서 그어 놓은 일직선상에 일렬횡대로 길게 늘어서서는 술래가 안 보는 틈을 타서 조금씩 조금씩 술래가 있는 곳까지 다가가는 놀이였는데, 밀고 당기는 과격한 몸싸움도 없고, 쫓고 쫓기는 거친 놀이도 아니었기 때문에 여자아이들도 얼마든지 참여하여 재미있게 즐길 수 있었다. 오히려 여자아이들이 더 잘해낼 수 있는 그런 놀이 중 하나였다.

　이 무궁화꽃이 피었습니다에서 술래는 아이들이 서있는 쪽을 바라보다가 백팔십도 그 반대쪽으로, 또 다시 아이들 있는 쪽으로, 또 다시 백팔십도 반대쪽으로 고개를 계속 반복하여 돌리면서 아이들 반대쪽 방향으로 고개를 돌렸을 때에는 무궁화꽃이 피었습니다라는 열 글자를 저쪽에 떨어져 있는 모든 아이들이 다 들을 수 있도록 큰소리로 외쳤다. 그러면 아이들은 그 짧은 틈을 타서 최대한 빨리 움직여서 술래가 서있는 방향으로 살금살금 다가가는 것이었다.

　이 놀이에는 여자아이들이 곧잘 끼어들었는데, 여자아이들하고 같이 노는 것 자체가 사내대장부답지 못하다고 생각하고 있었던 우리들은 내심 불편한 것이 사실이었다. 그러다보니, 결국 여자아이들은 자기네들끼리 삼삼오오 모여서 놀게 되었고, 또 그것이 자기네들에게도 편한 것이 되어버렸던 것이다.

당시 여자아이들이 많이 했던 놀이는 밤톨만한 크기의 조그만 조약돌 다섯 개를 가지고 노는 공기놀이나 기다란 고무줄을 가지고 노는 고무줄놀이, 아니면 풀, 흙, 돌멩이들을 가지고 노는 소꿉장난 놀이가 고작이었다. 물론, 우리 남자 친구아이들 중에서도 또래의 여자아이들과 같이 어울려서 이런 공기놀이도 하고, 소꿉장난 놀이도 하는 그런 아이가 없었던 것은 아니었지만, 우리들 사이에서는 그런 아이를 바보 취급했던 것이 사실이었고, 그 아이가 여자아이들과 같이 놀고 있는 것을 보면 우리는 그 아이 앞에서 고추 떨어진다고 마구 놀려대곤 하였다.

공기놀이는 둥그렇게 쪼그리고 앉아 한 손 안에 모두 잡을 수 있는 밤톨보다도 작은 다섯 개의 돌멩이를 가지고 노는 것이었는데, 우리들은 이 작은 조약돌 같은 돌멩이를 공기라고 불렀다. 이 놀이는 공기 다섯 개를 땅바닥에 흩어놓고, 그중에 한 개를 집어서 공중에 살짝 던져놓

고는 그것이 땅에 떨어지기 전에 그 손으로 땅바닥에 있
는 다른 공기를 재빨리 집은 후에 공중에서 내려오는 공
기를 받는 것인데, 처음에는 한 번에 공기를 한 개씩 집
고, 그 다음에는 한 번에 공기 두 개를, 또 죽지 않고 그것
을 다 해내면 그 다음에는 한 번에 공기 세 개를, 또 그 다
음에는 한 번에 공기 네 개를 모두 한 손으로 집는 것으
로 점점 난이도가 높아져가는 놀이였다.

고무줄놀이는 공기놀이와 함께 당시 여자아이들이 즐
기던 놀이였다. 고무줄놀이에는 검정 색깔의 가늘고 기다
란 고무줄을 사용하였는데, 당시 고무의 질이 좋지 않아
서 양쪽에서 팽팽히 당기다 보면 갑자기 툭 하고 끊어지
는 경우가 많이 있었다. 술래가 된 두 여자아이가 양쪽 끝
에서 고무줄을 길게 잡고서 서로 마주보며 삼천리 금수
강산, 일만이천봉…… 하고 노래를 불러주면 술래가 아닌
아이는 그 노래에 맞추어 고무줄을 자기 발목에다 걸었
다, 종아리에다 걸었다 하면서 춤을 추었다.

공기놀이처럼 이 고무줄놀이도 놀이가 진행될수록 한
단계씩 그 난이도가 높아져갔는데, 처음에는 고무줄의 높
이가 술래의 발목이었던 것이 그 다음에는 허리높이까
지, 또 그 다음에는 머리높이까지 차례로 한 단계씩 올라
가게 되는 것이었다. 고무줄의 높이가 술래의 머리에까지

이르게 되면 고무줄을 넘는 아이는 물구나무를 서서 한 발로 높이 있는 그 고무줄을 걸어 내리고는 노래에 맞추어 마치 나비 한 마리가 사뿐사뿐 날아다니는 것처럼 춤을 추었다.

소꿉장난 역시 여자아이들의 주된 놀이였다. 뿔—플라스틱을 일컫는 말이나, 당시에는 플라스틱이라는 단어는 잘 사용하지 않았다—로 만든 장난감 밥솥, 그릇, 숟가락, 젓가락, 양동이, 칼, 도마 등을 가지고 소꿉장난을 하였는데, 이 소꿉에다가 흙을 퍼 담아 밥으로 하고, 풀을 뜯어다가 돌로 짓이겨서 반찬으로 하였으며, 또 물을 떠서는 국으로 삼아 밥상을 차렸다. 한 아이가 이렇게 밥상을 차려오면 다른 아이는 그 밥상 앞에 앉아 밥을 먹는 시늉을 하였고, 밥을 다 먹고 나면 밥상을 차려온 아이가 다시 그 밥상을 들고 나갔다.

이러한 소꿉장난에 남자아이가 끼게 되면 자연스럽게 엄마, 아빠의 역할이 나누어졌지만, 소꿉장난은 대부분 여자아이들만 모여서 했기 때문에 자기들끼리 역할분담을 하였다. 각자가 엄마나 아빠가 되어 밥상을 차리고, 밥 먹고, 설거지 하고, 회사 가고, 청소 하고, 나중에는 평평한 곳에 나란히 누워 자는 것으로 하루의 일과를 끝냈다. 이런 소꿉장난에 남자아이가 끼어있는 모습이 다른 남자

Maurice Utrillo, 〈몽니스 거리Rue du Mont Cenis〉, 1948

가난과 사랑과 놀이의 천국에서

친구아이들 눈에 띄었을 때에는 그 아이는 얼래리, 꼴래리, 얼래리, 꼴래리…… 누구는 누구하고…… 누구는 누구하고…… 하며 한동안 친구들 사이에서 놀림을 받게 되었고, 때로는 학교 변소의 하얀 벽 위에 누구는 누구를 좋아한다, 서로 랑사한다, 또는 누구랑 누구랑 같이 잤다라는 문구가 그 남자아이, 여자아이의 이름과 함께 써져 있기도 하였다. 이런 일은 당시 우리 남자 사회에서는 무척이나 자존심 상하고 창피한 일이었으므로, 거의 대부분의 남자아이들은 공기놀이, 소꿉장난 등 여자아이들이 하는 놀이에는 결코 끼어들지 않았다.

반면에, 남자아이들은 여자아이들의 놀이를 훼방 놓는 경우가 종종 있었는데, 고무줄놀이를 하고 있는 여자아이들의 고무줄을 연필 깎는 칼로 뚝 끊어버리거나, 공기놀이를 하고 있는 여자아이들에게 다가가서는 가지고 노는 공기 몇 개를 슬쩍 집어가지고 달아나버리거나, 소꿉장난을 하는 곳에 와서는 소꿉들을 마구 헝클어놓고 도망가거나 하는 식의 짓궂은 행동을 하는 것이었다. 그러면 여자아이들은 그 자리에 그대로 주저앉은 채로 소리를 질러대거나 큰 소리를 내며 울기도 하였으며, 또 어떤 때에는 달아나는 그 남자아이를 쫓아가기도 하였다. 또 어떤 여자아이는 집으로 뛰어 들어가 엄마나 언니한테 이르기도 하였는데, 그렇다고 해서 사실 무슨 뾰족한 수가 있는 것은 아니었다.

비맞기

비를 애타게 기다리는 사람에게 비는 너무나 반가운 손님이 아닐 수 없다. 반대로, 맑은 날씨를 기다리던 사람에게 비는 정말 싫은 불청객이 될 수밖에 없을 것이다. 요즈음처럼 내일의 날씨를 예측할 수 없었던 그 당시에는 내일 비가 올지 눈이 올지, 모레는 해가 날지, 또 비가 올지 알 길이 거의 없었다. 물론, 그 당시에도 날씨를 예측해 주는 관상대가 있었고, 요즈음같이 일기예보라는 것을 했었겠지만, 우리 같은 아이들은 오늘 날씨가 어떻게 될 것인지, 일기예보가 어떤지 등에 대해서 관심도 없었고, 알 수도 없었다. 학교 가고, 집에 오고, 친구들 하고 놀다 보면 갑자기 비가 오고, 눈이 오고, 해가 나고 할 뿐이었다.

우산 없이 학교에 갔다가 집으로 돌아오는 길에 비를 쫄딱 맞는 경우가 허다했는데, 한여름 소나기를 한바탕 맞게 되면 책가방과 책가방 안에 있던 교과서, 일기장, 공책, 연필 등은 모두 비에 젖어버렸고, 호주머니에 있던 딱지, 껌 종이, 제기 등도 모두 빗물에 푹 젖고 말았다. 그래서 물에 막 빠졌다 나온 생쥐처럼 머리끝에서부터 발끝까지 완전히 젖은 채로 집으로 돌아온 적도 많았으며, 집에 도착하면 머리카락에서 하얀 수증기가 모락모락 피어오르곤 하였다.

당시 우리 집에서 학교까지는 걷기에 상당히 먼 길이었고, 우리 동네를 벗어나면 집들도 별로 없어서 학교를 오고가는 도중에 소나기라도 만나게 되면 잠시라도 어디가서 이를 피할 마땅한 곳이 없었다. 학교 담장 반대편 쪽 길가에는 조그만 가정집들이 몇 채 띄엄띄엄 있었는데, 그 집들의 처마는 매우 좁아서 비가 세차게 내릴 때에는 그 아래 들어가 있어도 별로 도움이 되지 못했다. 대문 앞에 서있어도 마찬가지였다.

그래서 집으로 돌아오는 도중에 비가 내리면 그냥 비를 맞으며 왔는데, 장대 같은 빗줄기가 계속되면 그나마 그 좁은 처마 밑으로 뛰어들어 담벼락에 몸을 바짝 붙이고는 빗줄기가 조금이라도 가늘어지기를 기다리곤 하였다. 당시 우리 친구들 중에는 비가 오는 날에 우비를 입고 학교에 가는 아이들도 있었지만, 대부분은 그냥 비를 맞고 다녔다.

별안간 내리는 비는 밖에서 노는 우리들을 당황스럽게 만들었다. 그러나 심한 비가 아닌 경우에는 대부분 그냥 비를 맞으며 놀았는데, 딱지치기만은 할 수가 없었다. 그러다가 내리는 비가 점점 심해지면 우리들은 노는 것을 잠시 멈추고, 근처 처마 밑 담장에 바짝 붙어 서서 비가 약해지기를 기다리곤 하였다. 학교 공부시간 도중에 비가 오는 경우도 많았다. 한참 공부시간에 한 아이가, 야, 비 온다! 하고 소리를 지르면 우리들은 일제히 창밖을 내다 보았고, 빗물은 두덕두덕 하고 유리창을 두드리기 시작했다. 몇몇 아이들은 창 쪽으로 달려가기도 하였다.

비 오는 날 교실 안은 훈훈하여 좋았다. 쉬는 시간이면 운동장에 나갈 수가 없었으므로 우리들은 교실 안에서 같이 뒹굴며 장난치고 놀았다. 종례 후에 교실을 나서는 시간에도 비가 계속 내리면 우리들은 이제 비 오는 오후에 친구들 하고 무엇을 하고 놀 것인가 생각하면서 비를 맞으며 집으로 돌아왔다. 비가 온다고 해서 방안에서만 이리저리 뒹굴거나 할 일이 없어 심심하지는 않았다. 물론, 비가 많이 오면 누구네 집에 모여 방안에서 딱지치기도 하고, 구슬치기도 하고, 레슬링도 하며 놀기도 했지만, 보통 가랑비 정도에는 고무장화를 신고 그냥 비를 맞으며 동네 골목길 여기저기를 돌아다녔다.

비가 오는 오후…… 학교에서 돌아오면 여느 때처럼 마루에 앉아 마당을 내다보며 엄마가 차려주는 밥을 먹었는데, 비가 많이 내리는 날에는 엄마가 밖에 나가지 못하게 하였다. 비를 맞고 놀다가 감기가 들어 그 다음날 학교를 빼먹고 며칠 동안 아픈 적이 몇 번 있었기 때문이었다. 특히, 내 여동생은 지난번 비가 많이 왔던 날, 나를 따라 한참동안 동네 여기저기를 돌아다니다가 집에 와서는 열이 심하게 나면서 아팠었는데, 그 뒤로부터 엄마는 비가 많이 오는 날에는 우리들을 못나가게 했던 것이다. 그 대신 친구 집에 가서 놀거나 친구들이 우리 집에 와서 노는 것은 허락하였다.

비가 오는 날에 친구들과 방안에서 모여 노는 것도 무척이나 재미가 있었다. 여러 명이 모여서 넉넉히 놀만한 공간은 없었지만, 그래도 건넌방이나 문간방은 우리가 모여 놀기에 적당하였다. 처음에는 주로 딱지놀이나 삼치기 등 딱지나 구슬을 가지고 놀았으나, 시간이 지나면서 팔씨름, 레슬링 등 보다 활동적인 놀이로 바뀌고, 그러면서 처음에는 조용했던 분위기가 점점 소란스러워지기 시작했다. 특히, 레슬링을 하게 되면 더욱 그렇게 되었다. 나중에는 엄마나 할머니로부터 방고래가 무너진다고 야단 맞기 일쑤였다. 평일 같으면 금세 밖으로 쫓겨났을 텐데 비 때문에 쫓겨나지는 않았다.

우리들은 야단을 맞자마자, 그 즉시 레슬링을 멈추고 는 웃음소리도 내지 않으려고 숨을 죽인 채, 장난기 가득 한 표정으로 서로의 얼굴을 바라보았다. 그렇다고 친구 집에 모이면 밤낮 쿵쾅거리며 노는 것만은 아니었다. 배 를 깔고 엎드려서 공부를 같이 하거나, 학교 숙제인 공작 물을 같이 만들거나 하는 경우도 종종 있었다. 그때에는 그 집의 엄마가 아이고, 기특들도 하지, 어쩌면 이렇게 신 통들 할까 하면서 참외를 깎아주기도 하였고, 삶은 고구 마나 옥수수를 소쿠리에 하나 가득 담아주기도 하였다.

그러나 비 오는 오후에 우리들은 방안에서 시간을 보 내기보다는 집밖으로 나와 돌아다니는 경우가 더 많았 다. 아무래도 엄마의 통제 하에서 벗어나는 것이 마음에 도 편했고, 비 오는 날 우산을 쓰고, 장화를 신고 동네 여 기저기를 돌아다니는 것이 재미있었기 때문이었다. 우리 는 우비를 꺼내 입거나 우산을 쓰고, 그동안 잘 보관해두 었던 모가지가 긴 검정색 고무장화를 꺼내 신고서는 서 로를 불러내어 반장 집 앞 돌계단에서부터 시작해서 대 머리이발관 앞 공터, 봉주네 언덕길, 동구네 골목길, 뒤에 있는 돌산, 그 너머 산동네 등 동네 주변 구석구석을 쏘다녔다. 이런 곳들은 평상시에 우리가 놀던 곳이었는데, 비오는 날에 보는 풍경은 그때와는 사뭇 다른 것이었다.

우산을 쓰고 다닐 때에는 별안간 세차게 부는 바람 때문에 우산이 뒤집어져서 그것을 펴려고 애를 먹기도 하였으며, 또 가끔은 우산을 놓쳐 바람과 함께 멀리 달아나는 우산을 잡으러 쫓아가기도 하였다. 비가 오는 날 여기저기를 돌아다니다 보면 장화 속에 물이 자주 들어갔기 때문에 우리들은 수시로 장화를 벗어 물을 버려야 했다. 그래도 걸을 때마다 장화 속에서는 항상 쩌벅쩌벅 하는 물소리가 났다.

동네 뒤 돌산에 올라가면 전망이 탁 트인 지역이 있었는데, 거기에서 내려다보면 발 아래로 멀리 보이는 수십 채의 올망졸망한 작은 집들이 내리는 빗줄기 사이로 성냥갑처럼 작고 납작하게 보였으며, 바람이 불 때마다 희뿌연 장막이 그 앞에서 펄럭이는 듯 했다. 그 돌산에서부터 본격적인 산동네가 시작되었는데, 산동네로 향하는 길은 평상시에는 딱딱하였지만 비가 오는 날에는 폭신폭신하게 느껴졌다.

고무장화를 신고 동네의 이곳저곳을 쏘다니다가 우리는 돈암동 행길까지 내려가서 뼈 접골원을 지나 깡통 불놀이를 하던 삼선교 개천에까지 가곤 하였는데, 비올 때의 개천은 물이 많이 불어나 있었다. 또 물위에는 갖가지 쓰레기들이 둥둥 떠내려가기도 하였다. 비가 며칠 동안 계속해서 올 때에는 누런 황토 색깔로 변해버린 개천이 쏴아 하며 빠른 속도로 흘러 내려갔는데, 우리들은 다리 난간이나 둑길에 서서 한참동안 그것을 구경하곤 하였다.

동네의 길들은 거의 대부분 흙길이었다. 포장이 제대로 된 길은 큰 행길 외에는 별로 없었다. 아스팔트 행길에서 동네로 들어오면 거의 대부분 누렇거나 붉은 흙길이 이어졌다. 그러다보니, 비가 많이 오면 그 흙길 위에 빗물의 흐름에 따라 굵거나 가느다란 빗길이 새로 생겨났고, 그전에 있었던 빗길은 없어지기도 하였다. 이런 흙길을 한참동안 돌아다니다 보면 장화 여러 군데에 붉은 흙이 묻어 있곤 하였다. 그래서 어느 집 앞에 이르러서는 대문 옆 생철 연통에서 흘러 내려오는 빗물에 장화에 묻은 흙을 닦기도 하였다. 비가 오면 길가 웅덩이, 또는 장독뚜껑, 그리고 봄잡기 놀이를 위하여 파놓은 구멍에 빗물이 고이곤 하였는데, 그 물은 수돗물처럼 맑고 깨끗했다.

길 한구석에 버려져 있는 반 토막 드럼통에 고인 물속에서는 장구벌레 여러 마리가 자벌레처럼 제 온몸을 꺾으며 쉴 새 없이 왔다 갔다 하고 있었다. 물이 고여 있는 웅덩이에 가보면 빨간 색깔의 지렁이 몇 마리가 꿈틀거리고 있는 것을 자주 볼 수 있었고, 땅위에서는 손가락같이 굵은 지렁이가 천천히 기어가고 있는 것도 종종 볼 수 있었다. 우리는 지렁이를 발견하면 잠시 지켜보다가 돌멩이를 던져서 터뜨려 죽이던가, 발로 밟아 죽이던가, 아니면 집에서 소금을 한 움큼 가지고 와서 지렁이 몸에 뿌려 댔는데, 지렁이는 소금을 뿌리자마자 고통스러운 듯이 온몸을 마구 뒤틀었다. 가끔은 여러 명이서 지렁이를 둘러싸고는 지렁이를 향하여 오줌을 같이 누기도 하였다. 그러면 지렁이는 소금을 뿌렸을 때와 마찬가지로 온몸을 뒤틀며 한참동안 요동을 쳐댔다.

그런데, 살아 있는 지렁이에게 오줌을 누면 고추에 지렁이 독이 올라 고추가 퉁퉁 붓는다는 얘기가 있었다. 당시 우리 친구들 사이에 널리 퍼져있던 이야기였는데, 정말 그때 그런 친구아이가 하나 있었다. 어느 비 오는 여름 오후, 평상시처럼 여러 명이 모여서 길 위를 기어가는 지렁이를 둘러싸고는 다 같이 오줌을 누었는데, 그날 저녁부터 봉주의 고추가 빨갛게 부어올랐던 것이었다. 그 다음날 아침 학교 변소에서 봉주가 자기 고추를 우리들에게 슬쩍 보여주었는데, 정말로 새끼손가락보다 작은 봉주의 그것이 빨간 고추같이 퉁퉁하게 부어 오른 것을 우리는 각자의 눈으로 직접 확인할 수 있었다. 봉주의 고추는 며칠 뒤에 저절로 나았지만, 그 이후로부터는 우리는 절대로 지렁이에게 오줌을 누지도 않았고, 소금을 뿌리지도 않았다.

풀무치를 찾아서
곤충잡이·식물채집

한여름이 되면 우리는 너무나 할 일이 많아졌다. 학교에서 오자마자 책가방을 마루에 벗어놓고는 밥 한 그릇 찬물에 말아 콩자반 해서 뚝딱 해치운 후에 대문 밖으로 달려 나갔다. 곧이어 딱지치기, 구슬치기, 말타기, 십자가이상 등으로 하루 오후가 내내 바빴고, 처음에는 집 근처에서 놀기 시작하다가 시간이 지나면서 점점 우리 동네를 벗어나 다른 동네에까지 가서 놀기도 하였다. 해가 긴한여름에는 밤늦게까지 깜깜한 어둠 속에서 노는 일이 태반이었다. 특히, 일요일이나 공휴일에는 친구들과 함께 우리 동네에서 제법 멀리 떨어진 신흥사나 정릉 배밭골, 아니면 행길 건너편에 있는 산동네 등지를 돌아다니며 놀곤 하였다.

돌이켜보면, 아주 어렸을 때에는 우리 집과 우리 동네

앞마당이 이 세상의 전부인 줄 알았다가, 초등학교에 들어가서 학교를 오가기 시작하면서부터는 세상은 더욱 넓어져서 우리 집과 우리 동네, 그리고 학교 가는 길과 학교 운동장, 학교 주변의 땅과 집들을 보면서 세상은 이렇게도 넓은 거구나 하는 생각과 함께 세상에 대한 호기심이 생기기 시작하고, 엄마와 함께 동네시장에 다니기 시작하면서부터는 길거리의 많은 사람들과 섞이어 복잡한 찻길과 전찻길을 건너다니며 세상은 정말로 넓은 것이구나 하는 생각으로 가슴이 두근거리게 되는 것이었다.

혼자서 버스를 타고 동네 수십 개를 지나 학교를 갈 줄 알게 되는 중학교에 들어가서는 이 세상에는 우리 집과 우리 동네, 우리 학교, 그리고 우리 동네 주변의 큰 행길과 시장 같은 것들이 여기저기 각 지역마다 셀 수도 없이 엄청나게 많이 있다는 것을 알게 되었고, 그때쯤이면 그래도 제법 컸다고 어설픈 깡다구도 생겨 세상 큰 것에 대해 다 아는 척하며 애써 태연하고 대범한 듯이 행동하였고, 뾰족한 턱 끝에 하나, 둘 까뭇까뭇한 털이 자라다 만 돼지털모양으로 나오기 시작하는 고등학교에 들어간 후에는 지구본을 빙빙빙 돌리며, 이게 미국, 저게 영국, 저게 아프리카 하면서 이제 모든 걸 다 아는 척 하지만, 내심으로는 야아, 정말 지구라는 것은 참 큰 것이구나 하면서 다시 한번 놀라게 되는 것이 사실이었다.

그리고 더 나아가 우리가 살고 있는 이 큰 지구가 우주의 극히 작은 한 점이라는 것을 곰곰이 생각해 보았을 때, 이 우주라는 것의 무한한 크기에 또 한 번 놀라게 되었던 것이다. 그러므로 그 당시 초등학교를 다녔던 우리들에게 우리 학교 운동장도 아니고, 엄마하고 같이 다니던 시장도 아니었으며, 바로 옆 동네도 아닌, 우리 동네에서 제법 멀리 떨어진 곳에 우리끼리 놀러간다는 그 사실은 매우 흥분되는 일이 아닐 수 없었다.

우리 집 앞에서 삐뚤삐뚤한 돌계단을 걸어 내려오다 보면 왼쪽으로 검은 기와지붕의 봉주네 집이 있었고, 그 넓은 길을 따라 계속 내려가면 십자의원 앞 큰 행길이 나왔다. 당시 범진여객 팔십칠 번 시내버스 종점이 거기에 있었는데, 그 행길을 따라 왼쪽으로 가면 아리랑 고개를 넘어서 정릉으로 가는 길이었고, 오른쪽으로 가면 돈암동 사거리로 나가는 길이 되었다. 그 삼거리에서 돈암동 사거리 방향 행길 인도 쪽으로는 언제나 팔십칠 번 시내버스 두세 대 정도가 서있었고, 한 대는 시동을 건채로 검은색 매캐한 연기를 태우며 한참동안 떠나지 않고 승객을 기다리고 있었다. 그 삼거리는 제법 번화한 곳이었다. 시

Maurice Utrillo, 〈교외 공장Usines de Banlieue〉, 1946

내버스 종점을 중심으로 과일가게, 의원, 옷수선집, 찐빵집, 튀김집, 짜장면집, 센베이과자점, 약국, 세탁소, 구두방, 만화가게 등 크고 작은 가게들이 서로 어깨를 마주 대고 다닥다닥 붙어 있었고, 밤늦게까지 많은 사람들이 오고 가는 그런 곳이었다.

우리 집에서 보면, 그 삼거리에 이르기 바로 전에 왼쪽으로 돌아서는 큰 길이 하나 있었는데, 그 길은 경사가 완만하고 긴 오르막길로 신흥사라는 절로 가는 길이었다. 우리가 우리 동네 주변을 떠나 제법 멀리 가서 논다고 하는 곳이 바로 이 신흥사의 뒷산이었다. 우리들은 이곳에 매우 자주 갔었다. 당시 그 길은 일부는 시멘트로 되어 있었고, 일부는 흙길 그대로였는데, 흙길은 비만 오면 질퍽하게 진창이 되곤 하였다. 시멘트로 된 길도 군데군데가 깨지고 패여 있었다. 신흥사로 가는 길 양쪽 편에는 길게 늘어선 키다리 플라타너스 뒤로 낡은 기와집들이 띄엄띄엄 있었고, 또 그 사이사이에 점 보는 집, 방앗간, 솜틀집, 철공소 등이 있었다.

우리는 여름이면 삼각형 비닐봉지에 든 노란 색깔 음료 하나씩을 빨아먹으며, 서로 장난을 치면서 이 길을 걸어 올라갔다. 길을 걷다가 플라타너스 그늘 아래에서 잠시 쉬기도 했다. 그 언덕길은 오르락내리락 하거나 꼬불꼬불한 길도 아니었고, 길의 초입에서 길의 끝부분이 거의 한눈에 다 보일 만큼 넓고 평탄한 길이어서 걷기에 상당히 지루하였지만, 친구들과 장난을 치면서 서로 앞서거니 뒤서거니 하다보면 시간가는 줄 모르고 신흥사 입구에 다다를 수 있었다.

나는 신흥사가 당시 성북구 주변에서는 가장 큰 절에 속한다는 것을 나중에 고등학생이 되어서야 알게 되었다. 당시 우리는 여름이면 햇빛 한줄기 들어오지 않을 정도로 하늘을 빽빽하게 가린 나무들로 울창한 그 신흥사 뒷산의 구석구석을 누비거나 거울같이 맑은 물이 흐르는 계곡의 이곳저곳을 탐험하거나, 이른 봄에서부터 늦가을에 이르기까지 그곳에 흩어져 살고 있는 무당개구리, 올챙이, 물방개, 가재, 소금쟁이 등을 비롯하여 각종 나비와 나방, 딱정벌레, 풍뎅이, 그리고 온 숲속을 시끄럽게 만드는 매미와 넓고 푸른 들판을 뛰어다니는 메뚜기, 파란 하늘을 누벼대는 잠자리 등을 잡으러 가는 것이 목적이었으므로, 신흥사라는 절에 대해서는 관심이 없었다. 단지 산에 가는 길에 그저 호기심에서 친구아이들과 함께 울긋불긋한 커다란 기와집 모양의 절에 살며시 들어가 여기저기를 살펴본 적은 몇 번 있었다.

신흥사로 들어가는 입구에는 여름방학책의 겉표지 같

은 데서 종종 볼 수 있는 원두막같이 생긴 팔각형 모양의 이층짜리 조그마한 정자가 하나 서있었는데, 그 뒤부터가 신흥사였다. 거기에서부터 쭉 안쪽으로 걸어 들어가면 넓은 공터가 나오고, 그 바로 뒤 한가운데에 커다란 창호지 문 두 짝이 활짝 열려 있는 큰 건물이 있었으며, 그 열린 문 사이로 누런 황금색 부처가 수백 개의 크고 작은 촛불 뒤에 있었는데, 그 안은 어두컴컴한데다가 천정은 높고, 황금색 부처는 저 안쪽에 있는 붉은 색 단상에 머리가 천정에 닿을 듯이 앉아 있었기 때문에 항상 으스스해보였다.

신흥사 뒷산 숲속으로 가려면 언제나 그 팔각형 정자 앞을 지나 완만한 경사의 숲길을 쭉 따라 걸어 올라가야 했다. 산속으로 들어갈수록 숲은 울창하고 깊어졌다. 그곳에 갈 때마다 크고 작은 나무들과 골짜기, 그리고 맑은 개울들이 우리를 반갑게 맞아주었다. 골짜기에서 흐르는 물은 참으로 맑고 깨끗했다. 약수터도 여러 곳에 있었는데, 약수를 한바가지 뜨면 그 약수에 비치는 우리들의 얼굴은 거울에 비치는 모습보다도 훨씬 선명한 것이었다.

산속 한가운데에 들어가면 하늘이 안보일 정도로 무성한 잎들을 가득 매단 키 큰 나무들이 꽉 차 있었고, 주변은 너무나 조용하였다. 그곳에서는 새소리와 바람소리,

그리고 나뭇잎소리 외에는 아무 소리도 들리지 않았다. 한낮인 데에도 그 주위가 너무나 어두컴컴하여 쉬이 하고 바람이 불 때마다 저 머리 위 높은 곳에서 들리는 우수수 하고 나뭇잎 떠는 소리가 우리들을 <u>으스스</u>하게 만들곤 하였다.

신흥사 뒷산에 갈 때마다 우리는 항상 몇 가지 장비들을 챙겨가지고 갔다. 정릉 배밭골에 갈 때에도 마찬가지였다. 잠자리채, 뚜껑이 있는 유리병, 철사 줄에 매단 깡통, 긴 막대기 등을 가지고 갔는데, 종종 진표가 자기 외삼촌이 군대에서 전투를 하면서 밥 먹을 때 쓰던 것이라고 하는 타원형 모양으로 한쪽이 찌그러진 듯이 쑥 들어간 이상하게 생긴 검은 색 깡통을 가지고 오곤 하였는데, 나중에 우리는 그것이 반합이라는 것을 알게 되었다. 사실 그 깡통은 당시에 거지들이 이 집 저 집 동냥하러 다닐 때 가지고 다니던 것과 똑같이 생긴 것이었다. 그 반합이라는 깡통은 속이 꽤 깊은데다가 뚜껑을 꽉 닫으면 웬만한 흔들림에도 여간해서는 물이 잘 새지가 않아 개구리나 올챙이, 가재, 소금쟁이 등을 잡아서 물을 넣어가지고 다니거나, 메뚜기나 왕개미, 풍뎅이 등 곤충들을 잡아서 풀잎이나 흙과 함께 넣어가지고 다니기에 매우 적합하였다. 물론 산속에 버려진 깡통을 주워 이런 곤충들을 담는데 쓰기도 하였다.

우리에게 신흥사 뒷산은 언제나 가고 싶은 곳이었다. 봄, 여름, 가을, 겨울, 거기에 가면 항상 재미있고 흥미진진한 일들이 우리들을 기다리고 있었다. 그래서 우리들은 한겨울을 제외하고는 시간만 나면 그곳에 가서 이곳저곳을 돌아다니며 놀았다. 또 계절마다 산 색깔도 바뀌고, 바람소리도 바뀌고, 새소리, 물소리도 달라지고, 들판이나 산속에서 날고 뛰어다니는 곤충들의 종류와 모습들도 달라졌다. 산속에 있는 연못이나 호수도 계절마다 다른 색깔이었다. 들판에 피는 작은 풀꽃들은 모두 예쁘고 귀여웠다. 아지랑이 피는 봄에는 어린잎들이 파랗게 돋아난 들판 사이사이에, 노란 얼굴을 살짝 내밀고는 오가는 바람에 수줍은 듯 고개를 저으며 서있는 풀꽃들이 마치 아기난장이 같아보였다. 그 노란 풀꽃 위로는 언제 어디서 나왔는지 알 수 없는 조그맣고 예쁜 노랑나비, 흰나비가 투명하고 얇은 날개를 파랑파랑 저으며 사뿐사뿐 날아다녔다.

여름에는 여름대로 잡을 것이 많아 우리들은 더욱 분주하였다. 특히, 여름에는 해가 길어서 시간가는 줄 모르고, 오후 늦게까지 그곳에서 논 적이 한두 번이 아니었다.

우리는 매미, 개구리, 풍뎅이, 물방개 등을 비롯하여 이름을 알 수 없는 수많은 곤충들을 잡으러 들판으로 골짜기로 뛰어다니다 미끄러지거나 넘어지기 일쑤였고, 숨이 차서 그냥 주저앉아 버리기도 하였으며, 힘이 들 때에는 풀밭 위에 아무렇게나 드러눕기도 하였다. 산속을 헤매다 우연히 만난 조그만 연못 위에는 가늘고 긴 수초들이 물밖으로 몸을 내밀고 불어오는 바람에 서로 어우러져 흔들거리고 있었고, 바싹 마르고 다리가 긴 소금쟁이가 물에 빠질 듯 빠질 듯하며 이리저리 헤엄쳐 다니고 있었으며, 잠시 물가로 나왔던 참물방개가 우리들을 보고는 폴랑폴랑 물 먼지를 일으키며 순식간에 바위 밑으로 숨어 버리곤 하였다.

푸르른 어스름이 피어나는 여름 저녁에는 오후의 태양에서 쏟아져 내린 햇빛이 아직도 하늘 여기저기에 남아, 뛰어다니며 노는 우리들의 얼굴을 비쳐주었다. 해가 막 떨어진 숲속에서는 낮에 듣던 것과는 또 다른 새들의 지저귐 소리가 먼 데 개울물소리와 함께 들려왔고, 바람은 더욱 세어져서 나뭇잎들이 흔들리며 서로 부딪치는 소리가 쏴아, 쏴 하며 파도소리를 내곤 하였다. 그러나 밤에는 숲속 주변이 금세 깜깜해져왔기 때문에 늦게까지 그곳에 있을 수는 없었다.

가을의 신흥사 뒷산은 꼬랑지가 온통 새빨갛게 물든 고추잠자리의 놀이터였다. 투명한 날개를 반짝이며, 고추 잠자리들은 더욱 높고 파란 하늘 구석구석을 제 마음대로 누비고 다녔고, 초록색으로 물들어 살이 통통하게 찐 메뚜기들은 갈 곳을 찾는 것처럼 쉬지 않고 풀잎사이를 뛰어다녔다. 산에 있는 나무들은 어느새 울긋불긋한 색으로 옷을 갈아입었고, 두 팔을 벌리고 서서는 멀리서 불어오는 바람을 한껏 맞이하고 있었다.

신흥사 뒷산이나 정릉 배밭골은 주로 토요일 학교가 끝난 오후에, 일요일이나 공휴일에는 오전부터 가서 놀았다. 특히, 일요일이나 공휴일에 갈 때에는 친구들과 미리 그날을 정하기도 하였는데, 거의 하루 종일을 그곳에서 보내는 경우가 많았기 때문에 우리들은 며칠 전부터 이런저런 계획을 짜기도 하였다.

우리 집에는 무엇 무엇이 있는데, 너희 집에는 무엇이 있느냐, 이런 것들이 필요한데 누구네 집에 있느냐 하며 가지고 갈 장비들을 서로 챙겨보기도 하였고, 새 잠자리 채를 산 아이는 그것을 가지고 나와 친구들에게 보여주기도 하였다. 그날이 오면 아침 일찍 눈이 떠졌다. 부지런히 아침밥을 먹고는 광에 들어가 자기가 맡았거나 가지고 가고 싶은 장비를 챙겨가지고 집을 나섰는데, 그동안 모아두었던 용돈이 있으면 모두 가져갔고, 하나도 없으면 엄마를 졸랐다. 가다가 오다가 군것질하는 데에 필요했기 때문이었다.

일요일 날, 평상시답지 않게 일찍 일어나 부엌으로 광으로 들락거리며 잠자리채, 빈 병 등을 챙기는 내 모습을 보면서, 엄마는 분명히 저 녀석이 또 뭘 한바탕 잡으러 나가는 모양인데, 며칠 뒤면 죄다 죽어 내다버릴 것들을…… 하고 생각했을 것이다. 내가 잠자리채와 빈 병을 들고 광에서 나오려고 할 때, 갑자기 안방에서 아버지의 굵직한 목소리가 들렸다. 성철이 쟤, 아침부터 어디 가는 거야? 순간 나의 가슴은 덜컹 하고 내려앉았는데, 아버지는 지금 막 안방으로 들어간 엄마한테 묻는 것이었다.

나는 걸음을 멈추고 숨을 죽이고는 안방에서 흘러나오는 아버지와 엄마의 목소리에 잔뜩 귀를 기울여야 했다. 곧 이어, 개구락지 잡으러 가지…… 하는 엄마의 목소리가 들림과 동시에 안방 쪽문이 삐걱 열리며 엄마의 얼굴이 보였는데, 엄마는 한 손에는 잠자리채, 다른 한 손에는 빈 병을 든 채로 엉거주춤하게 서있는 나의 모습을 보고는 너, 너무 늦지 마라, 친구들 하고 같이 가는 거지? 하고 물었다. 나는 으응, 진표하고, 봉주하고, 동구…… 하고 대답하였다. 나는 이미 부엌에서 엄마로부터 용돈도 조금 받은 후였는데, 엄마가 오늘의 우리들 행사에 대하여 아버지 앞에서 다시 한 번 그 허락을 확인시켜주는 것이었다.

대문을 나서서 돌계단 위를 날아가듯 올라가 대머리이발관 앞 공터에 가보니 봉주와 동구, 그리고 송준이는 벌써 나와 있었고, 같이 가기로 한 진표와 백규의 모습은 아직 보이지 않았다. 진표와 백규를 기다리는 동안, 우리는 각자가 가지고 나온 물건들을 둘러보며 이거 니꺼야? 언제 샀어? 하고 물어보기도 하였고, 동구는 내 대나무 잠자리채를 허공에 한 번 휘익 하고 휘둘러보기도 하였다. 잠시 뒤에 진표가 나타났다.

진표는 자기 외삼촌이 군대에서 전투할 때 사용했다고 하는 검정색 반합통을 들고 있었다. 진표는 반합통 뚜껑을 열고서는 그 안에 들어있는 내용물을 우리들에게 보여주었는데, 무언가가 흰 손수건에 싸여 있었다. 그것은 무려 여섯 개나 되는 찐 계란이었다. 그 시절에 찐 계란 여섯 개는 아주 특별한 것이었다.

잠시 뒤에 역시 반바지 차림의 백규가 어깨에 잠자리채를 하나 둘러메고, 한 손에는 빈 깡통을 들고 나타났다. 빨리 가자, 우리들은 곧바로 돌계단을 내려와 봉주네 집 앞을 지나 언덕길을 걸어 내려갔다. 여름이지만, 얼굴을 스치는 아침바람은 시원하여 상쾌하기가 그지없었고, 마음은 자꾸 들떠서 학교 음악시간에 배운 노래라도 하나 불러야 될 것 같았다. 다 똑같은 마음이었다. 우리들은 팔십칠 번 버스 종점 삼거리 못 미쳐서 왼쪽으로 커브를 틀어 신흥사로 올라가는 언덕길로 들어섰다.

개구리, 올챙이, 나비, 매미, 풍뎅이, 딱정벌레, 무당벌레, 잠자리, 메뚜기, 방아깨비, 왕개미, 물방개, 소금쟁이…… 계절마다 우리가 잡으러 다니던 것들이었다. 반면에, 우리를 괴롭히는 것들도 있었다. 두꺼비, 거미, 사마귀, 쐐기 등이 그것들이었다. 그리고 이름도 알 수 없고, 보기에도 징그러운 이상한 벌레들도 꽤 많이 있었다. 가끔 두꺼비나 사마귀 등도 잡아보았는데, 반장 집 형이 두꺼비의 등에서는 무서운 독이 나온다고 일러준 적이 있어서 우리들은 두꺼비에 대한 경계심을 잠시도 늦춘 적이 없었다. 특히, 두꺼비와 개구리의 구분을 잘하기 위하여 우리는 항상 긴장한 상태에서 이것들을 조심스럽게 살피곤 하였다.

우리는 나방이나 나비의 날개를 만진 손으로 눈을 비비면 곧바로 장님이 된다고 믿고 있었다. 이 역시 오래 전에 반장 집 형이 일러준 것이었다. 특히, 나방이나 거미

중에는 독나방과 독거미가 있기 때문에 이것들을 잘못 만지거나 물리게 되면 독이 올라 죽을 수도 있고, 또 독사에 물리면 단 몇 초 내에 죽는다고 알고 있었다. 이러한 곤충이나 뱀의 독에 대한 공포는 친구들 간에 얘기를 통하여 한껏 부풀려져서, 우리들은 신흥사 뒷산이나 정릉 배밭골에 오갈 때마다 서로가 심각한 표정으로 이런 얘기들을 주고받곤 하였다. 그러나 막상 그곳에 도착하게 되면 그런 걱정들은 모두 잊어버렸고, 메뚜기, 개구리, 풍뎅이 등을 쫓아서 나무사이로 풀잎사이로 발 닿는 대로 정신없이 뛰어다녔다.

나비 중에는 온몸이 새까맣고, 까만 날개에서는 눈부신 광채가 나는 듯한 나비가 있었는데, 우리들은 이 나비를 제비나비라고 불렀다. 이 제비나비는 양쪽 날개를 활짝 폈을 때에는 어른 손바닥만 한 크기가 되는 아주 멋있고 커다란 나비였는데, 날아다니는 것을 보는 것도 힘들 정도로 희귀한 것이어서 이를 잡는다는 것은 그야말로 하늘에서 별을 따는 것보다도 훨씬 어려운 일이었다. 실제로 우리 친구들 중에서 이 제비나비를 잡은 아이는 아무도 없었다. 그래도 우리들은 신흥사 뒷산에 갈 때마다 오늘은 꼭 한 마리 잡아야겠다고 서로 마음속으로 다짐을 하곤 하였다.

태극나비라는 것도 있었다. 이 나비도 매우 희귀한 종류에 속하는 것이었다. 태극나비는 제비나비보다는 조금 작은 크기였는데, 양쪽 날개 끝에는 태극기의 가운데에 있는 태극모양 같은 것이 그려져 있었다. 나는 이 나비 역시 한 번도 잡아보지 못했지만, 신흥사 뒷산에 갈 때마다 꼭 한 마리 잡아야겠다는 생각을 늘 하곤 하였다. 나방 중에도 태극나방이라는 것이 있었는데, 일반 나방과 비슷한 크기지만, 양쪽 날개 끝에 역시 태극모양이 그려져 있는 나방이었다. 이 태극나방은 태극나비나 제비나비처럼 그렇게 희귀하지는 않았지만, 역시 쉽게 잡을 수 있는 것은 아니었다. 태극나방은 나비가 아니라는 점 때문에 우리들의 관심은 다소 떨어졌지만, 그래도 이 태극나방을 잡으면 나비와 마찬가지로 날개에서 떨어지는 반짝가루가 눈에 들어가지 않도록 조심하여 유리병에 넣어서는 집으로 돌아와 반장 집 형에게 보여주었다.

　　사마귀를 잡게 되는 경우도 종종 있었다. 그러나 사마귀는 생긴 모습도 징그러운 데다가 손등에 오줌을 싸면 거기에 보기 흉한 사마귀가 생긴다는 얘기 때문에 사마귀는 사실 메뚜기와 비슷한 종류였지만, 우리에게는 인기가 없었다. 당시 우리 또래의 아이들 중에는 손등이나 손가락 사이에 뽈록 튀어나온 작고 딱딱한 사마귀들이 있는 아이들이 꽤 많았다. 우리는 사마귀를 발견하면 얼른 발로 멀리 차버리거나, 아니면 밟아 죽이거나 했는데, 단지 호기심에 몇 마리 잡아보기도 하였다. 풀잎 위에서 작은 메뚜기를 잡아먹고 있는 왕사마귀를 본 적도 여러 번 있었다.

하얀 솜털이 등 전체에 촘촘히 나 있고, 이동할 때에는 알록달록한 색깔의 등을 구부렸다 폈다 하며 슬금슬금 기어가는 모습이 보기에도 너무 징그러운 쐐기는 나뭇가지나 나뭇잎 뒷면에 많이 붙어 있었다. 그러다가 별안간 땅바닥으로 툭 떨어지곤 하였는데, 종종 나무 밑을 지나가는 우리들 머리나 목 뒤에 떨어져 우리들을 깜짝깜짝 놀라게 하였다. 팔이나 손등이 쐐기에 쏘이게 되면 그 부위가 따끔따끔하고 가려워서 자꾸 긁게 되었고, 나중에는 통통 부어올랐다. 이렇게 쐐기에 쏘였던 경험은 누구나 여러 번 갖고 있었다. 그래서 우리는 땅에 떨어져 있건, 풀잎에 붙어 있건 쐐기를 볼 때마다 그 즉시 발로 밟아 죽였다.

두꺼비, 거미, 사마귀, 쐐기 외에 숲속에는 우리를 괴롭히는 이름 모를 작은 곤충들이 많이 있었다. 그래서 숲속을 한바탕 돌아다닌 후에는 얼굴도 따끔따끔 하고, 팔이나 손등도 가렵고, 종아리도 가렵고, 발목도 가려워 한참을 긁어댔는데, 그러다보면 피부가 우둘투둘해지고 피가 나기도 하였다. 나비와 나방을 구분하기가 쉽지 않은 것처럼 아무리 유심히 보아도 왕개구리와 두꺼비를 구분하는 것은 참 어려워 개구리인줄 알고 두꺼비를 잡으려고 애쓰는 경우가 자주 있었다. 개구리도 그 종류가 여럿 있었다. 등이 얼룩덜룩하고 몸집이 크며 고동색깔인 일반 개구리도 있었고, 몸집이 조그맣고 온몸이 온통 초록색인 청개구리도 있었으며, 위험을 느끼게 되면 몸을 홀랑 뒤집어 자기 배를 드러내 보이는 무당개구리도 있었는데, 무당개구리의 배는 새빨간 색깔에 땡땡이 검은 점들이 온 사방으로 퍼져 있어서 보기에 매우 징그러웠다.

개구리와 올챙이는 보는 대로 잡아 물을 넣은 유리병에 담았다. 긴 꼬랑지 옆에 작은 발 두 개가 달려 있는 올챙이를 잡는 경우도 있었다. 연못 얕은 곳에는 수초가 많이 자라고 있었는데, 가끔 그 수초에 돌돌 말려 있는 거뭇거뭇한 개구리 알들을 무더기로 발견하기도 하였다. 우리는 이 알들이 올챙이로 변하고, 또 개구리가 되는 과정을 보기 위하여 이 알을 무더기 째로 물이 가득 든 병에 수초와 함께 조심스럽게 넣어가지고 집에 가져와서는 책상 위에 올려놓고 시시각각으로 관찰을 하기도 하였다. 그러나 이 알에서 올챙이가 깨어나는 것을 본 적은 없었다.

　몸집에 비해 머리가 너무 작아서 우스꽝스럽게 보이는 풍뎅이는 나뭇잎에 붙어 있는 경우가 많았다. 우리는 풍뎅이를 손으로 직접 잡기도 하고, 잠자리채를 사용하여 잡기도 했는데, 가끔은 자기 스스로 잠자리채 안으로 날아들기도 하였다. 특히, 풍뎅이는 머리를 비틀어도 머리가 떨어지지 않는다고 하여 우리는 한 손으로는 풍뎅이 몸통을 잡고, 또 한 손으로는 풍뎅이 머리를 잡아 뱅뱅 비틀어 보기도 했는데, 그만 머리가 떨어져 나가고 말았다. 풍뎅이 중에서 몸집이 좀 크고, 몸 전체가 검은 군청색으로 반질반질 윤이 나는 풍뎅이가 있었는데, 우리는 이것을 장수풍뎅이라고 불렀다. 장수풍뎅이는 여간해서는 잘 잡히지 않았기 때문에 친구 중 누군가가 이를 잡으면, 장수풍뎅이다! 장수풍뎅이! 하고 소리를 냅다 질러댔고, 여기저기에 흩어져 있던 우리들은 그 친구아이 주변에 몰려들어 부러운 마음으로 그 장수풍뎅이를 한 번씩 만져 보며 구경하였다. 장수풍뎅이는 만질 때마다 유리같이 투명한 속날개를 파르르 떨곤 하였다.

　매미는 유난히 우는 소리가 크고, 몸집도 큰 검은 색의 말매미, 그리고 적당한 크기로 통통한 참매미가 있었으며, 울지 않는 매미도 있었는데 우리는 이 매미를 벙어리

매미라고 불렀다. 매미가 우리 키 정도 높이의 나무에 붙어 있는 경우에는 살금살금 다가가 손으로 살며시 잡기도 하였다. 잡은 매미를 뒤집어서 주름이 있는 배 아랫부분을 손톱으로 살살 긁으면 매미는 커다란 소리를 내며 울어댔다.

또, 우리는 늦여름이 되면 파란 하늘을 수놓고 다니는 잠자리 잡기에 여념이 없었다. 잠자리는 잠자리채를 이용하여 잡았지만, 때로는 매미와 마찬가지로 맨손으로 잡기도 하였다. 나뭇가지 끝에 앉아 있는 잠자리가 눈치 채지 못하도록 아주 천천히 살금살금 다가가면서 커다란 두 눈알을 향하여 집게손가락을 펴서 천천히 빙빙 돌리면 잠자리는 그대로 가만히 있었다. 계속 그러면서 더욱 살금살금 다가가다가 손을 뻗으면 닿을 만큼 잠자리와의 거리가 가까워지면 어느 한 순간에 손을 재빨리 뻗쳐 잠자리를 덮치는 것이었다. 눈알이 큰 잠자리의 정신을 빼서 눈 깜짝할 사이에 손으로 잡는 방법이었다.

한번은 숲속을 가다가 우리들 키만 한 나무의 작은 가지 사이에 매달려 있는 커다란 벌집 하나를 발견하였다. 그 즉시 우리는 벌이다! 벌, 벌집이다! 하고 소리치면서 각자 사방으로 흩어져서 도망을 가기 시작했는데, 동구는 도망을 가지 않고, 기다란 막대기로 그 벌집을 살살 건드

Maurice Utrillo, 〈오퇴유의 반-루 거리Rue Van-Loo à Auteuil〉, 1925

CAROSSERIE
AUTOMOBILE

Maurice Utrillo, U
1925,

리고 있었다. 그래도 별 반응이 없었는지 동구는 그 벌집을 여러 번 탁탁 쳤는데, 그러자 별안간 어디에서 나타났는지 벌들이 떼를 지어 날아왔고, 그때서야 동구는 소리를 지르며 도망을 가기 시작했다. 벌들이 쫓아오면 무조건 멀리 달아나야 한다는 반장 집 형의 얘기대로 우리는 걸음아 날 살려라 하고 온 사방으로 흩어졌고, 동구 역시 삼십육계 줄행랑을 놓았는데, 우리는 한참 도망가다가 커다란 나무 뒤에 숨어서 과연 동구가 벌에 쏘일까, 안 쏘일까 하고 가슴을 졸이며 그 광경을 지켜보았다.

신흥사 뒷산에서 우리가 가장 열심히 잡는 것은 메뚜기였다. 메뚜기는 여러 종류가 있었다. 온몸의 색깔이 연두색인 보통메뚜기, 몸 전체가 고동색깔을 띄고 있는 송장메뚜기, 몸이 가늘고 기다란 방아깨비, 그리고 몸집이 가장 컸던 초록색의 풀무치 등이었다. 신흥사 뒷산에서 정릉 배밭골 방향으로 나 있는 산길을 따라 계속 걷다 보면 크고 작은 무덤들을 자주 볼 수 있었는데, 이런 무덤들은 산꼭대기에도 있었고, 산중턱에도 있었으며, 때로는 길가에도 있었다. 대부분 비석이 없는 무덤들이었다. 메뚜기들은 이런 무덤 근처의 풀밭에서 많이 살고 있었는데, 우리들은 메뚜기를 쫓아 무덤 위에 올라갔다가 미끄러져 구른 적이 한두 번이 아니었다.

　메뚜기 중에 풀무치라고 부르는 메뚜기가 있었다. 이 풀무치는 메뚜기 중의 메뚜기, 즉 왕메뚜기로서 우리가 가장 정성을 들여 잡았던 메뚜기였다. 풀무치는 전체적으로는 초록색깔을 띠고 있었는데, 자세히 보면 머리와 다리부분은 연두색이었고, 날개부분은 옅은 흑갈색이었다. 일반메뚜기에 비해 그 몸집이 커서 보통 크기는 어른 엄지손가락만 하였고, 아주 큰 어미 풀무치는 어른 가운데 손가락만한 것도 있었다.

　이 풀무치를 잡기 위하여 우리는 풀밭과 숲속을 열심히 누비고 다녔었다. 신흥사 뒷산에 한번 놀러 가면 우리는 한 사람당 평균 사오십 마리 이상의 메뚜기를 잡곤 했는데, 대부분이 보통메뚜기와 송장메뚜기였고, 이 풀무치는 하루 종일 열심히 들판을 누비고 다녀도 보통 크기만 한 것으로 많아야 한 사람당 열 마리 이상은 잡지 못했다.

　풀무치 큰 놈의 투명한 두 눈알은 잠자리 눈처럼 양쪽으로 툭 튀어나와 있었으며, 쉬지 않고 우물거리는 입은 메기입처럼 커서 손가락을 갖다 대면 금세라도 물어버릴 것 같았다. 그 커다란 입에서는 가끔 고동색깔 침이 흘러나오기도 하였다. 몸집뿐만이 아니라, 다리도 다른 메뚜기에 비해서 굵고 길었는데, 두 개의 뒷다리에는 거칠거칠한 가시 같은 것이 촘촘히 나 있어서 꽉 잡으면 가시에 찔리는 듯 아프기도 했다. 물론 풀무치라고 해서 모두 다 큰 것은 아니었지만, 크기와 색깔이 비슷하다 하더라도 우리는 풀무치와 보통메뚜기를 단번에 구분해 낼 수 있었다.

우리 중 누군가가 몸집이 아주 큰 어미 풀무치를 한 마리 잡게 되면, 주위에 흩어져 메뚜기 잡는 데에 여념이 없는 친구아이들을 잠시 다 불러 모았고, 우리들은 그 아이를 중심으로 둥그렇게 모여서는 부러운 시선으로 그 커다란 풀무치를 구경하였다. 풀무치를 잡은 아이는 혹시라도 놓칠세라 그 풀무치 몸통을 한 손으로 단단히 쥐고는 우리들에게 한 번씩 보여주었다. 그리고는 이내 풀과 나뭇잎을 잔뜩 뜯어 넣은 유리병 속에 집어넣었다. 한참 동안 공기가 안 통하면 풀무치가 질식해 죽을 수가 있으므로, 우리들은 병뚜껑에 못구멍을 몇 개 만들어서 뚜껑을 안 열어도 공기가 잘 통하도록 했다.

하루 종일 이리 뛰고 저리 뛰어다녀도 풀무치를 한 마리도 잡지 못하는 아이들도 많았다. 이러다보면 친구들 간에 마치 구슬교환처럼 메뚜기교환이 이루어지기도 하였는데, 대개 풀무치와 보통메뚜기를 바꾸는 일이었다. 보통 크기 풀무치 한 마리에 보통메뚜기는 열 마리, 송장

메뚜기는 이십 마리 정도로 쳐서 바꾸기를 하였다. 그러나 몸집이 큰 어미 풀무치는 그것보다 두 배 정도는 줘야 메뚜기 교환이 이루어질 수 있었다. 물론, 방아깨비도 그 크기에 따라 적당히 계산을 하여 서로 바꾸었다.

나는 메뚜기와 개구리, 풍뎅이, 그리고 가재를 잡아서 병에 담아가지고는 집으로 가지고 와서 그것을 형의 앉은뱅이책상 밑에다 잘 두었다. 그리고는 수시로 밥알도 넣어주고, 누룽지도 넣어주고, 풀잎도 뜯어다주고, 물도 자주 바꿔주었으며, 가끔 과자도 잘라서 넣어주었다. 내 여동생은 그 유리병을 볼 때마다 소리를 지르며 내다버리라고 했는데, 말도 안 되는 소리여서 나는 혹시나 여동생이 그 유리병을 나 몰래 내다 버릴까봐 더욱 소중히 그것을 보관하였다.

가끔은 병 안의 곤충들을 꺼내서는 가지고 놀기도 하였는데, 시간이 지날수록 점점 힘이 없어보였다. 내가 정성껏 넣어준 것들도 먹지 않았다. 처음에는 팔팔했던 것들이 이제는 잘 움직이지도 못했고, 며칠이 더 지나 병을 꺼내보았을 때에는 병 한구석에 죽은 채로 오그라들어 있었다. 숲속으로 풀밭으로, 벌과 쐐기에 쏘여가면서, 무릎과 팔꿈치가 까지면서 어렵게 잡아온 것들이었는데, 며칠도 안 되어 죽어버리다니 참으로 속상하는 일이 아닐 수 없었다.

가끔 유리병 뚜껑이 잠깐 열린 틈을 타서 메뚜기나 개구리가 유리병을 빠져나와 방안 여기저기를 뛰어다니는 경우도 있었다. 힘이 빠진 풍뎅이는 좁은 방안을 날아 천정에 가까스로 붙어 있다가 이내 방바닥으로 떨어지곤 하였는데, 나는 엄마나 여동생이 그것을 볼세라 얼른 주워 담았다. 어떤 때에는 엄마가 방청소를 할 때에 책상이나 옷장 밑에서 바싹 말라버린 메뚜기나 풍뎅이가 빗자루에 걸려나오기도 하였다. 또 병속에 넣어두었던 메뚜기나 풍뎅이가 그 안에서 죽은 지 한참 뒤에 그 뚜껑을 열면 아주 고약한 냄새가 코를 찌르기도 하였다.

신흥사 뒷산은 우리에게는 정릉 배밭골과 더불어 학교 여름방학 숙제인 식물채집과 곤충채집을 할 수 있는 매우 중요한 곳이었다. 여름방학이 끝나갈 무렵이면 우리는 이 방학숙제를 하러 그곳에 가곤 하였는데, 그곳에 가면 선생님이 내준 채집 방학숙제들을 충분히 하고도 남을 만큼 다양한 곤충과 식물들이 곳곳에 많이 있었다.

식물채집은 채집해야 할 풀꽃들을 찾아 뿌리까지 송두리째 잘 뽑아서 뿌리에 붙어 있는 흙을 모두 털어버린 후에, 흰 도화지에다가 종이를 테이프처럼 잘라서 풀로 붙이고, 그 식물이름과 채집한 곳, 채집한 날짜를 그 아래에 써서 잘 보관하였다가 개학식 날 학교에 가지고 갔다. 곤충채집은 잡은 곤충이 병 속에서 죽으면 딱딱하고 두꺼운 마분지나 얇은 송판에다가 그 곤충을 핀으로 잘 꼽아서 그 아래에 곤충의 이름을 쓰고, 역시 잡은 장소와 날짜를 같이 기록하여 식물채집한 것과 함께 방학과제물로 선생님에게 제출하였다.

곤충채집한 것을 학교에 낼 때에는 채집한 곤충들이 눌려서 찌그러지지 않도록 껍데기를 잘 만들어야 했는데, 대부분 아이들은 딱딱한 종이상자를 사용하였다. 그리고는 채집한 곤충들이 한눈에 잘 보일 수 있도록 앞면을 뚫어놓거나, 아니면 앞에다가 투명한 비닐종이를 붙였다. 당시 곤충채집 상자로는 아버지의 새 와이셔츠 포장상자가 가장 적당하였다. 어떤 아이는 앞면을 유리로 씌우기도 하였는데, 그렇게 하면 보기에 매우 좋았다.

곤충채집이나 식물채집한 것을 선생님에게 제출하면 며칠이 지난 후에 선생님은 도장을 찍어서 다시 돌려주었는데, 잘 만들어진 것은 채집한 아이의 학년, 반, 번호, 이름 등이 가지런히 적혀서 교무실 앞이나, 교무실로 가는 복도 벽면, 또는 교실 뒤쪽 게시판에 한동안 진열되기도 하였다.

곤충채집 숙제를 할 때에 가끔 애를 먹는 일이 하나 있었는데, 잡은 매미나 풍뎅이가 쉽게 죽지 않는 것이었다. 특히, 채집 숙제를 계속 미루다가 개학이 얼마 남지 않은 날, 친구들과 함께 숙제를 하러 가는 것이 대부분이었으므로, 그날 잡은 곤충들이 이삼일 내로 죽어야 핀으로 송판에 꽂을 수 있었는데, 그 곤충들이 죽지 않는 것이었다. 곤충들을 넣은 유리병에 공기가 통하지 않도록 뚜껑을 꽉 막아 두었는데에도 곤충들이 쉽게 죽지 않는 경우에는 참으로 난감했다. 그러다보니, 개학하기 전날까지 죽지 않으면 어쩔 수 없이 산 채로 곤충들을 송판에 꽂아야 했는데, 뾰족한 핀으로 살아 있는 곤충들의 등이나 배를 찌른다는 것이 영 마음에 내키지 않았던 것이었다.

한 번은 형이 나의 이런 당황하는 모습을 보더니 자기 책상서랍에서 삼각형 모양의 회색 양철통 같은 것을 꺼내어 뚜껑을 열고서는 병 속에 들어있는 매미와 풍뎅이를 그 양철통에다 넣으라고 하였다. 나는 형이 시키는 대로 유리병 속에서 매미와 풍뎅이를 조심스럽게 꺼내어 그 양철통 안에다가 집어넣었다. 형은 곧바로 뚜껑을 닫고는 그것을 책상 위에 그대로 두었다가 한 이십 분쯤 지난 뒤에 그 통을 두어 번 흔들어보더니, 뚜껑을 열고는 매미와 풍뎅이를 꺼내주었는데, 매미와 풍뎅이는 모두 고스

란히 죽어 있었다. 나중에 형한테 들었는데, 그 통은 곤충 마취용통이었고, 그 통 속에는 살아있는 곤충을 짧은 시간 내에 마취시킬 수 있는 마취가루가 들어있어서 어떤 곤충이라도 그 통 안에 들어가서 한 이십 분 정도만 있으면 모두 마취되고 만다는 것이었다. 그리고 더 오래 두면 곤충들은 그냥 죽어버리게 된다고 형이 설명해 주었다.

이 양철 마취통은 곤충채집용 장비 중 하나로서, 얼마 전에 엄마가 형에게 사주었던 것이다. 나는 그 신기한 마취통을 그때 처음 보았는데, 마취통의 안쪽 면에는 쇠고리가 하나 달려있어서 야외에서는 혁대에 껴서 허리에 찰 수 있도록 되어 있었다. 우리 친구들 사이에서 이 신기한 마취통을 가지고 있는 아이는 아무도 없었기 때문에 나는 이것을 친구들에게 보여주며 자랑하고 싶어졌다.

그래서 그것을 처음 본 날, 나는 조만간 형에게 졸라서 친구들과 함께 신흥사 뒷산에 갈 때에 이것을 한 번 허리에 차고 가려고 마음먹고 있었다. 그 해 초가을 딱 한 번 형의 허락을 받아서 그 양철 마취통을 집에서부터 권총처럼 허리에 차고 친구아이들과 함께 신흥사 뒷산에 갔었는데, 그날 나는 하루 종일 기분이 좋았다. 그래서 친구들이 잡은 메뚜기, 풍뎅이 등도 원하면 그 통 안에 넣을 수 있도록 허락해 주었다.

신흥사 뒷산…… 온갖 곤충과 식물들이 다 있는 곳, 넓고 푸른 풀밭도 있고, 깊은 골짜기도 있고, 꼬불꼬불 들길도 있고, 연못과 개울도 있고, 크고 작은 무덤도 있는 곳, 밤에는 반딧불이 도깨비불처럼 들판을 누비고, 이름 모를 새소리와 맑은 물소리가 나뭇잎을 스치는 바람소리와 어우러져 쏴아, 쏴, 쏴아 하고 교향곡처럼 웅장한 합주의 소리로 들려오던 곳. 그곳은 나를 길러준 나의 아늑한 고향이었다. 흥미진진한 우리들의 보물섬이었다. 우리들이 같이 뒹굴며 자라던 우리 모두의 고향이었다.

우리 동네에서 걸어서 한 시간 반 이상은 족히 걸리는 정릉 배밭골 역시 우리들의 고향이었다. 그곳 또한 우리들의 발길이 닿지 않은 곳이 없을 정도였다. 특히, 뜨거운 태양이 이글이글 타오르는 한여름 오후에 그곳까지 걷다 보면 햇볕에 달구어질 대로 달구어진 아스팔트는 끈적끈적해져서 고무신 바닥에 들러붙기도 하였고, 얇은 고무신 바닥을 뚫고 들어오는 지열 때문에 양 발바닥은 맨발로 뜨거운 자갈밭을 걷는 것처럼 화끈거렸다. 그래도 우리들은 즐거웠다. 빈 깡통과 빈 병을 들고 잠자리채를 둘러멘 채, 우리들은 서로 장난을 치면서 그 달구어진 행길을 걸어 배밭골까지 가곤 하였다.

정릉 배밭골은 신흥사 뒷산보다 개울도 많고, 물도 깊

어서 여름에는 수영을 하며 물장난을 치기에 참으로 좋은 장소였다. 특히, 물이 많이 고인 큰 웅덩이들이 많았는데, 깊은 곳은 우리들 키만한 곳도 있었다. 이곳에서 우리들은 송사리처럼 헤엄도 치고, 가재처럼 잠수도 하고, 물방개처럼 하얀 배를 뒤집으며 지치도록 놀았다. 그러다보면 코로 귀로 물이 들락날락하였고, 찌르르 하고 머리가 아파오기도 하였으나 곧 괜찮아졌다. 친구아이들과 함께 한참동안 물장난을 하다보면 물도 많이 먹게 되었는데, 나중에 집으로 돌아올 때에는 배에서 출렁출렁 하는 물소리가 나기도 하였다.

자전거 여행

　어른용 두 발 자전거를 탄다는 것은 참으로 기분 좋은 일이었다. 어른이 되면 누구나 다 탈 줄 알게 되고, 우리 같은 아이들이라 하더라도 배우면 다 탈 수 있는 것이었지만, 어쨌든 당시 우리 또래의 아이들 치고 바퀴가 두 개만 있는 커다란 어른 자전거를 잘 타는 아이들은 한둘 손에 꼽을 정도였기 때문에 더욱 그랬다. 그 당시 우리는 바퀴는 두 개만 있지만, 뒷바퀴에 보조용 새끼바퀴가 양옆으로 두 개가 더 달린 자전거로서 어른용 자전거보다는 조금 작고, 어린이용 자전거보다는 큰 중간 치기 자전거를 어른용 자전거 축에 든다고 생각하고 있었기 때문에 친구아이들 중 누군가가 이런 보조바퀴가 없는 완전 어른용 자전거를 자유자재로 탄다고 하면 상당히 부러워하지 않을 수 없었다.

그러나 사실 아이들용이건, 어른용이건 자기 소유의 자전거를 가지고 있는 아이들이 동네에 한 명 있을까 말까 하는 그런 수준에서 자전거를 타고 논다는 것은 당시 우리들에게는 상당히 사치스러운 일에 속하는 것이었다. 그나마 우리 동네에는 자기 자전거를 가지고 있는 아이가 단 한 명도 없었다. 간간이 자전거포에 가서 돈을 주고 빌려 타는 것이 전부였다. 당시 어른들은 먹고 살기 위해서 짐자전거나 삼륜오토바이를 사야 하는 경우가 있었다. 그러나 그런 사정을 제외하고 자전거가 있는 집은 가뭄에 콩 나듯 하였으며, 그런 집들은 경제적으로 부유한 편에 속했다. 당시에는 봄에 학년이 바뀌어서 생활조사부를 새로 쓸 때에 집에 자전거가 있는지 없는지를 표시하는 난도 있었다.

당시 우리들은 자전거를 타고 다닐 일이 하나도 없었다. 학교는 물론, 어디를 갈 때에도 그냥 걸어서 가면 그만이었다. 엄마심부름도 마찬가지였다. 튼튼한 두 다리가 바로 나의 자가용이고, 오토바이이고, 자전거였다. 그러나 자전거를 타고 노는 아이들을 보면 무척이나 부러운 것이 사실이었다. 또 누구나 자전거를 갖고 싶어 했다. 그래서 당시 우리들 또래의 아이들이라면 적어도 일 년에 몇 번은 자전거를 사달라고 엄마에게 졸라본 경험이 있

Maurice Utrillo, 〈물랑 드 라 갈레트Le Moulin de la Galette〉, 1932

었던 것이다. 우리 엄마는 내가 그럴 때마다 전교에서 몇 등 안에 든다면, 혹은 반에서 몇 등 안에 든다면 하고 조건을 제시하는 것이었는데, 유감스럽게도 나는 고등학교를 졸업할 때까지 엄마의 그런 조건을 충족했던 적이 한 번도 없었다.

어른 자전거에 관심이 부쩍 많아질 무렵, 한 번은 봉주가 어디에선가 어른 자전거를 빌려 가지고 왔었는데, 그때 우리는 한 번씩 돌아가면서 그것을 타보려고 시도를 했었다. 그러나 다리가 짧은 우리들이 어른 자전거의 안장에 앉으면 발이 페달에 닿지 않았다. 그래서 어른 자전거를 탈 줄 아는 우리 또래의 아이들은 자전거 안장에서 엉덩이를 뗀 채, 벌떡 일어서서는 엉덩이를 좌우로 실룩거리면서 페달을 밟아가며 자전거를 타야 했는데, 봉주도 이런 식으로 어른 자전거를 잘 타는 아이였다.

나도 마찬가지였지만, 당시 우리 동네 아이들 대부분은 어른 자전거를 타지 못했다. 그러나 봉주는 자기 자전거가 없었음에도 언제 어디서 배웠는지 능숙한 솜씨로 어른 자전거를 타곤 하였는데, 자전거의 뒷바퀴 위에 있는 작은 짐 판에 우리들을 번갈아가며 한 명씩 태워주기도 하였다. 정말 봉주의 자전거 타는 솜씨는 대단한 것이었다. 봉주가 자전거 뒤에 우리를 태우고 달릴 때에는 우리는 두 팔로 봉주의 허리를 꽉 움켜잡아야 했다. 자전거 뒤에 앉아서 언덕길을 쏜살같이 달려 내려갈 때에 느끼는 그 쾌감이란 이루 말할 수 없이 좋은 것이었다. 그러나 가끔 커브를 돌다가 넘어져서 팔꿈치나 무릎이 까져 피가 흐르기도 하였는데, 자전거 타는 재미에 비하면 그런 것들은 아무 것도 아니었다.

나도 봉주처럼 어른 자전거를 잘 타고 싶었다. 그리고 친구들 앞에서 그것을 자랑하고 싶었다. 그러나 어른 자전거를 배울 기회가 없었다. 당시 우리 형은 가끔 자기 친구들 하고 어디론가 가서 자전거를 빌려 타곤 하였지만, 나를 데리고 가지는 않았다. 형과 형 친구들은 자전거를 빌려가지고 우리 동네에 온 적도 몇 번 있었는데, 우리가 태워달라고 하면 빙빙 우리 주변을 돌다가 자기네들끼리 멀리 가서 놀았다.

그러던 어느 날, 봉주가 자전거를 타러 가자고 했다. 봉주에게서 자세한 얘기를 듣고 난 후, 나는 엄마를 졸라서 용돈을 조금 얻어가지고 봉주와 함께 진표, 백규 등 친구 몇 명이서 자전거를 빌려주는 곳에 가게 되었는데, 그곳은 바로 삼선교 다리, 우리가 가끔 와서 깡통 불놀이를 하던 그 삼선교 개천둑 위의 삼천리자전거포라는 양철간판이 붙어 있는 자전거 점포였다. 그곳에서는 새 자전거도 팔고, 중고 자전거도 팔고, 자전거 수리도 해주었는데 시간당 정해진 돈을 받고 자전거를 빌려주기도 하였다.

　삼천리자전거포에는 어른용, 아이들용 할 것 없이 종류별로 많은 자전거가 있었다. 새 자전거보다는 중고 자전거가 더 많았다. 커다란 검정색 짐자전거도 눈에 많이 띄었다. 우리는 주인아저씨에게 학교 이름과 학년, 반, 그리고 이름 등 신상내용을 자세히 알려주고, 시간당 정해진 금액을 선불로 내고는 자전거를 빌렸다. 나와 백규, 그리고 진표는 어른용 두 발 자전거를 혼자 직접 타본 적이 한 번도 없었기 때문에, 일단은 두 명당 한 대씩 빌리기로 했다. 동구하고 송준이가 빌린 자전거는 둘 다 비슷한 크기였는데, 완전 어른용 크기는 아니었지만, 그렇다고 뒷바퀴에 작은 보조바퀴가 달린 자전거는 아니었다. 그러나 봉주가 빌린 자전거는 완전 어른용 크기였다.

　우리는 빌린 자전거를 조심스럽게 끌면서 삼천리자전거포에서 나왔다. 자전거 타기에는 우리 학교의 넓은 운동장이 가장 좋았으나, 큰 행길을 두 번이나 건너야 하고, 거리도 좀 멀어서 근처의 적당한 곳을 찾아 나섰다. 삼선교 개천 둑길을 따라 혜화동 방향으로 조금 내려가다 보면 왼쪽 안쪽부터 조용한 주택가가 시작되었는데, 그 주택가를 관통하는 도로는 비교적 넓은 편이었고, 행인도 별로 없었으며, 또 다니는 차들도 거의 없어서 자전거 타기에 그런대로 적합한 곳이었다.

한 자전거당 두 명이 한 조가 되어 자전거 타기를 시작했는데, 나는 동구와 한 조가 되었다. 동구는 자전거를 봉주처럼 빠르고 날렵하게 타는 것은 아니었지만, 그런대로 잘 타는 편에 속했다. 한 번은 봉주가 핸들에서 두 손을 뗀 상태에서 달리는 것을 보고 동구가 그 흉내를 내려다가 자전거가 고꾸라지는 바람에 크게 다칠 뻔한 적도 있었지만, 여하튼 동구의 자전거 타는 솜씨는 대단한 것이었다. 우선 동구가 자기 혼자 자전거를 타고 주택가 행길을 몇 바퀴 돌았다. 그리고는 다시 자전거 뒤에 나를 태우고—자전거 뒤에 사람을 태우는 것이 봉주처럼 익숙해 보이지는 않았지만—또 행길을 두어 바퀴 돌았다. 그러나 내가 뒤에 앉아 있는 동안에 커브를 돌 때에는 자전거가 휘청 하고 옆으로 넘어질 뻔한 적이 여러 번 있었다.

동구는 열심히 나에게 어른 자전거 타는 방법을 가르쳐 주었다. 내가 자전거 핸들을 잡고 앉아 있는 동안, 좌우로 비틀거리는 자전거를 뒤에서 잡아주며 뛰어다니기도 하였고, 뒷바퀴를 자기 양 허벅지에 끼었다가는 천천히 밀어주기도 하였으며, 내가 넘어지는 바람에 같이 넘어지다가 무릎과 손등이 까져서 피가 흐르기도 하였으나,

이런 것에 아랑 곳 하지 않고 진짜 열과 성을 다하여 나에게 어른 자전거 타는 방법을 가르쳐 주었다. 또 한 번은 내가 가로수를 들이받는 바람에 앞바퀴가 핸들 축으로부터 비뚤어져서 동구가 이를 제대로 고정시켜 주기도 하였다.

우리는 한 시간 동안 자전거를 빌렸는데, 반납시간을 잊어버릴 정도로 자전거 타기에 열중했다. 나는 열심히 어른 자전거 타는 법을 배웠다. 그러나 단 한 시간 동안 배워서 어른 자전거를 혼자서 자유롭게 탈 수 있는 수준까지 된다는 것은 거의 불가능한 일이었지만, 나는 이제 어른 자전거를 혼자서도 탈 수 있다는 자신감을 얻은 것에 가슴 뿌듯하였다.

며칠 있다가 다시 가기로 약속을 하고, 우리들은 많은 아쉬움을 남긴 채 집으로 돌아왔다. 어깨도 아프고, 팔도 아프고, 다리도 아프고, 무릎도 까지고, 손등도 까지고 하였지만 발걸음은 날아갈듯이 가볍고 상쾌했다. 삼선교 다리를 건너면서 나는 내가 개선장군이 된 듯한 기분을 여러 번 느꼈다. 두 어깨에 자꾸 힘이 들어갔다. 누가 나를 안 봐주나 하고 주변을 휘휘 둘러보기도 했다. 그리고 다음에 한 번만 더 오면 봉주나 동구같이 나도 자전거를 잘 탈 수 있을 것 같은 예감이 들었다. 나는 집으로 돌아와서 대야에 물을 받아 세수를 하였다. 물 위에 어른거리는 내 얼굴이 자랑스럽게 느껴졌다. 물을 한 움큼 떠서 얼굴에 끼얹었다. 얼굴에 와 닿는 물이 참 시원하였다. 저녁을 먹고 잠자리에 누웠는데에도 오늘 내가 탔던 그 자전거가 내 눈앞을 떠나지 않고 있었다. 그 파란 색깔의 자전거와 안장 위에 올라앉아 페달을 밟는 나의 모습이 천정에서 계속 아른거렸다.

포장이 잘된 아스팔트 언덕길을 달려 내려갔다. 얼굴에 스치는 바람이 너무나 시원했다. 내리막 언덕이 길고 평탄하여서 더 이상 가속페달을 밟지 않아도 자전거는 속도가 줄지 않은 채로 계속 달려나갔다. 봉주는 나와 같이 출발했는데도 벌써 내 앞 저 멀리에서 달려가고 있었고, 동구가 바로 내 옆에서 같이 달리고 있었다. 조금 더 떨어진 옆에는 송준이와 진표가 있었고, 그 뒤에서 백규가 열심히 달려오고 있었다. 행길 옆으로는 아기 손바닥만한 잎들을 무성히 달고 있는 키다리 플라타너스가 줄지어 늘어서있었고, 바람이 불 때마다 살랑살랑 흔들리는 그 아기 손들은 우리들을 향해 손짓하는 것 같았다. 귓전을 스쳐 지나가는 바람이 윙윙윙 하고 소리를 내고 있었다. 나는 큰 소리로 노래를 불렀다. 내 노랫소리는 바람을 타고 사방으로 퍼져나갔다. 고개를 들어 하늘을 쳐다보았다. 파란색 하늘이 눈에 한가득 들어왔다. 구름도 한 점 없는 눈부신 하늘이었다.

봉주는 이제 한참 앞에서 달려가고 있었다. 나는 다시 페달을 힘껏 밟았다. 열심히 봉주를 뒤쫓아 갔으나, 도저히 따라 잡을 수가 없었다. 봉주야! 하고 나는 큰 목소리로 앞서가고 있는 봉주를 불러보았으나, 너무 멀리 떨어져서인지 봉주는 아무 대답이 없었다. 나는 더욱 힘껏 자전거 페달을 밟았다. 송준이와 진표도 열심히 페달을 밟고 있었다. 자전거는 더욱 빠른 속력으로 달려나갔고, 이제는 바람이 쌩쌩 하는 소리를 내며 귓전을 스치고 지나갔다. 나는 그만 내 몸이 자전거에서 떨어져 나갈 것 같아 있는 힘을 다하여 두 손으로 자전거 핸들을 꽉 움켜잡았다. 자전거 앞바퀴를 내려다보았는데, 바퀴살들은 전혀 보이지 않고, 앞바퀴에서는 은빛 광만 번쩍이고 있었다.

순간 나는 자전거 앞부분이 높이 들리는 듯한 기분을 느꼈다. 정말 자전거 앞바퀴가 허공에 뜨기 시작했다. 그리고는 곧바로 뒷바퀴도 지면에서 떨어지기 시작하면서 내 자전거는 부웅 하고 공중으로 떠오르더니 순식간에 하늘을 나는 것이었다. 내 자전거가 하늘을 날고 있었다. 자전거를 타고 하늘을 날아가다니! 너무나 놀랍고 신기한 일이 아닐 수 없었다. 나는 너무나 당황한 나머지 페달 밟는 것도 잊어버린 채, 두 손으로 핸들만을 꽉 움켜쥐고 있었다. 자전거는 계속 공중을 날고 있었다. 앞을 보니까, 저 멀리에서 봉주의 자전거도 하늘을 날고 있었다. 바로 옆에서, 그리고 뒤에서, 동구도, 진표도, 송준이도, 백규도 모두 자전거를 탄 채로 하늘을 날고 있었다. 우리는 봉주야! 진표야! 백규야! 하고 서로의 이름을 크게 불러보았다. 모두들 놀랍고 신기한 표정으로 자전거를 탄 채, 푸른 하늘을 날아다니고 있었다. 너무나 기분이 좋았다. 누가 잡아주지 않아도 나 혼자서 이렇게 신나게 어른 자전거를 탈 수 있다니!

너무나 신기하고 재미있었다. 우리는 서로 앞서거니 뒤서거니 하면서 잠자리처럼, 나비처럼 자기 가고 싶은 대로 마음껏 날아다녔다. 서로 부딪칠 것처럼 가까이 다가가다가도 우리들은 이내 능숙한 솜씨로 비켜나갔다. 발아래를 내려다보니, 큰 행길은 마치 긴 뱀같이 길고 가느다랗게 보였고, 크고 작은 집들은 네모나고 세모난 조약돌처럼 조그맣게 보였으며, 서로 어깨를 마주 댄 채 올망졸망 붙어 있었다. 사각 성냥갑처럼 보이는 버스들은 거북이처럼 느릿느릿 행길을 오가고 있었다. 머리 위에는 빨간 태양이 빛나고 있었다. 동구의 자전거 바퀴 테에서 반사된 햇살이 번쩍 하고 내 눈에 들어왔다. 봉주는 고개를 돌려 자기 뒤에서 달려오는 우리들을 쳐다보고는 환하게 웃었다. 갑자기 봉주의 자전거가 하늘 높이 치솟았다. 내 자전거도 봉주를 따라서 높이 치솟았다. 동구도, 백규도, 진표도, 송준이의 자전거도 모두 하늘높이 숫아올랐다.

다음날 우리는 학교에서 쉬는 시간마다 모여서는 어른 자전거 타는 방법에 대하여 많은 이야기를 나누었다. 핸들은 어떻게 움직여야 하는지, 페달은 어떻게 밟아야 하는지, 안장에는 어떻게 앉아야 하는지 등 서로 주워들은 것들을 이야기 하였는데 모두들 봉주의 이야기에 가장 많이 귀를 기울였다. 또 삼천리자전거포에서 보았던 여러 가지 종류의 자전거에 대해서도 서로 얘기하였고, 그 주인아저씨에 대해서도 얘기하였는데, 그 아저씨 무섭게 생겼다, 아니다, 그렇다, 맘씨 좋게 생겼다, 아니다, 그렇다, 대머리아저씨보다는 나을 것이다, 그렇다 등 이런저런 이야기꽃을 피웠다. 이러한 이야기 속에서 우리들은 각자 어른 자전거를 하나 갖고 싶어 하는 바람이 있다는 것을 서로 숨길 수가 없었다.

우리는 두 번째로 삼천리자전거포에 왔고, 이번에는

돈을 두 배로 내고 두 시간씩 자전거를 빌렸다. 그것도 각자 한 대씩 모두 여섯 대를 빌렸다. 이번에는 지난번과는 달리 나 혼자서 자전거를 탔다. 백규와 진표도 그렇게 했다. 그날 나는 수백 번은 더 넘어진 것 같았다. 봉주처럼 잘 달리다가도 코너를 돌 때에는 미끄러져서 넘어지곤 하였다. 그러나 나는 넘어지면 다시 일어났고, 또 넘어지면 다시 일어났다. 이를 수도 없이 반복하였다.

어른 자전거를 자유자재로 탄다는 것이 결코 쉬운 일이 아니었음을 다시 한 번 뼈저리게 느꼈던 날이었다. 물론, 진표도 백규도 수도 없이 넘어졌지만, 나처럼 많이 넘어지지는 않은 것 같았다. 여하튼 그날도 우리 세 명은 페달도 잘 닿지 않는 어른 자전거를 혼자서 타느라 엄청난 고생을 하였다. 봉주와 동구, 그리고 송준이가 자주 다가와서는 이렇게 해라, 저렇게 해라 하고 코치를 해주었지만, 그 아이들이 사라진 후에는 우리들은 또 다시 넘어졌고, 또 일어나서 달리다가 또 넘어지곤 하였다.

삼천리자전거포에 두 번째로 온 그날, 나는 양 손등과 무릎이 다 까지고, 이마와 뺨 등 얼굴 여러 군데가 긁히거나 생채기가 나고 말았다. 그야말로 온몸이 다 부서지도록 열심히 자전거를 탄 결과였다. 그래서 그런지 그날 이후로 우리들의 자전거 타는 기술은 부쩍 향상되었다. 우리들은 그 이후로도 여러 번에 걸쳐 삼천리자전거포에 갔었다. 그때마다 한 시간 이상씩 자전거를 빌려서는 반납시간을 초과하면서까지 열심히 자전거를 탔다. 나는 이제 코너를 돌 때에도 자신감이 생겼다. 물론 주행도 봉주를 따라갈 정도까지 되었다. 사람이 많은 복잡한 지역이나, 차량 통행이 많은 큰 길에 나가는 것도 별로 마음에 부담이 되지 않았다.

이제 우리는 삼천리자전거포 주인아저씨하고도 상당히 친해져서 정해진 자전거 반납시간보다 한 십여 분 이상을 넘겨서 돌아오더라도 뭐라고 하지 않았다. 처음 몇 번은 추가요금을 내기도 하였는데, 이제는 그냥 넘어가주는 것이었다. 또, 자전거를 빌릴 때에 학교와 학년, 반, 이름 등을 대지 않아도 될 정도가 되었다. 나는 이제 타이어에 바람이 어느 정도 들어있어야 적당한지, 펌프질은 어떻게 하는지, 빠진 체인은 어떻게 끼어야 하는지, 삐뚤어진 앞바퀴는 어떻게 바로 잡는지 등 간단한 자전거 손질은 할 수 있는 정도까지 되었다.

우리 여섯 명 모두가 차들과 사람들로 복잡한 행길에서도 별 부담 없이 자전거를 탈 수 있는 수준이 된 어느 날, 봉주가 자전거를 타고 북한산까지 갔다 오자고 했다. 아침 일찍 자전거를 빌려서 불광동에 있는 북한산까지

Maurice Utrillo, 〈라팽 아질Le Lapin Agile〉, 1923

가보자는 것이었는데, 봉주의 말로는 하루 종일 걸릴지도 모른다는 것이었다. 그러나 우리는 그곳이 얼마나 먼 곳인지 감이 잘 잡히지 않았다.

나는 당시 불광동이 어디에 있는지, 또 북한산은 어디에 붙어있는지도 잘 모르고 있었다. 대부분의 내 친구들이 나와 비슷한 상황이었다. 한 번 갔다 오는데 하루 종일 걸릴지도 모른다는 봉주의 말에 우리 동네에서 꽤 멀다는 막연한 생각만을 할 뿐이었다. 특히, 버스와 전차들이 다니는 복잡하고 큰 행길로 가야한다는데, 어른 자전거에 대해서 어느 정도 자신감이 섰다고는 하지만 불안한 마음이 더 큰 것이 사실이었다. 또 자전거를 하루 종일 빌려야 한다는 것도 큰 부담이 되었다. 여하튼 불안감 반, 기대감 반, 그리고 모험심 발동 등으로 머리가 복잡하였지만, 우리는 봉주의 제안대로 어느 한날을 잡아 북한산으로 자전거 여행을 하기로 하였다.

그 다음날 학교에서 우리들은 하루 종일 자전거를 빌리려면 돈은 얼마나 드는지, 엄마가 허락을 해줄 것인지, 과연 우리들이 차들로 복잡한 큰 행길로 북한산까지 잘 다녀올 수 있을지 등 몇 가지 문제들로 고민을 하다가 드디어 돌아오는 일요일에 출발하기로 결정하였다. 그러나 바로 그날 저녁, 나는 예상했던 문제 하나에 걸리고 말았는데, 그것은 역시 엄마가 허락을 하지 않는 것이었다. 다른 친구아이들 엄마들도 마찬가지였다.

　엄마들이 서로 다 알게 되고, 아버지까지 알게 되고, 그래서 많은 우여곡절 끝에 드디어 우리는 봉주가 얘기를 꺼낸 지 근 한 달 만에 북한산을 향하여 자전거여행이라는 것을 하게 되었다. 사실 자전거 빌리는데 드는 돈만 우리 자체적으로 해결할 수 있었더라면 우리들은 이 계획을 엄마한테 얘기하지 않았을 것이다. 여하튼 아침 아홉 시 삼천리자전거포 앞 출발, 목적지 불광동 북한산, 다시 돌아오는 곳 삼천리자전거포 앞……. 이런 계획으로 기다리던 그 일요일 아침, 우리 여섯 명은 여덟시에 대머리 이발관 앞 공터에 모였다. 진표는 자기 엄마가 쪄준 계란을 손수건에 싸들고 나왔다. 한 열 개쯤 되어보였다. 나와 동구는 소풍갈 때 어깨에 둘러메는 초록색 뿔 물통에 물을 가득 넣어 가지고 왔고, 백규는 미숫가루를 물에 타서 물통에 넣어 가지고 왔다. 그리고 모두들 비장하고 흥분된 마음가짐을 하고 나왔다. 내 마음상태는 예전에 우리 학교의 명예를 위하여 정덕초등학교 아이들과 한판 붙을 생각으로 신흥사 뒷산 샛터로 출동했던 당시의 마음가짐과 다름이 없었다.

약속했던 대로 진표가 손목시계를 하나 차고 나왔다. 낡은 까만 가죽 줄이 붙어 있는 동그랗고 하얀 시계였다. 우리 여섯 명은 진표의 손목시계로 정확히 아홉시 반에 삼천리자전거포를 출발했다. 드디어 배가 항구를 떠난 것이었다. 우리는 혜화동 고개를 향하여 힘차게 자전거의 페달을 밟았다. 행길로 들어서자 우리 여섯 명은 길게 한 줄로 늘어서게 되었다.

삼선교에서 불광동에 있는 북한산까지 가려면 성북구를 나와서 종로구를 통과하여 서대문구로 가야 했는데, 가장 빠른 길로 가더라도 혜화동, 창경원 앞, 비원 앞, 안국동, 중앙청, 사직동, 독립문 앞, 홍제동, 녹번동, 불광동 등의 여러 동네들을 두루 거쳐야 했다. 지금 생각해 보아도 이 복잡한 동네들을 초등학생들이 자전거를 타고 갔다가 다시 돌아온다는 것은 자전거를 꽤 잘 탄다 하더라도 결코 만만한 일이 아니었다. 그것도 아이들에게 어른 자전거로는 더욱 그러한 일이 아닐 수 없었다.

삼선교 언덕을 올라갈 때에는 매우 힘이 들었다. 요즈음처럼 기어가 달려 있는 자전거가 없었기 때문에 언덕길을 올라갈 때에는 페달을 세게 밟아야 했고, 힘이 들면 자전거에서 내려서 끌고 가는 수밖에 없었다. 반면에 내리막길을 내려갈 때에는 페달에서 발을 떼고 가만히 있어도 속도가 점점 붙어 마구 달려 나갔기 때문에 브레이크를 계속 잡아야 했다. 그래도 오르막길보다는 내리막길이 훨씬 나았다. 삼선교 언덕길을 올라서자마자 혜화동 사거리까지, 그리고 명륜극장이 있는 명륜동까지는 경사도 완만한 긴 내리막길이 계속되었다. 우리는 자전거를 끌면서 힘들게 걸어 올라온 언덕길을 이제는 시원스럽게 달려 내려갔다. 이마에 송이송이 맺힌 땀방울들이 금세 마르면서 살갗이 팽팽하게 당겨지는 느낌이 이마를 타고 두 뺨으로 내려오는 것을 느낄 수 있었다.

　창경원 앞에는 많은 사람들로 붐비고 있었다. 교통순경 아저씨가 호각을 불면서 신호등이 있는 복잡한 사거리를 정리하고 있었는데, 그 순경 아저씨를 보자마자 우리들은 무슨 잘못이라도 한 것처럼 멈칫멈칫 하다가 사거리 앞에 와서는 자전거에서 모두 내렸다. 그리고는 자전거를 끌면서 건널목을 건넜다. 길 한쪽 편에 서있던 순경 아저씨가 우리들을 바라보았다. 나는 뒤통수가 슬금슬금 가려워서 그 순경 아저씨를 한 번 슬쩍 쳐다보았다. 창경원 돌담을 오른쪽으로 돌아서 약간의 오르막길을 넘어서자마자 우리는 모두 자전거에 올라탔다. 그러나 이제부터는 내리막길이라 하더라도 동네에서처럼 쌩쌩 달릴 수가 없었다. 차들이 점점 많아졌고, 신호등이 있는 건널목도 곳곳에 있었으며, 많은 사람들이 길을 건너고 있었다. 버스는 정류장마다 섰기 때문에 버스 꽁무니를 따라가다 보면 우리도 별 도리 없이 버스 뒤에 같이 서있어야 했다.

안국동을 지나 중앙청에 도착했을 때에 우리는 매우 당황하였다. 중앙청 앞길이 너무나 넓고, 또 여기저기에 교통순경 아저씨도 많이 보여서 슬그머니 겁이 나기 시작했다. 유심히 보니까, 자전거를 타고 중앙청 앞을 지나다니는 사람이 한 명도 눈에 띄지 않았다. 우리는 자전거에서 모두 내려서 걸어가기로 하고, 자전거를 끌면서 인도로 들어섰다.

하얀 색의 중앙청 건물은 너무나 웅장해보였다. 대통령이 살고 있는 곳이라는 것은 학교에서 배웠는데, 이렇게 큰 건물인지는 그때 처음 알았던 것이다. 가까이 와서 보니까, 높고 커다란 기둥들이 온통 나에게 쏟아져 내릴 것같이 무시무시하고 우람해보였다. 우리는 자전거를 끌면서 두리번거리며 중앙청 앞을 지나갔다. 인도를 따라 한참을 걸어가니까 언덕길이 나왔고, 그 언덕길을 넘어서부터는 내리막길이었다. 그런데, 그 내리막길에서 백규가 탄 자전거가 가로수와 부딪치는 사고가 생기고 말았다.

그 길은 경사가 그렇게 심한 내리막길은 아니었는데, 가속도가 붙은 상태에서 백규의 자전거는 속도를 줄이지 못하고 그대로 도로 옆 가로수에 정면으로 부딪치고 만 것이었다. 우리들은 모두 급히 자전거에서 내려서 백규에게 뛰어갔다. 백규와 백규의 자전거는 모두 인도 안쪽으로 쓰러져 있었는데, 자전거는 백규가 넘어져 있는 곳보다 훨씬 더 앞에 나동그라져 있었다.

백규의 팔꿈치에서는 빨간 피가 흐르고 있었다. 손등도 까져 있었다. 봉주는 동구가 메고 있던 물통을 건네받아서 그 물을 백규의 까진 팔꿈치 상처에 대고 부었다. 쓰라린 듯 백규가 두 눈을 찡그리며 인상을 썼다. 잠시 하얗게 닦인 상처가 꽤 아파보였다. 하얗던 상처에는 이내 다시 빨간 피가 모여들었다. 백규의 두 눈에는 눈물이 고여들기 시작했다. 길 가던 사람들이 하나 둘씩 모여들기 시작했다. 어떤 사람은 어디 많이 다쳤냐 하며 힘없이 앉아 있는 백규의 머리를 만져보기도 하였고, 어서 병원에 데리고 가보라고 하기도 하였으며, 어떤 사람은 구경하듯 잠시 보다가 그냥 지나가기도 하였다. 나는 앞쪽 저만치에 넘어져 있는 자전거를 인도 한 귀퉁이에 세워 놓으려고 자전거 쪽으로 걸어갔다. 그런데 쓰러져 있는 자전거의 앞바퀴를 자세히 살펴보니 바퀴를 지탱하고 있는 은빛 굴렁쇠가 상당히 많이 찌그러져 있었고, 바퀴살은 대부분 부러지거나 휘어져 있었다. 타이어는 바람이 빠진 채, 한쪽 부분이 그 굴렁쇠에서 벗겨져서 튕겨 나와 있었다. 대충 눈으로 보아도 그 자전거는 도저히 탈 수가 없는 상태였다.

우리는 자전거 다섯 대를 모두 인도 안쪽으로 올려놓고는 가로수에 기대어 앉은 백규 옆에 같이 쪼그려 앉았다. 백규는 고동색 긴 바지를 입고 있었는데, 무릎 근처의 찢어진 바지사이로 드러난 무릎에도 피가 약간씩 배어 나오고 있었다. 상처 주변에는 흙도 같이 묻어 있었다. 동구는 백규의 무릎상처에서 흐르는 피를 닦아주려고 자기 호주머니를 뒤져 꼬깃꼬깃 접었던 껌 종이를 꺼내었다.

잠시 침묵의 시간이 흘렀다. 환한 햇살 때문에 눈이 부셔왔다. 백규의 얼굴을 자세히 보니, 이마에서는 도톰한 혹이 하나 솟아오르고 있었다. 그 혹은 금세 주먹만하게 커졌고, 불그스름한 색깔로 변해가고 있었다. 백규는 손목이 아프다며 손목을 자꾸 만졌다. 눈물을 흘리기도 했다. 이제 어떻게 하면 좋을지 이렇다 할 생각이 떠오르지 않았다. 모두가 마찬가지였다.

봉주가 목적지인 북한산까지는 아직 반도 못 갔다고 했다. 백규만을 두고서 갈 수도 없었다. 백규의 자전거는 고치기 전에는 도저히 탈 수가 없는 상태였다. 우리는 주변을 한번 둘러보았다. 혹시 백규의 자전거를 고칠 수 있을까 해서였는데 — 수리비용에 대해서까지는 생각하지 않았다 — 삼천리자전거포 같은 곳은 보이지 않았다. 운 좋게 자전거를 고친다 하더라도 백규가 다시 자전거를 탈 수 있을지도 의문이었다.

우리들의 시선은 백규의 찌그러진 자전거에 모아졌다. 내 머릿속에는 삼천리자전거포 아저씨의 얼굴이 떠올랐다. 곧 이어 진표가 백규를 바라보며 걱정스러운 표정으로 중얼거렸다. 아저씨한테 혼나겠다…… 그 말에 모두 고개를 끄덕거렸다. 그러나 엄마한테 혼이 나든, 아저씨한테 혼이 나든 이제 어쩔 수 없는 일이 되고 만 것이었다. 그것보다 급한 것은 지금 우리가 어떻게 해야 하는지 하는 것이었다.

우리는 북한산 가는 것을 포기하고 집으로 돌아가기로 하였다. 그러나 그것도 쉬운 일이 아니었다. 우선 앞바퀴가 휘어진 백규의 자전거를 어떻게 가지고 가야 하는지 막막할 뿐이었다. 주변을 다시 둘러보아도 자전거 수리점포 같은 것은 보이지 않았다. 바람이 두어 번 우리 얼굴을 스치고 지나갔다. 후두둑 하고 플라타너스 나뭇잎 떠는 소리가 머리 저 위에서 들려왔다. 우리는 인도 한쪽에 앉은 채로 진표가 가지고 온 찐 계란을 서로 나누어 먹었다. 목이 메었다. 백규가 물통에 넣어 가지고 온 미숫가루 탄

물을 돌아가며 한 모금씩 마셨다. 그리고는 백규의 찌그러진 자전거 바퀴를 우리가 한번 펴보기로 했다.

해는 하늘 저만치에 떠있었다. 가끔 구름이 옅은 그림자를 드리우며 우리의 머리 위를 지나가고 있었고, 바람은 더욱 자주 불어왔다. 봉주와 동구가 자전거에 매달려 휘어진 바퀴를 펴려고 안간힘을 썼다. 진표와 나는 반대편에 서서 앞바퀴를 잡아당겼다. 한참동안 밀고 당겼는데에도 찌그러진 바퀴는 잘 펴지지가 않았다. 송준이가 큼지막한 돌멩이를 하나 가지고 왔다. 봉주가 바람이 빠진 타이어를 옆으로 완전히 밀어내고, 돌멩이로 휘어진 굴렁쇠 안쪽 부분을 여러 번 두들겼다. 한참을 그렇게 하니까, 휘어진 쇠가 다소 펴지는 듯 했으나, 돌멩이 때문에 우둘투둘한 자국이 새로 생겨났다. 우리는 다시 서로 마주보고 앉아서 양손으로 바퀴를 잡아당기고 밀고 하여 조금씩 조금씩 휘어진 쇠를 펴나갔다. 이렇게 한 시간여에 걸쳐 찌그러진 백규의 자전거 앞바퀴를 최대한 둥글게 폈다. 이제 휘어졌던 바퀴는 어느 정도 펴졌고, 눈으로 보아도 그럭저럭 끌고 갈 수는 있을 것 같았다.

봉주가 그 자전거를 타보았다. 앞바퀴가 돌아갈 때마다 바람이 빠진 고무타이어가 굴렁쇠에서 빠졌다 껴졌다

하는데다가, 바퀴살도 여기저기 부러지고 휘어졌기 때문에 자전거는 계속 덜거덕거렸고, 체인에서는 이상한 쇳소리가 났다. 봉주가 자전거에서 내려서 쇳소리가 나는 체인부분을 유심히 살펴보았는데, 한쪽 페달의 쇠 축이 안쪽으로 휘어져서 페달이 돌 때마다 그 쇠 축이 체인에 닿아 서걱서걱 하고 소리가 나는 것이었다. 그러나 우리의 힘으로 휘어진 쇠 축을 펼 수는 없었다. 여하튼 우리는 자전거를 타지는 못하지만, 끌고는 갈 수 있는 정도에서 만족해야 했다. 그 정도 한 것도 참으로 다행이었다.

우리는 다시 중앙청 방향으로 향했다. 백규의 자전거는 봉주가 끌고, 백규는 봉주의 자전거를 끌었다. 백규는 오는 동안 계속 절름거렸고, 조금 가다가 쉬고, 또 조금 가다가 쉬고 하였다. 백규의 다친 손목 바깥쪽 부분이 푸르스름한 색깔로 변하여 꽤 많이 부어올라 있었다. 돌아오는 길에 우리는 가지고 있는 용돈으로 빵도 사먹고, 과자도 사먹었다. 그러나 배는 여전히 고팠다. 자전거를 끌고 돌아오는 길은 꽤 힘들고 지루하였다.

우리는 어둑어둑해질 무렵 삼천리자전거포에 도착하였다. 가게 안에 있던 아저씨가 우리들을 보더니 서둘러 밖으로 나왔다. 아저씨는 늦게 도착한 것에 대하여 뭐라고 꾸중이라도 하고 싶은 표정이었으나, 백규의 자전거를 본 순간 매우 놀라운 얼굴로 우리들을 바라보았다. 우리는 사고가 생긴 경위와 그 상황을 자세히 설명하였고, 아저씨는 우리들의 얘기를 들으며 망가진 자전거의 앞바퀴를 이리저리 만져보았다.

우리는 내일 다시 오기로 하고, 무겁고 지친 마음으로 동네로 돌아와 각자 자기 집으로 흩어졌다. 엄마는 하루 종일 걱정을 하였는지 나를 보자마자 왜 이렇게 늦었느냐고 꾸중을 하였다. 나는 그동안의 모든 상황을 엄마에게 자세하게 설명하였고, 엄마는 내 얘기를 들으며 몇 번이나 한숨을 내쉬었다. 그것 봐라, 큰일 날 뻔 했구나, 안 보냈어야 했는데…… 하면서 백규가 다친 상황에 대하여 걱정스러운 표정으로 자세히 물어보았다. 그날 밤 백규 엄마와 우리 엄마, 그리고 다른 친구엄마들도 백규네 집에서 만났다. 엄마는 밤늦게 집으로 돌아왔는데, 백규가 손목이 아파서 계속 울고, 또 너무 많이 부어서 내일 아침 일찍 병원에 가야한다고 나에게 알려주었다. 그날 밤 나는 이런 저런 생각으로 뒤척이다가 잠이 들었다.

월요일날 백규는 학교에 오지 못했다. 자기 엄마와 함께 돈암동 사거리에 있는 접골원에 가보았는데, 손목뼈에 금이 가 있다는 것이었다. 백규는 병원에 갔다 온 날 오후에 손에서부터 팔꿈치까지 하얀 붕대를 감고 나타났다.

붕대 안에 나무막대기를 넣고는 석고를 발라서 겉을 딱딱하게 만들었는데, 끈으로 그 팔을 연결해서 어깨에 둘러메고 있었다. 백규는 그 다음날 아침, 학교에서 접골원에 갔던 얘기를 우리에게 해주었는데, 의사가 통통 부은 자기 손목을 여기저기 눌러대는 바람에 너무나 아파서 기절할 뻔 했었다는 얘기, 접골원 안에는 잘라진 사람 팔과 다리들이 여기저기에 걸려 있었다는 얘기, 사람 눈알도 있었다는 얘기 등 그런 것들이었다.

그 이후로부터 우리는 한동안 자전거를 타지 않았다. 특별한 이유는 없었다. 백규는 오랫동안 손에 붕대를 감고 다녔고, 우리들이 놀 때에는 옆에서 구경만 했다. 그러나 구슬치기를 할 때에는 한 손으로 같이 하기도 하였다. 백규의 표정은 옛날하고 다름없이 밝고 명랑했다. 우리도 옛날과 변함없이 대머리이발관 앞 공터에서 소리소리 지르며 밤늦게까지 놀았다. 우리가 북한산에 가지 못하고 되돌아 온 그 다음날, 백규엄마가 백규를 데리고 접골원에 갔다가 그 길로 삼천리자전거포에 들러 백규의 자전거 수리비용을 모두 물어주었는데, 그날 우리들 엄마들이 같이 보태겠다고 하는 것을 백규엄마가 고마워하면서 적극 사양했다는 이야기를 내가 우리 엄마한테서 들은 것은 그날로부터 며칠이 지난 후였다.

대까치
스케이트·썰매타기

그 해의 겨울은 매우 추웠다. 특히, 산동네에서 불어오는 겨울바람은 회초리처럼 매서웠고, 겨울하늘은 구름 한 점 없이 파랗게 얼어붙어 있었다. 한겨울 한참 추울 때에는 한낮에도 집에서부터 돈암동 행길까지 걷다보면 중간도 못 가서 두 귀가 다 떨어져 나갈 듯 했고, 콧등과 두 뺨은 칼에 베이는 것 같았다. 그러나 그러한 매서운 추위도 삼일쯤 지나면 다소 누그러졌고, 한낮에는 여느 때와 같이 대머리이발관 앞 공터나 동네 골목길에 나가 친구아이들과 놀 수 있었다. 그런 날씨가 한 사흘 정도 지속되는 듯 하다가 또 다시 매서운 추위가 찾아오는 것이었다.

몹시 추울 때에는 우리는 집안에서 지낼 수밖에 없었다. 그러나 웬만하면 어떻게 해서라도 밖에 나가려고 했다. 밖에서 놀 때에는 내복을 두툼하게 껴입고, 귀마개가

달린 융으로 된 모자를 쓰고, 벙어리장갑을 끼고, 여름 내
내 아껴두었던 털신을 신었다. 그렇지만 너무나 추우면
엄마가 밖에 나가 노는 것을 허락하지 않았다. 그래서 그
런 날에는 우리들은 친구네 집에 모여서 놀곤 하였는데,
종이딱지치기나 그림딱지 먹기 놀이, 우표 따먹기 놀이를
하다가 그것도 지겨우면 레슬링을 한판씩 하였다. 레슬링
은 네 명이 모이면 두 명씩 편을 갈라 하였는데, 온 방바
닥을 쿵쾅거리며 굴러다니는 그런 레슬링이었다.

레슬링으로 서로 싸우다가 힘에 부치거나, 위기의 상
황에 놓일 때에는 옆에 있는 자기편한테 손을 뻗어 터치
를 하여야만 교대를 할 수 있었다. 그러나 공격을 하고 있
는 아이는 상대방 아이가 터치를 하지 못하도록 계속 공
격을 해대기 때문에 터치하는 것도 그렇게 쉬운 일이 아
니었다. 공격하는 아이는 항복을 받아내기 위하여, 공격
을 당하는 아이는 위기를 빠져 나가기 위하여 안간힘을
썼다.

레슬링에서 이기려면 상대방으로부터 구두로 항복을
받아내거나, 또는 하나, 둘, 셋을 셀 때까지 상대방의 양
어깨를 방바닥에 닿게끔 누르고 있어야 했는데, 두 가지
다 결코 쉬운 일이 아니었다. 공격을 당하는 아이는 상대
방으로부터 조임을 당할 때마다 아야, 아야, 아야 하고 비

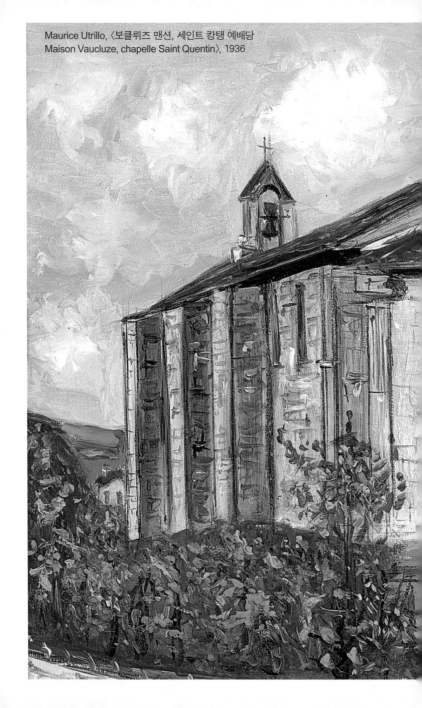

Maurice Utrillo, 〈보클뤼즈 맨션, 세인트 캉탱 예배당
Maison Vaucluze, chapelle Saint Quentin〉, 1936

명을 계속 질러댔지만, 결코 항복을 하지는 않았다. 이를 보고 공격하는 아이는 더욱 힘을 주어 항복? 항복? 항복이야? 하고 사정없이 몸을 눌러댔지만, 금방 숨이 넘어갈 듯이 힘들고 막 죽을 것 같아도 여간해서는 항복을 외치지 않았다. 상대방의 양 어깨를 방바닥에 닿게 해서 이기는 것 역시 만만한 일이 아니었다.

레슬링을 할 때에는 목조르기, 허리조르기, 풍차돌리기, 관절꺾기 등 가끔 친구네 집 텔레비전에서 어른 레슬링대회 시 눈여겨 보아두었던 기술들을 사용하였다. 시늉만을 내는 수준이었어도 이것을 보는 친구들은 야아, 하고 감탄을 하였고, 그러면 나도 모르게 어깨가 으쓱 올라갔다. 방에서 레슬링을 하다보면 아야, 또는 으라차 하는 소리들과 함께 우당탕, 우당탕 하거나, 쿵쿵 하고 벽이나 방고래가 울리는 경우가 많았다. 이쯤 되면 이제 엄마의 야단이 시작되었는데, 아무리 조용히 하려고 해도 레슬링을 하다보면 어쩔 수가 없었으므로, 야단을 맞으면 잠시 쉬고 있다가 다시 시작하고, 또 야단을 맞으면 잠시 조용히 있다가 다시 시작하였다. 좁은 방구석에서 뒤엉켜 이리 구르고 저리 구르다보면 가끔 오줌이 들어 있는 요강을 둘러엎기도 하였다.

우리 친구들 중에서는 역시 봉주가 레슬링을 가장 잘

했었는데, 그러다보니 편을 갈라서 레슬링을 할 때에는 누구나 다 봉주가 내 편이 되었으면 하였다. 봉주는 일어선 채로 자기의 팔을 상대방의 팔에다 걸고는 상대방의 몸을 자기 무릎 뒤의 정강이 쪽으로 틀어서 마치 꽈배기처럼 몸을 비비꼬며 조르기를 하는 그런 공격기술을 보여주기도 하였는데, 우리는 흉내조차 낼 수 없는 신기술이었다. 나중에 봉주는 이 기술을 우리들 모두에게 가르쳐 주었는데, 일명 코프라 트위스트라는 고난도의 기술이었다. 이 기술은 나중에 텔레비전의 레슬링대회를 통하여 확인해 볼 수 있었다.

한겨울 추운 날에는 우리는 주로 방안에 모여 이런 것들을 하고 놀았다. 그러나 날씨가 조금만이라도 풀리면 곧바로 밖으로 나가 놀았는데, 스케이트를 타러 미아리나 쌍문동 야산 근처 들판에 있는 야외스케이트장에 가기도 하였다. 당시에도 실내스케이트장이 없는 것은 아니었지만, 우리들은 가지 못했다. 우리 형은 가끔 동대문에 있는 실내스케이트장엘 갔었는데, 학교에서 단체로 표를 끊어서 가는 것이었다. 나도 실내스케이트장에 가보고 싶었지만 생각뿐이었고, 야외스케이트장에서 스케이트를 타는 것만으로도 만족했다.

스케이트를 즐기려면 그런대로 내 소유로 탈만한 스케이트가 하나 있는 것이 좋았다. 물론 자전거를 빌리는 것처럼 스케이트장에 가서 스케이트를 빌릴 수도 있었지만, 거기 있는 대여용 스케이트는 너무 낡은데다가 사이즈도 몇 개 없어서 자기 발에 맞는 스케이트를 찾기란 쉬운 일이 아니었다. 그러다보니, 사이즈가 없는 경우에는 작은 것보다는 큰 것으로 빌릴 수밖에 없어서 스케이트 신발의 코 있는 안쪽 공간에다가 솜을 돌돌 말아 넣고 타기도 하였고, 그렇지 않으면 그냥 신발 따로 발 따로 놀면서 타야 했다. 자기 소유의 스케이트가 없는 아이들에게는 스케이트 타러 간다며 스케이트를 하얀 끈으로 서로 묶어서 목에다 걸고 서있는 친구아이의 모습이 참으로 부러웠다.

당시 우리들에게 가장 인기가 있었고, 또 갖고 싶었던 스케이트는 전승현, 또는 세이버라는 상표의 스케이트였는데, 스케이트 날이 앞뒤로 긴 롱이라고 부르는 종류였다. 전승현은 우리나라에서 유명한 스케이트 선수의 이름을 따서 만든 제품이었는데, 세이버보다는 조금 저렴한 가격이었지만, 역시 당시 최고의 스케이트였다. 우리 친구 중에서는 진표가 그것을 가지고 있었다. 나도 스케이트를 하나 갖고 싶어서 엄마를 조르곤 하였는데, 그때마다 엄마는 반에서 몇 등 안에 든다면 하고 조건을 달았다. 형은 이미 오래 전부터 스케이트를 가지고 있었다.

우여곡절 끝에 드디어 나도 스케이트를 하나 갖게 되었다. 아버지가 직접 나를 데리고 동대문운동장 근처에 있는 운동구점에 가서 사주었던 것인데, 발이 자꾸 자랄 것을 대비하여 아주 큰 것으로 샀다. 그래서 몇 년 동안은 스케이트 신발 코 있는 안쪽 공간에 솜을 한주먹 크게 뭉쳐 넣은 후에, 끈을 단단히 매고 타곤 하였다. 여하튼 전승현 스케이트를 사가지고 온 그날은 나에게는 감동과 흥분의 날이었다. 새 운동화를 산 것보다 백배는 더 기뻤다. 나는 그날 너무나 좋아서 새로 산 스케이트를 들고, 진표네 집으로, 동구네 집으로, 백규네 집으로, 송준이네 집으로 자랑을 하며 뛰어다녔다. 우리 동네 친구들 중에서는 내가 세 번째로 스케이트를 산 것이었는데, 아직 자기 스케이트를 갖지 못하고 있던 동구나 송준이는 매우 부러운 눈으로 나를 바라보았다.

당시 미아리나 쌍문동에 있던 야외스케이트장은 야산 밑의 넓은 공터나 들판, 또는 밭에다가 물을 가득 부어서 며칠을 얼려 만들었다. 얼음판 주변에는 빙 돌아가면서 새끼줄을 쳤고, 입장료를 내면 들어갈 수 있었다. 그곳에 한번 가면 우리는 신나게 스케이트를 탔다. 또 서로 장난

을 치며 시간가는 줄 모르고 놀았다. 얼음판 위에서 넘어
지는 일은 다반사였고, 또 그것이 재미있어 서로 밀고 당
기며 넘어뜨리고 하였다.

이런 야외스케이트장은 거의 대부분 사방이 탁 트인
허허들판에 있었기 때문에 항상 찬바람이 불고 있었고,
한낮에도 매우 추웠다. 그래서 아무리 속옷을 두툼하게
껴입고, 목도리를 두르고, 장갑을 끼고 있어도 움직이지
않고 잠시 그냥 서있다 보면 손발이 시려오다가 나중에
는 몸이 덜덜 떨렸다. 스케이트를 탈 때에도 추운 것은 마
찬가지였다. 그래서 용돈을 좀 아꼈다가 스케이트장 안에
있는 포장마차 간이식당에 가서 단팥죽을 한 그릇씩 사
먹기도 하였다. 몸이 한참 땡땡 얼었을 때, 따끈따끈한 단
팥죽을 한 그릇 먹으면 뱃속이 뜨듯해지면서 온몸의 한
기가 사라지는 것이었다.

스케이트를 한동안 타게 되면 스케이트 날의 모서리
부분이 닳기 때문에 그 모서리 날을 갈아주어야 했다. 날
이 날카롭게 서있어야 얼음판 위에서 미끄러지지 않았다.
스케이트 날은 스케이트장 입구에 앉아 있는 아저씨들
이 돈을 받고 갈아주었다. 아저씨들은 스케이트 날이 위
로 올라오도록 나사로 신발을 고정시키고는 빈대떡 같이
생긴 둥그렇고 납작한 돌을 스케이트 날에 얹고서 써억

썩 소리가 나도록 갈아주었다. 막 갈고 난 스케이트의 날은 칼날처럼 날카로웠다. 당시 스케이트는 우리에게 워낙 소중한 개인보물 제일호였기 때문에 한 번 사용한 후에는 마른 헝겊으로 물기를 모두 닦아내고, 녹이 슬지 않도록 날 부분과 나사 부분에 재봉틀용 기름을 듬뿍 칠해두었다. 그러나 아무리 기름을 잘 칠해두어도 그 다음해 겨울에 스케이트를 꺼내보면 날이 있는 쇠 부분 여기저기에 울긋불긋하게 녹이 슬어 있었다. 그러면 나는 형에게서 얻은 페이퍼로 밤늦도록 그 녹을 모두 벗겨내었다.

그러나 그 스케이트장도 자주 갈 수 없었던 우리는 긴 겨울 대부분을 동네 언덕에 쌓인 눈 위에서 미끄럼을 타며 놀았다. 눈이 내리기 시작하면 동네 어디를 가도 신이 났다. 특히, 늦저녁부터 하나 둘씩 내리기 시작하는 눈은 나를 언제나 가슴 두근거리게 했다. 어둑어둑해오는 하늘에서 둥실둥실 춤을 추며 내려오는 하얀 꽃송이를 바라다보고 있노라면 눈은 도대체 어디에서 오는 것일까 하는 궁금증에서부터 내일 아침이면 대머리이발관 앞 공터는 어떻게 되어 있을까, 봉주네 집 앞 언덕길은 또 어떻게 되어 있을까, 친구아이들과의 눈싸움, 미끄럼타기, 눈사람 만들기, 골목길 돌아다니기 등 이런 저런 생각들로 흥분이 되어서 그날 밤 나는 쉽게 잠을 이룰 수가 없었다.

　그래서 잠자리에 누웠다가도 벌떡 일어나 마루로 나가서는 앞마당에 소복소복 내려 쌓이는 흰 눈을 한참동안 바라보고 있기도 하였다. 또 어떤 때에는 아침에 일어나보니 눈이 이미 와 있었다. 사실 그런 적이 더 많았다. 아침 일찍 부엌으로 나간 엄마가 얘들아, 눈이 왔구나 하며 우리들을 깨웠으며, 우리는 내복바람으로 마루로 뛰쳐나가서는 앞마당과 장독대 위에 소복이 쌓인 흰 눈을 한동안 바라보곤 하였다. 그리고는 세수를 하는 둥 마는 둥, 밥을 먹는 둥 마는 둥하고 쏜살같이 학교로 달려나갔다.

　또 학교 수업 도중에 눈이 내리기 시작하면 우리는 하던 공부를 멈추고, 모두 교실 유리창가로 몰려가서는 한들한들 내려오는 창밖의 흰 눈을 바라보며 저마다 소리를 질렀고, 선생님도 창가로 와서는 우리하고 같이 창밖의 흰 눈을 내다보곤 하였다. 종례가 끝나고 운동장으로 나가면 눈은 함박눈으로 변하여 하늘을 가득 메운 채 새까맣게 몰려 내려오고 있었다. 우리는 펑펑 내리는 흰 눈을 혓바닥으로 받아먹으며 운동장 여기저기를 정신없이 뛰어다녔다.

　당시 겨울에는 눈도 자주, 그리고 많이 내렸다. 보통 눈이 한 번 오면 적게는 어른들의 발목이 빠질 만큼, 많게는 우리들 무릎이 빠질 만큼 쌓이곤 하였는데, 도시에서 이 정도의 적설량은 요즈음에 비하면 상당히 많은 것이었다. 물론, 그보다도 더 많이 온 적도 꽤 많았다. 장독뚜껑 위나 지붕에 내려 쌓인 눈은 백설공주같이 하얗고 깨끗해서 내린 눈 위에 햇살이 비치면 너무나 눈이 부셔 눈을 제대로 뜰 수가 없을 정도였다. 당시의 눈은 요즈음의 눈과는 비교가 안 될 정도로 깨끗한 것이었다. 고운 목화솜 같기도 했다. 우리는 장독뚜껑 위나 담장에 쌓인 눈을 손으로 뭉쳐서 떡을 뜯어먹듯 한 입, 두 입 베어 먹기도 하였는데, 그 맛은 엄마가 김장할 때 바로 옆에서 얻어먹는 무처럼 시원한 것이었다. 눈싸움을 하기 위하여 두 손에 눈을 가득 담아 뭉치면 뽀독뽀독 하고 매우 잘 뭉쳐졌다. 눈 위를 걸을 때마다 발아래에서 뽀도독 뽀도독 하고 소리가 나는 것도 참 재미있었다.

눈이 어느 정도 쌓이면 우리는 대까치라는 것을 만들어 이것을 눈 위에서 타며 놀았다. 대까치는 굵은 대나무를 삼십 센티미터 정도의 길이로 잘라서 그것을 다시 세로로 반 조각을 낸 것인데, 앞부분은 요즈음의 스키처럼 위로 약간 휘어지게 만들었다. 나무의 안쪽을 약한 불에다 대고 열기를 천천히 쏘이면서 살살 힘을 주어 서서히 휘어가면 대나무는 그런대로 잘 휘어졌다. 이 대까치는 양쪽 발에 하나씩 모두 두 개가 필요했는데, 친구들 하고 돌아다니다가 대까치로 쓰기에 적당하게 폭이 좀 넓고, 두꺼운 대나무를 주우면 잘 잘라서 손질해두었다가 겨울에 사용하였다. 어떤 동네의 구멍가게에서는 대까치를 팔기도 하였다.

이 대까치의 바깥 부분은 만질만질하여 눈 위에서는 바나나껍질보다도 더 잘 미끄러졌다. 내리막 경사가 진 눈 쌓인 언덕 위에서 이 대까치 위에 쪼그리고 앉아 엉덩이에 한 번 씰룩 하고 힘을 주면 대까치는 우리 몸을 싣고 눈 위를 미끄러져 내려갔는데, 갈수록 점점 가속도가 붙어 나중에는 쏜살같이 쌩쌩 달려나가는 것이었다.

그래서 눈이 오는 날에는 우리는 언제나 쌓인 눈 위에서 대까치 타기를 즐겼는데, 그 장소로는 봉주네 집 앞에서부터 시작되는 내리막 언덕길이 가장 적합하였던 것이다. 봉주네 집은 대머리이발관 옆 구멍가게 아래 돌계단을 내려오자마자 왼쪽 편에 있었고, 거기에서부터 내리막길이 시작되었는데, 그 내리막길은 범진여객 버스 종점 바로 전의 신흥사로 올라가는 길과 돈암동 사거리로 가는 행길, 그리고 아리랑 고개로 올라가는 행길이 모두 만나는 삼거리 바로 전까지 길게 이어져 있었다. 따라서 이 길은 길이가 꽤 긴 완만한 경사의 내리막길로서 눈이 많이 온 날에는 대까치를 타고 놀기에 그야말로 최적의 장소였다.

　그러나 대까치를 타고 노는 데 있어서 가장 큰 방해물이 하나 있었다. 바로 연탄재였다. 눈이 많이 오면 미끄럼을 막기 위하여 동네 어른들이 자기 집 앞길에다가 사정없이 연탄재를 깨뜨려 버렸는데, 공기를 가르며 쌩쌩 달려 내려가던 대까치가 바로 이 연탄재가 뿌려진 눈 위에서는 전혀 맥을 추지 못하고 그만 급정거를 해버리고 마는 것이었다. 그 바람에 한참 달리던 우리들은 그대로 나동그라질 수밖에 없었다.

　어떤 집에서는 자기 집 앞길뿐만 아니라, 언덕길 한복판에까지 연탄재를 뿌리곤 하였는데, 연탄재를 몇 개씩 들고 나와 눈 위에 마구 던져 깨뜨리는 어른들을 보면 그렇게 야속할 수가 없었다. 특히, 봉주네 집 앞길은 언덕길이었으므로 눈이 많이 오는 날에는 가장 먼저 연탄재가 뿌려지곤 하였다. 그러면 우리들은 길옆에 쌓인 눈을 손으로 떠서 연탄재 위에 다시 뿌리기도 했으나, 연탄재가 한 번 뿌려진 눈길은 처음처럼 그런 좋은 상태가 되지 못하였다. 눈이 오는 날에는 우리는 연탄재가 없는 눈길을 찾아 열심히 대까치를 탔고, 동네 어른들은 언덕길마다 열심히 연탄재를 뿌렸다.

썰매타기도 겨울동안 즐길 수 있는 놀이였다. 썰매는 대까치처럼 눈 위에서 탈 수도 있었고, 얼음 위에서 탈 수도 있었다. 썰매는 편편한 나무판 밑에 두 개의 나무막대기를 잘라서 못을 박고, 그 밑에 철사나 쇠로 날을 달아서 만들었는데, 어떤 아이는 오래 되어 못 쓰는 스케이트에서 날을 빼다가 썰매의 날로 사용하기도 하였다. 우리들은 우리가 직접 만든 썰매를 가지고, 신흥사 뒷산에 가서 놀았다. 그러나 산속 깊이 들어가지는 못하고, 주로 산 입구의 연못이나 개울물이 얼어붙은 곳에서 썰매를 탔는데, 썰매판 위에 두 무릎을 꿇고 앉아 꼬챙이로 얼음을 찍어가며 한참 지치다 보면 두 뺨에서는 후끈후끈 열이 났고, 머리에서는 땀이 나서 근질근질하였다.

해가 바뀌면서 학년이 또 하나 올라가고, 중학교에 진학하게 될 무렵이 되면 대까치나 썰매를 타는 기회는 자꾸 줄어들 수밖에 없었다. 엄마를 조르고 졸라 스케이트를 하나 사게 되고, 쌍문동이다, 미아리다 하며 친구들과 스케이트장에 몰려다니게 되면서부터 이제 대까치나 썰매를 타는 것은 점점 시시해져서 썰매는 주인을 잃고 쓸쓸하게 혼자 남아 광 한구석에서 하얗게 먼지가 쌓여가고, 대까치 또한 마찬가지 신세가 되고 마는 것이었다.

이제는 모습을 감춰버린 대까치…… 우리를 신고 반짝

이는 눈 위를 쌩쌩 달리던 그 대까치를 생각하면 온 세상이 하얗게 눈이 내린 날, 봉주네 집 앞의 눈 덮인 언덕길에서 두 손을 호호 불며 서있던 친구들의 모습이 지금도 눈앞에 아련히 떠오른다. 그리고 대까치를 타고 먼저 눈길을 쏜살같이 내려갔다가 하얀 입김을 내뿜으며 언덕길을 다시 걸어 올라오던 친구들의 빨갛게 익은 볼들이 아직도 내 눈앞에서 아른거린다.

Église de Saint Bernard.

Maurice Utrillo, 〈세인트-버나드 교회Église de Saint-Bernard〉, 1929

성북구 동소문동 7가 29번지

내 고향은 서울이다. 서울특별시 성북구 동소문동 7가
29번지이다.

그 동소문동 7가 29번지는 산으로 올라가는 언덕에 있
는 지역이었다. 그러나 전깃불도 안 들어오고, 수돗물도
안 나오는 그런 전형적인 산동네, 달동네는 아니었다. 물
론, 그 위로 더 올라가면 그러한 산동네가 있었는데, 우리
동네는 그 중간지역에 있었다.

언덕배기에는 동네에서 아주 오래된 이발관이 하나 있
었는데, 이미 말하였듯, 그 이름은 대머리이발관이었다.
대머리이발관이 있는 언덕배기까지 오르는 길은 두 개가
있었다. 하나는 계단이 없는 언덕길로 올라가는 것으로
꽤 가파른 언덕길이었고, 또 하나는 돌계단이 있는 반대
쪽 길로 올라가는 것이었는데, 완만하게 경사가 진 길이

었다. 대머리이발관은 일찌감치 동네의 터줏대감으로 자리 잡고 있었다. 어른들한테 들은 얘기로는 동네가 지금 같이 만들어지기 훨씬 전부터 있었다고 하니, 꽤나 오래된 이발관임에 틀림이 없었다. 나중에 주인아저씨를 보니까, 이발관 이름처럼 머리카락이라고는 하나도 없는 눈이 부실 정도의 대머리였다.

대머리이발관의 내부는 꽤 넓었다. 벽에 붙어있는 거울을 마주보고 이발용 의자가 서너 개쯤 놓여 있었고, 그 반대쪽에는 등이 없는 동그란 나무의자에 앉아서 머리를 감는 장소가 두세 군데 있었다. 우리는 키가 작았기 때문에 어른들처럼 이발의자에 그대로 앉아서 이발을 할 수가 없었다. 그래서 그 이발의자의 양 팔걸이에 나무판대기 하나를 걸쳐 놓고 그 위에 올라앉으면, 대머리아저씨가 하얀 광목천을 우리 턱 앞에 둘러주는 것으로 이발이 시작되었다. 이발을 하는 동안에는 머리는 물론이고, 몸이건, 손이건, 발이건 움직이지 말아야 했다. 머리를 깎는 도중에 자꾸 움직이게 되면 대머리아저씨한테서 야단을 맞았다. 꿀밤을 먹기도 하였다. 그 대머리아저씨는 우리들 사이에 공포의 아저씨로 소문이 나 있었기 때문에 우리들은 움직이지 않으려고 눈을 부릅뜨거나 이를 악물기도 하였다. 대머리이발관에서의 머리 깎기는 부동자세로 인한 고통의 연속이었다. 이발이 끝날 때쯤이면 나중에는 온몸이 꽈배기처럼 배배 꼬이는 것 같았다.

당시 초등학교에 다니는 우리들 머리는 빡빡이거나, 아니면 이부가리였기 때문에 요즈음에 비하여 머리 깎는 시간이 상당히 짧았을 텐데도 그 시간을 참지 못하고 우리들은 대머리아저씨의 눈치를 살피며 살금살금 손발이나 팔다리를 움직이곤 하였다. 아주 오래 전에 돌아가신 우리 친할머니는 경기도 벽제라는 시골에서 살았는데, 가끔 우리 집에 놀러 와서는 온몸을 흙과 땀으로 범벅을 하고 들어오는 나를 수돗가에 세워 놓고 씻기다가 내가 잠시도 가만히 있질 못하고 손이나 발을 떨며 까부는 것을 보고는, 야가 와 이러나, 야가 하면서 엉덩이를 한 차례씩 때리기도 하였다. 이런 모습을 보면서 엄마는 개는 손발에 재봉틀을 달은 모양이에요 하고 얘기하곤 하였다.

그 대머리이발관을 엇비스듬히 마주보면서 그 당시에는 동네에서 하나밖에 없는 철제대문과 돌담으로 된 큰 집이 하나 있었다. 그 집에는 군인아저씨가 살고 있었고, 그 군인아저씨의 계급은 중령이었다. 그 집에 있는 아이들 중 한 명이 우리 학교 친구였다. 그 아이는 자기 아버지가 군인이라고 항상 으스대고 다녔다. 자기 아버지 계급이 굉장히 높아서 자기 아버지 밑에는 쫄병이 엄청 많다고 우리를 만날 때면 수시로 자랑하곤 하였다. 그 당시 우리는 어른이 돼서 대통령, 아니면 용감한 군인이 되는 것이 꿈이었으니까, 그 아이가 그렇게 우쭐거리며 얘기하는 것이 눈꼴시었지만 내심 부러워하고 있었던 것도 사실이었다.

가끔 저녁 때에는 그 철제대문 앞에 그 아이의 아버지가 타고 다니는 것으로 보이는 검은 색 지프차가 한 대 서있는 것을 볼 수 있었는데, 우리는 주위를 살피면서 그 지프차에 다가가서는 차 헤드라이트도 만져보고, 차 뒤에 달려 있는 커다란 물통도 만져보곤 하였다. 핸들을 한 번 만져보고 싶었지만, 차문은 언제나 굳게 닫혀 있었다. 나는 닫힌 차문의 두꺼운 비닐을 통하여 차 안을 들여다보곤 하였는데, 그럴 때마다 나는 차 안의 어디엔가 총이 숨겨져 있을 것이라고 생각하였다.

대머리이발관 담장 오른쪽 옆으로 돌아가면 구멍가게가 하나 붙어있었고, 그 아래로는 곧바로 화강암으로 된 울퉁불퉁한 돌계단이 시작되었다. 그 돌계단을 내려가기 바로 전에 왼쪽으로 아들만 세 명이 있는 우리 동네 반장집이 있었다. 그 집은 꽤 낡은 집이었다. 칠이 벗겨진 지꽤 오래된 대문은 얼룩덜룩하였고, 회색 블록으로 된 담벼락은 여기저기 금이 가있었다. 그 금 간 틈새로 먼지가 뽀얗게 앉은 담쟁이덩굴이 기어오르고 있었다. 빛이 하얗게 바랜 기와지붕은 여기저기가 깨어져있었다.

그 집 셋째 아이가 우리와 친구였고, 맨 위의 형은 그 당시 군대를 막 제대하였다. 가끔 그 형은 자기네 집 앞 돌계단에 우리들을 모아놓고 군대이야기를 해주곤 하였는데, 그 군대이야기는 그야말로 겁나면서도 흥미진진한 것이었다. 우리는 그 형으로부터 끝도 없이 나오는 군대이야기를 듣는 것이 너무나 좋았다. 사실 그 형은 우리의 형의 형들과 주로 만났지 우리들하고는 별로 어울려주지 않았다. 하지만 밤하늘 저 멀리에 노랗고 붉은 별빛이 아름다운 곡선을 그릴 무렵이면 우리는 그 형 집 앞 돌계단에 옹기종기 모여앉아 그 형의 군대이야기 속편을 기다리곤 하였다.

그 형은 항상 머리가 짧았으며 얼굴은 거뭇거뭇했고, 한쪽 뺨 위는 약간 얽어 있었다. 또 그 형 집에 가면 군대에서 사용하던 것으로 보이는 군복과 군화와 담요, 삽 같은 것들을 볼 수 있었는데, 당시 우리는 군대에서 제대할 때는 이런 것들을 하나씩 주는 것으로 알고 있었다.

그 형의 많은 이야기 중에서 특히 총이나 대포에 관한 이야기는 그런 것들에 대해 막연한 상상과 호기심을 가지고 있었던 우리들에게 너무나 엄청난 것이었다. 군인이라고 누구나 다 총을 쏠 수 있는 것이 아니라는 이야기부터 시작을 해서 자기는 매일 총을 쏘았다는 이야기, 총소리가 얼마나 큰지 바로 옆에 있다가는 고막이 터진다는 이야기, 우리 같은 아이들은 손가락에 힘이 없어서 방아쇠를 당길 수도 없다는 이야기, 특히 대포에 관한 형의 이야기는 더욱 실감나는 것이었는데, 집채만 한 크기의 대포를 쏴봤다는 이야기, 대포알이 너무나 크고 무거워서 둘이서 간신히 들어 옮겼다는 이야기, 그리고 그 대포알이 터질 때에는 우리 동네 뒷산보다 더 큰 불덩이가 하늘 높이 솟구치는데, 멀리 떨어져 있어도 귀를 먹거나 화상을 입는다는 이야기 등이었다. 총과 대포를 다 쏘아본 그 형은 우리들의 우상이었다.

또 한겨울에는 온도가 영하 오십도 이상 내려가서 밖에서 오줌을 누면 그 즉시 얼어붙는다는 이야기, 그런 엄청나게 추운 겨울에 맨발로 훈련을 받다가 동상에 걸려서 지금도 흉터가 남아있다는 이야기…… 이 이야기는 발을 직접 보여주면서 했다…… 한밤중에 삼팔선에서 괴뢰군을 잡으려고 총을 쏘며 싸우다가 놓친 이야기, 또 새벽에 순찰 나갔다가 앞에 가던 전우가 지뢰를 밟아서 그 전우는 한쪽 다리가 잘라지고, 자기는 겨우 살았다는 이야기 등등. 들을수록 두 손에 땀을 쥐며 빠져들 수밖에 없었다. 우리는 그 형의 한쪽 뺨 위에 얽은 상처를 보며, 마른 침을 여러 번 삼켜대면서 눈을 깜빡거릴 틈도 없이, 형의 이야기에 두 귀를 곤두세웠다.

신나기도 하고, 또 무시무시한 형의 이야기를 들으면서 우리는 온갖 능력을 다 동원하여 그 형이 이야기해주는 군대라는 곳을 상상해 보았으나, 지금도 따발총을 든 괴뢰군과 전쟁이 벌어지고 있고, 그 형같이 용감하지 않으면 살아날 수 없는 매우 위험한 곳이라는 그곳이 우리들의 머릿속에는 잘 그려지지가 않았다. 그런 위험한 곳에서 삼 년씩이나 있으면서 팔 다리가 멀쩡해서 돌아온 그 형을 우리는 진심으로 존경하지 않을 수가 없었다. 그 형의 이야기를 들을 때마다 나중에 크면 그런 군대에 가야 할 텐데 하는 두려움과 이상한 초조함 같은 것으로 가슴이 울렁거리기도 하였다.

반장 집 바로 건너편으로는 좁은 골목길이 하나 나 있었다. 그 길을 따라서 한 십 미터 정도 안으로 쭉 들어가면 정면 막다른 곳에 오래된 기와집이 한 채 있었고, 그 바로 왼쪽 편으로 골목길은 꼬불꼬불 휘어져 나가다가 다시 더 작은 여러 개의 골목길로 나누어졌다. 그 기와집에는 이대독자 아들이 있었는데, 그 아이 역시 우리하고 같은 학교, 같은 학년 친구였다. 그 아이는 우리 친구들 중에서 구슬치기를 제일 잘 해서 우리들의 구슬을 모두 따가곤 하였다. 그 아이는 종종 우리를 자기네 집에 있는 광으로 데리고 가서는 광 한구석에 가득 모아놓은 구슬을 보여주며 자랑하기도 하였다.

반장 집에서부터 언덕 아래쪽으로 나 있는 돌계단은 한 백 개쯤 되었다. 그 계단 맨 아래까지 내려가면 오른쪽 편으로 검은 초록색 기와로 된 집이 한 채 있었다. 그 집에는 아들 둘에 딸이 하나 있었는데, 큰 아들은 우리 형의 친구였고, 작은 아들은 내 친구였으며, 딸은 내 여동생의 친구였다. 그 집의 아버지는 당시 어느 호텔인가 다녔는데 이름은 잊어버렸지만 서울에서 상당히 큰 호텔이었고, 그 호텔을 관리하는 꽤 높은 위치에 있었다. 당시 우리 동네에서는 그 집이 철제대문의 군인아저씨네 집과 함께 가장 잘 사는 집이었다. 그 집 아이들은 추운 겨울이면 목까지 올라오는 두툼한 스웨터를 입고 다니곤 하였다. 그 외에도 여러 집들이 있었다. 우리 동네친구들의 집들은 그곳에 그렇게, 좁고 꼬불꼬불한 골목길에, 오르막 언덕길에, 그리고 산동네로 올라가는 길옆에 나지막한 담장을 서로 기대며 옹기종기 모여 있었다.

명절이 다가오기 며칠 전부터 텔레비전 방송국마다, 라디오 방송국마다 고향 가는 길 특집방송을 한다고 광고를 하기 시작하고, 명절 가까이 와서는 차표가 동이 나고, 톨게이트마다 차들이 꼬리에 꼬리를 물고, 고속도로가 차들의 주차장으로 변하고 할 때마다 나는, 나의 아름답고 그리운 고향을 생각한다. 물론 그 고향은 시골이 아니라 서울특별시 성북구 동소문동이다. 그때의 그곳은 다 없어지고 이제는 고층아파트들만이 즐비하게 늘어서있는 곳이 되었지만, 여전히 나의 가슴 깊은 곳에는 그때의 그 고향, 그 모습, 그 풍경들이 변함없이 그대로 남아있다.

얼굴과 손톱이 새까맣던 아이들, 올망졸망 난쟁이 같던 집들, 그리고 가파른 언덕길, 꼬불꼬불한 골목길, 울퉁불퉁한 돌계단, 그곳에서 땅강아지들처럼 서로 엉켜 뒹굴며 자라던 우리들 어릴 적 모습을 가만히 생각하다보면 그 시간 속으로 가고 싶어 눈물이 핑그르르 돈다.

"저렇게 많은 중에서 / 별 하나가 나를 내려다본다 / 이렇게 많은 사람 중에서 / 그 별 하나를 쳐다본다 / …… / 이렇게 정다운 / 너 하나 나 하나는 / 어디서 무엇이 되어 / 다시 만나랴"

라고 부른 김광섭 시인의 노래가 가슴에 사무친다.

보고 싶고, 가고 싶다.

그 시절, 그곳, 그 친구들에게로.

그 시절, 그곳, 그때의 나에게로.

이 얼마만의 귀향인가,

빛바랜 대문 앞에 서자마자 가슴이 두근거린다

하얀 창틀의 먼지를 쓸어낸다

광으로, 부엌으로, 꼬불꼬불 골목길로

울퉁불퉁 눈부신 백여 계단

희미한 시간들이 물고기처럼 사방으로 흩어진다

돌계단 틈새마다 풀잎처럼 숨어 있는 풍경들

조심스럽게 꺼내서 낮은 담장에 내다건다

아이들의 목소리가 선홍빛으로 다가온다

그것은 첫 별이 나타나는 저녁쯤에서

바람소리도 아스라이 멀어지는 늦은 밤까지

정릉 배밭골 하늘 위를 수놓다가

신흥사 뒷산 개울물소리로 흘러내린다

놀이의 천국

2017년 1월 19일 1판 1쇄 박음
2017년 1월 25일 1판 1쇄 펴냄

지은이 최성철
펴낸이 김철종 박정욱
책임편집 김성은 **디자인** 정진희 **마케팅** 오영일
인쇄제작 정민문화사

펴낸곳 노란잠수함
출판등록 1983년 9월 30일 제1 - 128호
주소 110 - 310 서울시 종로구 삼일대로 453(경운동) KAFFE빌딩 2층
전화번호 02)701 - 6911 **팩스번호** 02)701 - 4449
전자우편 haneon@haneon.com **홈페이지** www.haneon.com

ISBN 978-89-5596-782-1 03810

이 도서의 국립중앙도서관 출판예정도서목록(CIP)은
서지정보유통지원시스템 홈페이지(http://seoji.nl.go.kr)와
국가자료공동목록시스템(http://www.nl.go.kr/kolisnet)에서
이용하실 수 있습니다.(CIP제어번호: CIP2017001580)